Juin 92

Bonne lecture.. en te
souhaitant de futurs
itinéraires envoûtants !

Hélène & Pierre

LES COMPAGNONS
D'ÉTERNITÉ

Le Bonheur est une femme (Les Amants de Talcy), Casterman, 1963 (épuisé).

Très Sage Héloïse, Hachette, 1966 ; La Table Ronde, 1980 ; Le Livre de poche, 1987.
Ouvrage couronné par l'Académie française.

La Dame de Beauté (Agnès Sorel), Presses de la Cité, 1970 ; La Table Ronde, 1982 ; Le Livre de poche, 1987.

La Chambre des Dames (préface de Régine Pernoud), La Table Ronde, 1979 ; Le Livre de poche, 1986.
Prix des Maisons de la Presse 1979.
Grand Prix des lectrices de Elle 1979.

Le Jeu de la tentation (tome II de *La Chambre des Dames*), La Table Ronde, 1981 ; Le Livre de poche, 1986.
Prix Renaissance 1982.

Les Recettes de Mathilde Brunel, Flammarion, 1983. *Réédité sous le titre :* Cuisine médiévale pour tables d'aujourd'hui, Flammarion, 1991.
Prix de la Poêle de fer.
Prix Charles-Monselet.

Le Grand Feu, La Table Ronde, 1985 ; Folio, 1988.
Grand Prix catholique de littérature 1986.

Le Sanglier blanc (conte pour enfants), Grasset, 1987.

Les Amours blessées, La Table Ronde, 1987 ; Folio, 1989.

Les Pérégrines, Éditions François Bourin, 1989.

La Rose et la Mandragore, plantes et jardins médiévaux (album), Éditions François Bourin, 1990.

JEANNE BOURIN

LES COMPAGNONS D'ÉTERNITÉ

roman

ÉDITIONS FRANÇOIS BOURIN / LACOMBE

Document de couverture : Giraudon
Vie des femmes célèbres (Galla Placidia)
© **Éditions François Bourin, 1992.**
© **Pour le Canada: Éditions Lacombe**
ISBN: 2-89085-046-3

Pour Jérôme...

PRINCIPAUX PERSONNAGES

Personnages romanesques

Brunissen (prononcer Brunissène), 20 ans : l'aînée des trois filles de Garin le Parcheminier.

Flaminia, 18 ans : sœur cadette de Brunissen.

Alaïs, 17 ans : la benjamine.

Landry, 17 ans : jumeau d'Alaïs, parcheminier.

Le père Ascelin, 48 ans : notaire épiscopal de l'évêque Yves de Chartres, oncle des précédents.

Andronic Daniélis, 37 ans : parfumeur de la cour impériale de Constantinople. Amant, puis mari de Flaminia.

Paschal Daniélis, 14 ans : fils adoptif d'Andronic et de sa femme, Icasia.

Mathieu le Barbier, 30 ans : arbalétrier et barbier, admirateur d'Alaïs.

Albérade, 33 ans : servante des trois sœurs.

Biétrix, 17 ans : jeune orpheline engagée comme servante.

Anseau le Bel, 23 ans : parcheminier à Chartres, ancien fiancé de Brunissen.

Irène, 8 ans : petite esclave grecque trouvée à Jérusalem.

Anthusa, 20 ans : sœur aînée d'Irène.

Hâlid Ibn Surah, 30 ans : Égyptien blessé recueilli et soigné par Brunissen.

Reinard, 15 ans : jeune garçon franc, ami puis assistant de Mathieu le Barbier.

Mahiette, 22 ans : chambrière blésoise de Flaminia.

Basile, 25 ans : précepteur grec de Paschal.

Richilde, 49 ans : intendante à Chartres du père Ascelin.

Énide l'Acorée, 35 ans : femme d'un prêtre. Amie de Flaminia à Chartres.

Personnages historiques

Godefroi de Bouillon, 39 ans : duc de Basse-Lotharingie, avoué du Saint-Sépulcre de Jérusalem.

Baudouin de Boulogne, 38 ans : frère cadet de Godefroi de Bouillon, comte d'Édesse.

Arda, princesse arménienne, femme en secondes noces de Baudouin de Boulogne.

Foucher de Chartres, 40 ans : chroniqueur, chapelain de Baudouin de Boulogne à Édesse puis à Jérusalem.

Tancrède, prince normand de Sicile, neveu de Bohémond de Tarente et prince de Galilée.

Daimbert, archevêque de Pise, puis patriarche de Jérusalem.

Arnoul Malecorne, chapelain de Robert de Normandie, fut un temps patriarche de Jérusalem lui aussi.

Raymond de Saint-Gilles, 57 ans : comte de Toulouse.

Hugues Bunel, 40 ans : transfuge, Normand pourchassé à cause d'un meurtre et réfugié en Palestine.

Tous les passages en italiques sont des divers chroniqueurs cités dans la bibliographie.

PREMIÈRE PARTIE

8 juillet 1099 - 1er février 1100

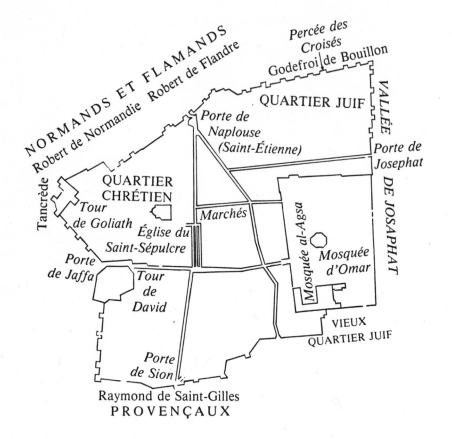

PLAN DE JÉRUSALEM

Note. Les noms de lieux donnés sur cette carte et dans le roman sont ceux qu'employèrent les chroniqueurs francs des XIe et XIIe siècles et non pas ceux qu'utilisaient les musulmans à la même époque.

1.

Pieds nus dans la poussière, sur les cailloux, brûlée de tous les feux du soleil de juillet, Brunissen cheminait avec la lente procession des croisés qui longeait les murailles fortifiées de Jérusalem.

Vêtus de blanc, portant croix, saintes reliques et cierges, encensant leur marche de lourdes volutes odoriférantes, clercs, prêtres et moines venaient en premier.

A leur suite, la foule dont faisaient partie Brunissen, son oncle le père Ascelin et Albérade. Tout un peuple chrétien épuisé, assoiffé, mal nourri, mais exalté, émerveillé par sa propre aventure et sûr de l'aide de Dieu, formant une masse que l'adversité avait soudée et dont le piétinement martelait la vallée du Cédron. La gent Notre-Seigneur était là, tout entière, meurtrie mais obstinée. Les survivants. Ceux qui avaient échappé à la noyade, aux flèches turques, au désert, à la famine, aux traîtrises du sort et des hommes, aux épidémies, à la fournaise, à la peur, au découragement, à la mort partout embusquée, au reniement parfois, à trois années enfin de pérégrination, de deuil, de larmes, de sang, mais qui s'étaient aussi révélées trois ans de marche à l'étoile, d'enthousiasme, de saintes colères, de rêve mystique, d'adoration, de désir du martyre, d'oubli de soi, de communauté fraternelle et d'immense espérance greffée sur une immense indignation.

La proximité de la Ville sainte, de la ville promise, les arrachait soudain à leur misère, les galvanisait.

Brunissen songeait que, soutenus par la même foi, la même volonté farouche de délivrer le Saint-Sépulcre, les pèlerins, ses frères, semblaient être devenus invincibles. Ils touchaient enfin au but. Beaucoup pleuraient, tous priaient. Porteurs de bannières, de croix, de palmes, ils chantaient des psaumes, des hymnes, des litanies et reprenaient en chœur les oraisons entonnées par les clercs. Combien étaient-ils désormais à progresser gravement, tenacement, dans l'attente du miracle, et avec la volonté d'en finir ? Trente mille ? Quarante mille ? Davantage ? Beaucoup moins ? Nul ne le savait. Il y avait longtemps qu'on ne se comptait plus... Qu'importait ?

Depuis quatre semaines les croisés encerclaient Jérusalem de leur violente ferveur, de leurs armes, de leurs incantations, comme jadis les Hébreux suivant l'Arche d'alliance avaient défilé autour de Jéricho. Les murailles se seraient écroulées sous leurs yeux qu'ils n'en auraient pas été autrement surpris. Ils vivaient au cœur des prodiges, des signes, des manifestations surnaturelles et ne s'en étonnaient pas. Tant d'événements inouïs s'étaient déjà produits dès avant leur départ et depuis lors que l'absence de ces interventions qui avaient jalonné leur route les aurait beaucoup plus déconcertés que leur renouvellement, attendu de chacun... Bien qu'une dure expérience leur eût par ailleurs enseigné qu'on n'obtenait rien sans peines ni sacrifices...

Brunissen n'avait pas besoin de tourner la tête pour regarder ses compagnons de marche : grands barons, chevaliers, écuyers, archers, simples soldats, familles entières, hommes, femmes, vieillards, enfants, malades, infirmes, blessés, pauvres hères, maraudeurs et ruffians. Tous, ils étaient tous là, autour d'elle, les pèlerins du Christ, partis il y avait si longtemps afin de délivrer les Lieux saints de l'emprise des infidèles.

Sous le regard railleur et les quolibets de ces mêmes infidèles, Arabes et Éthiopiens, qui garnissaient les remparts de Jérusalem, la procession se dirigeait à présent vers le mont des Oliviers.

— Je serais encore plus heureuse si nous nous trouvions en cet endroit béni avec mon frère et mes sœurs, dit Brunissen en se penchant vers son oncle dont les traits amaigris ressemblaient de plus en plus, au fil des jours et des épreuves, au faciès d'un vieux renard malicieux et sagace. J'avais espéré que Flaminia, au moins, aurait pu nous rejoindre avec Biétrix.

— Votre sœur nous a envoyé un message disant qu'elle était maintenant remise du mal subit qui l'avait empêchée de parvenir en même temps que nous devant la Ville sainte, répondit le notaire épiscopal en forçant la voix pour se faire entendre de sa nièce à travers le bourdonnement des prières, des chants, des conversations et du cliquetis des armes. Elle ne saurait tarder. Je pense qu'elle nous rejoindra, si Dieu le veut, avant l'assaut final. Quant aux jumeaux, votre frère Landry, votre cadette Alaïs et sa petite fille, ils ne pourront quitter Antioche la Belle pour venir jusqu'à nous que dans les chariots du seigneur Bohémond de Tarente... Si toutefois ce Normand de Sicile, dont ils dépendent, se décide un jour à quitter la principauté qui lui tient tant à cœur !

Brunissen soupira et inclina un front hâlé par le soleil palestinien. Malgré le voile dont elle enveloppait sa tête pour se protéger, ainsi que toutes les autres femmes de l'expédition, des rais brûlants qui tannaient la peau des pèlerins et desséchaient leur gorge, son clair visage d'antan s'était patiné comme celui d'une icône byzantine. Elle allait répondre quand un remous de la procession fit surgir non loin d'elle un petit homme maigre, brun, au regard de visionnaire, qui cherchait à s'arracher à la presse compacte des fidèles.

— Petit-Pierre ! s'écria-t-elle. Que faites-vous là ? On m'avait dit que vous alliez prêcher avec le chapelain du comte de Toulouse et celui du duc de Normandie au jardin de Gethsémani... ou tout au moins à l'endroit où il se trouvait du temps de Notre-Seigneur Jésus-Christ !

— On ne vous a pas trompée. Je dois m'y rendre en effet, mais, vous le voyez, je ne parviens pas à me dégager de ceux-là qui m'agrippent !

Comme chacun parmi les pèlerins, Brunissen savait que, en dépit de ses désastreux échecs passés et des lourdes responsabilités qui lui incombaient dans le massacre de ses premiers compagnons anéantis par les

Turcs, Pierre l'Ermite conservait encore un grand pouvoir sur les masses qui l'écoutaient.

« Dieu sait pourtant qu'il ne paie pas de mine ! » se dit-elle.

Chétif, vêtu d'une rude tunique de laine brune en fort mauvais état que recouvrait une chape de bure à capuchon tout aussi élimée, pieds et bras nus selon son habitude, cet être de si piètre apparence fascinait cependant ceux dont il croisait le chemin. C'est qu'un feu brûlait dans cet homme. Son regard ardent, sa voix chaude, les mots enflammés qui sortaient de ses lèvres, tout en lui témoignait de cet embrasement. Sa pauvreté totale (il redistribuait au fur et à mesure tous les dons qui lui étaient offerts), son amour des autres, l'exemple d'abandon sans partage aux volontés divines qu'il donnait depuis qu'on le connaissait composaient un personnage bien proche de l'idée que les croisés se faisaient de la sainteté. Simplement, il n'avait pas toujours su éviter les pièges tendus par le Démon...

Le père Ascelin saisit le bras du prédicateur.

— Que pensez-vous, frère, des affirmations de Pierre Didier ? Ce clerc dit avoir eu l'insigne privilège de voir lui apparaître dans la lumière de l'au-delà Monseigneur Adhémar de Monteil, notre défunt légat du pape, mort parmi nous à Antioche, l'an passé.

Le ton de la question impliquait une certaine réticence.

— Par les saints Évangiles, ne doutez pas de lui ! Je le connais. Le légat lui est en effet apparu, auréolé de la gloire des bienheureux, pour lui dire que s'il était revenu c'était afin de guider son armée et ses pèlerins vers le tombeau du Christ. A présent, j'en suis certain : nous ne tarderons plus à entrer dans Jérusalem !

— Dieu vous entende ! s'écria Brunissen. Ces quatre longues semaines de siège m'ont paru éternelles ! L'impatience et la soif nous dévorent !

— Pourquoi faut-il aussi que le Malin ait poussé les Sarrasins à empoisonner ou à combler les puits, à couper les canalisations, à éventrer les citernes, à sceller ou à détourner les sources ? demanda le père Ascelin avec amertume. Ils sont allés jusqu'à abattre arbres et taillis dont les ombrages auraient pu nous donner abri ou fraîcheur ! Ce pays sans ruisseau, sans bois, sans fontaine ne ressemble guère à la contrée ruisselante de lait et de miel dont nous parlent les Écritures !

— J'ai entendu certains des nôtres s'étonner que le Seigneur Jésus ait choisi un tel endroit pour y prendre chair ! remarqua Albérade qui s'était tue jusque-là.

Pierre l'Ermite se mit à rire :

— Il devait avoir Ses raisons ! lança-t-il gaiement. Et puis il nous reste la fontaine de Siloé !

— Elle ne coule que tous les trois jours ! murmura Albérade avec une moue dépitée.

Un nouveau mouvement de la foule permit alors à Pierre l'Ermite de se frayer un passage vers la tête de la procession. Il s'éloigna de Brunissen, du père Ascelin et de leur servante.

Parmi les cyprès dressés comme de sombres fuseaux et les oliviers tordus, on était parvenu à mi-pente du mont sacré, face à Jérusalem sur les murailles de laquelle les Sarrasins continuaient à injurier les croisés. Mais ceux-ci n'en avaient cure. Une émotion inconnue les poignait soudain. Sous la lumière blanche à force d'être violente que juillet déversait à flots torrides sur la ville, sa ceinture de collines et, au-delà, sur la Judée biblique dont la moindre bourgade portait un nom de l'Histoire sainte, sur cette terre de prodiges, de miracles, qui parlait tant à leurs âmes, les pèlerins de Dieu sentaient de façon tangible la présence du mystère divin. Certains se prosternaient et baisaient le sol qu'avaient foulé les pas du Seigneur, d'autres priaient comme on crie au secours, beaucoup pleuraient.

Les deux prêches, brefs mais vibrants, que Raymond d'Aguilers, le puissant et solennel chapelain du comte de Toulouse, puis Arnoul Malecorne, l'éloquent et habile chapelain de Robert Courteheuse, duc de Normandie, prononcèrent alors n'eurent pas grand mal à toucher une assistance déjà exaltée et réceptive au plus haut point. Ils recommandèrent le pardon des offenses avec tant de conviction que Tancrède, le neveu de Bohémond, et Raymond de Saint-Gilles, comte de Toulouse, profondément opposés depuis la malheureuse histoire du siège manqué d'Archas, se donnèrent sans rechigner le baiser de paix. A leur exemple, beaucoup d'autres pèlerins qui avaient eu des différends se reconcilièrent sur-le-champ.

Vint ensuite le tour de Pierre l'Ermite. Sa voix envoûtante, fraternelle, produisit une fois encore son effet. Un silence absolu régna d'un coup sur le mont des Oliviers.

— On croirait entendre un des disciples du Christ, murmura Brunissen.

Dans son âme, le souvenir réactivé de la Passion, le désir de Jérusalem et la ferveur suscitée par les mots qu'elle recevait comme autant d'appels se confondaient en un hosanna éperdu. De lourdes larmes glissaient sur ses joues et mouillaient le devant de son bliaud de toile blanche. Elle ne les essuyait pas. Elle écoutait...

Quand Petit-Pierre eut fini de célébrer la solidarité unissant soldats et pèlerins, il supplia le Seigneur de leur accorder à nouveau Sa protection et de leur donner une victoire éclatante sur les infidèles. Puis il les bénit ainsi que l'avaient fait avant lui les chapelains du duc de Normandie et du comte de Toulouse.

— Je ne sais pourquoi, mais cette dernière bénédiction me semble plus précieuse et beaucoup plus sûre que les deux autres, dit le père Ascelin en traduisant la pensée de tous.

Brunissen lui sourit à travers ses larmes et Albérade se signa trois fois.

— Par les cornes du diable, je veux bien être pendu si nous ne mettons cul par-dessus tête cette bande d'excommuniés avant qu'il ne soit longtemps ! lança près d'eux une voix allègre.

C'était celle de Mathieu, le barbier rencontré naguère à bord d'une nef et devenu à présent un ami sur lequel les Chartrains pouvaient compter. Il les avait rejoints en se faufilant parmi la cohue que sa haute taille, sa souplesse et sa jovialité coutumière lui avaient permis de traverser sans trop de peine.

— Je constate que tout le monde s'accorde là-dessus, dit le père Ascelin d'un air satisfait. Dieu y pourvoira donc !

La procession fit alors demi-tour pour retourner au camp des croisés établi au nord de la ville. Cependant, du haut de leurs murailles, les Sarrasins continuaient à huer et à tourner en ridicule une manifestation qu'ils jugeaient idolâtre. Or, quelque temps auparavant, par défiance et pour avoir moins de bouches à nourrir, l'émir avait fait chasser de Jérusalem la plupart des chrétiens d'Orient qui s'y trouvaient, à l'exception des femmes, des vieillards et des enfants, retenus en otage. Les musulmans en avaient profité pour saccager les églises et arracher de nombreuses croix et divers objets de culte. L'occasion de les utiliser contre leurs ennemis leur parut favorable. Ils dressèrent au-dessus des remparts les croix et les bannières dont certaines représentaient la Vierge Marie, puis, en signe de mépris, ils crachèrent et urinèrent dessus, en accompagnant leur démonstration de gestes obscènes et de sarcasmes. En même temps, une pluie de flèches lancées par les archers du gouverneur Iftikhâr s'abattit sur les premiers rangs des pèlerins, trop proches de l'enceinte fortifiée. Pour ceux-ci ce n'était pas le pire. Ce qui les épouvantait bien plus que le danger, c'était la vue de la profanation et du sacrilège qui se perpétraient devant eux.

— Ces excommuniés sont des suppôts de Satan! s'écria Mathieu le Barbier. J'aurais dû venir armé pour leur faire payer l'injure qu'ils infligent à la croix du Christ!

Le père Ascelin était blême. Brunissen ferma les yeux et serra entre ses doigts, de toutes ses forces, la croix d'argent qu'elle portait pendue à une chaîne sur son bliaud. Le sang coula de sa main crispée. Elle n'y prit pas garde et se mit à réciter à haute voix le Credo. Albérade gémissait comme les pleureuses ont coutume de le faire durant des funérailles. Autour d'eux, la foule grondait. Ce n'était qu'indignation, menaces, imprécations.

Pour la gent Notre-Seigneur, venue de si loin, au prix de tant de douleurs, dans l'unique but de délivrer le Saint-Sépulcre, assister dans l'impuissance aux abominables souillures infligées par des mécréants à l'image sacrée du Seigneur était insupportable. Ils ne le supportaient pas du reste et hurlaient leur courroux et leur haine aux blasphémateurs qui les narguaient.

— Ils ne perdent rien pour attendre! s'écria, près de Brunissen, un soldat de Godefroi de Bouillon, que le reflux de la foule, horrifiée, révulsée, avait rapproché des Chartrains.

— Par les fourches du diable, nous ferons payer leurs crimes à ces maudits ! reprit un pèlerin à grande barbe noire qui venait, lui aussi, de surgir de la cohue. Nous vengerons la honte de Jésus-Christ !

Sur ordre des barons, les arbalétriers, qui constituaient un corps d'élite toujours en alerte, ripostaient déjà aux adversaires qui les dominaient du haut des remparts. Ce fut dans le sang, l'humiliation et les cris que la procession quitta le mont des Oliviers. En emportant les blessés et les morts touchés par les flèches ennemies, les Francs éprouvaient le sentiment qu'en ce lieu vénérable où Jésus avait souffert les affres de l'agonie les ignominies infligées au plus saint des symboles Le représentant étaient une seconde trahison des hommes à l'égard de leur Sauveur. Cette flétrissure-là, cette abomination sans précédent, était pour eux un forfait impardonnable. C'était comme s'ils avaient assisté de leurs yeux à la flagellation et au supplice infligés au Christ. En tant que croisés, ils se sentaient devenus, doublement, les témoins de Celui qui avait dit : « Qui n'est pas avec moi est contre moi. »

Au lieu de les abattre, le sacrilège auquel ils venaient d'assister renforçait leur ferveur et leur zèle. Leur désir irrépressible de laver dans le sang les outrages subis par ce qu'il y avait pour eux de plus saint au monde les exaltait et portait à des sommets jamais atteints le moral de l'ost Notre-Seigneur, de ses hommes d'armes, de ses orants. Dieu ne pouvait être qu'avec ceux qui L'adoraient contre ceux qui souhaitaient Le déshonorer. L'idée d'expiation s'imposait.

Le lendemain, le camp des Francs frémissait encore des feux de la colère et ne cessait de maudire les hérétiques dont les bannières flottaient avec arrogance sur les tours de la Ville sainte. Le spectacle des croissants dorés qui remplaçaient les croix sur les dômes de beaucoup d'églises n'était plus tolérable. Aussi activait-on la construction des machines de guerre, béliers, tours roulantes en bois, perrières, mangonneaux et échelles d'escalade, indispensables à la réussite d'un assaut que chacun souhaitait proche et qu'on savait devoir être victorieux.

— Par mon très saint patron, nous ne pouvons pas nous permettre de prolonger ce siège encore longtemps, reconnut ce matin-là le père Ascelin, qui se tenait en compagnie de sa nièce et de leur servante devant la tente de toile où ils logeaient tous trois. La soif tuerait trop des nôtres si nous restions des semaines sur ce plateau aride et désertique. Les bêtes de somme et les bestiaux n'y résisteraient pas davantage. On dit avoir vu ces jours-ci des mulets ou des bœufs tombés, desséchés, par la force de leur soif !

Il aidait Brunissen et Albérade à enfiler des morceaux de hure de sanglier sur des baguettes de bois avant de les faire griller au-dessus des braises rougeoyantes d'un feu qu'il avait bien fallu allumer en dépit de l'infernale chaleur qui accablait le camp.

— Heureusement nous n'avons pas manqué de viande depuis longtemps et nous avons retrouvé le goût du pain grâce aux marins génois que nous sommes allés chercher à Jaffa en juin et qui nous ont apporté vivres et matériel de siège ! Mais, c'est vrai, l'eau en revanche nous a fait affreusement défaut, dit Brunissen en s'éloignant des tisons dont l'incandescence lui cuisait le visage. Le gouverneur de Jérusalem, en nous privant d'elle, nous condamnait à un des plus cruels supplices.

— C'est Dieu pitié ! gémit Albérade. Il faut attendre à n'en plus finir devant la fameuse fontaine de Siloé, quand, encore, elle accepte de couler ! Et lorsqu'elle s'y décide, on se bat comme des chiens pour remplir ses outres en peau de chèvre qui empestent à vous soulever le cœur !

— Hélas, dit le père Ascelin en soupirant, nous en sommes réduits à faire jusqu'à cinq ou six lieues dans des terres infestées d'ennemis avant de parvenir à abreuver nos chevaux aux points d'eau les plus proches. Qui nous aurait dit qu'il nous faudrait aussi, afin d'y puiser de quoi nous désaltérer chichement, organiser des corvées jusqu'au fleuve sacré où a été baptisé le Christ, ce Jourdain qui nous paraissait de loin comme ne charriant qu'une eau lustrale ? Nous n'aurions jamais pensé être condamnés à la transporter tant bien que mal dans ces outres nauséabondes sous peine de mourir de soif.

— En fin de compte, c'est le bois et l'eau qui nous auront le plus manqué durant ce siège, constata Brunissen.

— Tous deux nous ont été supprimés par ces chiens de mécréants ! jeta Albérade.

Comme presque tous les croisés elle reportait sur le compte des Turcs et des Arabes la somme de méfaits et de tourments qui étaient le lot des chrétiens depuis des années.

La quête du bois nécessaire à la construction des machines de siège établies devant Jérusalem avait fait partie des incessantes préoccupations des Francs. Dans cette Judée où leurs adversaires avaient pratiqué la politique de la terre brûlée, il leur avait été fort difficile de trouver le bois indispensable à la fabrication des hautes tours d'accès aux remparts. On avait envoyé des patrouilles dans le massif judéen, désespérément pelé, afin de réquisitionner les bédouins ou les paysans arabes qui transportaient ensuite bon gré mal gré les maigres arbres qu'ils avaient pu trouver. Par bonheur des Syriens chrétiens s'étaient présentés quand ils avaient appris la pénurie dans laquelle se trouvaient leurs libérateurs et les avaient guidés vers les rares endroits boisés de la région.

— Le duc de Normandie et le comte de Flandre ont payé eux-mêmes de leur personne en conduisant des caravanes de chameaux jusqu'en Samarie ou dans les montagnes de l'Arabie, reprit le père Ascelin pendant qu'Albérade posait sur les braises les baguettes de viande qui grésillèrent et dégagèrent une fumée aux effluves appétissants. Ces hauts barons transformés en caravaniers, voilà, Dieu le sait, qui est un nouveau prodige !

— Sans doute, admit Brunissen, mais ne sommes-nous pas confrontés sans cesse à l'ineffable ! Songez à Tancrède qui, grâce à un concours inouï de circonstances, a pu retrouver les poutres déjà équarries que les Arabes avaient cachées dans une grotte l'été dernier, alors que c'étaient eux qui assiégeaient Jérusalem occupée par les Turcs ! Quelle aubaine pour nos charpentiers !

L'oncle et la nièce riaient encore de cette découverte qui était apparue à tous comme une revanche prise sur leurs adversaires, quand deux femmes discrètement encapuchonnées surgirent soudain entre les tentes. Elles semblaient chercher quelqu'un et hésiter sur le chemin à suivre. En apercevant les Chartrains, elles s'immobilisèrent.

— Sur mon salut, voici Flaminia! s'écria Albérade en joignant les mains comme elle l'aurait fait devant une apparition.

— Flaminia et Biétrix! compléta le père Ascelin. Enfin! Dieu soit béni! Vous voici, mes douces colombes, mes chères enfants!

La seconde fille de Garin le Parcheminier et la jeune orpheline rencontrée deux ans plus tôt à Constantinople se jetèrent dans les bras tendus. Brunissen serrait sa sœur contre son cœur avec une joie farouche et embrassait avec un grand rire heureux les hautes pommettes volontaires encadrées de la chevelure de cuivre aux rousseurs flamboyantes. Quand l'effervescence des retrouvailles fut un peu apaisée, les interrogations fusèrent.

— Pourquoi avoir tant tardé à venir nous rejoindre? Êtes-vous complètement remise de cette fièvre contractée au cruel soleil de juin? Comment êtes-vous parvenues toutes deux jusqu'ici malgré les embûches semées sur les routes par nos ennemis?

Ce fut Biétrix, dont les dix-huit ans proches épanouissaient le charme encore un peu vert l'année précédente, qui répondit avec la sage précision qui lui était coutumière:

— Le moine qui s'était institué notre gardien durant notre séjour à Ramla, et qui a fort bien soigné Flaminia là-bas, s'est procuré trois chevaux que la garnison laissée par Messire Godefroi de Bouillon avait pris aux Sarrasins. Deux soldats ont été détachés par l'évêque Robert de sa garde épiscopale et commis à notre surveillance durant le trajet. Grâce à Dieu nous avons donc pu partir sans encombre... et nous voilà!

Le jeune visage aux longs yeux gris souriait entre les pans du voile léger qui couvrait ses nattes blondes mais il sembla à Brunissen qu'il y avait quelque chose de contraint dans le ton des explications données sans reprendre haleine par Biétrix. L'adolescente avait vu massacrer auprès d'elle, durant la traversée de la Hongrie, son père et sa mère par une horde de pillards qui avait attaqué les pèlerins. En dépit de cette tragédie, elle avait toujours fait montre, depuis lors, de sang-froid et de décision. Pourquoi paraissait-elle soudain si peu à son aise pour raconter un voyage qui, somme toute, n'aurait pas dû l'inquiéter outre mesure puisqu'un détachement armé les avait protégées ?

— Mais comment se fait-il que votre bon moine ne vous ait pas accompagnées jusqu'à nous ? s'enquit le père Ascelin. J'aurais souhaité, ma nièce, le remercier comme il convient pour les soins et les attentions qu'il vous a prodigués.

Flaminia s'empourpra. Sa peau de rousse trahissait toujours plus qu'elle ne l'aurait voulu les mouvements de son sang impulsif.

— Il a préféré rejoindre sans plus tarder le père abbé et les frères de son ordre, répondit-elle. Il est grec et dépend d'un couvent de Constantinople qui a envoyé plusieurs de ses membres pour nous accompagner dans notre pèlerinage jusqu'aux Lieux saints.

— C'est donc un moine de l'Église d'Orient ? s'étonna le notaire épiscopal.

— C'en est un, répondit Flaminia que cette conversation semblait éprouver plus que de raison.

Brunissen eut le sentiment que sa sœur, d'ordinaire si déterminée, redoutait quelque chose. C'était tellement peu dans ses habitudes que l'aînée préféra mettre cet étrange comportement sur le compte de l'émotion des retrouvailles et aussi de l'embarras où se trouvait sa cadette, obligée d'avouer l'appartenance de son bienfaiteur à l'Église grecque, qu'un schisme douloureux séparait de Rome depuis près de cinquante ans.

— Avez-vous pris le temps de manger, ce matin ? demanda-t-elle pour faire diversion. Nous avons de la hure de sanglier qui n'attend que vous.

Pendant le repas pris sous la tente, le père Ascelin exprima la joie qu'il ressentait à voir leur famille se reconstituer en partie.

— Quand Alaïs, sa petite fille et notre pauvre Landry nous auront rejoints, tous ceux des nôtres ayant survécu aux épreuves de la route seront enfin réunis, dit-il avec un mélange de soulagement et de tristesse. Je ne sais dans quel état votre frère peut se trouver à présent et s'il s'est accoutumé à la jambe de bois dont il devra hélas se contenter désormais.

— Je pense souvent à lui, soupira Biétrix en inclinant pensivement la tête. Ce Landry qui était si remuant, si gai, si vif, comment va-t-il supporter une amputation qui fait de lui, à dix-sept ans, et pour toujours, un infirme?

— Il devra d'abord renoncer à l'état de soldat, dit le père Ascelin en relevant ses épais sourcils noirs au-dessus de ses yeux enfoncés dans les orbites. Que fera-t-il? Demeurera-t-il en Terre sainte ou rentrera-t-il à Chartres?

— C'est une question qui se posera pour beaucoup de pèlerins, remarqua Brunissen. Je sais qu'Anseau le Bel, mon ancien fiancé, a confié à Mathieu, qui me l'a répété, avoir décidé de rentrer à Chartres aussitôt Jérusalem prise et son pèlerinage au Saint-Sépulcre accompli. Parmi les blessés et les malades que je soigne, bon nombre partagent cette façon de voir et ne rêvent, Dieu me pardonne, que de quitter ce pays pour regagner le leur.

Flaminia, qui avait assez peu parlé jusque-là, s'anima tout d'un coup.

— Repartir? s'écria-t-elle avec une sourde violence où on la reconnaissait tout entière. Pourquoi donc? Ne faudra-t-il pas peupler les villes et les régions conquises sur les mécréants et tout juste délivrées de leur joug impie?

— Si fait, admit son oncle, si fait, ma nièce, mais nous n'avons pas tous, vous le savez bien, pris la route sans esprit de retour. La plupart de nos compagnons, nous le constatons chaque jour, n'ont qu'un désir, délivrer le tombeau du Christ et rentrer ensuite, le plus vite possible, dans leur hameau, leur village, leur cité ou leur fief.

— Je ne suis pas de ceux-là! affirma Flaminia avec fougue. Je resterai à Jérusalem et ouvrirai un atelier de parcheminerie. De la sorte le métier de nos aïeux refleurira sur cette terre bénie. J'ai même pensé que Landry, qui avait travaillé jadis à Chartres avec notre père, pourrait venir me rejoindre. Il y aura du travail pour plusieurs parcheminiers, dans cette ville où moines et clercs vont nécessairement pulluler.

— Sainte Marie, valeureuse dame! Vous avez déjà prévu, ma sœur, votre installation dans une ville sous les murailles de laquelle nous campons depuis plus de quatre semaines sans résultat et dont nul ne pourrait dire quand nous la prendrons! s'exclama Brunissen avec étonnement. Je ne vous aurais pas crue avancée à ce point dans vos projets.

— Si Dieu a permis qu'en dépit des innombrables embûches semées par le Malin tout au long de notre chemin nous soyons arrivés jusque devant les murailles de Sa ville, c'est qu'Il entend nous permettre de l'occuper, affirma Flaminia avec son aplomb retrouvé. Dès qu'elle sera nôtre, il conviendra de nous y installer à la place des Sarrasins que nous en aurons chassés. C'est pourquoi, dans ma retraite de Ramla, j'ai songé à ce qu'il nous faudrait aussitôt faire pour vivre le mieux possible dans ce pays!

Ses yeux brillaient d'excitation. On la sentait habitée par une joie profonde et déterminée à parvenir, coûte que coûte, à ses fins.

— Rentrer à Chartres ne vous tente donc pas? N'éprouvez-vous en rien ce mal du pays dont beaucoup des nôtres, peu ou prou, sont atteints? demanda le père Ascelin avec curiosité.

— Je resterai à Jérusalem! répéta Flaminia. J'y ferai ma vie, n'en doutez pas!

— Pour moi, je rentrerai à Chartres, notre évêque m'y attend, dit le notaire épiscopal. Là est mon devoir. Je ne saurais m'y dérober. Mais je quitterai à regret ce pays où chacun de nous remet sans cesse ses pas dans les pas du Seigneur... Sans parler du chagrin que j'éprouverai quand arrivera le moment de me séparer de vous tous... Brunissen souhaite prendre le voile dans un couvent situé près du Saint-Sépulcre et Alaïs ne se résoudra pas, je le crains, à se séparer de ce Bohémond qui l'a si durablement asservie. Si Landry reste, lui aussi, à travailler avec vous ma nièce, je serai donc le seul d'entre nous à repartir pour Chartres.

Le pan de toile qui fermait la tente se souleva comme il terminait sa phrase, et Mathieu le Barbier se précipita vers ses amis francs.

— Sur mon âme, j'ai une fameuse nouvelle à vous apprendre! lança-t-il, sans d'abord remarquer, tant il était agité, la présence des deux nouvelles venues. La date de l'assaut est fixée! Ce sera la veille des ides de juillet si mes renseignements sont bons.

— Dieu soit loué! s'écria Flaminia. Je le verrai de mes yeux!

Mathieu ne reconnut qu'à ce moment-là les voyageuses et se montra fort joyeux de retrouver les deux jeunes filles laissées derrière l'ost à Ramla.

— Vous voici donc guérie! dit-il à Flaminia avec un large sourire. Pour une insolation, c'était une belle insolation dont vous souffriez quand nous vous avons quittée! Je craignais de vous voir rester toute votre vie dans la cité où les Romains ont torturé et décapité notre saint Georges pour avoir renversé les idoles du temple! Si je n'avais pas peur d'exagérer, je dirais volontiers que c'est tout simplement à un autre genre de torture que vous avez été soumise par la faute de Messire le soleil de Judée, qui est, lui aussi, tout comme les Romains, sans accommodement ni merci!

— Je ne pense pas qu'on puisse comparer ma mésaventure aux supplices infligés à saint Georges, rectifia Flaminia dont une expression amusée égayait le sourire. Mais enfin, nous voici revenues parmi vous juste au bon moment, semble-t-il. Racontez-moi ce qui vous est advenu à tous depuis notre séparation.

Durant l'après-dîner on parla d'abondance sous la tente des Chartrains et le temps s'écoula sans qu'on y prît garde...

Le soir venu, on soupa un mesurant l'eau au plus juste. Viande froide, pain et fromage de brebis furent suivis de figues, puis on déroula les paillasses dont chacun tenait toujours plusieurs en réserve pour le cas où se présenteraient des hôtes imprévus.

Presque aussi étouffante que le jour, la nuit descendait sur la Judée.

Mathieu quitta ses amis afin de rejoindre ses quartiers.

Depuis que leur seigneur, le comte de Blois et Chartres, les avait honteusement abandonnés afin de regagner ses domaines blésois, les Chartrains dépendaient de Robert Courteheuse, duc de Normandie, seul chef reconnu désormais par les troupes du centre et de l'ouest de la France.

Le camp des Normands se trouvait être situé au nord, près de celui des Flamands de Robert de Flandre, alors que celui de Godefroi de Bouillon avait été établi plus à l'ouest. Mathieu, qui s'était enrôlé depuis déjà longtemps dans le corps des arbalétriers du duc de Bouillon, tout en continuant, hors des combats, à exercer son métier de barbier, traversa, pour retrouver sa tente, une partie du camp des croisés, grouillant d'animation à l'heure du coucher. En parvenant à son cantonnement, il fut surpris par l'activité qu'il voyait et dont il était évident qu'elle ne s'accordait pas avec le repos nocturne.

— Par saint Georges, aurait-on décidé de passer déjà à l'attaque ? demanda-t-il à un soldat à l'opulente barbe noire qui portait à bout de bras une grosse roue de bois.

— Nos barons ont ordonné de faire démonter et transporter pièce à pièce, durant la nuit, les principales machines destinées au siège, dit l'homme. Ils ont décidé de ne pas faire donner l'assaut de ce côté de la ville, trop bien fortifié, mais plutôt entre la porte d'Hérode et la tour des Cigognes, à l'est, au-dessus de la vallée du Cédron, là où la défense ennemie semble moins dangereuse.

— Dieu juste ! tout défaire et tout refaire !

— Il le faut bien. C'est le duc Godefroi de Bouillon lui-même qui a pris cette initiative et nous a en personne donné l'ordre de l'exécuter. Tel que tu me vois, je suis de ceux qu'on a chargés d'acheminer les pièces du grand château de bois le long de la muraille, jusqu'à son nouvel emplacement.

Mathieu ne connaissait que depuis peu son interlocuteur, mais il avait déjà pu juger sa force de caractère.

— Compère Hugues, lança-t-il, je vais t'aider sans plus attendre. Dis-moi ce que je dois porter.

Hugues Bunel était récemment devenu célèbre parmi les croisés. Il ne les avait rejoints que quelques jours auparavant, mais son aventure avait fait beaucoup de bruit dans l'armée. Normand d'origine, et de bon lignage, il s'était vu déposséder dix-sept ans plus tôt de l'héritage familial auquel il avait droit, par la comtesse Mabel, femme de Roger de Montgomery, haute et puissante dame alliée à Guillaume le Conquérant. Furieux, il l'avait attaquée puis tuée. Condamné à mort par les parents de la comtesse qui voulaient exercer sur lui leur droit de vengeance privée, la fameuse « faide » que l'Église réprouvait, il avait dû fuir de proche en proche la haine des justiciers résolus à lui faire expier son crime. Il avait séjourné en Italie, en Sicile, en Grèce, mais l'influente famille de la comtesse le traquait partout. Finalement, il avait compris qu'il ne pourrait sauver sa vie qu'en s'éloignant de la Chrétienté. Réfugié en Syrie puis en Palestine, il s'était mêlé aux habitants du pays en adoptant leurs costumes, en s'initiant à leurs langues, en se conformant à leurs mœurs. Dès l'arrivée des croisés en Judée, il était allé proposer ses services au duc de Normandie. Trop content de recueillir ce nouveau venu parlant arabe, habitué aux pièges ennemis et connaissant fort bien les coutumes du pays, Robert Courteheuse avait reçu avec magnanimité le transfuge dont il voulait oublier le crime pour ne tenir compte que des avantages offerts par sa présence.

Pendant toute la nuit Hugues Bunel et Mathieu le Barbier participèrent avec l'armée et bon nombre de pèlerins au transfert du matériel de siège d'ouest en est. A la pointe de l'aube, le château de bois garni de machines de guerre était en place à proximité des remparts et prêt à cracher pierres et quartiers de roc.

— Avec la deuxième tour roulante que Tancrède a fait construire à l'extrémité nord des fortifications et avec la troisième, au sud, devant la porte du mont Sion, commandée par le comte de Toulouse, nous voici à la tête de trois châteaux de bois qui font faire regretter leurs crimes aux mécréants d'en face ! s'exclama Mathieu quand tout le matériel eut été transporté.

— Il n'y a plus qu'à les faire servir, renchérit Hugues Bunel en s'épongeant le front du revers de sa manche.

C'était un homme d'une quarantaine d'années, grand et bâti en hercule. Il était également remarquable par la taille et l'épaisseur de sa barbe. Une bouche aux lèvres d'un rouge luisant, ourlée à la perfection, et des yeux fort noirs achevaient de lui donner un air redoutable. Mathieu s'était vite aperçu que son compagnon ne manquait cependant pas de générosité en dépit d'une nature ombrageuse et irascible dont son passé portait témoignage. Il manifestait à tout propos un zèle extrême pour la cause chrétienne. Était-ce pour se faire bien voir des Francs, pour se faire pardonner son rapprochement épisodique avec l'islam ou était-ce la sincérité bouillante des repentis qui l'habitait ? Le barbier s'était posé ces questions mais sans y répondre. Il se contentait d'apprécier la vigueur et la force de caractère du transfuge dont il espérait se faire un ami.

Le ciel s'éclaircissait vers l'est. Déchirant les derniers pans de nuit qui s'attardaient au creux de la vallée de Josaphat, les sons rauques des trompes donnèrent soudain le signal de l'attaque.

A peine le cor eut-il retenti que les chevaliers qui occupaient les trois étages de la tour roulante, malgré leur faible nombre, que compensait seule la fougue dont ils étaient animés, se mirent à lancer blocs de pierre et dards acérés en direction des remparts garnis de Sarrasins.

Au cri répété de « Dieu le veut », les soldats du Christ actionnaient les perrières qui frappaient de leurs plus gros blocs rocheux les murailles pour y faire brèche, pendant que les mangonneaux, déversant une grêle de pierraille meurtrière, atteignaient les rangs ennemis placés sous la crête des fortifications et des tours de défense.

De leur côté, les Sarrasins se défendaient avec âpreté. Ils avaient allumé des torches résineuses enduites d'huile et de graisse et les envoyaient, à l'aide de frondes, contre le château de bois, pour incendier cette menaçante machine.

— Par la mort Dieu ! Nous avons bien fait de protéger le bois avec des peaux d'animaux fraîchement écorchés, dit Hugues Bunel à Mathieu qui n'avait pas pris le temps de dormir et tirait à l'arbalète auprès de lui. Sinon ces démons y auraient vite mis le feu.

— Les chiens! gronda Mathieu. Ils ont fixé aux remparts des sacs de paille et d'étoupe attachés par des cordes pour amortir le choc de nos perrons.

— Regarde! cria son voisin. Regarde le sire duc!

Debout sur l'étage le plus élevé du château de bois, Godefroi de Bouillon, dont l'adresse était reconnue de tous, bandait son arbalète. Il se redressa de façon à tendre l'arc au maximum, plaça un trait dans la rainure et actionna son arme pourvue d'une flèche enflammée.

Poussé par cent poitrines, un cri de joie vibrante salua sa réussite. Plusieurs fois de suite il recommença à tirer. Les paillasses brûlèrent vite. Un vent léger entretenait et animait leur combustion. Bientôt, sacs et cordes furent en cendres et on put reprendre l'action des engins de guerre contre les fortifications.

Toute la journée on se battit.

Dans les tentes-hôpitaux, les blessés affluaient de nouveau. Brunissen, Flaminia, Biétrix et Albérade ne cessèrent de porter soin et réconfort aux pauvres corps saignants, entaillés ou rompus qu'on amenait sur des civières aux femmes qui, comme elles, prodiguaient onguents, baumes et pansements. La soif torturait sans merci les combattants, qu'ils fussent ou non touchés. Le peu d'eau dont on disposait était loin de suffire, tant pour laver que pour abreuver tout ce monde. Sous les tentes de toile où régnait une touffeur épuisante, chacun était altéré. Les moines médecins et les infirmières se privaient durement pour donner un peu du précieux breuvage à ceux qui en avaient le plus besoin.

— Raymond de Saint-Gilles vient de faire crier par tout le camp que quiconque porterait trois pierres dans le fossé situé au sud afin de le combler pour permettre à son château de bois d'accéder au pied des remparts recevrait un denier! dit Brunissen à sa sœur. Depuis le début de notre marche, ce riche seigneur n'a pas cessé de délier les cordons de sa bourse.

— Par ma foi, voilà des deniers bien employés! répliqua avec entrain Flaminia.

Elle semblait avoir recouvré son allant habituel depuis la nuit mouvementée que les pèlerins avaient passée sans presque prendre de repos à aider les soldats de l'ost. Tous ceux qui étaient valides avaient tenu à participer au grand transbordement des machines de guerre. Les Chartrains n'avaient pas été les derniers à s'y employer. Dans la fébrilité nocturne, Flaminia avait même disparu un certain temps, séparée de sa famille. Bien plus tard, après l'avoir rejointe, elle avait expliqué qu'elle s'était mêlée à un groupe de Beauceronnes, bien connues d'elle avant sa maladie et qui cherchaient des aides pour ramasser dans la vallée du Cédron des tiges d'osier, de menues branches, des rameaux flexibles. Ces femmes confectionnaient ensuite avec leur butin de grandes claies sur lesquelles on tendait les peaux tout juste équarries, destinées à protéger les soldats du feu grégeois que les Sarrasins utilisaient couramment au grand dam des Francs.

Les explications de Flaminia s'étaient perdues dans l'agitation générale. L'heure était grave. Au prix de bien des vies on avait réussi à combler le fossé du nord extérieur aux remparts de façon à amener devant eux l'énorme bélier de bois qui frappait à présent de sa tête de fer la première enceinte. A l'abri de la voûte construite avec les claies recouvertes de peaux d'animaux dont avait parlé Flaminia, hommes d'armes et pèlerins actionnaient le bélier dont les violents coups de boutoir défonçaient peu à peu la muraille.

Dans la chaleur et la soif, la souffrance et la mort, l'ost Notre-Seigneur paraissait progresser. Mais les Sarrasins se défendaient avec acharnement. Flèches, feux grégeois, tisons embrasés, soufre, huile bouillante, poix enflammé étaient déversés sans merci sur les assaillants.

Deux jours et deux nuits durant, les assauts se succédèrent sans résultats appréciables.

Épuisées, mais aussi résolues que les hommes, les femmes soignaient, nourrissaient, réconfortaient, galvanisaient les combattants.

— Nous serons bientôt dans Jérusalem, dit soudain Brunissen. Je le sens. Toutes nos peines s'y dissiperont.

Flaminia l'embrassa avec fougue.

— Dieu vous entende, ma sœur ! Le temps me dure ! dit-elle, à bout de nerfs.

Elles avaient peu dormi et beaucoup œuvré durant toutes ces heures. Traits tirés, nattes défaites, devantiers tachés de sang et de poussière, mains tremblantes de lassitude, les quatre femmes partageaient l'affreuse fatigue et l'immense espérance des croisés. Comme eux, elles comprenaient que la fin de la bataille approchait. Au sud, sur le mont Sion, Raymond de Saint-Gilles comte de Toulouse, aidé par les marins génois venus de Jaffa, s'activait à combler le fossé et à faire dresser sa propre machine de guerre. De son côté, Tancrède multipliait les attaques.

Enfin vint le matin du 15 juillet...

Ce fut alors, au cœur des combats furieux, que le château de bois du duc Godefroi de Bouillon entra dans le mur de la barbacane par la brèche creusée et élargie grâce à l'énorme bélier qui avait fonctionné jour et nuit jusqu'à ce que les Sarrasins parviennent à l'incendier. La tour roulante, avec ses trois étages, était une admirable construction plus haute que les fortifications de la ville, mais c'était une masse difficile à faire avancer sur ses roues épaisses entre lesquelles manœuvraient ceux qui avaient la pénible charge de l'amener au plus près de la seconde enceinte. Enfermés en bas dans un abri de planches ils suaient sang et eau dans une moiteur suffocante. Au-dessus d'eux, dans l'étage compris entre leur réduit et la plate-forme, se tenait une réserve de chevaliers armés d'arcs, de flèches, d'arbalètes, de masses et de lances. Enfin, à découvert, Godefroi de Bouillon, son frère Eustache et quelques preux occupaient la plate-forme supérieure. Celle-ci disposait d'une passerelle volante, sorte de pont-levis, prête à être lancée sur les fortifications proches.

Vêtu d'un haubert en mailles de fer, un heaume conique avec nasal recouvrant le camail qui lui protégeait la tête, le duc Godefroi faisait voler comme pluie ses carreaux d'arbalète dont chacun atteignait un adversaire. Les mangonneaux et les perrières, établis en arrière et aux deux flancs de sa tour, tonnaient contre le parapet d'enceinte et en balayaient les défenseurs. Ceux-ci avaient de leur côté dressé cinq mangonneaux pour venir à bout de l'énorme château de bois que sommait une croix d'or resplendissante sur laquelle on voyait une sculpture représentant le Christ. Rendus furieux par cette provocation, les Sarrasins concentrèrent le tir de leurs archers, de leurs machines de guerre et de leurs feux grégeois sur la terrible tour et spécialement sur la croix qu'elle portait à son faîte.

Tapissées de peaux fraîches et encore sanglantes de taureaux, de chevaux ou de chameaux, les claies qui recouvraient le château de bois roulant le rendaient invulnérable. Ni les traits durs et serrés, ni les pots remplis de substances enflammées ne le détruisaient.

Les éclats de roche, les pierres, les flèches, les projectiles de toute sorte volaient, sifflaient, frappaient les parois de bois au milieu d'un vacarme fait de cris de guerre, de hurlements, de plaintes...

L'acharnement était le même des deux côtés et la victoire tardait...

Tout à coup deux femmes arabes se dressèrent sur les remparts, devant la tour de Godefroi de Bouillon. Faisant force gestes d'envoûtement, elles se mirent à prononcer des incantations qui ne pouvaient être que diaboliques, dans l'intention manifeste d'ensorceler les Francs et de conjurer la puissance de leur attaque. Les servants des trébuchets ne s'y trompèrent pas. Ils prirent les magiciennes pour cibles et les quartiers de roc qu'ils lancèrent alors vers elles les touchèrent de plein fouet, chassant leurs âmes de leurs corps et déjouant les effets de leurs enchantements...

On était au mitan de la journée, mais on se battait toujours avec fureur de part et d'autre. L'émir fâtimide Iftikhâr al-Dawla disposait d'un important matériel guerrier et possédait des quantités impressionnantes de vivres. Sa garnison était nombreuse et aguerrie. Il pouvait encore repousser les assaillants... Derrière la tour qui avançait si lentement, si péniblement, des prêtres, des moines, en vêtements sacerdotaux blancs, des pèlerins aussi brandissaient des croix, chantaient des psaumes, priaient à haute voix, criaient « Dieu aide ! Dieu aide ! Saint Sépulcre ! Vive Dieu ! Saint Sépulcre ! Saint Amour ! » Comme à chaque engagement, les bliauds clairs des femmes circulaient parmi les rangs des soldats jusqu'aux approches mêmes de la tour roulante. Elles leur apportaient le peu d'eau encore disponible, les encourageant et mêlant leurs voix aux leurs.

Comme leurs compagnes, Flaminia et Brunissen se prodiguaient, faisant circuler les outres qui contenaient un fond de liquide saumâtre, chantant, priant, implorant le Seigneur. Elles couraient des tentes-hôpitaux aux combattants, repartaient une fois les outres vidées, revenaient un peu plus tard... Mais elles ne transportaient pas que de l'eau. Des fûts et seaux de bois remplis de vinaigre avaient été préparés depuis quelques jours sur les conseils d'Hugues Bunel qui connaissait parfaitement les inventions et les artifices des infidèles. Quand le moment en fut venu, les pèlerins et les femmes approchèrent tonneaux et récipients de la tour roulante.

— Gare! Gare! criaient-ils en parvenant au plus près des premiers rangs.

En effet, les Sarrasins tentaient une nouvelle manœuvre : deux poutres armées de longs crocs de fer, suspendues par des câbles, s'arc-boutaient aux remparts menacés pour tenter de tenir à distance le redoutable château de bois qui ne cessait de progresser. Les assiégés y suspendirent soudain des paquets d'étoupes imbibées de naphte, de soufre, d'huile, de poix, de cire et de résine dans l'intention de faire basculer ces poutres sur la tour roulante et de la détruire avec leur arme la plus effrayante, la plus redoutée aussi, ce feu grégeois que l'eau ne pouvait éteindre.

Au moment où les poutres incendiaires s'abattaient sur la plate-forme, afin de s'y incruster de leurs crocs de fer et d'y bouter le feu, les croisés les noyèrent sous des douches de vinaigre qui étouffèrent les flammes.

— Tu nous as sauvés, Hugues, soupira Mathieu. Dieu te le rendra!

Actionnées de l'intérieur du château de bois, des faux emmanchées dans de longues perches coupèrent alors les câbles qui retenaient les poutres et ces dernières, jetées de la plate-forme sur la muraille de la seconde enceinte, purent servir de pont-levis.

Profitant d'un vent favorable, Godefroi de Bouillon fit . alors mettre le feu à une paillasse dont la fumée, poussée vers eux, aveugla les Sarrasins. Tirant aussitôt avantage de leur recul, on abattit la passerelle du château de bois, qui, s'appuyant sur les deux poutres livrées, bien involontairement, par les ennemis, autorisa enfin les assiégeants à bondir sur le chemin de ronde déserté par ses défenseurs.

Un cri immense s'éleva : « Dieu le veut ! Dieu le veut ! Dieu aide ! »

L'épée à la main, deux Flamands de la suite du duc de Bouillon, les frères Letold et Engilbert de Tournai, posèrent les premiers le pied sur le mur de la Ville sainte.

Godefroi et Eustache de Boulogne, son aîné, se précipitèrent sur leurs pas, suivis du reste de leur vasselage. Pendant ce temps, des échelles appliquées de toutes parts permirent aux soldats de grimper à leur tour sur les fortifications abandonnées...

Jérusalem était conquise !

Il n'y avait plus qu'à pénétrer jusqu'au cœur de la cité.

C'était à l'approche de l'heure à laquelle Notre-Seigneur Jésus-Christ consentit à souffrir pour nous le supplice de la croix...

Et on était un vendredi !

— J'ai vu, frères, et beaucoup d'entre nous ont également vu, là, tantôt, au sommet du mont des Oliviers, un cavalier inconnu. Il agitait un bouclier éblouissant et, d'un geste, semblait donner le signal attendu! Dieu aide! Dieu est avec nous! clama une voix issue de la masse des pèlerins agglutinée derrière le château de bois.

Brunissen crut reconnaître les accents inspirés de Pierre l'Ermite. Elle se retourna pour le dire à Flaminia, mais sa sœur avait disparu ainsi que Biétrix. Parmi les têtes qui moutonnaient tout autour d'elle, au sein de la foule exaltée, elle ne distingua ni l'une ni l'autre.

— Par le sang du Christ! C'était un messager céleste! lança quelqu'un. Jérusalem est à nous!

Qui avait parlé? Nul ne le savait. Chacun se sentait projeté hors de lui-même, comme promu ange justicier. Chacun avait le sentiment de représenter, en cet instant-là, à cet endroit-là, en toute vérité, la dextre vengeresse du Seigneur.

— Nous sommes le bras séculier de Dieu! Chassons de Jérusalem, de Sa ville, les blasphémateurs, les sacrilèges, les incroyants! Exterminons tous ces démons impies!

— Mes frères, clama un moine, cette victoire n'est pas nôtre, elle est victoire du Tout-Puissant, du Très-Haut! bénissons-Le!

Sa voix fut emportée dans le délire général. Les soldats flamands et brabançons qui avaient escaladé les murailles à la suite de Godefroi de Bouillon et de ses preux faisaient à présent sauter de l'intérieur les verrous des lourdes portes bardées et cloutées de fer qui défendaient l'entrée de la cité. La porte de Naplouse grinça et bâilla d'un seul coup. Elle était la première à s'ouvrir.

Un flot frénétique, éperdu, déchaîné s'y engouffra.

— Vive Dieu ! Saint Amour ! Saint Sépulcre ! Saint Sépulcre ! Les nôtres se battent déjà aux abords de la Grande Mosquée !

Des hurlements de joie explosèrent à cette nouvelle. Qui aurait pu contenir un tel élan ? On n'arrête pas les vagues furieuses de la tempête qui emportent le fétu aussi bien que la digue s'opposant à leur colère.

On riait, on pleurait, on s'embrassait, on vociférait, on courait vers les ruelles, les passages, les voûtes fraîches, les cours ombreuses, les maisons blanches, les fontaines et les citernes remplies d'une eau claire qui jasait. On buvait. On repartait. On envahissait places, terrasses, jardins, mosquées...

Vaincus, débordés, pourchassés, traqués, les Sarrasins fuyaient devant ce flot pourfendeur d'où s'élevaient cris de ressentiment et cris de fureur. Ceux d'entre eux qui étaient armés se battaient encore, vendaient chèrement leurs vies. On s'entre-tuait...

— Sus ! Sus ! Tue ! Tue !

Brunissen, emportée comme les autres par la multitude, s'était vue brutalement séparée des femmes franques de son entourage.

— Dieu Seigneur, implora-t-elle tout en courant avec ceux qui l'entraînaient, Dieu Seigneur ! Ayez pitié de Votre peuple victorieux ! Épargnez-lui l'excès dans la haine comme dans les représailles !

Pouvait-elle être entendue ? La crue humaine envahissait l'espace avec une jubilation féroce et l'exaltation était à son comble. On se battait partout contre des adversaires dont la fuite décuplait l'agressivité des vainqueurs. Les soldats francs couraient l'épée levée, estoquant, fauchant tout ce qui bougeait devant eux. A leur suite, les pèlerins éprouvaient la sensation enivrante d'avoir dépouillé la condition de simples créatures pour pénétrer, en franchissant l'enceinte de Jérusalem, dans le domaine de l'éternité. Sûrs d'avoir laissé derrière eux, aux portes de la Ville sainte, leurs vêtures corporelles pour endosser l'habit de lumière de l'archange saint Michel, ils avançaient comme dans un rêve de gloire. Leurs semelles étaient de nuées...

Sur le trajet de leur passage vengeur, ils ramassaient des armes éparses abandonnées par les Sarrasins et s'en servaient pour débarrasser la Terre sainte des êtres démoniaques qui la souillaient. Ils voulaient tuer tous les ennemis de Dieu. Leurs yeux revoyaient sans fin les profanations dont s'étaient rendus coupables si peu de temps auparavant, à l'encontre des croix et des images de la Vierge-Mère, par ces êtres malfaisants qui incarnaient la perversité de Satan. Sur les corps des mécréants sacrilèges, ils réglaient leur compte à toutes les souffrances accumulées : la honte infligée au Christ, la misère de trois années sans merci, la faim, la maladie, la mort, la peur, les malheurs du monde et l'incompréhensible dureté des épreuves qu'il leur avait fallu franchir...

— Dieu le veut ! Dieu le veut !

Sans se lasser, passant et repassant sur leurs traces, chevaliers, sergents, valets d'armes et bon nombre de pèlerins parcouraient les rues, les passages et les moindres recoins, frappant de la lance, de l'épée, de la hache, de la masse d'armes les soldats défaits aussi bien que les civils. Ni l'âge ni le sexe n'importaient. Pas un seul infidèle ne devait réchapper.

Les yeux élargis, les jambes tremblantes, une sueur glacée lui coulant le long des reins en dépit de la fournaise de juillet, Brunissen, criant son épouvante, butait sur des cadavres d'où s'échappaient des flots de sang...

Pourquoi, pourquoi cette folie ? Pourquoi cette tuerie puisque les croisés avaient pris Jérusalem ? Ces enragés étaient-ils ses frères ? Étaient-ils les mêmes que les vaillants soldats du Christ partis de France, il y avait si longtemps, pour parvenir, au prix de tant de peines, de tant de vies sacrifiées, à délivrer les Lieux saints ? Elle ne comprenait plus et pleurait sur cet horrible gâchis, sur ses illusions détruites, sur ces morts inutiles et les âmes qu'on aurait pu, qu'on aurait dû sauver... Il lui semblait qu'elle allait tomber en pâmoison. Elle éprouva le besoin de s'appuyer contre le mur blanchi à la chaux qui longeait la rue où elle se trouvait.

C'est alors qu'elle fut frappée par un arôme intense et frais à la fois qui l'enveloppait soudain. Elle leva des yeux brouillés de larmes et découvrit une profusion de branches de jasmin en fleur qui s'épandait au-dessus de la couronne murale en tuiles vernissées coiffant le faîte du mur. Un jardin devait se cacher derrière. Une envie violente comme un appel s'empara de Brunissen. Fuir le cauchemar qu'elle était en train de vivre, quitter la troupe déchaînée qui l'emportait dans sa course, s'éloigner de l'horreur qui la poignait, trouver un moment de répit, de paix, au cœur de la tragédie, se reprendre, tenter de prier...

Elle découvrit, non loin de l'endroit où elle se tenait, percée dans la haute muraille aveugle, une porte en bois à deux battants, peinte de couleur émeraude. Décorée de clous, de ferrures, de poignées, et munie d'un heurtoir en cuivre qui brillait doucement dans l'ombre de la ruelle étroite protégée du soleil par la hauteur même des maisons qui la bordaient, cette porte lui parut salvatrice. Sans réfléchir, sans savoir ce qui l'attendait de l'autre côté, sans même vouloir se demander comment les habitants de la demeure arabe accueilleraient chez eux une ennemie surgie de tout ce chaos, Brunissen se détacha du flot déferlant de la multitude et se glissa jusqu'au portail vert. Comme elle cherchait à l'ouvrir, elle s'aperçut que l'un des deux battants était entrebâillé. Elle le poussa d'une main hésitante et constata qu'il n'offrait aucune résistance. Après s'être assurée d'un regard que personne ne prêtait attention à ce qu'elle faisait, la jeune Franque se faufila à l'intérieur de la maison.

Elle se retrouva dans une vaste entrée carrée, dallée de briques disposées avec art et qui donnait sur une cour intérieure de grande dimension. Mais était-ce une cour ou un jardin, ce lieu si vert, si luxuriant, où des allées s'entrecroisaient autour de pelouses, de parterres fleuris, de bassins, qu'ombrageaient des cyprès, des mûriers, des sycomores, des grenadiers, des palmiers et des orangers en pleine terre dont beaucoup étaient étoilés de corolles blanches ? Leurs parfums étaient la seule présence sensible dans la maison muette où la rumeur de la rue ne parvenait que très atténuée.

Brunissen s'approcha du bassin central agrémenté d'un jet d'eau dont le murmure liquide était à lui seul rafraîchissant, s'assit sur la bordure de marbre blanc et trempa ses mains dans l'eau claire où évoluaient quelques poissons rouges.

Le calme qui l'entourait était si soudain, si étrange, après les scènes de combat et de violence dont elle émergeait à peine, qu'elle passa ses mains humides et fraîches sur son front pour s'assurer qu'elle ne rêvait pas.

Personne ne se montrait. Elle se releva, fit quelques pas et, s'enhardissant, traversa la cour-jardin.

A l'opposé de l'entrée par laquelle elle s'était introduite dans la demeure se dressait la maison d'habitation. Elle pénétra dans une salle de belle taille, dont le plafond et les murs étaient décorés à profusion de stucs, de peintures et de mosaïques azurées. Des sofas, une nuée de coussins, des tapis de laine soyeuse aux nuances chatoyantes, des tables basses en cuivre damasquiné, des brûle-parfum d'où s'élevaient encore de minces colonnes de fumée odoriférante rappelant ceux qui les avaient allumés, des tentures de soie claire, des lustres couronnés de lampes à huile en verre bleu et une bibliothèque en bois sombre faite de casiers étagés avec soin composaient une pièce luxueuse qui évoquait réceptions amicales et opulence tranquille.

Sur les sofas bas posés à même les tapis, des voiles de gaze jetés au hasard, des babouches abandonnées et une harpe renversée sur les coussins confirmaient l'impression d'un départ hâtif et tout récent.

Brunissen avisa soudain, non loin de l'endroit où elle se tenait, un plateau de cuivre auquel étaient fixés des pieds de bois sculptés. Sur sa surface ronde ouvragée, incrustée de minces filets d'or et d'argent, un miroir d'acier poli attira son regard. Il luisait doucement dans la pénombre fraîche et elle s'en empara pour se voir. Au milieu de cette salle somptueuse si différente de celle où elle avait été élevée et de celle où elle vivrait désormais, elle qui avait choisi de devenir une servante du Seigneur, Brunissen se regarda avec curiosité, s'attendant à retrouver sur ses traits le reflet du bouleversement qui l'agitait. Le regard paraissait troublé et douloureux certes, mais en dépit d'un certain amaigrissement qui lui creusait les joues, elle constata que son visage conservait son apparence juvénile et lisse, inentamée... Son teint, moins frais qu'à Chartres, s'était simplement bruni à la lumière des mille soleils qui l'avaient offensé durant la longue route. Ses prunelles couleur de châtaigne en semblaient plus lumineuses. Sous son voile, ses cheveux sagement nattés arboraient toujours leur nuance de pain brûlé, à peine éclaircie sur les tempes par des reflets dorés.

« J'ai vingt ans à présent, se dit-elle. J'ai traversé des épreuves sans nombre depuis trois ans, mais j'en suis à peine marquée. Ma jeunesse est la plus forte. »

Ce serait pourtant une femme et non plus une adolescente qui se consacrerait au service divin et c'était bien ainsi. Comme elle demeurait, songeuse, à s'observer dans le miroir, elle crut soudain discerner, derrière elle, dans l'ombre des tentures qui décoraient la pièce tout en en masquant les ouvertures, le reflet d'une mince forme humaine, accroupie, qui l'épiait.

D'un mouvement rapide, elle se retourna et marcha sans hésiter vers la présence immobile, demeurée invisible jusque-là. C'était une fillette menue, tremblant de la tête aux pieds, paralysée par une frayeur indicible. Elle pouvait avoir huit ou neuf ans.

Brunissen s'agenouilla auprès d'elle et lui sourit sans provoquer la moindre réaction.

— N'aie pas peur, ne crains rien. Je ne te ferai aucun mal.

La petite fille ne broncha pas. Elle avait des cheveux noisette, tressés et séparés par une raie, un voile vert noué sur la tête et des yeux clairs comme de l'eau, dilatés par l'angoisse. Son mince corps tremblant était vêtu d'une courte tunique reprisée et délavée.

Que faisait cette enfant pauvre, de toute évidence étrangère à la Judée, dans cette riche demeure arabe ?

Pour l'apprivoiser, Brunissen se mit à lui parler avec douceur, sans élever la voix, en répétant inlassablement des mots de paix et d'amitié. Elle employa d'abord sa propre langue, puis le latin. Enfin, elle se décida à prononcer les quelques expressions grecques qu'elle avait pu glaner, depuis Constantinople, tout au long de son chemin. Le petit corps tressaillit aussitôt. Le front obstinément baissé se releva et les yeux d'eau perdirent un peu de leur inquiétude. Dans le mouvement qu'elle fit en se redressant, la fillette dégagea son cou maigre et tout le bas de son visage peureusement caché jusque-là. C'est alors que Brunissen vit l'anneau qu'elle portait à l'oreille droite.

« Une petite esclave ! se dit-elle. Sainte Mère de Dieu ! Voici donc une enfant grecque, enlevée par les Sarrasins et asservie par eux ! »

Elle savait que les musulmans capturaient au cours de razzias ou de campagnes guerrières un grand nombre de prisonniers dont ils faisaient ensuite des esclaves. Un fructueux trafic de ces pauvres créatures arrachées à leurs familles, à leurs pays, vendues ensuite au plus offrant, existait depuis des siècles à travers tout l'Orient. L'anneau de la servitude leur était imposé pour les distinguer des hommes libres.

Cherchant tous les mots grecs dont elle pouvait se souvenir, Brunissen rassembla avec application, lenteur et une bonne volonté maladroite les termes les plus apaisants qui lui vinrent à l'esprit afin de consoler et de rassurer la fillette. Elle eut soudain l'idée de reprendre des bribes de chants religieux orientaux entendus dans les différentes églises de rites arménien, copte ou syrien où elle s'était rendue en passant. L'enfant frémit et fixa sur la jeune Franque un regard où, peu à peu, renaissait un sentiment de confiance.

— Où sont tes parents ?

— Je n'en ai plus.

— Où vis-tu ?

— Ici. Nous sommes deux. Ma sœur et moi.

— Où est-elle ?

— Partie.

— Avec les maîtres de cette maison ?

— Quand ils se sont sauvés ils l'ont emmenée...

Un flot de paroles incompréhensibles suivit ce court

échange. Renonçant à saisir la suite des propos débités à grande vitesse par la petite esclave, Brunissen se contenta de caresser la tête levée vers elle en attendant une interruption du discours puéril. Quand elle put placer un mot :

— Ton nom ? demanda-t-elle.

— Irène, répondit la fillette.

— Es-tu seule ici ?

De nouvelles explications torrentueuses sortirent de la bouche enfantine, puis, soudain, bondissant sur ses pieds, Irène saisit la main posée sur ses cheveux et entraîna son interlocutrice au-dehors.

— Où allons-nous ?

Résignée à ne pas comprendre les réponses données à ses questions, Brunissen se laissa conduire à travers le jardin feuillu.

Sur les pelouses, très dignes, déambulaient des paons sans paraître se soucier des clameurs lointaines, confuses, qui arrivaient jusqu'à eux à travers murs et feuillages.

Tout autour des parterres et des arbres, une galerie circulaire à arcades donnait sur des appartements qu'on devinait. Ils étaient répartis entre un rez-de-chaussée surélevé de quelques marches et un premier étage aux murs tapissés de jasmin et de plantes grimpantes. Un toit plat, cerné par une balustrade ajourée, formait une terrasse où prendre le frais dès le coucher du soleil. Mais, de toute évidence, personne ne s'y tenait. La maison silencieuse était vidée de ses occupants.

Irène conduisait sa compagne avec détermination jusqu'aux sous-sols de la belle demeure. Elles traversèrent une vaste cuisine, éclairée par des demi-fenêtres ouvrant, au ras du sol, sur une cour intérieure, vers laquelle l'enfant entraîna Brunissen.

Au centre de la petite cour, étroite et fraîche, une citerne ouvrait son œil glauque. Tombé sur le rebord de pierre polie, un homme ensanglanté gisait près de l'eau, immobile. La fillette s'approcha de lui, s'accroupit à ses côtés et lui tâta le front.

Elle secoua la tête et soupira.

— Il va mourir, dit-elle avec une sorte de fatalisme triste qui serra le cœur de la jeune Franque.

— Qui est-ce ? demanda-t-elle.

— Un ami, répondit l'enfant.

Depuis des années, Brunissen avait soigné tant de blessés qu'elle savait discerner sur leur visage les approches de la mort. Il lui semblait que celui-ci n'était pas aussi sérieusement atteint qu'Irène le pensait. Elle se pencha vers l'homme, prit son poignet et s'assura que son pouls battait toujours. Il pouvait avoir une trentaine d'années. Son visage pâli, cendreux, aux narines pincées, était orné d'une moustache rasée en son milieu. Ses deux pointes rejoignaient une courte barbe noire, soyeuse et bouclée comme les cheveux partiellement recouverts d'un turban vert que la chute avait rejeté en arrière. Sur son vêtement de drap indigo brodé d'un galon de soie, une large traînée de sang frais s'étalait. Elle partait de deux déchirures faites par une lame qui avait troué l'étoffe, l'une à hauteur de l'épaule gauche, l'autre un peu plus bas, non loin du cœur.

— Aide-moi, dit Brunissen à la petite fille qui observait avec effroi l'Arabe évanoui.

Elle désignait le tissu vert du turban que l'enfant ramassa.

— Trempe-le dans l'eau, donne-le-moi.

Au moyen de cette compresse improvisée, elle bassina les tempes et les joues du blessé dont le teint basané se recolora peu à peu. Écartant les pans croisés du vêtement qu'une large ceinture de toile maintenait serrés autour de la taille, elle dégagea le buste revêtu d'une chemise blanche, fermée sur l'épaule droite grâce à une petite boule de bois comme la jeune Franque n'en avait encore jamais vu. Le coton très fin de la chemise était, lui aussi, trempé de sang. Avec beaucoup de précautions, Brunissen décolla la percale déchirée des plaies ouvertes. Un gémissement fit écho à son geste.

L'homme revenait à lui. Il ouvrit les yeux et contempla avec étonnement et anxiété l'étrangère penchée vers lui.

Irène se rapprocha et, avec une volubilité qui témoignait de sa familiarité envers la langue de ses ravisseurs, elle se mit à parler arabe à l'homme allongé par terre.

Celui-ci voulut se redresser mais son mouvement, à peine esquissé, fut interrompu par la douleur et il retomba en arrière, sans une plainte, serrant les dents pour s'empêcher de crier. Parfaitement lisse, sa poitrine dénudée brillait de sueur et de sang confondus.

Dans l'escarcelle qu'elle portait suspendue à la longue ceinture qui lui faisait trois fois le tour des reins, Brunissen conservait toujours un flacon de senteur, en plus des quelques autres fioles et sachets contenant baume, élixir ou poudre utiles aux blessés dont elle s'occupait. Elle y serrait aussi la longue aiguille d'or à la pointe arrondie qui lui servait à sonder la profondeur des blessures. Tout en montrant à sa petite aide comment étancher le sang qui s'échappait de l'épaule et de la poitrine de l'Arabe, Brunissen se mit en devoir de manier cette aiguille avec sa délicatesse et son habileté coutumières. Elle constata que la plaie la plus haute était profonde. L'autre, proche du cœur, l'était moins. L'arme, couteau ou épée, avait glissé sur les côtes et seulement traversé les chairs.

— Il n'est pas trop gravement atteint, murmura-t-elle. Aucun organe essentiel n'a été lésé.

Irène, qui la regardait avec un immense intérêt, se pencha vers l'homme étendu et sortit d'un des pans relevés du vêtement qu'il portait un carré de tissu blanc, brodé avec art, pour le tendre à son amie. Brunissen lui sourit, versa sur la fine étoffe quelques gouttes d'élixir et en lotionna les deux blessures, plusieurs fois de suite. Elle y étala une mince couche d'un baume tiré de son escarcelle, et, après avoir dénoué sans la moindre hésitation le voile qui lui recouvrait la tête, s'en servit pour entourer la poitrine pantelante. Elle agissait adroitement, avec les gestes assurés, précis, que donne l'expérience.

Lèvres serrées, le blessé s'interdisait toujours la moindre manifestation de souffrance. Pour aider celle qui le soignait, il se souleva quand elle enroula autour de son buste le voile qu'elle venait de retirer, mais continua stoïquement à garder le silence.

— Si Dieu le veut, il guérira bientôt, dit alors Brunissen. Mais il faudrait qu'il reste étendu plusieurs jours. Pouvons-nous l'aider à gagner l'intérieur de la maison ?

Sans y songer, elle s'était exprimée en latin car ses minces connaissances de grec ne lui permettaient pas de dire tant de choses en cette langue. A son grand étonnement l'homme, demeuré muet depuis qu'elle avait commencé à le soigner, lui répondit dans la même langue.

— Cette maison n'est pas à moi, dit-il en un latin rocailleux mais tout à fait compréhensible. J'y avais seulement des amis. Ils se sont tous enfuis à l'arrivée de vos troupes. Je ne sais ce qu'ils sont devenus à présent... Vous les avez sans doute massacrés... Eux aussi !

Brunissen se redressa.

— Nous sommes venus ici dans l'unique souci de délivrer le tombeau de Notre-Seigneur Jésus-Christ, répondit-elle. Nous n'avons nullement l'intention d'anéantir des familles qui ne sont pas responsables des tueries commises par des Sarrasins fanatiques contre nos frères pèlerins. Vos amis ne sont pas en danger, du moins je l'espère, et je souhaite qu'ils puissent bientôt regagner leur logis.

Elle parlait avec fermeté, désir de convaincre et une évidente bonne foi.

L'homme secoua la tête, mais préféra se taire et chercha à se relever en prenant appui sur la bordure de marbre de la citerne.

— Vous n'y parviendrez pas seul, reprit Brunissen. Je vais vous soutenir.

Une lueur de méfiance traversa les prunelles noires du blessé. Il avait un visage aux traits nets, sans graisse aucune, un nez busqué, un menton qu'on ne distinguait pas sous la barbe drue, mais des yeux qui atténuaient l'énergie de l'ensemble par leur expression douloureuse, sensible, réfléchie.

— Ne craignez rien, reprit Brunissen. Il vous faut du repos. Je vais vous conduire dans la salle et vous pourrez vous y allonger sur un sofa. Ensuite, je partirai et vous n'aurez plus qu'à attendre vos amis.

C'était oublier ce qui se passait dans Jérusalem. Le trio avait à peine atteint, avec difficulté, la cuisine que des coups, frappés sans ménagements contre la porte d'entrée, et des bruits de voix surexcitées éclatèrent, brisant le calme de la demeure vide.

— Qu'Allah me pardonne ! murmura le blessé. Voici vos Franj ! Je n'ai plus qu'à mourir !

— Il n'en sera rien ! s'écria Brunissen. Je vous sauverai !

Elle se tourna vers la petite fille qui ne les avait pas quittés d'un pas.

— Où peut-on le cacher ? demanda-t-elle à l'enfant en employant de nouveau son grec maladroit. Cette maison est grande...

Irène désigna une porte étroite.

— Les écuries sont tout près. Elles sont pleines de recoins... Il y a là un passage...

— Venez !

Soutenant son protégé, Brunissen le conduisit derrière l'huis et l'aida à s'asseoir par terre.

— Restez ici tous deux, dit-elle. Ne bougez pas. Attendez-moi.

Elle s'élança au-dehors, traversa la maison et la cour-jardin et se retrouva au seuil de la vaste entrée envahie par des pèlerins qui entouraient un des leurs, étendu sur les briques du dallage.

— Que Dieu vous garde, dit-elle en s'approchant du groupe. Que vous arrive-t-il ?

Elle avait reconnu des Normands de la suite de Robert Courteheuse, avec lesquels il lui était arrivé de cheminer et dont elle avait soigné quelques-uns, au fil des jours.

— Par tous les saints, vous êtes des nôtres ! s'exclama en se redressant une des femmes penchée sur le gisant. Il n'y a donc plus de Sarrasins céans ?

— Pas que je sache, répondit Brunissen. Je suis seule dans la maison.

— Donc, elle est à vous ! reprit la femme. Vous savez qu'avant la prise de la ville nos barons ont décidé que tout croisé, quelle que soit sa condition, deviendrait maître absolu de la maison dont il se serait emparé le premier. Chacune d'entre elles sera considérée comme prise de guerre !

Troublée, Brunissen avait oublié une décision qui, soudain, lui parut providentielle.

— Ainsi, je suis donc chez moi, constata-t-elle avec un soulagement infini. Par ma foi, je m'y plais déjà !

Elle se pencha vers l'homme allongé sur le sol.

— Qu'a-t-il ? Puis-je vous aider ? demanda-t-elle.

— C'est un forgeron de Caen, que nous connaissons un peu. Il a été piétiné par la foule dans la bousculade qui s'est produite lorsque les Provençaux ont compris que nous autres, gens du Nord, étions entrés les premiers dans la ville. Ils s'y sont rués comme des fous et la cohue était telle que certains sont tombés et ont été foulés aux pieds. Comme celui-ci.

Brunissen s'agenouilla auprès de l'homme. Un filet de sang coulait du nez à la barbe grise, souillée de poussière et de caillots coagulés. Il râlait faiblement.

— J'ai peur de ne plus rien pouvoir pour lui, soupira-t-elle en secouant tristement la tête.

— Grâce à Dieu, il se trouve un hôpital non loin d'ici, dit la femme blonde et fortement charpentée qui avait parlé la première. Nous sommes passés à côté avant de découvrir ce blessé tombé contre les murs de votre logis. Emportons-le là-bas pour le faire soigner.

— Avant de partir, voulez-vous bien vous charger d'un message pour mon oncle et mes sœurs ? demanda Brunissen. Je ne voudrais pas quitter cette maison de peur qu'on ne me la prenne et je ne sais comment faire savoir aux miens que j'y suis installée.

— Par Belzébuth ! vous avez raison de vous méfier ! s'écria un gros homme pansu. Vous êtes bien ici et beaucoup se disputent déjà les meilleurs endroits. Marquez donc votre porte d'une croix pour montrer qu'elle est en de bonnes mains et occupée par des chrétiens.

— Je vais aller prévenir votre famille, dit un garçon d'une quinzaine d'années au visage rempli de taches de rousseur. Je connais votre tente vert et rouge où j'ai reçu souventes fois un peu de nourriture. J'y cours !

Il s'élança dehors.

— Nous autres, reprit le gros homme, allons porter ce malheureux à l'hôpital, mais ne nous y attardons pas. Les chiens de païens, les fils de démons, qui occupent Jérusalem la Sainte se sauvent vers le tem-

ple de Salomon à ce qu'on dit. Nous devons les y
poursuivre. Il ne faut pas qu'un seul en réchappe !

— Ils vont s'y enfermer et s'y battre jusqu'au dernier !
lança une voix. Courons-y !

En portant à plusieurs le blessé qui râlait toujours, le
petit groupe de Normands se précipita vers la sortie.

Brunissen les vit partir avec un curieux mélange de
délivrance et d'angoisse. N'avait-elle pas choisi de protéger un Sarrasin contre des Francs, ses compagnons de
misère et de foi ? Elle leur avait menti en prétendant
désirer rester sur place pour conserver une demeure qui
ne lui était rien.

Elle se signa, joignit les mains et pria de toutes ses
forces pour que le Seigneur lui indiquât ce qu'il convenait de faire ou de ne pas faire.

« Je dois soigner le blessé que Dieu a mis sur ma route,
se dit-elle ensuite. Dès que ce pauvre homme le pourra, il
s'en ira loin d'ici, et je m'occuperai alors de tous ceux qui
auront besoin d'aide, quelle que soit leur appartenance ! »

Elle retourna vers la grande salle, cherchant des yeux
avec quel objet elle pourrait fabriquer une croix pour
l'accrocher à la porte d'entrée, quand elle aperçut, posées
sur une table basse auprès de la bibliothèque, plusieurs
règles de bois. Elle en prit deux, une grande et une plus
petite, qu'elle lia perpendiculairement l'une à l'autre
avec une écharpe de soie abandonnée sur un sofa, baisa le
symbole de la Passion ainsi recomposé, et gagna le
vestibule. Quand elle poussa le battant lourd et épais qui
la séparait de la rue, elle reçut en plein visage la clameur
éperdue qui s'élevait de la Cité sainte. Hurlements de
peur pour les uns, hurlements de triomphe pour les
autres, hurlements de haine pour tous...

Des bandes de Sarrasins fous de terreur, des troupes de
Francs ivres de vengeance se pourchassaient en une
traque sans merci, à travers chaque rue, chaque ruelle,
chaque passage.

Pendant le bref moment où Brunissen accrochait la
croix improvisée au vantail clouté de fers, elle vit un
tourbillon bondissant et poussant des cris affreux se
précipiter devant elle comme dans un cauchemar.

C'étaient des adolescents arabes, qui devaient être des étudiants car ils portaient des encriers pendus à la ceinture. Terrorisés, haletants, ces jeunes Sarrasins, qui se retournaient dans leur course pour jeter des pierres à leurs poursuivants, fuyaient la mort avec des yeux exorbités et des visages convulsés par la peur. Ils ressemblaient à une harde de chevreuils forcée par une meute... Sur leurs traces, brandissant épées, lances et bâtons, se ruait une foule de croisés déchaînés, hommes et femmes confondus. Leur cri « Tue! Tue! Saint Sépulcre! Saint Sépulcre! » rebondissait contre les parois des maisons pour retentir aux oreilles de la jeune Franque, avec les mêmes accents de joie sauvage que ceux des chasseurs en forêt de Blois quand ils couraient les bêtes rousses ou noires.

« Dieu de justice! murmura Brunissen, ce n'est plus de gibier, mais bien de Vos créatures, même si elles vivent dans l'erreur, qu'il s'agit ici! Et voici que les nôtres les exterminent en ce jour où nous avons conquis les Lieux saints afin de retrouver le droit de Vous adorer enfin librement... Pardonnez-leur! Ayez pitié, Vous qui avez su pardonner à Vos bourreaux, à l'heure de Votre mort, sur ce même mont du Golgotha, maintenant si proche... »

Elle referma la porte derrière elle avec la douloureuse impression de se sentir complice d'un crime dont il lui allait falloir partager remords et responsabilités...

Elle revint sur ses pas plus lentement, déchirée entre des pensées contraires. Avait-elle agi comme le devait une chrétienne en soignant et en protégeant un infidèle? Pouvait-on laisser mourir une créature de Dieu, quelle qu'elle fût, si s'offrait l'occasion de lui venir en aide?

Quand elle se retrouva dans la cuisine, elle avait tranché : le devoir d'aimer son prochain était le plus impérieux de tous, le premier des commandements avec celui d'adorer le Seigneur. Le Christ avait affirmé qu'ils étaient, l'un et l'autre, de semblable importance...

Ce fut donc d'une âme plus assurée qu'elle poussa la petite porte conduisant au passage que lui avait signalé Irène. Dans l'étroit couloir, elle ne vit personne. Comme l'endroit était fort sombre, elle resta un moment immobile pour laisser à ses yeux le temps de s'accoutumer à l'obscurité. Mais elle ne s'était pas trompée. Le blessé et l'enfant avaient disparu.

Peut-être étaient-ils repartis vers les écuries pour s'y mieux dissimuler.

Brunissen poursuivit son chemin en se guidant à tâtons le long de la cloison qu'elle frôlait du bout des doigts.

Assez vite, elle se heurta à une autre porte qu'elle ouvrit. Elle se trouva dans une sellerie où tout un harnachement luxueux en cuir de couleur vive, tressé ou incrusté, était accroché aux murs passés à la chaux. Harnais cloutés de métaux précieux, selles avec leurs multiples tapis, larges étriers de fer, de cuivre ou d'argent, à la mode arabe, nombreux fouets, tous ces objets, bien entretenus, dégageaient de fortes exhalaisons de cuir, de graisse et de cirage.

La sellerie donnait sur une autre pièce plus petite où plusieurs nattes et paillasses posées à même le sol indiquaient que les garçons d'écurie devaient habituellement y coucher. Elle était également vide mais des bruits sourds y parvenaient : coups de sabots dans les bat-flanc, hennissements, agitations coutumières de la vie animale. Une puissante odeur de sciure, de crottin, de sueur chevaline y régnait aussi.

Continuant à explorer les bâtiments, Brunissen déboucha enfin dans une écurie dont la taille et la voûte imposante, soutenue par une rangée de hauts piliers de pierre, évoquèrent irrésistiblement pour elle une église. Même dimension, même élévation, mêmes bas-côtés séparés en compartiments. Mais ceux-ci, au lieu d'être des chapelles, étaient des stalles de bois sombre et ciré, parfaitement tenues, où logeaient une douzaine de chevaux. Palefrois, destriers, courtauds, sommiers, mulets et même deux ânes gris voisinaient sous la nef centrale, très vaste et décorée d'un appareil de brique et de pierre qui achevait de créer la ressemblance avec un lieu de culte.

Brunissen s'avança dans l'allée médiane sans que les animaux, habitués à la présence humaine, eussent l'air de s'en soucier.

Au bout de l'écurie, plusieurs petites pièces s'inscrivaient dans le mur en demi-lune qui la fermait.

Soudain, une voix enfantine se fit entendre et Irène surgit sur le seuil d'un de ces réduits.

— Nous sommes ici. Venez.

Brunissen la suivit dans une cellule exiguë où le blessé était allongé sur un tas de foin.

— Êtes-vous seule ?

Il s'exprimait toujours dans son latin guttural. Ses yeux brillaient trop, et, au-dessus de la barbe noire, les minces pommettes étaient cuivrées par la fièvre.

— Je suis seule, répondit l'arrivante, vous pouvez être tranquille, les Francs qui passaient sont repartis. Nous sommes protégés par une croix que j'ai placée sur la porte.

Elle s'était demandé en venant si elle lui parlerait de la décision baronniale qui faisait don des demeures arabes abandonnées à leur premier occupant croisé, mais la crispation qui s'inscrivit sur les traits de l'homme à la mention de la croix l'en dissuada.

— Je voudrais savoir deux choses, reprit Brunissen. Votre nom et comment il se fait que vous vous exprimiez si bien en latin.

— On me nomme Hâlid Ibn Surah, dit le blessé. Je parle la langue de Rome parce que je suis marchand de chevaux, que j'ai beaucoup voyagé et que mon métier m'amène à employer toutes sortes d'idiomes.

Irène, qui n'avait pas compris ce qui venait d'être dit, s'inquiéta.

— Qu'allons-nous faire ici tous trois ? demanda-t-elle.

— Si Dieu le veut, ma famille doit être prévenue maintenant de ma présence dans cette maison, répondit Brunissen. Elle ne va sans doute pas tarder à venir me rejoindre. Mon oncle s'occupera de nous.

Hâlid secoua farouchement la tête.

— Hormis vous deux, personne ne doit savoir que je me trouve ici, protesta-t-il. Personne. Vous m'entendez bien ? Si cela se savait, je serais perdu !

Brunissen voulut se récrier, mais ce qu'elle avait entendu et vu un moment plus tôt la força à se taire. Elle soupira et baissa la tête pendant que le blessé traduisait à l'enfant ses recommandations.

— Irène fera la liaison, reprit Brunissen. Je la présen-

terai aux miens et chacun trouvera normal qu'elle circule
à sa guise dans une maison qu'elle connaît mieux qu'aucun de nous. Je viendrai vous soigner et elle vous
apportera de la nourriture sans se faire remarquer.

— J'ai soif, dit le blessé.

— Nous allons vous chercher de l'eau. Restez allongé.
J'ai vu des paillasses et des couvertures dans une chambre proche de l'entrée de cette écurie. Je vais vous les
apporter pour que vous soyez mieux couché. Pendant ce
temps, Irène va vous quérir un broc d'eau à la cuisine.
Vous le garderez près de vous et nous vous le renouvelle-
rons le plus souvent possible.

Un temps, qui lui parut fort long, s'écoula avant que le
heurtoir de la porte d'entrée ne résonnât de nouveau. Elle
avait installé le blessé sur une paillasse propre, l'avait
recouvert d'une couverture, lui avait donné à boire de
l'eau dans laquelle elle avait versé quelques gouttes d'un
de ses élixirs afin d'apaiser sa fièvre et de l'amener au
sommeil. Quand elle l'avait quitté, il s'était endormi.

Revenue dans la cour-jardin, elle avait marché de long
en large avec impatience, tout en tendant nerveusement
l'oreille vers les clameurs lointaines qui parvenaient
assourdies jusque sous les branches. Irène ne la quittait
pas. Elle lui avait alors appris que la famille qui avait
habité la maison auparavant était celle d'un riche marchand de soie, nommé Abu Zayd. Cet homme opulent et
bon vivant possédait quatre épouses, des fils et des filles
de chacune d'elles et beaucoup de domestiques. Les
nombreuses chambres donnant sur la galerie circulaire à
arcades, que Brunissen avait vues de loin, constituaient
les appartements privés du maître, ainsi que le harem
réservé aux femmes et aux enfants.

— Ma sœur Anthusa et moi avons été capturées sur la
côte où notre bateau avait été jeté, à ce qu'on m'a dit, par
une tempête. J'étais encore toute petite et je ne me
souviens pas de grand-chose. Nos parents ont été noyés
comme beaucoup de nos rameurs. C'est sur un marché
d'esclaves qu'Abu Zayd nous a achetées, toutes les deux.
S'il m'a laissée vivre, c'est à cause de la beauté d'Anthusa
qui l'avait charmé. Elle l'a supplié de me garder ici et il a
accepté à condition que je ne gêne personne. Je tâchais de

ne pas me faire remarquer dans la journée et le soir je rejoignais ma sœur dans sa chambre où nous dormions toutes les deux... quand elle n'était pas retenue par ailleurs.

Toutes ces explications, données en grec, avaient été répétées plusieurs fois par Irène avant que la jeune Franque parvienne laborieusement à en comprendre l'essentiel. Mimant son récit par les gestes prestes autant qu'expressifs de ses doigts maigres et abîmés, aux ongles sales, l'enfant avait fait preuve d'une intelligence et d'une lucidité qui frappèrent sa compagne.

Quand on heurta à la porte de la rue, Brunissen s'élança vers le vestibule en tenant la petite Grecque par la main.

Sur le seuil, rayonnants en dépit de la sueur qui coulait de leurs fronts, se tenaient le père Ascelin, Flaminia, Albérade et Biétrix. Grâce à un rayon de soleil qui s'était faufilé entre deux façades, la chevelure de Flaminia, épandue sur ses épaules, flamboyait de tous ses ors roux. On aurait dit qu'elle portait une chape tissée du précieux métal.

— Dieu soit béni ! Nous voici enfin rendus au terme de notre pèlerinage ! Jérusalem la Sainte nous sera bientôt restituée dans son intégrité, dès que nous l'aurons lavée des souillures que lui ont infligées les Sarrasins. Nous sommes vainqueurs, mes enfants, vainqueurs ! De par Dieu et de par notre foi !

Le père Ascelin exultait. Ce fut avec une joie fiévreuse qu'on s'embrassa. Flaminia éclatait de bonheur. Tous disaient d'une même voix que la saison des épreuves était terminée, qu'une ère nouvelle commençait, que leur grand rêve allait se réaliser.

— Votre messager est arrivé peu de temps après le retour de Flaminia parmi nous, reprit ensuite le prêtre. Vous aviez été séparées de nous par la poussée triomphale de nos troupes et nous ne savions ce que vous étiez devenues, ni l'une ni l'autre. Sur mon âme, je me suis fait bien du souci... Mais tout est oublié à présent. Rendons grâce au Seigneur et voyons cette maison sur la porte de laquelle nous avons remarqué que vous aviez déjà placé une croix.

— J'ai suivi les conseils d'un groupe de pèlerins normands qui est passé par ici, dit Brunissen. Mais avant d'explorer avec vous notre nouveau domaine, je voudrais vous faire connaître Irène que voici et qui m'a beaucoup aidée depuis que je suis entrée céans.

Des questions fusèrent. Il fallut expliquer ce qu'il était advenu à la petite fille et la raison de sa présence.

— Elle ne connaît pas le latin, termina Brunissen, mais vous mon oncle, qui parlez grec, vous allez pouvoir lui dire tout ce que je n'ai pas su lui expliquer, dans la quasi-ignorance où je suis de sa langue maternelle.

Le père Ascelin s'adressa aussitôt à l'enfant, et une conversation animée se noua entre eux. Pendant ce temps, Brunissen racontait à sa sœur comment elle avait été amenée à pénétrer dans la demeure vide de ses habitants et comment elle y avait trouvé Irène.

— Sur mon salut! C'est une belle maison! constata Albérade qui regardait avec admiration l'entrée spacieuse où ils se tenaient encore.

— Mais vous n'avez rien vu! s'écria Brunissen. Nous sommes dans un endroit merveilleux. Au-delà de ce jardin clos, j'ai déjà visité une salle magnifique et richement meublée, mais d'après ce que m'a dit Irène, il y a plusieurs autres appartements tout aussi bien aménagés. Ils sont situés alentour et je ne les connais pas encore.

— Êtes-vous sûre que les propriétaires ne reviendront pas pour nous chasser de leur domicile? demanda Biétrix, dont l'esprit concret se manifestait à chaque occasion. Où sont-ils?

Brunissen soupira.

— Ils ont fui nos troupes et je ne pense pas qu'ils puissent jamais réapparaître. Vous avez vu ce qui se passe dans cette ville...

Flaminia, qui s'était contentée jusque-là d'embrasser sa sœur et de regarder autour d'elle avec curiosité, intervint.

— La disparition des ennemis de Dieu, ces sacrilèges qui nous ont fait tant de mal, qui n'ont jamais souhaité que notre extermination et ont blasphémé comme de véritables démons, ne mérite aucune pitié, dit-elle. Ils nous auraient tous anéantis s'ils l'avaient pu. Il est juste, il est équitable, de leur faire subir ce même sort. Dieu, en nous donnant la victoire, nous l'a permis.

— Ne serait-il pas préférable de tenter de convertir ces infidèles ?

— Il n'y a pas de conversion possible pour les fils de Satan !

Brunissen hocha la tête.

— Allons, dit-elle, suivez-moi. Je vais vous montrer ce que je connais déjà et nous découvrirons ensemble le reste.

Comme le petit groupe traversait la cour-jardin, des relents de fumée, poussés par un vent léger, parvinrent jusqu'aux Chartrains. On entendait au loin des clameurs, des cris, des appels, toute une rumeur de ruche en folie.

— Par ma sainte patronne, c'est une odeur de cochon grillé ! remarqua Albérade. Je croyais que ces damnés mécréants ne mangeaient pas de cette viande-là ?

— Ils s'en détournent en effet, dit le père Ascelin, mais, en dépit de la faim qui taraudait certains des nôtres, je doute fort que ce soit les préparatifs d'un repas que nous sentions ainsi. Je penserais plutôt à quelques grands brasiers allumés pour purifier par le feu les temples maudits des infidèles...

— Dieu vous entende ! murmura Brunissen. Souhaitons qu'on ne brûle que des bâtiments...

Chacun se tut. Il ne convenait pas d'assombrir un aussi beau jour...

— J'ai chargé Mathieu et votre jeune messager, qui est fort obligeant, de s'occuper de notre tente, reprit le père Ascelin. Ils vont la vider, la démonter et trouver des commissionnaires qui transporteront ici nos coffres, nos effets, et le peu de biens que nous avons sauvegardés durant ce long voyage. J'espère que nous allons pouvoir recommencer à vivre décemment, grâce à Dieu, mais aussi grâce à vous, ma chère nièce, qui nous avez procuré ce beau logement.

— La maison est vaste, reconnut Brunissen. Chacun de nous s'y installera à son gré. En outre, si certains de nos compagnons se trouvent moins bien pourvus, rien ne nous empêchera de leur offrir des chambres.

— Il me semble qu'aucun pèlerin n'aura de difficulté à dénicher dans cette bienheureuse ville une habitation à sa convenance, dit Flaminia. Plus petite certes que Constantinople ou qu'Antioche, Jérusalem est cependant assez vaste pour nous contenir tous. La disparition de ses précédents occupants va libérer un grand nombre de locaux et dépeupler la cité. Seuls les chrétiens orientaux y demeureront en notre compagnie. Les Francs qui voudront s'y établir n'auront qu'à choisir, comme vous l'avez fait si opportunément, ma sœur.

« Je n'ai rien voulu, Dieu m'a guidée », songea Brunissen. Mais elle préféra garder le silence. Près d'elle, Irène observait et cherchait à comprendre ces étrangers dont dépendait à présent son destin.

Ils achevaient de visiter les chambres fort bien pourvues qui donnaient sur la galerie circulaire quand Mathieu et les portefaix firent retentir le heurtoir.

— Que Dieu me maudisse s'il reste demain un seul païen dans Jérusalem! lança le barbier en s'épongeant le front. Sauf, bien sûr, cet enragé d'émir. Il s'est enfermé avec une poignée des survivants de sa maudite garnison dans la citadelle, la fameuse tour de David. Par ailleurs, force Sarrasins ont mis en défense le temple de Salomon où ils livrent encore aux nôtres une résistance furieuse, mais c'est un combat d'arrière-garde. Ils sont perdus. La Ville sainte est à nous!

Sûrement bien renseigné, comme il l'était toujours, Mathieu respirait la satisfaction.

— Par le cœur Dieu! vous serez mieux ici que sous la tente! continua-t-il en inspectant les lieux de ses yeux prompts à observer le moindre détail. Vous allez être superbement logés!

Les trois hommes qui l'accompagnaient déchargeaient pendant ce temps les ânes qui les avaient aidés à transporter les coffres et les pauvres affaires des Chartrains. On déposa le tout dans l'entrée et Brunissen, aidée d'Albérade, offrit à boire aux portefaix.

Après leur départ, le père Ascelin réunit tout le monde dans la grande salle.

— J'ai ouï dire en venant jusqu'ici que dès la ville conquise, et après s'être lavés de la poussière et du sang qui les souilleraient, nos barons ont proclamé leur désir de se rendre, en vêtements propres mais pieds nus, par humilité, jusqu'aux lieux saints où Notre-Seigneur Jésus-Christ, le Sauveur du monde, a vécu corporellement. Nous devons faire de même. Puisque nos effets nous ont été livrés, lavons-nous soigneusement, habillons-nous et partons!

Le soir tombait quand les Chartrains sortirent de la maison. La chaleur se retirait et dans le ciel des nuages rosés voguaient paresseusement. Dès la porte franchie, une lourde odeur, fade et tenace, les saisit. L'étroite rue où ils habitaient désormais comptait deux cadavres abandonnés sur le sol et déjà assaillis par les mouches. Ils passèrent auprès d'eux en se signant, mais, au premier carrefour, ils s'immobilisèrent, pétrifiés. Au centre d'une petite place triangulaire s'élevait un tas de têtes, de mains, de pieds ensanglantés. Qu'étaient devenus les corps? L'odeur de chairs grillées sentie un peu plus tôt ne venait-elle pas de bûchers...?

— Dieu Seigneur! gémit Brunissen. Dieu Seigneur! ayez pitié!

— Venez, dit le père Ascelin, venez. Suivez-moi.

Albérade et Biétrix avancèrent en tremblant. Flaminia serra les dents pour retenir le flot amer qui lui montait aux lèvres. Ils durent frôler le hideux empilage pour gagner la voie conduisant aux Lieux saints.

En ce premier soir de conquête, la métropole dont ils avaient tant rêvé offrait aux croisés un aspect prodigieux, tragique, bouleversant. Venus du camp à présent déserté, par grappes, par bandes, par essaims, soldats, pèlerins, hommes, femmes, enfants confondus envahissaient Jérusalem comme la marée montante recouvre la plage, inéluctablement.

Les deux visages qu'offrait la Cité sainte n'étaient que contraste : la joie, la folle griserie, l'émerveillement des chrétiens découvrant enfin « leur Ville », pleurant de joie, chantant des hymnes, s'embrassant au milieu des rues où s'empilaient les corps des infidèles, mutilés, saignants, abandonnés aux chiens qui les flairaient de loin, avec frayeur, en courbant l'échine.

— Regardez, mes enfants, par tous les saints, regardez! dit tout à coup le père Ascelin aux femmes de sa famille qui l'accompagnaient avec Mathieu le Barbier et Reinard, le garçon aux taches de rousseur qui s'était joint à leur groupe. Regardez! voici nos barons!

Traversant la presse des pèlerins et des hommes d'armes qui émergeaient à peine du carnage, les chefs de l'ost se dirigeaient en effet, tous ensemble, vers le Saint-Sépulcre, le Lieu saint par excellence, le but enfin atteint de leur prodigieuse épopée, nombril de l'univers, carrefour des routes humaines et des sentiers célestes, rencontre de la terre et des cieux.

Pieds nus une nouvelle fois, vêtus de longues tuniques de laine qui remplaçaient les haubers de mailles ensanglantés et tailladés qu'ils n'avaient pas quittés pendant les durs combats des trois derniers jours, lavés de la tête aux pieds, purifiés, les grands barons se frayaient un chemin à travers la foule. Godefroi de Bouillon en tête, blond-roux, de haute taille, le regard clair, puis Raymond de Saint-Gilles, le comte de Toulouse, dont les cheveux blancs suscitaient égards et considération, mais qui était néanmoins entré le dernier dans Jérusalem, Robert de Flandre, embrasé par l'Esprit à tel point que durant ces trois années de marche il avait chaque jour fait à son lever le signe de la Croix, Baudouin du Bourg, seigneur de Rethel, cousin de Godefroi, Tancrède qui était le plus jeune, et enfin Robert Courteheuse, duc de Normandie, qu'on nommait Gambaron, c'est-à-dire grosses jambes, parce qu'il était épais et lourd. Entourés de leurs chapelains, de leurs clercs, de leurs chevaliers, de leurs écuyers, ils montaient lentement vers le Golgotha.

C'était une vision de fin du monde, de fin de l'histoire humaine, considérée à présent par beaucoup comme accomplie, que celle de ces hauts et puissants seigneurs, humbles, pleurant d'émotion, pareils à des enfants réintégrant la maison du Père, qui s'arrêtaient de place en place pour baiser avec dévotion et un respect infini le sol que les pieds du Christ avaient jadis foulé. Comme des pénitents, ils progressaient, recueillis en dépit de l'affluence, par les rues sacrées de la cité sans pareil, conscients du poids de leurs péchés, qui leur tirait soupirs et larmes, habités de l'unique désir de s'acquitter de leurs dettes envers le Sauveur...

Le soleil couchant teintait les murs, les façades, les dômes, de ses rougeoiements qui se confondaient avec ceux du seul incendie allumé par les vainqueurs afin de brûler la synagogue. Là s'étaient réfugiés les juifs en cette veille du sabbat. On disait qu'ils avaient souvent fait cause commune avec les égorgeurs fâtimides lorsque ces derniers se livraient à des exactions contre les chrétiens, et qu'ils avaient été jusqu'à supplicier un patriarche de Jérusalem...

Quand le cortège arriva devant la basilique du Saint-Sépulcre, le père Ascelin et les siens étaient parvenus à s'insinuer dans la cohue jusqu'aux approches de la suite ducale.

Sur le seuil du sanctuaire, les membres des clergés des rites orientaux, en grand apparat, attendaient les vainqueurs pour les conduire, solennellement, en procession, parmi les fumées d'encens, vers le tombeau sacré qu'ils appelaient l'*Anastasis*, mot grec signifiant lieu de la Résurrection.

Le peuple des fidèles fut admis à pénétrer à la suite de ses chefs dans le chœur qu'éclairaient des milliers de cierges. Une émotion infinie, faite du sens aigu du mystère et du merveilleux, les bouleversait tous. On pleurait de joie, de saisissement, d'extase. On se livrait à des transports d'amour et de piété.

Brunissen avançait à travers une brume dorée, embuée de ses larmes mais illuminée par un bonheur radieux. Elle ne touchait plus terre. Prosternée sur les dalles, Flaminia, faisant retour sur elle-même, battait sa coulpe en signe de contrition. Biétrix et Albérade sanglotaient. Le père Ascelin montrait un visage éclairé de ferveur et Mathieu lui-même avait oublié ses habituelles plaisanteries pour tomber à genoux au côté de Reinard...

Devant la rotonde intérieure de l'édifice, qui renfermait en son centre le Sépulcre sacré où avait reposé le corps du Crucifié et d'où Il avait jailli, triomphant de la mort, à l'instant divin de Sa résurrection, chacun, foudroyé d'exaltation, se laissa choir, bras en croix, face contre terre, sur le sol témoin de l'unique miracle qui justifie la foi chrétienne...

Les seigneurs en premier, puis tous les pèlerins ensuite, se jetèrent ainsi par terre, crucifiés dans leurs âmes comme le Christ l'avait été dans Sa chair.

Il semblait à chacun qu'il voyait encore le corps de Jésus-Christ gésir tout mort... Il leur était avis qu'ils étaient à l'entrée du paradis.

Brunissen perdit connaissance. Beaucoup d'autres partagèrent sa transe mystique et se pâmèrent sur le sol béni où se terminait leur pèlerinage. Ils étaient parvenus au bout de la route, mais aussi au bout de leur espérance, au bout d'eux-mêmes. Ils avaient atteint au suprême dépassement...

Brunissen revint à elle un peu plus tard. Elle se releva puis, agenouillée parmi tous ses frères en oraison, elle rendit grâces et adora...

Ce soir-là, au milieu des clameurs de triomphe, les Francs descendirent la bannière blanche des Fâtimides qui flottait jusqu'alors sur les principaux monuments de la ville. A sa place, ils hissèrent l'étendard frappé de la croix, aussi bien sur la Coupole du Rocher que sur la grande mosquée d'Omar qu'ils nommèrent le temple de Salomon après l'avoir conquise de haute lutte à la suite d'un combat furieux. On y avait tué tous ceux qui s'y battaient et tous ceux que la malchance avait fait se regrouper sur l'esplanade fatale devant le temple. Certains, qui avaient participé à la lutte, disaient avoir pataugé dans le sang jusqu'aux chevilles.

Puis, la première nuit tomba peu à peu, bruissante et fiévreuse, sur Jérusalem délivrée.

3.

— Mon oncle, dit Flaminia, il faut que je vous parle. Sur mon âme, il le faut !

Les Chartrains avaient regagné leur maison à travers des rues où gisaient par centaines des corps abattus, mutilés et sanglants. La fureur des conquérants avait transformé en charniers la plupart des voies, des artères de la Ville sainte.

Une odeur tenace, immonde, flottait, s'imposait sur Jérusalem au gré d'un léger vent nocturne.

On avait appris en route que l'émir Iftikhâr s'était rendu à Raymond de Saint-Gilles en compagnie des soldats égyptiens et des mameluks turcs ou soudanais de sa garnison. Il demeurait à présent enfermé dans la tour de David, en attendant que son protecteur franc le fasse reconduire avec ses hommes, le plus tôt possible, jusqu'à Ascalon, un port situé à quinze lieues de Jérusalem, que tenaient toujours les Sarrasins.

Sur leur chemin les Chartrains avaient également pu voir que des troupes armées achevaient de nettoyer la Ville sainte des mécréants qu'elle contenait encore. On s'acharnait à faire disparaître imams, ulémas, ascètes soufis, tous prêtres de Satan. On pillait les mosquées dont on détruisait les livres saints. Là aussi, il était nécessaire de venger la honte infligée aux églises du Christ par les fils du Démon.

Le père Ascelin avait expliqué aux siens que, parmi les

pèlerins et les gens d'armes, des éléments troubles s'étaient infiltrés, hommes sans aveu, voleurs, gens de sac et de corde, scélérats de toute espèce, qui profitaient de l'exaltation générale pour piller les riches demeures abandonnées et s'emparer impunément des biens qui leur tombaient sous la main. On en rencontrait en effet qui couraient comme des rats par toute la cité, raflant l'or, l'argent, les bijoux, les vêtements, les chevaux, tout ce qui était bon à prendre et leur semblait bon à garder.

Aussi les Chartrains étaient-ils vivement retournés chez eux avant que leur nouveau domicile soit pareillement dépouillé. Une fois bien enfermés, ils s'étaient réunis dans la grande salle en compagnie de Mathieu le Barbier et de Reinard auxquels ils avaient offert de les loger aussi longtemps que ceux-ci le souhaiteraient.

Après un souper rapide, improvisé avec les nombreuses victuailles trouvées par Albérade dans les resserres attenantes à la cuisine, les deux jeunes hommes s'étaient retirés dans les chambres qui leur étaient échues.

C'est alors que Flaminia s'était adressée d'un ton pressant à son oncle pour le supplier de l'écouter.

— Ne serait-il pas plus sage de remettre cet entretien à demain ? avait demandé le père Ascelin, qu'une lourde fatigue engourdissait. Il se fait tard et, après une semblable journée, un vieil homme comme moi aspire au repos.

— Un repos dont nous avons tous besoin, ajouta Brunissen qui venait de rejoindre les siens après s'être éloignée un moment pour accompagner Irène jusqu'à son lit.

L'enfant ne voulait plus quitter celle qui l'avait recueillie, et se cramponnait à elle à tout propos.

— Dieu sait que je devine votre lassitude, reprit Flaminia, et que je repousserais le moment de cette explication si c'était possible. Mais je ne puis dormir en me sachant en état de péché grave. Je ne trouverais pas le sommeil avec un pareil poids sur la conscience. Quand j'ai vu, ce jour d'hui, nos plus puissants barons regretter leurs fautes et tant des nôtres confesser à haute voix les actions qu'ils déploraient, faire vœu de n'en plus commettre de semblables, répandre tout ce qu'ils possédaient en libéralités envers les vieillards, les infirmes, les indigents, parce qu'ils estimaient comme la plus grande richesse de jouir enfin de ce jour bienheureux, je me suis dit qu'il ne m'était plus possible de me taire davantage. Je vous devais, à tous deux, une confession qui ne sera pas publique, puisque réduite aux deux seuls membres présents de ma famille, mais que je veux pleine et entière pour compenser mon long silence... et ma grande faute, ma très grande faute !

Dans la lueur des lampes à huile en argent fin qui éclairait la vaste salle si bellement décorée, Flaminia, avec ses cheveux rutilants, se dressait comme une torche. Il émanait d'elle on ne savait quelle sourde véhémence, quelle passion, qui rendirent soudain le père Ascelin attentif à l'extrême, en dépit de sa fatigue.

— Je vous écoute, ma nièce, dit-il simplement.

Brunissen vint s'asseoir à côté de lui, sur un des sofas bas alignés contre le mur. D'un même mouvement, ils se penchèrent tous deux vers celle qui allait parler.

Flaminia se mit à genoux devant son oncle.

— Je vous ai menti depuis que je vous ai rejoints sous les murailles d'Antioche, après mon départ de Constantinople, commença-t-elle d'une voix oppressée. Durant la maladie de grand-mère et jusqu'à sa mort, Dieu me pardonne, j'ai vécu auprès d'elle dans la dissimulation et la fourberie. A-t-elle su, a-t-elle deviné mon secret ? Je l'ignore. Elle n'a, en tout cas, jamais rien témoigné qui me permette de le penser. De cela, je suis certaine.

Tête inclinée, ses longues nattes de cuivre touchant les tapis de haute laine qu'elles balayaient, Flaminia, d'ordinaire si forte, se montrait pour la première fois, aux yeux de son oncle et de sa sœur, en posture de pénitente.

— C'est là-bas, dans cette ville admirable mais où le Mal tient ses assises, continua-t-elle après un silence, c'est là-bas que je me suis prise d'un amour sans seconde pour un homme qui, lui aussi, dès notre première rencontre, n'a cessé de m'aimer. Un homme marié et père de deux enfants : Andronic Daniélis, le fils de notre hôte, de votre ami, mon oncle, le maître parfumeur de la cour impériale !

Sous le coup de cette révélation, le père Ascelin ferma

les yeux et joignit les mains, mais il demeura silencieux. Brunissen considérait sa sœur avec désolation.

Dans la demeure silencieuse, la confession nocturne s'égrenait. D'un ton monocorde, opiniâtre, Flaminia voulut tout dire, ne rien celer, s'accuser, mais aussi expliquer, faire comprendre : sa lutte contre la tentation, son amour, sa résistance, sa fuite après la mort de l'aïeule, le départ loin de Constantinople, alors qu'elle était toujours pure, dans l'unique intention de s'éloigner d'Andronic, son désarroi, l'arrivée dans le camp sous Antioche et les semaines de douleur muette qu'il lui avait fallu vivre avec cette flèche au cœur dont elle ne pouvait parler à personne...

— Pas même à vous, Brunissen, qui me donniez un si bel exemple de dévouement à la cause du Seigneur. Vous aviez déjà tant de peine avec la grossesse d'Alaïs, puis avec la manière insolente dont Bohémond traita notre pauvre sœur avant et après ses couches...

Nouveau silence. On entendait au loin, très loin, les échos d'une agitation qui ne paraissait en rien se calmer avec les heures habituellement consacrées au repos. Jérusalem continuait à bouillir comme elle l'avait fait tout au long du jour. La fièvre vengeresse battait toujours son infernale pulsation...

— Ce que j'ignorais, reprit Flaminia, acharnée à porter la lumière jusqu'au tréfonds de son âme tourmentée, ce que je n'osais pas imaginer, c'était qu'Andronic avait quitté sa famille, sa femme et ses enfants, pour me suivre. Il est réapparu dans ma vie, soudainement, le jour de la prise d'Antioche. Vous vous souvenez de la joie furieuse et meurtrière, comparable à celle de ce jour d'hui, qui nous poussait tous, comme des forcenés, dans la ville devant les remparts de laquelle, pendant huit mois, nous avions langui et éprouvé tant de maux ? Eh bien ! que Dieu me voie, c'est du milieu de ce tourbillon qu'Andronic a surgi, vêtu en moine, pour me tendre les bras !

Brunissen gémit comme si on l'avait frappée et le père Ascelin enfouit son visage entre ses mains amaigries et brunies.

— Cependant, sur mon salut, je ne lui ai pas encore cédé, assura Flaminia. J'ai lutté pendant des semaines et des semaines, contre mon propre désir, contre son amour obstiné...

Les deux auditeurs de la pénitente relevèrent ensemble la tête, la dévisagèrent avec une commune tendresse et un regain d'espoir.

— J'ai combattu, mon oncle, j'ai combattu sans relâche durant le siège que les Sarrasins nous ont imposé ensuite, dans Antioche, où nous étions pris au piège entre des murs si longtemps convoités... Puis sur les routes, les chemins de Syrie et de Judée où l'ost s'éternisait... Oui, Dieu le sait, ce n'est que parvenue au bout de ma résistance et de mon tourment que je me suis rendue à merci...

Elle se voûta encore davantage, la tête inclinée sur la poitrine, des larmes plein les yeux, la voix brisée.

— Ce fut devant Tripoli, ma sœur, le soir où vous avez décidé vous-même de rompre vos fiançailles avec Anseau le Bel, que j'ai succombé. Je pense à présent que c'était là piège du Démon, manœuvres séduisantes et trompeuses, qui lui sont coutumières. Mais, la nuit dont je vous parle, je n'ai rien imaginé de semblable. Je m'avouai enfin vaincue par la constance de l'amour que me témoignait sans relâche Andronic et je m'abandonnai à lui...

Un lourd silence suivit. Mains jointes, Brunissen priait. Le père Ascelin demeurait pétrifié, malheureux au point de se demander par quelle aberration, par quelle coupable négligence, il avait manqué à ses devoirs en ne devinant rien, aveuglé par l'affection confiante qu'il portait à ses nièces, en dépit des risques prévisibles qu'une entreprise comme la leur entraînait pour de jeunes créatures que leur âge exposait à tous les périls.

— Pour être pleinement sincère, mon oncle, continua au bout d'un moment Flaminia avec détermination, je dois vous avouer que ce dont je me repens, c'est de vous avoir menti, de vous avoir trompé, vous qui remplacez notre père défunt avec tant de bonté. C'est de cela que je m'accuse. C'est là qu'est ma faute. En revanche je ne trouverai jamais en moi la force de condamner les moments d'intense bonheur que j'ai connus entre les bras d'Andronic. Ce serait mentir que de le prétendre et vous-même m'avez fait remarquer que, depuis notre séjour à

Tripoli, j'avais abandonné mon manteau de tourment pour endosser une tunique de fête !

— C'était donc cela !

— Mon oncle, mon cher oncle, écoutez-moi, je vous en supplie ! Andronic a divorcé d'avec Icasia. La religion grecque qu'il pratique le lui permet. Il est libre à présent, libre de m'épouser selon le rite qui est le sien. Il me l'a demandé depuis nos retrouvailles à Antioche. Son plus cher désir est de faire de moi sa femme !

— Il oublie que notre religion romaine, elle, ne reconnaît pas le divorce. Rien pour nous ne doit séparer ce que Dieu a uni. Nous laissons aux païens les répudiations faciles, chères aux Anciens. Pour l'Église, vous vivez tous deux en état d'adultère, donc en état de péché mortel !

Le père Ascelin s'était levé. Ce n'était plus l'oncle aimant, zélé, qui s'adressait à Flaminia, mais le prêtre indigné que la soudaine déclaration de la jeune femme révoltait dans ses sentiments les plus profonds, les plus sacrés.

Brunissen tendit une main vers lui.

— La religion grecque n'est-elle pas aussi et avant tout chrétienne ? demanda-t-elle avec gravité. L'espoir de réconciliation entre l'Église latine et l'Église d'Orient n'est pas abandonné. La malheureuse discorde qui nous oppose et que beaucoup déplorent n'est peut-être qu'un mal passager. Bien des fidèles veulent croire qu'un rapprochement permettra bientôt d'effacer quelque cinquante années de séparation aussi douloureuses aux uns qu'aux autres.

— Sans doute, admit le père Ascelin. Sans doute, mais ce sera aux schismatiques de revenir dans le sein maternel de l'Église romaine et non à nous, Dieu bon, de nous soumettre aux pratiques fallacieuses qui sont les leurs.

— Mais mon oncle, ce sont les chrétiens grecs qui, par tradition, demeurent les plus fidèles à l'Église des origines ! protesta Flaminia.

— C'est ce qu'ils prétendent ! répondit avec fermeté le notaire épiscopal. Mais le pape, lui, le pontife de Rome, affirme le contraire et je ne veux connaître que lui, ne m'en rapporter qu'à lui et le suivre dans toutes ses décisions. Sommes-nous venus ici, à Jérusalem, pour mettre en péril notre foi ?

Debout à présent l'un en face de l'autre, l'oncle et la nièce s'affrontaient.

— J'imagine que vous avez achevé votre confession, reprit le père Ascelin, devenu sévère.

— Pas tout à fait, affirma Flaminia dont la nature violente reprenait le dessus et qui redressait la tête en un geste de défi. J'ai encore à vous dire que celui qui s'est occupé de moi à Ramla durant ma maladie, celui qui m'a escortée jusqu'au camp établi devant Jérusalem, celui que j'ai rejoint durant l'attaque, quand j'ai prétendu que des Beauceronnes m'avaient demandé de les aider à préparer des claies d'osier, celui qui, dans l'ombre, ne m'a jamais quittée n'est autre qu'Andronic !

— Au nom de Dieu, mon oncle, pardonnez-lui ! implora Brunissen en se laissant tomber à genoux aux pieds du père Ascelin. Elle est égarée et hors de son bon sens.

— Hélas ! ma nièce, je n'en crois rien, répliqua le père Ascelin. Votre sœur est tombée au pouvoir du Mal, je n'en doute plus, mais elle se complaît en cette dépendance et en tire fierté.

Il se tourna vers Flaminia.

— Et, bien sûr, Biétrix était au courant ?

Flaminia hocha la tête en signe d'assentiment.

— Non seulement vous nous avez trompés, lança d'une voix de tonnerre le père Ascelin, non seulement vous avez abusé de notre affection et de notre confiance, mais, en outre, vous avez entraîné une enfant innocente à pécher avec vous en la mêlant à votre vie coupable. Biétrix était sans souillure et nous admirions tous son courage. En lui demandant de prêter la main à une pareille duperie, vous en avez fait votre complice, ma nièce, et l'avez rendue solidaire de vos désordres. Là est sans doute la plus grave de vos félonies.

Jamais les deux sœurs n'avaient vu leur oncle en un pareil état. Il était méconnaissable. Tout au long de leur route semée de tourments, elles l'avaient sans cesse trouvé, comme jadis à Chartres, compatissant, plein de bonté, plus soucieux de leur bien-être que quiconque, toujours prêt à les aider ou à les secourir. Un second père.

Brunissen éclata en sanglots. En aurait-il été de même avec Garin le Parcheminier, ce père enlevé si tôt aux siens et dont la présence leur faisait une fois de plus si douloureusement défaut ? Qu'aurait-il dit de la conduite de sa seconde fille ? Qu'en aurait, de son côté, pensé leur aïeule, Berthe la Hardie, tout aussi impétueuse que Flaminia ? L'aurait-elle absoute ? L'aurait-elle chassée ? La préférence qu'elle avait toujours témoignée envers la cadette de ses petites-filles l'aurait-elle amenée à lui pardonner une aussi lourde faute ?

Un silence tendu comme la corde d'un arc frémissait entre l'oncle et les nièces.

— Puisqu'il en est ainsi, dit enfin Flaminia, je vais quitter cette maison. Je sais où rejoindre celui que je compte épouser, que vous le vouliez ou non, mon oncle, le plus tôt possible. Pour ce faire, je dois me convertir à sa foi. J'hésitais tantôt encore un peu. J'y suis maintenant résolue. Dès que je serai une chrétienne selon le rite grec, je pourrai devenir sa femme et vivre sans déshonneur sous le même toit que lui. C'est avec lui que je reprendrai le métier de notre famille, le métier de parcheminier, et nous nous établirons à Jérusalem !

« Dieu Seigneur, c'est un terible amour que celui qui conduit une fille droite comme Flaminia à rejeter les siens pour un homme marié ! se dit Brunissen. Andronic lui aussi a abandonné pour elle une famille entière, puis il l'a poursuivie comme un chien de chasse s'attache à sa proie... Sur mon âme, un amour pareil est un fléau comparable à une tempête qui ravage tout sur son passage... »

— Avez-vous seulement songé à ce que peuvent être devenus sa femme, ses enfants et mon pauvre ami Daniélis ? demanda alors avec âpreté le père Ascelin.

— Nous ne sommes pas des monstres, mon oncle ! se récria Flaminia. Dieu m'assiste, ne dirait-on pas, à vous entendre, que vous nous prenez pour des criminels ? Si vous tenez à savoir ce qui s'est passé à Constantinople, sachez que le père d'Andronic l'a approuvé, qu'Icasia a proclamé hautement son mépris et que son fils aîné s'est désintéressé d'un événement qui ne se rapportait pas aux courses de chars et n'avait donc pas grande importance à ses yeux. Seul, l'enfant adopté, Paschal, a témoigné son chagrin quand Andronic l'a quitté. Aussi lui a-t-il promis de le reprendre avec nous quand notre situation serait clarifiée.

— Vous êtes fous tous deux ! lança le père Ascelin avec désespoir. Condamner un enfant à vivre auprès d'un couple adultère est une idée démente que seul l'Adversaire des humains a pu vous souffler.

Flaminia se redressa.

— Adieu, mon oncle, dit-elle amèrement. Adieu ou, plutôt, au revoir. Je veux espérer qu'un jour vous reviendrez sur votre décision trop hâtive et que vous accepterez de recevoir un couple marié devant un prêtre et uni par le sacrement que les Grecs révèrent tout autant que nous.

— Restez, dit Brunissen. La ville n'est pas sûre cette nuit. Dormez ici. Pour l'amour de Dieu, ne partez pas à cette heure tardive, vous risqueriez le pire !

Lèvres serrées, le regard plein d'orage, sa sœur la considéra un instant.

— Vous avez sans doute raison, admit-elle. Je vais donc aller dormir sans avoir reçu l'absolution que j'implorais, mais aussi sans faiblir dans ma résolution. Je partirai demain.

Elle se détourna et quitta la salle.

— Il faudra bien finir par lui pardonner, murmura Brunissen en secouant la tête. Pour l'heure, allons nous coucher et tâchons de prendre un peu de repos. Vous devez être épuisé, mon oncle, mon pauvre oncle...

— Je suis navré, blessé, ma petite fille. Je croyais votre sœur sage et vaillante ; je la découvre en proie à la folie de la chair, livrée à l'adultère, endurcie dans son péché ! Que Dieu ait pitié d'elle... Pour moi, qui tente depuis des années de remplacer auprès de vous tous notre cher Garin, pour moi qui suis clerc et docteur en doctrine ecclésiastique, il ne peut être question de faiblir en une semblable circonstance. Je dois me dresser à la place de sa conscience défaillante pour lui faire comprendre l'étendue de sa faute et tâcher de l'amener à résipiscence...

Dans le ton adopté par le notaire épiscopal, on sentait la fermeté d'un jugement reposant sur des principes qu'il jugeait intangibles et sacrés. Il s'éloigna d'un pas plus déterminé que Brunissen ne s'y serait attendue.

Restée seule dans la pièce, elle s'assit un moment pour tenter de mettre de l'ordre dans ses pensées.

« Dieu, quelle journée ! se dit-elle avec consternation. Parmi nos pèlerins, beaucoup croyaient, hier encore, que la délivrance de Jérusalem s'accomplirait de façon miraculeuse, serait l'aboutissement de toutes nos espérances, de nos prières, de nos songes... que la splendeur de la Ville sainte se révélerait plus spirituelle que temporelle. Certains pensaient même qu'il leur suffirait de se trouver dans la Cité débarrassée des mécréants pour voir le ciel s'entrouvrir, que les anges de Dieu en descendraient pour combattre avec nous, chrétiens partis de nos pays depuis plus de mille nuits, mille jours, mille souffrances... que les pauvres et les justes régneraient dans la paix, par l'amour, entre ces murailles bénies que le Seigneur avait sanctifiées de Sa présence... que Jérusalem purifiée, libérée, deviendrait pour eux un séjour de joie débordant de richesses infinies, un séjour où il ne leur resterait qu'à attendre le retour glorieux du Christ... que la fin des temps s'y produirait et que nous serions tous, nous les vainqueurs des infidèles, pardonnés et justifiés ! »

Elle se laissa tomber à genoux pour prier et pleura longtemps sur l'amère réalité, l'horrible gâchis, la folie homicide dont le Mal, une fois de plus, s'était fait l'organisateur en détournant les chrétiens de leur but légitime, leur faisant perdre le bénéfice de leur juste victoire, pour les soumettre à sa loi maléfique de haine et de furie.

Rien ne s'était produit comme les croisés l'avaient imaginé. La conquête de Jérusalem, si ardemment désirée, si longtemps rêvée, se voyait à jamais entachée du sang de milliers de victimes.

On était à présent au cœur de la première nuit passée dans la Ville sainte et nul miracle n'était intervenu pour sauver les Francs de leur propre délire...

Brunissen se redressa. Il lui restait une mission à accomplir auprès du blessé arabe, soigné, caché, logé à l'insu de tous. Devoir que la profusion des événements lui avait fait repousser à plus tard. Pendant qu'elle accompagnait Irène, petite esclave rendue à la liberté, dans la belle chambre que l'enfant s'était choisie pour l'unique raison qu'elle ne pouvait pas y pénétrer auparavant, elle l'avait bien chargée d'apporter nourriture et eau fraîche au reclus. Mais dans quel état se trouvait-il depuis lors ? Comment s'écoulait pour lui, vaincu et traqué, ces heures nocturnes durant lesquelles on continuait de par la ville à pourchasser ses frères ?

Alors que Flaminia avouait ses fautes à son oncle et à sa sœur, Brunissen avait fugitivement songé à la présence inavouée sous leur toit de cet infidèle auquel elle avait sauvé la vie sans en parler à personne. Que dirait son oncle d'une telle attitude ? La comparerait-il au péché de sa cadette ! Verrait-il en un tel acte une nouvelle manigance diabolique ?

Brunissen savait, elle, que les deux aventures n'avaient rien de commun et qu'elle s'était vue conduite à prendre soin de cet homme sans l'avoir voulu. Donnée à Dieu, elle n'était plus sensible aux tentations charnelles et considérait ce blessé comme tous les autres malheureux dont elle avait eu à s'occuper depuis trois ans. C'était la pitié, la pitié seule, qui se situait à l'origine de son geste d'assistance. Une femme sarrasine frappée comme le marchand de chevaux par la foule déchaînée aurait trouvé auprès d'elle le même accueil... Mais son oncle admettrait-il cette façon de voir ? Après l'écroulement des illusions qu'il avait nourries au sujet de Flaminia, ne serait-il pas amené à condamner un acte de charité aussi peu usuel ?

La jeune Franque fit un large signe de croix et demanda au Seigneur de la guider dans chacune de ses actions puis, après s'être munie d'une lampe à huile, elle se dirigea d'un pas résolu vers les écuries. Soutenue par une agitation intérieure que la multiplicité et la gravité des événements vécus depuis plusieurs jours avaient suscitée en elle, Brunissen ne sentait même plus sa fatigue. Elle se mouvait dans une sorte d'état irréel, somnambulique, qui tenait davantage du rêve que de l'expérience vécue.

Au sous-sol, elle traversa la cuisine qu'Albérade et Biétrix avaient remise en ordre après le repas et jeta un coup d'œil en passant à la cheminée profonde devant laquelle s'alignaient côte à côte quatre foyers bâtis en brique. Des tables basses, des tabourets de bois, des planches qui supportaient assiettes, plats et ustensiles en cuivre étaient répartis dans la grande pièce. Il y flottait une odeur d'huile chaude, émanant des lampes accrochées un peu partout, et aussi des relents de viandes grillées qu'on avait dû, fort souvent, faire cuire à même les braises du foyer. Brunissen eut une pensée pour le malheureux marchand, sa famille et ses serviteurs qui avaient jusqu'à la veille peuplé cette demeure où subsistaient les exhalaisons familières de leur existence, impie sans doute, mais si cruellement sacrifiée.

Dans la vaste écurie dormaient chevaux, mulets et ânes que Mathieu et Reinard avaient nourris durant la soirée. Dieu merci, les deux jeunes gens ne s'étaient intéressés qu'à la réserve de foin et d'avoine accumulée dans les premières resserres au fond de l'immense bâtiment et n'avaient pas eu l'idée d'aller inspecter les dernières cellules, à demi abandonnées. Ils s'étaient surtout montrés éblouis par la qualité des harnais, selles et éperons que contenait la sellerie et, avec de grands rires, y avaient fait leur choix, après que le père Ascelin les y eut autorisés.

Brunissen gagna la dernière alvéole creusée dans le mur.

Couché sur un matelas recouvert d'une couverture propre, le blessé gardait les yeux clos. Mais il ne dormait pas. Au léger bruit causé par les pas ainsi que par le frôlement du bliaud de toile sur le sol, il ouvrit aussitôt les paupières.

Près de sa couche étaient disposés un broc d'eau en grès, un gobelet, une assiette contenant une galette, des raisins secs, et un bol de lentilles.

Il n'avait pas touché à ses aliments.

— Souffrez-vous toujours autant de vos blessures ? demanda Brunissen, subitement intimidée par le regard fixé sur elle, dont le désespoir accentuait l'éclat fébrile.

— Ce ne sont pas ces deux malheureux coups d'épée qui m'éprouvent le plus, répondit l'homme, mais bien le récit que m'a fait Irène de ce qu'elle a vu dehors, dans les rues, et la pensée du sort que vous avez réservé à tous les Croyants de Jérusalem !

— Nous sommes, nous aussi, des croyants, dit Brunissen avec gravité. Vous savez comme moi que dans toute armée se trouvent des soudards et des brutes. Les Sarrasins ont également massacré les nôtres par centaines, par milliers. Depuis les premiers croisés venus sur les pas de Pierre L'Ermite, dont nous avons vu les os blanchis entassés en un affreux amoncellement près de Civitot, là où les avaient frappés les cimeterres de vos soldats, jusqu'aux derniers martyrs tombés sous les murs de Jérusalem, on ne compte plus le nombre de vos victimes.

— Vous confondez Turcs Seldjoukides et Égyptiens Fâtimides, rétorqua avec colère l'homme étendu. C'est une grossière erreur. Nous autres, Égyptiens, avons toujours respecté les hommes et leur foi. Dans les pays vivant sous la loi de l'islam, nos dirigeants ménagent une place aux non-musulmans. Je ne sais si vous avez entendu parler du statut de « protégés » qui leur garantit vie sauve, liberté de culte et droit de propriété, contre le versement d'un impôt spécifique. Vous n'avez rien instauré de pareil, vous et vos Franj, que je sache !

— Nous avons, certes, beaucoup à apprendre dans un pays que nous connaissons mal, reconnut Brunissen, mais si nous sommes parvenus jusqu'à Jérusalem au prix de tourments que vous n'imaginez même pas, la faute vous en revient, à vous qui avez refusé aux chrétiens l'accès du Saint-Sépulcre. Si nous nous étions mêlés de vous empêcher d'aller prier à La Mecque, comment vous seriez-vous comportés à notre égard ?

Hâlid crispa les poings.

— Voilà bien vos mensonges, lança-t-il rageusement. Vous prétendez avoir traversé la mer, les déserts et nos innombrables défenses dans un but religieux ! Imposture ! Imposture ! C'est un appétit de conquête qui vous a poussés à agir. Nous savons de quoi vous êtes capables, tous autant que vous êtes, gens du Nord ou de l'Occident !

Il se tut. Une contraction douloureuse des muscles de sa face enfiévrée témoignait de ses souffrances.

— Allons, calmez-vous, reprit Brunissen. Je ne suis pas

venue à cette heure pour vous harceler mais plutôt pour
vous soigner. Voulez-vous que je refasse votre panse-
ment :

— Laissez-moi, dit le blessé. Je n'ai nul besoin de vos
services.

— Vos plaies ont-elles au moins cessé de saigner ?

— Il me semble. Vos élixirs et vos baumes paraissent
actifs. J'espère être bientôt capable de quitter cette
maison où vivaient des amis dont l'absence m'inquiète
au-delà de ce que je saurais exprimer.

— Ils ont peut-être pu s'échapper. J'ai entendu dire
qu'un certain nombre des habitants de la ville avait
réussi à se glisser par les portes abattues au sud, alors que
nous entrions nous-mêmes par le nord. Ils ont profité de
la confusion pour gagner la campagne et fuient à présent
loin de nos Lieux saints enfin délivrés.

Hâlid se souleva pour répondre à cette remarque, mais
son mouvement réveilla des douleurs qui le rejetèrent,
yeux clos, narines pincées, sur sa couche.

— Voyez, vous vous agitez, alors que votre état néces-
site le calme, et ce sont vos blessures qui vous rappellent
à l'ordre, dit avec douceur Brunissen. Laissez-moi changer vos pansements.

Elle défit le bandage qu'elle avait improvisé en se
servant de son voile de tête, versa de nouveau quelques
gouttes d'élixir sur les deux plaies après les avoir net-
toyées, étendit dessus une couche fraîche d'un onguent à
forte senteur balsamique tiré de son escarcelle, puis
enroula ainsi qu'elle l'avait déjà fait le léger tissu blanc
autour du buste meurtri.

Pendant qu'elle s'activait, le blessé demeura les yeux
fermés, sans prononcer un mot. Venus de l'écurie voisine,
on n'entendait que les froissements de paille et les
mouvements ralentis des chevaux livrés aux rêves mystérieux des heures obscures. L'odeur forte de leur litière se
mêlait à celle de l'homme dont la sueur enduisait la peau
comme une huile musquée aux effluves de sang et
d'aromate.

Quand Brunissen eut fini ses soins, elle se redressa.

— Où avez-vous trouvé un nouveau voile ? demanda
Hâlid en ouvrant les paupières.

— Le camp ayant été levé après notre victoire, nous avons pu faire apporter nos coffres jusqu'ici, répondit Brunissen, décontenancée par une telle question. Nous nous installons à Jérusalem, voyez-vous, et nos barons ont à l'avance octroyé à chaque pèlerin la maison qu'il choisirait. Mon oncle, ma sœur et moi-même avons décidé de vivre dans cette demeure où j'ai été conduite comme par la main. Plus tard, une autre de mes sœurs, sa petite fille et notre frère qui a été amputé d'une jambe après la prise d'Antioche nous rejoindront. A ce moment-là, je ne serai plus ici. Je compte entrer au couvent dès que je le pourrai.

— Vous vous ferez religieuse ?

— Si Dieu le veut. En tout cas, je le souhaite de toute ma foi.

— Que comptez-vous faire de moi ?

— Vous soigner d'abord. Ensuite, vous permettre de quitter Jérusalem quand vous serez remis.

— Comment pensez-vous cacher ma présence à votre famille, à vos serviteurs ?

— Nous verrons bien. Dieu aide.

— Que le nom d'Allah soit béni, murmura le blessé en détournant les yeux.

Brunissen s'assura que le broc d'eau était encore à demi plein.

— Je vous laisse, maintenant, dit-elle. Irène viendra vous voir aussi souvent que cela lui sera possible. C'est elle qui continuera à assurer votre subsistance. De mon côté je passerai vous soigner toutes les fois que je pourrai m'échapper sans attirer l'attention. Ce devrait être plutôt de nuit. Que Dieu vous garde !

Elle s'éloigna. Le blessé demeura les yeux grands ouverts dans l'obscurité que le départ de la jeune Franque et de sa lampe à huile rendait plus opaque.

On dormit peu et mal cette première nuit de victoire, dans Jérusalem délivrée, ainsi que dans la maison au portail vert.

Dès l'aube, Flaminia pénétra dans la chambre que

Brunissen avait désiré occuper. C'était une petite pièce carrée, sommairement meublée, aux murs passés à la chaux, qui donnait, grâce à une étroite porte cintrée, sur un toit plat formant terrasse, entouré d'une balustrade ajourée.

N'y trouvant pas son aînée et sachant qu'en ces pays d'outre-mer, durant les nuits chaudes de l'été, beaucoup de gens tiraient leurs paillasses hors des demeures où stagnait la touffeur du jour, Flaminia gagna la toiture protégée des regards par le muret découpé qui la couronnait.

Allongée sur un mince matelas de toile posé à même le sol, Brunissen se débattait visiblement contre des cauchemars. Elle s'agitait dans son sommeil. La relative fraîcheur du petit matin, dont une brise passagère revivifiait l'air chargé de relents inquiétants, ne semblait pas lui apporter d'apaisement. Elle avait quitté ses vêtements salis pour s'envelopper, contrairement à l'habitude franque de dormir nu, dans une chemise de toile assez rude. Nattés avec soin, ses cheveux étaient protégés par un linge blanc noué en forme de turban autour du haut front lisse que les intempéries et le soleil avaient hâlé.

Flaminia resta un moment debout à regarder sa sœur. Elle se disait que, par sa faute, deux des êtres qui lui étaient les plus chers après Andronic souffraient d'une commune déception, mais son amour clamait ses droits et elle était décidée à n'écouter que lui.

Elle se pencha pour embrasser la dormeuse sur une joue.

Brunissen s'éveilla aussitôt.

— Dieu Seigneur, dit-elle, je faisais un affreux rêve et vous avez bien fait de m'en délivrer !

Elle se leva d'un mouvement souple et se mit debout.

— Vous vous en allez donc ?

— Il le faut, mais, sur mon salut, je ne pensais pas en être réduite à cette rupture entre mon oncle et moi. J'espérais l'amener à considérer que mon long refus du péché compensait, d'une certaine manière, mon acquiescement final à la passion d'un homme décidé à m'épouser puisque sa religion le lui permet. Je m'étais trompée.

Cela me fait peine, croyez-le, ma sœur, mais j'aime trop Andronic pour qu'il ne tienne pas la première place dans mon cœur.

— Cette brouille entre notre second père et vous ne peut être durable, affirma Brunissen. Laissez-lui le temps de s'habituer à une situation qui est pour lui scandale et chagrin. Je suis certaine qu'il changera de sentiment. Quand ce ne serait que poussé par la nécessité où il va se trouver de regagner notre pays, ainsi qu'il nous en a fait part. Il ne pourra nous quitter sans s'être au préalable réconcilié avec vous. Dieu ne le voudra pas !

— Qu'Il vous entende ! soupira Flaminia. Mais à présent, il me faut partir.

— Je vais demander à Mathieu et à Reinard de vous accompagner. Il y a encore beaucoup d'agitation dans Jérusalem si j'en crois les éclats qui nous parviennent jusqu'ici. Il serait dangereux, pour une femme, de s'aventurer à travers passages et ruelles sans protection. Nous sommes ici non loin du Saint-Sépulcre. Où comptez-vous loger ?

— Le père d'Andronic a des relations d'affaires un peu partout à travers les anciens territoires de cette région qui appartenaient aux Byzantins il n'y a pas si longtemps. Dès qu'il a pu pénétrer dans la Ville sainte, Andronic a dû se rendre chez certains d'entre eux. A cette heure, il a sans doute trouvé un abri provisoire.

— Où devez-vous le retrouver ?

— Chez un maître confiseur arménien qui demeure non loin des marchés couverts. Il se nomme Grigor et il paraît que l'appétissante senteur que dégagent ses produits ne permet aucune erreur sur leur emplacement. Sa boutique est peinte en bleu.

Flaminia avait donné ces explications, qu'elle répétait à la suite de son ami, avec un sourire de complicité amoureuse si joyeux que sa sœur s'en émut. La jeune femme venait, en quelques phrases cependant assez étrangères à ses sentiments, d'en révéler la profondeur. Avec des mots simples, elle y livrait le secret de l'abandon d'un cœur, jusque-là épris par-dessus tout d'indépendance, à un autre cœur auquel il acceptait de se soumettre sans restriction, même dans les choses les plus familières. Par là même, elle traduisait l'accord essentiel, intime et radieux à la fois, qui la reliait à son futur époux. En un instant, Brunissen comprit qu'il ne s'agissait pas d'un attachement passager, mais que la nature ardente de sa cadette avait sans doute rencontré l'autre moitié qui lui permettrait d'accomplir un destin voué aux emportements de la passion.

— Dieu vous bénisse tous deux, dit-elle avec élan, et qu'Il vous pardonne! Quand vous vous marierez, faites-le-moi savoir. Je m'arrangerai pour me rendre à la messe d'épousailles, même si elle a lieu dans une église de rite grec! termina-t-elle avec un sourire fraternel et amusé.

En témoignage de reconnaissance, Flaminia l'embrassa et elles allèrent toutes deux demander au barbier et à son acolyte une assistance qui leur paraissait nécessaire. Elles les trouvèrent dans la cour-jardin en train de considérer avec curiosité les étranges fleurs brunes, blanches, violettes et charnues qui pendaient d'un bananier aux larges feuilles. Ils acceptèrent aussitôt de servir de gardes du corps à la jeune femme qui ne jugea pas utile de leur dévoiler quel important rendez-vous l'obligeait à quitter la demeure familiale de si bon matin.

Dehors, Mathieu, qui n'aimait guère qu'on le crût mal informé, lui demanda si elle n'allait pas retrouver un certain maître parfumeur qu'il avait pensé reconnaître à l'ombre du capuchon de bure sous lequel il se dissimulait. Elle acquiesça et lui apprit qu'ils allaient se marier.

— Par le ventre de la Vierge! la religion grecque ne manque pas de bons côtés! s'écria le barbier d'un air réjoui quand il eut été mis au fait du divorce et des projets d'union devenus ainsi réalisables. Je connais pas mal de nos chrétriens qui vont être tentés de changer de paroisse!

La rue qu'ils suivaient avait déjà été nettoyée, mais il y rôdait encore des bouffées nauséabondes qui flottaient alentour comme le souvenir fantomatique et insistant des vies qui y avaient été sacrifiées.

En parvenant au premier carrefour, ils en découvrirent l'explication. Des prisonniers sarrasins, encadrés par des soldats francs, traînaient les cadavres jusqu'à des chariots où ils les empilaient.

— Qu'allez-vous en faire ? demanda Mathieu à un homme d'armes.

— Les jeter hors de Jérusalem qu'ils empuantissent ! Devant chacune des portes de la ville, on en fait des tas auxquels on ne va pas tarder à bouter le feu. C'est le seul moyen de nous débarrasser de cette vermine de mécréants ! répondit l'homme d'un air satisfait. On dispose ces bûchers comme des bornes le long d'une route, en espérant que le vent ne rabattra pas la fumée vers nous. Mais ceci n'est plus notre affaire. C'est à Celui qui est Maître du vent d'en décider !

— Il est vrai que de tous ces corps occis et transpercés émane une véritable pestilence, remarqua Reinard, dont le nez retroussé semblait particulièrement bien taillé pour humer les moindres relents.

Il avait raconté au barbier qu'il était né dans les Flandres et que ses parents, qui avaient déjà onze enfants, avaient été forcés de le placer à sept ans comme apprenti chez un forgeron. Brave homme en dépit de la crainte révérencielle qu'il inspirait aux villageois à cause de son intime commerce avec le feu, ce forgeron était parti à la suite de Godefroi de Bouillon et de ses frères vers le pèlerinage d'outre-mer. Reinard, alors âgé de douze ans, avait demandé à son maître, qui lui était devenu plus proche que sa propre famille, la permission de l'accompagner. Permission qui lui avait été aussitôt accordée. On avait besoin de beaucoup de bons artisans dans l'armée du duc de Basse-Lotharingie.

— Par le cœur Dieu, je ne regrette pas d'être venu ! avait conclu l'adolescent. Je peux dire sans me vanter qu'en trois ans j'ai vu plus de choses, de gens et de pays que mon père dans toute sa vie !

De la même façon que Mathieu, son nouveau compagnon, Reinard semblait posséder une heureuse nature, fortement disposée à prendre les événements, quels qu'ils fussent, du bon côté. Il promenait ses taches de rousseur et son nez musard à travers heurs et malheurs, sans cesse en quête de découvertes, l'esprit curieux et nullement chagrin.

Tout en marchant à travers les rues de la cité, le trio rencontrait de nombreux Francs qui circulaient à dos d'âne ou de mulets harnachés de grelots, de franges et de pompons à la manière arabe. Il paraissait clair que c'étaient là des prises de guerre récentes qui, jusqu'à la veille, servaient encore de montures à d'autres propriétaires. Surchargés de marchandises de tous ordres, leurs bâts débordant d'objets hétéroclites, les baudets transportaient d'un lieu à un autre, d'un maître à un autre, des biens et des avoirs en train de changer de mains.

Flaminia observait l'agitation environnante en songeant qu'elle assistait au début d'une fondation sans précédent dans l'ordre du monde chrétien. La prise de Jérusalem était bien autre chose qu'une victoire parmi d'autres! C'était, aventure inouïe, le commencement d'une véritable installation franque au cœur d'un pays jusque-là totalement étranger. Nul ne pouvait encore savoir ce qu'il en adviendrait, mais la jeune femme était profondément frappée par le contraste qui opposait la joie épanouissant les visages des vainqueurs à l'accablement des vaincus chargés de ramasser puis de faire brûler les milliers de cadavres couverts de mouches bourdonnantes que contenait la Ville sainte.

En ce premier matin de conquête et alors qu'on ne cessait d'apercevoir des troupes parcourant les rues en quête de fuyards à abattre, Jérusalem était le lieu de tous les possibles...

Si la plupart des boutiques demeuraient silencieuses derrière le rideau de planches, fermées, cadenassées aux deux bouts, certaines autres, qui appartenaient à des Grecs, des Syriens ou des Arméniens, rouvraient peu à peu.

En parvenant auprès des quartiers des marchés couverts que les Sarrasins nommaient des *bâzâr*, Flaminia constata qu'on ouvrait les grilles de fer qui fermaient chaque nuit les accès aux rues dont elle savait qu'elles étaient de véritables labyrinthes, pour en avoir vu de semblables à Antioche, à Tripoli ou dans les autres villes traversées le long de sa route. Étroites, sinueuses et recouvertes de nattes de paille ou de palmes sèches les protégeant du soleil qui chaque jour brûlait la Judée, les ruelles ombreuses du bazar s'enfonçaient, mystérieuses, vers des amoncellements de nourriture, d'objets de toute espèce, de vêtements, de bijoux...

De puissantes bouffées fleurant le caramel renseignèrent bientôt la jeune femme sur la proximité de l'étal qu'elle cherchait. Jouxtant la principale entrée des marchés, elle découvrit un ensemble de petites échoppes consacrées aux confiseurs. Il s'en échappait des arômes dont la présence insistante et sucrée écartait momentanément toute autre exhalaison.

La première boutique qui s'offrit à la vue du trio était peinte en bleu.

— Nous voici à bon port, dit alors Flaminia à ses compagnons. C'est ici que je suis attendue. Mais venez avec moi. Je ne vous laisserai certes pas repartir sans que vous ayez goûté à quelques-unes de ces friandises.

A l'intérieur de la pièce où ils pénétrèrent tous trois, ils découvrirent un véritable palais en réduction de la gourmandise. Dressés sur des plats de faïence, de cuivre ou d'argent, des empilages de nougats farcis aux noisettes, aux pistaches ou aux noix concassées, de minces gâteaux saupoudrés de graines de pavot, des monceaux de gaufrettes au miel, des loukoums verts, roses, mauves, enfarinés de sucre neigeux, des pâtes d'amandes ou de guimauve, des biscuits à la farine de riz, des sucres d'orge multicolores, des dragées roses et blanches réparties à profusion dans des coupelles de verre voisinaient avec de longs plateaux de cuivre damasquiné chargés de récipients où scintillaient des pastilles colorées comme des arcs-en-ciel. Parfumés à l'anis, au coing, à la cannelle, au gingembre, au sirop de grenade, ces pastilles devaient être fort appréciées si on en jugeait par leur variété et leur quantité.

— Dieu vous garde, amie, dit soudain une voix qui fit tressaillir Flaminia. Parmi toutes ces confiseries, vous ressemblez à une petite chatte égarée au milieu de gobelets pleins de lait et ne sachant lequel laper !

Andronic, qui avait abandonné son froc de bure pour revêtir une tunique byzantine de soie brodée de feuillage, se tenait devant une portière de tapisserie qu'il venait de soulever et qui fermait le fond de la boutique.

Depuis plusieurs semaines, il avait laissé repousser ses cheveux frisés qui s'argentaient de plus en plus sur les tempes ainsi que la fine barbe sombre qu'il taillait de nouveau, comme à Constantinople, au plus près du menton. Son teint, naturellement mat, s'était basané sous le climat syrien et deux rides nouvelles barraient son front. Seul, son regard clair conservait sa luminosité et son éclat inchangés.

Mathieu se dit que les traverses et les souffrances partagées par tous avaient marqué les traits du maître parfumeur et que ce Grec, qui ne s'était joint aux croisés que pour l'amour d'une des leurs, avait dû supporter les mêmes épreuves que les plus mystiques d'entre eux.

« Mais lui, il a reçu sa récompense ! » songea fugitivement le barbier, tout en adressant un large sourire à l'homme dont la haute stature tranchait de façon étrange auprès de la petite taille du confiseur, court et trapu, qui se tenait à ses côtés.

— Flaminia, laisse-moi te présenter Grigor, dit alors Andronic en s'adressant à son amie en latin. C'est un compagnon sûr. Comme tous les Arméniens, il est bon chrétien et décidé à aider autant qu'il le pourra les libérateurs de Jérusalem. Chassé par les Sarrasins de sa demeure au début du siège, séparé de sa famille, il a erré dans notre camp jusqu'à ce que nous nous rencontrions un soir où la soif me tenaillait affreusement. Il a consenti à partager avec moi la gourde d'eau pure qui lui restait. Je ne l'oublierai jamais !

— Que Dieu vous bénisse, messire Grigor, dit Flaminia. En donnant à boire à mon futur mari, c'est moi aussi que vous avez désaltérée.

L'Arménien s'inclina en posant à hauteur du cœur sa main droite sur la poitrine. Gros, lourd, le teint cuivré, il portait une barbe noire demi-longue qui ne suffisait pas à durcir des traits respirant la bienveillance du bon vivant qu'une sensualité raisonnable rend compréhensif aux écarts de la vie. Une chéchia en tissu fleuri, amidonnée avec soin et tendue sur une forme en paille de riz, couvrait ses cheveux luisants et noirs comme des plumes de corbeau, en apportant une touche de fantaisie inattendue à sa tenue de drap violet. Doublé et bordé d'un galon de soie blanche, l'ample vêtement, qui lui descendait jusqu'aux genoux, l'enrobait de plis retenus à la taille par une large ceinture de toile fine.

— Faites-moi la grâce de goûter à mon meilleur halva, dit l'Arménien après s'être incliné devant elle, en tendant à Flaminia une boîte en bois décorée avec raffinement et remplie d'un nougat de prix. Celui-ci est excellent. Il est fait avec un miel blanc et sauvage qu'on ne peut recueillir qu'en Perse et uniquement sur les fleurs de certains tamaris qui ne poussent pas sous nos cieux. En outre, il est farci de pistaches et d'amandes hachées avec le plus grand soin !

Une fois de plus, Flaminia se dit que, en ce premier matin glorieux et cruel à la fois, Jérusalem était décidément le lieu de toutes les contradictions. Entre les sinistres charretées dont on entendait grincer les essieux surchargés non loin de là et le tendre nougat candide qui lui était offert avec tant d'affabilité, on ne pouvait établir aucun rapprochement. Pourtant, c'était au même endroit, et au même moment qu'elle découvrait avec stupéfaction ces deux visages d'une seule et unique réalité.

— Grigor pense nous avoir déniché le domicile dont nous avons besoin, reprit Andronic en adoptant, cette fois, le langage franc qu'il avait tenu à apprendre pour s'entretenir plus intimement avec la jeune femme. Il s'agit d'une maison agréable, située non loin du bazar des parcheminiers. Il sera donc aisé de trouver à proximité l'atelier et la boutique où nous installer ainsi que vous le souhaitez, amie...

Dans le regard clair brillaient tant de promesses, de si belles espérances, que Flaminia, oubliant tout le reste, ne songea plus qu'à lui rendre le sourire passionné qu'il lui adressait en signe d'intelligence.

4.

Pendant deux jours, Jérusalem demeura en effervescence. On achevait sans pitié les derniers Sarrasins, notamment les captifs. On craignait en effet de les voir se transformer en de dangereux soutiens pour l'ennemi dont un retour offensif était à redouter.

On nettoyait les rues et les places à grande eau sans cesse pour autant de brûler les corps entassés sur des bûchers dont les hautes flammes illuminaient, jour et nuit, ainsi que des torchères géantes, les portes de la Ville sainte. Suivant les sautes du vent, la fumée se rabattait sur la cité ou bien s'en éloignait...

Les vainqueurs s'installaient.

— Parvenir jusqu'en Judée, prendre Jérusalem, en chasser les suppôts de Satan qui s'y trouvaient, et y rétablir la foi chrétienne n'était déjà pas une mince affaire, déclara le matin du troisième jour Mathieu à Reinard. Mais, à présent, il s'agit de garder le Saint-Sépulcre, ce bien commun de la Chrétienté! Il faut organiser notre conquête.

En cette heure matinale les deux compères circulaient au cœur de la foule bavarde, curieuse, agitée de remous, traversée d'interrogations et d'incertitudes. On venait d'apprendre que les barons avaient décidé de toute urgence la réunion du grand conseil afin d'élire leur nouveau chef. Le bruit courait qu'on avait effectué de discrètes enquêtes sur chacun des candidats, mais beaucoup de croisés avaient déjà fait leur choix. Le comte de Flandre, le duc de Normandie, Eustache de Boulogne, qui proclamaient leur désir de retourner sitôt que possible dans leurs fiefs héréditaires, se trouvaient hors jeu. En l'absence de Tancrède, de Bohémond et de Baudouin de Boulogne, ne restaient en lice que le comte de Toulouse et Godefroi de Bouillon.

« Il nous faut un roi capable de nous défendre, un preux, un vaillant ! Il doit aussi savoir organiser le pays conquis, assurer l'unité entre les seigneurs qui demeureront en Terre sainte, être redouté des Sarrasins et témoigner par sa personne et ses mœurs des hautes vertus chrétiennes dont il sera le représentant le plus en vue dans le nouveau royaume si menacé, si peu sûr... » On entendait de tous côtés ce genre de discours.

— Ce premier conseil dans Jérusalem délivrée, c'est un événement solennel ! affirma Reinard d'un air pénétré. Je ne remercierai jamais assez le Seigneur Dieu de me permettre d'y assister.

— Par le sang du Christ, tu as raison ! approuva Mathieu qui observait selon son habitude, d'un œil vif et avide, les allées et venues agitées des Francs dont ils étaient entourés. C'est déjà une grande merveille que d'avoir survécu pendant ces trois années terribles que nous venons de traverser, alors que tant des nôtres ont disparu en chemin. Mais être de ceux qui participeront à l'établissement du nouvel État, quel immense privilège !

— Certains disent que, le pèlerinage ayant été prêché par Urbain II, c'est au pape, donc à l'Église, que revient tout naturellement la souveraineté des Lieux saints, continua Reinard. Il faudrait en faire une principauté ecclésiastique, à l'image des évêchés du Saint Empire. Elle relèverait ainsi du Saint-Siège, ce qui me paraît normal.

— Folie ! protesta Mathieu. Folie ! Ceux qui parlent comme toi méconnaissent la première loi de toute conquête : durer ! Il est certain que, pendant le conseil, les clercs ne vont pas manquer d'avancer les droits imprescriptibles de l'Église. C'est leur grand argument. Mais notre situation en Judée et en Syrie reste trop précaire, trop aventurée, pour que nous puissions confier ce royaume tout neuf à des moines et à des prêtres. Après tout, nous ne détenons en Terre sainte qu'une bande de territoire, plutôt mince, au cœur d'un pays ennemi, toujours prêt à fondre sur nous ! Il nous faut des guerriers. Crois-moi, nous ne pouvons pas remettre notre sort en des mains pieuses, certes, mais incapables de porter les armes et de s'en servir comme il le faudra, quand il le faudra !

Les deux compagnons passaient devant l'entrée de la basilique du Saint-Sépulcre. Ils se signèrent dévotement et poursuivirent leur marche en fendant la cohue animée et bourdonnante.

— Pour beaucoup de pèlerins, le premier seigneur de Jérusalem devrait quand même être un patriarche, reprit Reinard qui se voulait informé. Or, admire la malice des choses : comme tu sais, le patriarche nommé ici par Constantinople, selon la coutume, a quitté son patriarcat voici deux ans pour fuir à Chypre les persécutions dont il était la victime de la part de l'émir égyptien. On vient tout juste d'apprendre qu'il est mort là-bas en exil. Le moment semble donc favorable pour procéder à l'élection de son remplaçant. Seulement, il y a un os : comme ce sont les soldats des armées envoyées par le pape qui ont libéré Jérusalem, un patriarche de rite latin s'impose. Tu vois d'ici la controverse !

Mathieu haussa les épaules.

— Toutes ces histoires ne font que donner raison à ceux qui souhaitent, comme moi, l'élection d'un seigneur et non d'un clerc, conclut-il avec conviction. Allons, si Dieu nous seconde, nous ne tarderons pas à être fixés !

— Les barons auront donc à choisir entre Raymond de Saint-Gilles et Godefroi de Bouillon. Permets-moi de te dire que je crois savoir où vont tes préférences...

— Je ne suis pas le seul ! Le duc de Bouillon est l'élu de tous nos compagnons de langue d'oïl. Il n'y a que les Provençaux pour désirer voir le comte de Toulouse à la tête de ce royaume nouveau-né... Et encore, je ne suis pas certain que, parmi ses vassaux, il ne s'en trouve bon nombre pour redouter que son élection ne les force à demeurer sur place plus longtemps qu'ils ne le voudraient.

— En dépit de ses qualités certaines, il n'est pas très populaire. Je ne sais pourquoi. Peut-être parce qu'il est trop fier, trop altier. Il se montre maladroit, même et peut-être surtout quand il veut fraterniser avec ses hommes. On sent qu'il se force...

— Reinard, mon ami, dit Mathieu, je pense être assez bien au fait de l'opinion courante des croisés et je peux t'assurer que notre sire Godefroi l'emporte de cent coudées sur son rival. Sa bravoure, sa piété, sa générosité, sa droiture, le fait qu'il ait été le premier de nos barons à poser le pied sur les remparts de Jérusalem, parlent déjà en sa faveur. Mais il court aussi des bruits sur des révélations merveilleuses dont il aurait été l'objet, sur des songes prophétiques prouvant que, plus de dix ans avant le concile de Clermont, Dieu l'avait choisi pour être le chef du grand pèlerinage armé. Des personnes dignes de foi disent l'avoir vu en rêve à différentes époques. Tantôt sur le mont Sinaï, recevant d'un messager divin la mission de conduire, tel Moïse, le peuple pèlerin ; tantôt assis sur le trône même du soleil, environné des oiseaux du ciel ; tantôt montant la nuit avec une lampe et par une échelle mystérieuse à la Jérusalem céleste. D'où il résulte aux yeux du plus grand nombre qu'il est le roi prédestiné de ce royaume.

— Amen ! lança Reinard en riant.

Ils arrivaient devant l'entrée principale des marchés couverts. Toute une agitation grouillante convergeait vers ce temple des échanges commerciaux. Ce n'était que mulets et ânes bâtés, porteurs de caisses ou de coffres, commis affairés, gros marchands remplis d'importance ou maigres manutentionnaires n'ayant que leurs bras à louer.

— Tous ces gens n'auront guère attendu pour choisir entre Dieu et Mammon ! remarqua Mathieu. Il est vrai que, parmi ceux-là, il y a beaucoup de Grecs, de Syriens et d'Arméniens qui font du négoce ici depuis toujours.

— Dieu te garde, frère ! cria une voix derrière lui. Qu'attends-tu sur le seuil de cet antre ?

Les deux compères se retournèrent pour découvrir, à quelques pas, les épaules musculeuses et la remarquable barbe noire d'Hugues Bunel qui fendait la cohue pour s'approcher d'eux.

— Nous allons prendre les nouvelles d'une jeune Chartraine de nos amis qui loge à présent par ici, expliqua Mathieu, heureux de retrouver un compagnon d'armes qu'il avait perdu de vue depuis la prise de la Ville sainte. Toi-même, que deviens-tu ?

— Je sers d'interprète au duc de Normandie, qui m'a adopté en attendant de se réembarquer pour regagner ses domaines, répondit le colosse. C'est un emploi provisoire. Il faudra que je m'engage comme arbalétrier dès que ce seigneur aura repris la route de son duché natal.

— Nous aurons besoin d'hommes comme toi, assura Mathieu. Le départ de tant de nos barons suivis de leur troupe va creuser un vide inquiétant dans les rangs de l'armée franque.

— Il faudra aussi remplacer les forgerons qui s'en iront et vous semblez taillé tout exprès pour manier le soufflet et taper sur l'enclume, remarqua Reinard en se glissant par ce biais dans la conversation. Je connais plus d'un maître qui serait heureux de vous embaucher.

— Eh bien ! Je vois que mon avenir semble assuré, constata avec bonne humeur Hugues Bunel. Dieu vous entende ! Mais où donc se trouve la jeune Chartraine que vous allez visiter ?

— Elle loge pour le moment chez un certain Grigor, maître confiseur arménien dont voici la boutique.

Flaminia et Andronic sortaient justement de l'intérieur ombreux d'où s'exhalait les senteurs de miel, d'amande et de gingembre de la confiserie, pour apparaître dans le soleil matinal, enlacés, souriants, si manifestement heureux qu'ils en étaient provocants.

— Par la vertu Dieu ! s'écria Hugues Bunel, par la vertu Dieu ! Pour un beau couple c'est un beau couple !

En l'entendant, Flaminia se prit à rire tout en s'appuyant un peu plus fort au bras de son ami. Comme celles des plus belles mosaïques de Sainte-Sophie, ses prunelles semées d'une bigarrure changeante de points verts, bleus, gris, dorés et roux scintillaient sous l'effet conjugué du bonheur et de la jeune lumière de tierce. Ses nattes de feu, tressées avec des rubans verts, étaient si violemment rousses qu'on était toujours surpris, pensa Mathieu, de ne pas les voir s'enflammer sous les rayons du soleil. Auprès d'elle, Andronic, vêtu d'une tunique blanche, les cheveux et la barbe parcourus de reflets d'argent, la contemplait avec tant d'amour qu'on en oubliait les quelques lustres les séparant pour ne remarquer que l'entente harmonieuse, éclatante, qui unissait ces deux êtres par-delà les années, les dissemblances de leurs origines et les traverses qui jalonnaient leurs routes.

— Brunissen nous a envoyés vers vous pour vous demander si vous aviez déjà arrêté la date de votre mariage, dit Mathieu après les avoir salués tous deux. Elle tient à être à vos côtés ce jour-là.

— Par ma sainte patronne, elle y sera ! s'écria gaiement Flaminia. Mais rien n'est encore fixé. Dites-lui, déjà, combien son soutien nous réconforte et que nous ne désespérons pas, grâce à elle, de voir revenir notre oncle sur ses préventions...

Autour d'eux, la foule se mit à ondoyer comme champ de blé sous la bourrasque. Une rumeur se répandait : Godefroi de Bouillon avait bien été élu par les barons, ses pairs, roi du jeune royaume franc de Jérusalem, mais il avait refusé tout net un honneur dont il ne se sentait pas digne.

— Il sera contraint, sous peu, d'accepter, même s'il éprouve une certaine répugnance à assumer une telle charge, remarqua avec bon sens Andronic. Un souverain est indispensable à la Ville sainte pour accéder au rang de capitale. Or, qui mieux que le duc de Bouillon peut prétendre à un tel titre ?

— Il paraît qu'on a d'abord offert le trône à Raymond de Saint-Gilles, dit Hugues Bunel. C'est le seigneur le plus riche, le plus illustre de par sa naissance, et il ne sied pas d'oublier qu'avant de quitter son fief de Toulouse il a fait vœu de consacrer le reste de ses jours au combat contre les infidèles. Cependant il semble avoir refusé. Il aurait répondu que le seul fait de porter le nom de roi en cette cité lui faisait horreur, mais qu'il se rallierait à l'avis des barons s'ils choisissaient quelqu'un d'autre.

— Il est loin d'être sot, ajouta Mathieu, et il a compris que Robert de Flandre et Robert de Normandie lui sont opposés. Ils ne s'en cachent d'ailleurs ni l'un ni l'autre. Je le sais, car, en faisant la barbe de certains seigneurs, j'ai entendu à ce sujet des propos édifiants!

— Foin de Toulouse! Vive le duc de Basse-Lotharingie! s'écria Reinard en lançant son bonnet en l'air d'un geste qui sentait encore son enfance.

Il avait crié et, autour de lui, le peuple rassemblé approuva bruyamment.

— Vive Godefroi de Bouillon! Vive le bon duc!

— Je vous convie tous à venir dîner avec nous chez notre ami Grigor, proposa soudain Andronic à ses compagnons. Nous boirons à la santé de notre futur roi.

— Grand merci, messire, répondit Mathieu avec son large sourire. Nous serions venus bien volontiers, mais nous ne pouvons, alors qu'ils nous hébergent si amicalement, laisser le père Ascelin et Brunissen seuls avec leurs deux servantes en ces premiers jours de leur installation. Il nous faut leur tenir compagnie.

Le ton était aimable, mais ferme. Flaminia crut y percevoir un reproche informulé à son intention, qui la brûla comme une piqûre de taon. Pourtant elle préféra passer outre.

— A bientôt donc, dit-elle à Mathieu et à ses deux amis. Que Dieu vous garde!

Elle s'éloigna au bras d'Andronic vers l'appartement discret que le maître confiseur leur avait prêté en attendant qu'ils puissent s'installer dans la demeure qu'il leur avait trouvée.

— Je serais bien resté en leur compagnie, avoua Reinard quand le couple se fut perdu dans la foule. Ils sont plus gais que le père Ascelin.

— Sans doute, reconnut Mathieu, sans doute, mais, par la sainte Trinité, je me considérerais comme le dernier des derniers si je délaissais nos Chartrains! Ils nous logent gratuitement, ne l'oublie pas, et depuis que je les ai rencontrés à Brindisi, ils n'ont jamais cessé de me témoigner amitié et estime.

— Ne m'as-tu pas aussi entretenu d'une troisième sœur vivant pour l'heure à Antioche et au charme de laquelle il me semble que tu t'es montré assez sensible ? demanda le jeune forgeron d'un air entendu, tout en rougissant sous ses taches de son.

— Il se peut, admit Mathieu de bonne grâce. Il se peut. Mais cette Alaïs est loin et Dieu seul sait quand je la reverrai.

— Crois-tu que tes amis chartrains m'accueilleront sans méfiance ? demanda à son tour Hugues Bunel, comme ils parvenaient tous trois en vue de la maison au portail vert. Par le cœur Dieu, je suis pour eux un étranger dont ils ne savent rien.

— Je leur ai déjà parlé de toi, assura le barbier. Ils sont par ailleurs des plus hospitaliers. Tu verras que tu seras bien reçu.

Il sembla même à Mathieu que ce fut avec soulagement que le notaire épiscopal et sa nièce virent apparaître trois hôtes sur lesquels ils ne comptaient pas.

— Grâce à votre venue, nous allons enfin être mieux informés, déclara le père Ascelin. Vous nous raconterez ce qu'on dit, de par la ville, du refus de Godefroi de Bouillon d'être élu roi. Les échos qui nous parviennent jusqu'ici sont d'abord filtrés par nos servantes.

— Chacun pense qu'il n'a fait que reculer pour mieux sauter, répondit Mathieu. Son acceptation devrait être une affaire de quelques jours.

— Dieu veuille que vous ayez raison ! s'écria Brunissen. Il est, sans conteste, le meilleur souverain possible et je prie pour qu'il accepte sans tarder de régner en ce lieu où nous aurons tant besoin de sa protection et de son courage !

— Il n'est que d'attendre, dit Hugues Bunel. Mais il faut espérer que ce digne seigneur ne tardera pas trop à prendre sa décision : dans l'ost, bien des bruits courent au sujet d'une armée sarrasine qui se dirigerait vers nous...

Tout en écoutant ces propos, Brunissen se demandait si l'homme à l'opulente barbe noire que leur avait amené Mathieu comptait, lui aussi, être logé chez eux. Elle redoutait de voir se multiplier sous leur toit des présences dont la curiosité pourrait se révéler dangereuse pour Hâlid. Depuis qu'elle l'avait recueilli, elle était parvenue à le soigner durant la nuit sans que personne s'en doutât dans son entourage. Aux heures des repas, la petite Irène se faufilait jusqu'à la cachette du blessé auquel elle apportait les aliments dont il avait besoin. Il recommençait d'ailleurs à se nourrir avec une détermination farouche qui témoignait clairement le désir de retrouver le plus vite possible les forces nécessaires à sa sauvegarde. Si la fièvre paraissait un peu s'apaiser, l'Arabe, qui avait perdu beaucoup de sang, n'en demeurait pas moins d'une grande faiblesse. Il lui faudrait certainement, songeait Brunissen, de longs jours avant de pouvoir envisager de s'enfuir vers Ascalon où séjournait à présent l'émir Iftikhâr.

Le nom d'Ascalon, prononcé au même moment par le nouveau venu, ramena la jeune fille à la conversation.

— Il semblerait que de nombreuses troupes, commandées par le vizir égyptien al-Afdal en personne, fassent marche vers la Judée dans l'intention de reconquérir Jérusalem, expliquait Hugues Bunel. Elles se dirigeraient vers Ascalon, mais tout cela est peut-être pure imagination. Les langues vont bon train dans nos rangs et bien des sottises sont proférées.

— Si nous devons nous battre à nouveau contre ces maudits Sarrasins, Dieu fasse que ce soit avant le départ des barons et de leurs armées, dit Mathieu. Une fois le gros de nos forces réembarqué, il restera bien peu de monde pour défendre le petit royaume de Jérusalem !

On s'entretint encore de l'avenir incertain de la nouvelle fondation franque en Terre sainte ; puis, contrairement aux craintes de Brunissen, Hugues Bunel prit congé pour regagner le camp du duc de Normandie, sa qualité d'interprète exigeant qu'il n'en fût pas trop longtemps absent.

— Avez-vous vu Flaminia ? demanda la jeune fille dès qu'elle put se trouver un moment seule avec Mathieu.

Alors que le père Ascelin et Reinard étaient demeurés dans la grande salle, ils traversaient tous deux la cour-jardin après avoir raccompagné leur hôte jusqu'à la porte d'entrée.

— Ma foi oui, et je l'ai trouvée éclatante de bonheur, répondit le barbier. Elle m'a chargé de vous dire qu'elle compte sur votre présence à son mariage, mais que la date n'en était pas encore fixée. Elle vous fera prévenir le moment venu. Par ailleurs, elle espère que vous parviendrez à faire changer votre oncle d'opinion sur cette union dont il me paraît certain, quant à moi, que rien ne la détournera.

— Hélas, soupira Brunissen, je sais bien qu'elle se convertira et épousera Andronic. Flaminia tient son caractère de notre aïeule qui était la créature la plus entêtée du monde. L'une et l'autre ont les mêmes défauts et les mêmes qualités. La passion les mène. Elles sont capables de tous les courages, de toutes les générosités, mais aussi, Dieu me pardonne, de toutes les obstinations et de tous les paroxysmes !

Elle interrompit sa marche et posa une main sur la manche de Mathieu.

— Je ne sais si vous vous en êtes aperçu, ami, continuat-elle, mais mon oncle est durement blessé par l'ingratitude de Flaminia. Il n'est pas homme à se plaindre ; cependant, depuis le départ de ma sœur, je le trouve triste et amer comme je ne l'ai jamais vu, même aux pires moments de notre marche, quand mon père est mort ou quand il a fallu décider de l'amputation de Landry. Il ne s'agissait, alors, que de tenir bon face à l'adversité. Sa foi, qui est de roc, l'y a beaucoup aidé. A présent, c'est l'absence, l'égoïsme et l'oubli de tant de bienfaits, auxquels il se heurte. Il ne comprend pas et souffre en secret de ce qu'il considère comme un reniement, comme un rejet. Il nous aime tendrement. Voyez-vous, Mathieu, dans une certaine mesure, nous sommes ses enfants. Or, chacun le sait, seuls ceux que nous chérissons détiennent le redoutable pouvoir de nous faire peine...

Le barbier écoutait, bras croisés sur la poitrine, tête inclinée.

— Il est vrai que je l'ai trouvé abattu depuis deux jours, reconnut-il. Mais, à mon avis, il se tourmente sans raison. Flaminia a dix-huit ans et elle est amoureuse. Comment voulez-vous qu'elle se soucie d'autre chose que d'un bonheur qui est actuellement sa raison de vivre ? Elle est entièrement tournée vers la découverte d'un amour, qui, pour elle, ne peut être qu'absolu. Laissons le temps couler... Quand elle aura connu les difficultés de la vie à deux, elle descendra de ses nuées et retrouvera ses affections d'antan, là où elle les avait quittées, c'est-à-dire dans sa famille, auprès de vous et de votre oncle.

Brunissen hocha la tête.

— Vous avez sans doute raison, ami, dit-elle, mais le temps me dure. Vous savez que je suis décidée à prendre le voile dès que possible. Comment le faire en de telles conditions ? Tant que mon oncle demeurera ici, je suis dans l'obligation de rester auprès de lui. Il ne saurait être question de l'abandonner à une solitude qui lui ferait le plus grand mal. Or, ce matin même, il m'a dit qu'il ne regagnerait Chartres que lorsque notre famille se trouverait de nouveau réunie. Il pense que Bohémond de Tarente quittera Antioche pour venir accomplir son vœu de croisé et pour prier devant le Saint-Sépulcre d'ici la fin de l'année. Il est vraisemblable qu'Alaïs, sa petite Mabille et Landry en profiteront pour voyager dans la suite nombreuse et bien protégée dudit seigneur. Notre oncle m'a clairement fait entendre qu'il attendrait ce moment pour se séparer de nous et s'en retourner vers son évêque.

— Vous serez donc forcée de surseoir à votre pieuse décision, constata le barbier avec une grimace mi-apitoyée mi-amusée. C'est là sans doute une nouvelle épreuve qui vous est envoyée. Prenez-la pour telle. C'est ainsi qu'on se prépare le mieux à servir le Seigneur : en acceptant les aléas de sa volonté.

Brunissen se prit à rire.

— Sur mon âme, j'aimerais que vous parliez à mon oncle quand l'occasion se présentera, dit-elle. Je ne connais personne de plus réconfortant que vous !

Quelques jours s'écoulèrent sans que Mathieu, qui avait repris son office de barbier et en profitait pour écouter et observer les mouvements de l'opinion, trouvât l'opportunité souhaitée. Sous les toits les plus divers où il se rendait, on ne s'entretenait que du refus du duc de Bouillon, de la jalousie du comte de Toulouse qui avait décliné l'offre d'un trône, proposée du bout des lèvres, et du danger d'une éventuelle attaque sarrasine.

Durant ce temps, Brunissen se rendait de nuit, à la dérobée, auprès du blessé qu'elle continuait à soigner avec dévouement. Elle était trop lucide pour ne pas reconnaître au fond d'elle-même que ces moments furtifs lui apportaient beaucoup. Entre Hâlid et elle un dialogue, d'abord méfiant, puis, peu à peu, plus ouvert, s'était établi. Désireux d'être tenu au courant de ce qui se passait à Jérusalem, le marchand de chevaux s'informait chaque fois des événements survenus depuis la veille. Il insistait pour obtenir le plus de détails possible, écoutait avec une attention avide le récit de Brunissen et ne manquait jamais d'exposer ensuite sa propre interprétation des faits rapportés.

Le soir où elle lui apprit que Godefroi de Bouillon, pressé par ses pairs, avait fini par accepter la fonction de prince de la cité mais qu'il avait déclaré hautement qu'il ne ceindrait jamais une couronne d'or là où le Roi des rois, Jésus-Christ, le Fils de Dieu, avait porté une couronne d'épines, qu'il ne serait donc pas roi de Jérusalem, mais, plus simplement, avoué du Saint-Sépulcre, Hâlid avait secoué la tête.

— Un roi est un roi, dit-il. Votre duc de Bouillon a tort de refuser un titre qui lui donnerait ascendant et pouvoir. Qu'est-ce donc qu'un avoué ?

— Un défenseur, une sorte de régent pour le compte de l'Église. Un protecteur en quelque sorte. Le duc en a déjà exercé, paraît-il, les prérogatives en Basse-Lotharingie, dans sa province, avant de partir pour la Terre sainte.

— Je vois là un signe de sa faiblesse, continua Hâlid avec mépris. En agissant de la sorte, il limite son autorité et se dérobe devant l'établissement d'une monarchie véritable. Oublierait-il qu'il détient seul, si toutefois vos renseignements sont exacts, la possibilité d'assurer la cohésion des Francs face à une contre-offensive des nôtres qui ne saurait tarder ?

— C'est vous qui avez tort de l'accuser de faiblesse, protesta Brunissen. Depuis son élection, il a déjà fait preuve de caractère en montrant qu'il était décidé à imposer sa volonté au comte de Toulouse. Celui-ci détenait en effet la tour de David, la plus importante forteresse de la ville, comme vous le savez. Le gouverneur Iftikhâr la lui avait remise en mains propres avant d'aller se réfugier à Ascalon. Eh bien ! Raymond de Saint-Gilles, qui rumine son humiliation et n'a accepté que contraint et forcé l'élection de son rival, a refusé de rendre la tour au duc qui la lui réclamait comme position clé de son dispositif de défense.

— Vos princes en sont déjà à se disputer nos dépouilles, lança avec une sombre satisfaction Hâlid. Ils ne tarderont pas à s'entre-déchirer !

— Que non pas ! Ils savent bien qu'ils se trouvent dans la nécessité de s'unir pour sauvegarder le nouveau royaume. Le duc de Bouillon a fait répondre au comte que s'il n'obtenait pas cette tour, il abandonnerait la place, car il ne pouvait être seigneur en un pays où un autre détenait plus grand pouvoir et plus grande force que lui-même.

— Vous voyez bien !

— Pas du tout ! Notre duc n'a pas cédé. Soutenu par Robert Courteheuse et par Robert de Flandre, il a proposé au comte de Toulouse de remettre provisoirement la tour de David à un évêque provençal en attendant une décision du grand conseil sur ce point litigieux. C'est ce qui a été fait et il semble bien que cet évêque songe à remettre derechef la forteresse à Godefroi de Bouillon. N'est-ce pas là une preuve de caractère en même temps qu'une victoire pour notre duc ?

Aussi désireux l'un que l'autre de convaincre leur adversaire, Hâlid et Brunissen s'affrontaient avec ardeur, tout en étouffant les éclats de leurs voix pour faire le moins de bruit possible. Autour d'eux régnait une obscurité seulement trouée par la lampe à huile de Brunissen, et, dans l'écurie voisine, par la lueur des deux lanternes accrochées sur la demande de Mathieu aux piliers de pierre qui soutenaient la voûte. L'agitation, devenue familière, des chevaux proches, le froissement de paille des litières, les coups sourds dans les bat-flanc, le cri lointain de quelque oiseau de nuit composaient l'habituel environnement de leurs échanges nocturnes et tissaient autour d'eux une étrange ambiance de secret partagé et de confrontation sans complaisance.

— Vous êtes une chrétienne opiniâtre, lança la voix rauque du blessé. Vous vous refusez à reconnaître, en dépit des évidences, que vos barons francs ne sont mus

que par l'intérêt et l'obsession de se tailler des fiefs ! Les
rivalités dont vous venez de me parler en sont une preuve
supplémentaire. Votre duc et votre comte se haïssent et je
ne vois entre eux aucun sentiment fraternel. L'ambition
les habite l'un comme l'autre. La fausse humilité de votre
avoué n'y change rien !

— Vous êtes dans l'erreur, Hâlid. Notre nouveau seigneur est de bonne foi et de bon lignage. En acceptant la
fort lourde charge qu'on lui offrait mais en refusant
l'honneur, il témoigne de ses qualités de sagesse et de
piété. Au cours des trois années que nous venons de vivre
en sa compagnie, nous avons été à même de juger son
désintéressement, sa bravoure, sa valeur morale, sa
bonté. Nous savons pouvoir compter sur celui qui incarne
si bien notre plus haut idéal, et nous lui faisons confiance.

— Grand bien vous fasse ! ricana Hâlid. Quand la
puissante armée égyptienne que j'attends avec tant
d'espoir parviendra sous les murailles de Jérusalem, vous
aurez bien besoin des vertus guerrières de votre avoué du
Saint-Sépulcre. Je ne donnerai pas cher de lui, alors, ni
de tous vos barons !

— Nous verrons bien, dit Brunissen en se levant. Par la
croix de Dieu, je suis certaine que vous vous trompez ! Si
le Seigneur nous a permis de prendre la Ville sainte après
des années de souffrances, ce n'est sûrement pas pour
nous sacrifier et nous laisser vaincre à présent. Il a
protégé nos pas jusqu'ici. Il ne nous abandonnera pas,
quoi qu'il advienne !

Éclairée par la flamme vacillante de la lampe à huile,
la jeune Franque se dressait, vibrante, devant la couche
où gisait le blessé. Il émanait d'elle une telle certitude
qu'Hâlid en fut touché.

— Comme vous vous battez avec acharnement pour
votre religion ! remarqua-t-il non sans amertume. Nous
autres, musulmans, nous ne ressentons plus la même
fougue que vous à mener la guerre sainte. Nous sommes
trop divisés... Entre les sunnites qui se réclament du
califat abbâsside de Bagdad et les chiites, qui défendent
le califat fâtimide du Caire, des luttes intestines sans
merci ne cessent de se produire. Nous sommes victimes
de ce schisme criminel qui remonte à l'origine de l'islam

et a pris naissance au sein même de la famille du Prophète. La paix soit sur Lui !

La sourde désespérance que traduisaient ces paroles et la façon dont elles avaient été prononcées remuèrent Brunissen. Se rapprochant d'Hâlid, elle posa une main légère sur l'épaule intacte, et sourit.

— Songez d'abord à vous remettre, dit-elle. Il sera toujours temps, une fois guéri, de reprendre les armes contre nous afin de participer, vous aussi, à la guerre sainte !

Cette réflexion arracha également un sourire au blessé.

— Je découvre avec vous qu'on peut respecter ses ennemis, dit-il. Avant de vous connaître, je ne l'aurais jamais cru de la part des Franj.

— Eh bien ! Voilà qui est réciproque, conclut Brunissen d'un ton léger. Allons, dormez à présent. A la nuit prochaine.

Elle traversa l'écurie où stagnait la forte odeur des chevaux et où des brins de paille brillaient par endroits, tirés de l'ombre par un vacillement des lanternes.

Dehors, elle s'arrêta un instant pour considérer les étoiles. Une prière jaillit de son âme : « Seigneur, faites qu'il guérisse et qu'il se convertisse. Il pourrait être un bon serviteur pour Vous ! » Elle se dirigea ensuite vers sa chambre. Comme elle y pénétrait, elle vit, éclairé par une simple chandelle de suif et assis sur un coffre, le père Ascelin qui l'attendait.

— Vous voici donc, dit-il.

Son visage était empreint de la même sévérité qu'elle y avait vue durant la déclaration provocante de Flaminia.

— Pour l'amour de Dieu, mon oncle, ne croyez pas...

— D'où venez-vous ?

Elle se raidit.

— Je viens de soigner un blessé qui serait mort sans moi, dit-elle.

— Quel blessé ?

— Un ami d'Irène. Un pauvre homme, victime parmi des milliers d'autres de notre rage homicide...

— Un chrétien ?

— Non. Un Sarrasin.

Silence.

— Ne jugez pas, mon oncle. Écoutez-moi, je vous en prie.

Le vieil homme secoua la tête.

— Vous aussi..., commença-t-il. Vous en qui j'avais placé mes plus grandes espérances...

— Je ne pense pas que vous les ayez fourvoyées, mon oncle. Par Dieu qui me voit, je n'ai pas démérité. Acceptez seulement de m'entendre. Je vous en conjure !

Elle s'assit sur son lit, face au père Ascelin.

— Voici, commença-t-elle, voici ce qui m'est arrivé...

Elle reprit alors le récit de sa découverte de la maison et de la petite esclave, mais sans omettre, cette fois, la présence d'Hâlid, ses blessures, la nécessité devant laquelle Dieu l'avait placée de se porter au secours d'une créature souffrante dont le sort dépendait d'elle. « Je ne pouvais tout de même pas l'achever ! »

Elle décrivit ses scrupules, l'obligation où elle s'était trouvée de se taire, l'hostilité du début entre cet homme ombrageux et elle-même, l'incompréhension mutuelle, l'aide apportée par Irène qui éprouvait de l'amitié pour celui qui s'était toujours montré bon à son égard durant sa captivité, et la façon dont elles se partageaient, à l'insu de tous, les soins qu'il fallait donner au blessé clandestin.

— Si sa présence céans était découverte, il serait aussitôt en danger de mort, conclut-elle. Nous connaissons tous le sort réservé dans cette ville aux Sarrasins. Mon oncle, vous qui avez été indigné, frappé d'horreur et de dégoût, comme certains d'entre nous, par la tuerie qui a suivi la prise de Jérusalem, pouvez-vous me blâmer d'avoir sauvé une vie humaine... même s'il se trouve que c'est celle d'un infidèle ?

Le père Ascelin demeura un long moment silencieux, tête penchée, mains jointes, après que Brunissen eut achevé de parler. Quand il redressa un front barré de rides, sa nièce le devina ébranlé, mais pas convaincu pour autant.

— Il est vrai que les massacres de ces derniers jours m'ont révolté par leurs excès et leur inutile cruauté, admit-il. En dépit des supplices, des persécutions, des blasphèmes que nos ennemis, qui sont aussi et surtout les ennemis de Dieu, ne l'oublions jamais, nous ont par ailleurs si souvent infligés, nous aurions dû nous montrer différents d'eux en observant l'oubli des injures et des crimes. Le pardon des offenses est une des grandes lois du Credo, je vous l'accorde... quand il s'agit de nos affaires humaines. Mais en est-il encore ainsi quand l'offensé est le Seigneur en personne ?

Il se leva et se mit à marcher de long en large dans la petite chambre qui ressemblait tant à une cellule.

— Dans ce cas, reprit-il au bout d'un moment consacré à une intense réflexion, dans ce cas, ne glisse-t-on pas sur une pente dangereuse en commençant à admettre la pitié à l'endroit des adversaires de Dieu ? L'amour absolu que nous devons à notre Créateur peut-il s'accommoder de semblables et si graves concessions à la faiblesse d'autrui ? Pour un chrétien, le but suprême n'est-il pas d'aimer Dieu non pour soi mais pour Lui-Même ? De dépasser les limites étroites de nos sentiments pour parvenir à une exigence qui ne peut plus tenir compte de nos compassions et de nos apitoiements ? Le Christ a dit : « Je suis venu apporter le feu sur la terre et que souhaiter sinon qu'il brûle ? » Notre pèlerinage est, avant tout, une entreprise spirituelle, et notre victoire doit et ne peut que déboucher, pour la divulgation du message chrétien et la propagation des valeurs chrétiennes, sur la conversion ou l'anéantissement des infidèles...

Il s'immobilisa brusquement devant Brunissen.

— Avez-vous jamais entendu rapporter avec exactitude les paroles prononcées par Urbain II à Clermont, au matin du 27 novembre 1095, quand il lança son fameux appel au départ vers les Lieux saints ?

Elle secoua la tête.

— Sur mon âme, elles étaient sans ambiguïté et sans vaine prudence ! continua le père Ascelin. Je les sais par cœur. Écoutez :

Il ferma les yeux. Éclairé d'un côté par la lumière mouvante de la chandelle, et, de l'autre, creusé d'ombres qui mettaient en relief les os affleurant sous la peau, son visage inspiré était celui d'un mystique. Il se mit à parler d'une voix qui martelait les mots :

— « Poussé par les exigences de ce temps, moi, Urbain, portant par la permission de Dieu le signe de l'Apôtre,

préposé à toute la terre, suis venu ici vers vous, serviteurs de Dieu, en tant que messager pour dévoiler
l'ordre divin... Il vous est urgent d'apporter en hâte à vos
frères d'Orient l'aide si souvent promise et qui est d'une
nécessité si pressante. Les Turcs et les Arabes les ont
attaqués comme beaucoup d'entre vous le savent, et se
sont avancés dans le territoire de la Romanie jusqu'à
cette partie de la Méditerranée que l'on nomme le bras
de Saint-Georges, puis, pénétrant toujours plus avant
dans le pays de ces chrétiens, les ont par sept fois
vaincus en bataille, en ont tué et fait captifs un grand
nombre, ont détruit les églises et dévasté l'empire. Si
vous les laissez à présent sans résister, ils vont étendre
leurs vagues plus largement sur beaucoup de fidèles
serviteurs de Dieu. C'est pourquoi je vous prie et exhorte
— et non pas moi seul, mais le Seigneur vous prie et
exhorte comme hérauts du Christ —, les pauvres comme
les riches, de vous empresser de chasser cette vile
engeance des régions habitées par nos frères et d'apporter une aide opportune aux adorateurs du Christ... car
c'est le Christ qui commande... afin de libérer l'Église de
Dieu ! »

Larmes aux yeux, gorge nouée, Brunissen tressaillit
quand la voix de son oncle se tut.

Un nouveau silence suivit les paroles répétées avec
tant de force par le père Ascelin.

Au bout d'un moment, il soupira et vint s'asseoir
auprès de sa nièce.

— Prendre la croix, c'est choisir de reconquérir la
Jérusalem terrestre dans l'espoir de gagner la Jérusalem
céleste, dont elle est l'image ici-bas, reprit le notaire
épiscopal, mais c'est aussi opposer une guerre juste à la
guerre sainte des musulmans. N'oublions pas que nous
sommes les soldats de Dieu. Par amour de Lui, nous
devons nous montrer sans merci envers nous-mêmes,
mais également envers Ses adversaires. Comment ne pas
garder présent à l'esprit que le chef de ceux-ci est le
prince de ce monde, Satan en personne ? Comment
composer avec ceux qui sont les fils du Démon ?

Il serra avec violence ses mains l'une contre l'autre.

— Non, non, ma nièce, conclut-il d'un air déterminé,

non, j'en suis à présent certain, on ne pactise pas avec les ennemis du Seigneur !

Un temps, puis d'un air méditatif :

— Voyez-vous, Brunissen, la vengeance n'était pas le motif essentiel, la vraie cause de l'extermination des infidèles. C'était bien davantage : une exigence suprême, celle de détruire le Mal dans sa racine en acceptant d'aller jusqu'au terme, jusqu'à la folie divine de Celui qui a accepté la mort sur la croix, dans des souffrances abominables, par amour pour nous... Souvenez-vous, souvenons-nous toujours, du double sens du mot passion !

Brunissen glissa à genoux de son lit sur le sol.

— Je suis la servante du Seigneur, dit-elle, et je lui consacrerai ma vie, mais je ne puis, par ailleurs, trahir un blessé qui a confiance en moi et, ce faisant, l'envoyer au trépas. Ce serait félonie. Vous avez raison, mon oncle : on ne pactise pas avec le Mal et je n'en ai nullement l'intention. Cependant, la pitié du bon Samaritain envers un homme souffrant nous a été donnée en exemple par le Christ Lui-Même. Ne me demandez pas de m'élever aux cimes de l'amour absolu. J'en suis sans doute incapable. Laissez-moi soigner une créature de Dieu jusqu'à ce qu'elle puisse repartir, rétablie, vers le destin qui sera le sien. Pas plus que moi, vous ne croyez au hasard ; comme moi, vous pensez que tout est signe. N'en est-ce pas un que d'avoir trouvé ce pauvre homme dans la petite cour de notre maison, d'avoir pu l'arracher au sort qui l'attendait et d'être parvenue, en dépit de tant de difficultés, à assurer sa survie ? A mes yeux, il y a là une mission qui m'a été confiée et je n'y renoncerai pas !

Toujours agenouillée, elle tendait vers le père Ascelin un visage épuré par une certitude si puissante, si sincère, qu'il en fut ébranlé.

— Vous savez qu'il y a dans cette démarche, même si elle se pare des couleurs de la charité, péril pour votre salut, Brunissen, et que nous pouvons réellement nous abuser sur nos propres sentiments.

— Je le sais, mon oncle. Je sais aussi, par Notre-Dame, que je puis compter sur l'aide divine qui m'a placée en une situation dont je n'étais pas responsable !

Le temps semblait suspendu, le prêtre et sa nièce

restèrent sans bouger à se regarder, gravement. La jeune Franque demeurait à genoux et le père Ascelin, debout devant elle, jaugeait avec angoisse la capacité de résistance d'une âme dont il connaissait la qualité, mais pour laquelle son expérience de confesseur lui faisait redouter des pièges trop humains.

— Allons, dit-il enfin en soupirant, allons, j'accepte que vous continuiez à soigner votre blessé. Ce ne sera jamais pour moi qu'un souci de plus. Retenez bien ceci pourtant : je ne veux ni le voir ni en entendre parler désormais.

Brunissen se releva.

— Vous serez obéi, mais je vous en conjure, ne vous tourmentez plus à mon sujet, mon cher oncle. S'il y en a un qui a des chances de convertir l'autre, c'est moi, je puis vous l'assurer. Pas Hâlid !

Le père Ascelin fut sur le point de dire encore quelque chose, mais il secoua la tête et se retira.

L'aube pointait. Un oiseau se mit à chanter dans la cour-jardin. Brunissen sourit, se signa et commença à se déshabiller pour trouver enfin un peu de repos.

5.

Flaminia et Andronic se marièrent le jour même où le comte de Toulouse, furieux de s'être vu dépossédé de la tour de David, que l'évêque provençal choisi par lui comme dépositaire s'était empressé de remettre à Godefroi de Bouillon, quitta Jérusalem en grand arroi, bruit et courroux. Il menaçait de regagner sans plus tarder, et en dépit de son vœu, son fief toulousain.

— En réalité, il est parti pour Jéricho, assura Mathieu durant le repas de noces offert par le confiseur arménien à ses amis. Bon vent ! Ce seigneur est assoiffé d'égards à un point inimaginable. On assure qu'il aurait dit ne pouvoir rester dans une ville où il ne bénéficiait pas de la considération qui lui était due ! La vérité est qu'il est ulcéré par l'élection de Godefroi de Bouillon à la tête d'un royaume qu'il convoitait pour lui-même.

Flaminia souriait, semblait écouter, mais son esprit était ailleurs. Assise auprès de son mari sur un des larges sofas adossés aux murs de la pièce où était servi le dîner, elle disposait, ainsi que leurs hôtes et Mathieu, seuls convives d'une fête qu'elle avait souhaitée intime, de petites tables basses posées toutes servies devant chacun des commensaux. En y puisant viandes, fruits et légumes, poissons, pâtés ou pâtisseries, elle songeait à la cérémonie nuptiale qui s'était déroulée dans l'église de rite oriental où officiait un prêtre grec. En deux semaines, il lui avait fallu s'accoutumer à sa nouvelle religion. Grâce à Andronic, les choses s'étaient passées sans difficulté. Convertie depuis quelques jours seulement, elle avait cependant participé avec le plus grand naturel à l'échange des couronnes posées sur la tête de son époux et sur la sienne, parmi les volutes d'encens dont le lourd parfum, répandu à profusion par la fumée bleuâtre qui s'échappait des encensoirs, resterait pour elle à jamais lié au souvenir de ses noces. Quand Andronic lui avait passé au doigt où battait la veine du cœur l'anneau d'or symbolisant le lien qui les unissait désormais, elle s'était sentie inondée d'une joie brûlante qui lui était montée au visage comme une onde pourprée. Une ombre, une seule : l'absence de son oncle. Brunissen, qui avait assisté comme promis à l'office, était partie le rejoindre dès la messe terminée, non sans avoir félicité avec affection les nouveaux mariés.

Après le repas où les cuisines arménienne, grecque et franque se trouvaient hardiment confrontées, Flaminia et Andronic quitteraient tous deux l'abri prêté par Grigor pour rejoindre enfin le logis qui serait le leur dorénavant. Depuis son départ de la demeure familiale, elle avait aménagé avec son futur époux la maison plus simple et moins vaste que leur avait dénichée le confiseur. C'était une petite bâtisse ayant appartenu à un tisserand. Elle était construite autour d'un jardin feuillu, fleuri, sur lequel donnaient des pièces éclairées par de grandes baies à ogives. Son principal avantage était d'être reliée par une galerie couverte à des ateliers jouxtant, eux aussi, une cour ornée d'un bassin d'où jaillissait un jet d'eau.

Flaminia y avait déjà installé les coffres de son père qu'elle avait ramenés de Constantinople après la mort de sa grand-mère. Ils contenaient un évangéliaire et un psautier bellement enluminé, des réserves de parchemin, des cornes de bœuf tronquées servant d'encriers, des stylets, une herse pour tendre les peaux déjà préparées, des couteaux grattoirs, des planchettes de bois pour le support des reliures, du cuir, des cousoirs, des ficelles de chanvre et beaucoup d'autres objets dont elle aurait à se servir, tant pour obtenir de beaux parchemins bien lisses, ou même du vélin d'une extrême finesse, que pour les relier. Elle envisageait aussi, si tout se passait sans encombre, d'y joindre un atelier d'enluminures où des élèves formés selon ses directives pourraient décorer les manuscrits qu'elle aurait copiés elle-même ou fait copier par d'autres...

— Où êtes-vous, ma jeune épouse? demanda à son oreille la voix d'Andronic. Vous paraissez occupée par une songerie qui vous mène bien loin d'ici.

Flaminia lui adressa un sourire radieux.

— J'imaginais la façon dont nous pourrions établir et organiser nos futurs ateliers, dit-elle avec élan. Je me fais une telle joie de travailler avec toi, chez nous, à ce beau métier de parcheminier!

— Tu auras tout à m'apprendre.

— Ce sera un bonheur de plus!

Selon leurs intentions du moment, ils passaient sans cesse du voussoiement de la langue franque qu'Andronic utilisait à présent sans difficulté au tutoiement latin, langue qui, depuis leur première rencontre, leur servait à s'exprimer.

On était à la fin du repas. Les nouveaux mariés, qui avaient beaucoup insisté pour que leurs noces, privées des présences familiales chères à Flaminia, fussent sans apparat, laissèrent entendre à leurs amis que l'heure était venue pour eux de les quitter.

— Vous boirez bien avec nous une dernière coupe de notre doux vin de Chypre, proposa Grigor, dont la femme et les huit enfants étaient demeurés fort discrets durant tout le repas.

Yeux et cheveux noirs, teint basané, sourire éclatant, ils alliaient une grande gentillesse à une curiosité réservée. Ni Hugues Bunel ni Reinard, plus proches de Mathieu que de Flaminia, n'ayant été conviés, le barbier, unique invité du couple, se vit tout désigné pour porter l'ultime santé en l'honneur de ses amis.

— Que Dieu vous conserve l'un à l'autre le plus longtemps possible, dit-il en adoptant un ton plus sérieux qu'à l'ordinaire. Que votre amour puise dans la grâce de l'état conjugal force et durée, qu'il sache garder en tout la mesure et la modération qui lui permettront d'en sauvegarder le sens et que, plus tard, bien plus tard, vous deveniez à jamais des compagnons d'éternité!

— Qu'Il vous entende! s'écria Flaminia en l'embrassant avec élan.

Tout était dit, tout avait été mené à bonne fin. Après avoir remercié Grigor et les siens d'une hospitalité qui leur avait permis d'attendre l'heure de leur union, Andronic et Flaminia quittèrent le refuge qui resterait à jamais pour eux celui de leur retraite de couple illégitime. Maintenant, ils allaient se rendre dans la demeure où commencerait leur vie d'époux consacrés et reconnus.

Située dans le quartier proche de la mosquée d'Omar, qui s'était dépeuplé plus que les autres car il n'y demeurait guère auparavant que des Sarrasins, la maison choisie par Grigor avait une façade aveugle, percée par une porte en bois peinte en bleu et ornée de clous. De chaque côté de ce portail, un banc de pierre évoquait les conversations entre voisins, les soirs d'été.

— Tu ne franchiras que dans mes bras le seuil de notre nouveau logis, déclara gaiement Andronic en attirant sa femme contre lui. C'est une coutume de mon pays.

Il ouvrit alors la porte avec une lourde clé de cuivre. En se penchant ensuite vers Flaminia pour la soulever de terre, il déposa un baiser léger sur ses lèvres avant de la porter triomphalement au-dessus de la pierre polie par tant de pas qu'elle en était creusée en son centre, puis, d'un coup de pied, il referma derrière lui le vantail de bois peint.

Ensemble, ils avaient décidé que les serviteurs et les servantes engagés pour les jours à venir ne prendraient leurs fonctions que le lendemain. Ils avaient voulu réserver cette première journée, cette première nuit, pour eux seuls, sans témoin, sans contrainte... D'autant plus que, depuis le départ de Flaminia du domicile familial, depuis qu'elle avait rejoint Andronic, ils s'étaient imposé une chasteté absolue. Il leur avait semblé que, durant ces deux semaines précédant leur mariage, temps de probation ressemblant à des fiançailles, une telle astreinte volontaire serait une façon de demander au Seigneur pardon et miséricorde pour les péchés commis à l'encontre du sixième commandement.

Ils étaient parvenus à tenir leur engagement en dépit de la proximité constante imposée par l'exiguïté de l'appartement mis à leur disposition par Grigor, mais cette continence, si contraire à leurs habitudes, les avait vivement tourmentés.

— Enfin ! Enfin ! Tu m'appartiens ! s'écria Andronic en conservant tout contre lui sa femme et en la serrant avec passion sur sa poitrine. Enfin !

— Je t'appartiens depuis que je t'ai vu, murmura la nouvelle épousée. La cérémonie de ce jour d'hui n'a fait que consacrer notre union. S'il n'en avait été que de moi, j'aurais pu m'en passer.

— Pas moi ! Je te voulais mienne au vu de tout le monde !

— Eh bien, sois heureux !

Leurs sourires amoureux s'effacèrent pour faire place à la gravité du désir.

— Viens, dit Andronic. Viens dans notre chambre.

C'était la pièce la plus agréable de la maison. Claire, donnant sur la petite cour où chantait le jet d'eau, elle était carrée et décorée avec soin. Des niches creusées dans le mur supportaient des miroirs et des flambeaux aux bougies de cire verte, la couleur préférée de Flaminia. Quatre beaux coffres à pieds, en cuivre argenté et munis de fortes serrures, contenaient des vêtements, du linge, des bijoux, des rubans, des ceintures, des peignes et des brosses à cheveux, des flacons de senteur, des onguents qui rendaient plus douce la peau après le bain... avant l'amour...

Ainsi qu'elle l'avait fait sous les basses branches des pins d'Alep, témoins de leur première étreinte, Flaminia ôta aussitôt son voile de tête avant de dénouer, avec des doigts tremblant d'impatience, ses épaisses nattes enrubannées de galons émeraude, puis, en un geste rapide, elle secoua sa chevelure de lionne dont les parfums les plus tenaces ne parvenaient pas à atténuer l'odeur sauvage.

— Cette fois, c'est moi qui te délacerai, qui te déshabillerai, dit Andronic. A présent nous avons tout notre temps. Savourons-le.

Il se mit en devoir de dérouler la longue ceinture de soie tressée qui enserrait la taille et les hanches de la jeune femme, mais le contact du corps frémissant sous ses mains alluma son sang.

La chainse de lin safrané, le bliaud de soie brodée furent plutôt arrachés que retirés... Puis il jeta ses propres vêtements sur le sol avant de saisir Flaminia et de la porter, parée de ses seuls cheveux fauves, sur le matelas posé à même le tapis... Ils tombèrent enlacés, enfiévrés, entre les draps de toile fraîche, ouverts sur le désir...

Quand ils se réveillèrent, le lendemain matin, la main dans la main, heureux et las, ils se dévisagèrent joyeusement.

— Nous endormir, nous réveiller, l'un près de l'autre, sans plus avoir désormais à nous quitter en hâte, à nous cacher, à redouter regards et commentaires, n'est-ce pas mille fois préférable à notre vie de dissimulation ? demanda Andronic en caressant les seins voluptueux de sa femme.

— Sans doute, admit-elle en emprisonnant pour l'embrasser une des mains chaudes qui éveillaient si habilement ses sens. Sans doute, mon cher amour, mais Dieu m'assiste si en revanche il n'y a pas là danger de lassitude, risque de satiété !

Il se mit à rire.

— Avant que je sois lassé de toi, je serai vieux et chenu ! Et encore, je n'en suis pas certain. Tu seras une fière vieillarde, ma belle, ma lionne du désert ! Une fière compagne aussi, sous ta crinière de cheveux blanchissants !

— Ce sont les lions qui portent crinière, pas les lionnes ! protesta gaiement Flaminia. De toute façon, l'avenir ne nous appartient pas, ce sera selon la grâce de Dieu !

— Par la sainte Théotokos ! nos serviteurs ne vont pas tarder à survenir ! Il faut nous arracher aux délices de ce lit !

Dans une des niches aménagées à cet effet, ils avaient déposé le bassin et l'aiguière d'argent servant à la toilette. Ils se lavèrent l'un l'autre tout en dissimulant sous des rires et des badinages le regret qu'ils éprouvaient à se dépouiller des effluves de l'amour pour les noyer sous des arômes de jasmin ou de racines d'iris...

Puis les serviteurs arrivèrent et il fallut leur distribuer tâches et responsabilités...

Le soir de ce même jour, le père Ascelin, qui n'avait pas dit à Brunissen un mot du mariage qu'il désapprouvait, rentra fort courroucé au logis.

— Nos clercs viennent de commettre une grave bévue, déclara-t-il sans ambages à sa nièce. Ils ont élu au patriarcat de Jérusalem le moins honnête d'entre eux, devinez qui ! Cet Arnoul de Rœulx, qu'on nomme par dérision Arnoul Malecorne et qui est chapelain du duc de Normandie ! Il n'est pas même sous-diacre et jalousait tant Pierre Barthélemy pour la découverte de la sainte lance, dont il niait l'authenticité, qu'il a fini par provoquer l'ordalie fatale qui a coûté la vie à notre pauvre ami...

— Vous ne l'aimez pas, mon oncle, je le sais, dit Brunissen occupée à répartir plusieurs bâtonnets d'aloès dans les deux grands brûle-parfum de la salle. Il est pourtant fort populaire, semble-t-il.

— Sur mon âme, il ne le mérite pas ! Son adresse abuse les braves pèlerins, voilà tout.

— On le dit lettré, habile à manier l'éloquence et très actif, mais il est vrai qu'on le prétend aussi plus intéressé qu'il ne le faudrait par les avantages temporels et de mœurs douteuses. Il paraît même qu'il court, par tout l'ost, de fort méchantes chansons à son endroit.

— C'est un intrigant ! J'enrage de voir que cet individu, qui n'a dû son élection qu'aux manœuvres de l'évêque de Maturanne, son compère en ruse et en machination, a été encensé et élevé avec des hymnes et des cantiques, au milieu des acclamations de tout le peuple !

— Que voulez-vous, mon oncle, il nous fallait un patriarche latin. Nous l'avons à présent !

— Il n'y a pas de quoi s'en montrer fier, Dieu le sait ! Si Monseigneur Adhémar de Monteil, le légat du pape, qui détenait, à juste titre, prestige, fermeté de jugement et autorité sur nous tous, n'était pas mort comme Moïse au seuil de la Terre de promission, c'est à lui que serait revenue la charge sainte qu'on vient d'attribuer à un

mauvais serviteur de l'Église. Cela aurait été tout différent !

Brunissen souffla doucement sur les bâtonnets d'aloès
pour les faire prendre, puis elle se redressa.

— Quelles autres nouvelles rapportez-vous, mon oncle ?

— Notre sire, Godefroi de Bouillon, s'occupe en premier lieu de purifier les sanctuaires et d'y rétablir les
cérémonies du culte latin. Ainsi que nos cathédrales, la
basilique du Calvaire va avoir un chapitre de vingt
chanoines prébendés. Quant au Temple de Salomon, dont
les Sarrasins avaient fait une mosquée, dite d'Omar, une
collégiale y sera établie sans tarder. Les religieux qui
composent sa chapelle personnelle ont obtenu par ailleurs de la générosité de notre duc un moutier avec une
riche dotation, dans la vallée de Josaphat. En outre il a
ordonné de faire fondre du bronze et des alliages de
différents métaux pour fabriquer des cloches qui règle-
ront comme chez nous la vie des habitants de Jérusalem
et les appelleront à la prière.

— Il est vrai que le tintement de nos cloches manque
cruellement en ces pays où les infidèles ont si longtemps
fait la loi ! dit Brunissen. Eh bien, par Notre-Dame, voilà
de bonnes nouvelles, mon oncle, et il me semble qu'elles
contrebalancent celle qui vous déplaît tant.

Elle souriait. Entre le père Ascelin et sa nièce,
confiance et entente étaient revenues. On ne parlait
jamais de Flaminia, non plus que de Hâlid, mais une
certaine complicité, basée sur des choses informulées,
bien que secrètement présentes dans les esprits, tissait
entre eux des liens nouveaux, différents et subtils.

— J'ai également appris en allant rendre visite à nos
amis chartrains que le comte de Toulouse avait, en fin de
compte, porté ses pas jusqu'au bord du Jourdain. Tenant
des palmes à la main, il a voulu pénétrer dans le fleuve là
où le Christ avait reçu Lui-Même l'eau baptismale des
mains de saint Jean-Baptiste. Je crains qu'une telle façon
d'agir ne manque d'humilité et ne corrobore les accusations de vanité ou d'ostentation qu'on porte le plus
souvent à son endroit.

— Ce matin-même, Mathieu m'a parlé sans indulgence
de ce seigneur, remarqua Brunissen.

Son oncle ne lui demanda pas où le barbier avait eu l'occasion de s'exprimer de la sorte. Cette discrétion faisait partie de leur nouvelle façon de se comporter à l'égard l'un de l'autre. Ils contournaient certaines zones d'ombre dont ils devinaient qu'elles concernaient les sujets à éviter.

Irène fit soudain irruption dans la salle.

— Anthusa, ma sœur, vient de me donner de ses nouvelles! cria-t-elle. Je la croyais morte! Dieu saint, soyez béni! Elle est vivante!

Avec sa spontanéité coutumière, elle se jeta dans les bras de Brunissen et se mit à pleurer à gros sanglots enfantins, coupés de hoquets et de rires.

Le père Ascelin l'interrogea en grec et traduisit aussitôt ses réponses.

— Une lettre est arrivée tantôt. Elle était apportée par un pèlerin grec, parti de Constantinople avec plusieurs de ses compatriotes dès qu'il a eu connaissance de la prise de Jérusalem. Ils sont venus sur des bateaux génois qui amènent, semble-t-il, un certain nombre de nouveaux fidèles désireux de se recueillir devant le Saint-Sépulcre. Anthusa se trouve à Jaffa, seul port que nous tenions de façon sûre. Ses maîtres égyptiens ont tous été tués. Elle a pu échapper à la mort en montrant in extremis la croix qu'elle portait au cou avec d'autres médailles. Mais elle a été blessée durant la panique qui a précédé le moment où les nôtres ont rejoint les fugitifs et ne pourra pas se déplacer avant un certain temps. Dès qu'elle sera remise, elle viendra rejoindre Irène dont le sort la tourmente, écrit-elle, affreusement.

— Ses blessures sont-elles graves?

— Une jambe brisée à la suite d'une chute faite en se sauvant vers le désert avec la famille du marchand de soieries. Il paraît probable qu'elle en était devenue l'esclave favorite.

Brunissen porta l'enfant jusque sur un sofa où elle la déposa avant de prendre place auprès d'elle.

— J'ignorais que tu savais lire, ma colombe, lui dit-elle tendrement dans son grec maladroit, tout en caressant le front bombé et moite de sa protégée.

— A ses moments perdus et en cachette des maîtres,

ma sœur m'a appris, répondit Irène avec fierté. Elle disait que nos parents y auraient tenu : eux-mêmes aimaient les livres et nous en possédions autrefois à la maison.

— Par le Dieu tout-puissant, continua Brunissen en se tournant vers son oncle, comment se fait-il qu'Anthusa soit à Jaffa ?

Entraîné à faire office de traducteur, le père Ascelin expliqua :

— C'est en conduisant l'émir Iftikhâr et sa garnison hors de la Ville sainte que des gens d'armes de l'escorte ont découvert la sœur d'Irène non loin des Sarrasins abattus. En s'appuyant sur les avant-bras, elle s'était traînée au-devant des passants dont elle espérait qu'ils pourraient lui venir en aide. Comme ils se dirigeaient vers la côte, ils l'ont mise sur un brancard et l'ont convoyée jusqu'à la mer. Une fois leur mission accomplie et pour ne pas s'embarrasser d'elle plus longtemps, ils l'ont déposée à Jaffa d'où ils devaient ramener du sel et des épices. Elle est soignée à l'hôpital de ce port et dit qu'on y est bon pour elle.

— Ne pourrait-on pas l'y envoyer chercher sans attendre sa guérison ? demanda Brunissen. Ce serait une telle joie pour Irène.

— Je vais me renseigner pour savoir s'il est possible de trouver une charrette qui aille jusqu'à Jaffa et en revienne sans trop tarder. Mais n'oublions pas qu'une armée égyptienne fait actuellement mouvement dans les parages, si toutefois la rumeur qui le prétend n'est point mensongère.

— Par Celui qui fut mis en croix, je crains bien que, pour une fois, les bruits qui courent soient dans le vrai, mon oncle. On parle beaucoup de l'approche de troupes nombreuses, rassemblées dans l'intention de reconquérir Jérusalem. Il semble qu'une nouvelle offensive sarrasine s'annonce. Nos barons s'en préoccupent, dit-on.

— Que le Seigneur les inspire et qu'Il fasse revenir en arrière ceux d'entre eux qui ont déjà décidé de gagner la côte afin de rentrer chez eux ! Sans leur appui, l'ost qui reste à Godefroi de Bouillon ne sera jamais assez forte pour vaincre la redoutable puissance militaire des Égyptiens.

On avait raison de s'inquiéter dans la capitale du fragile royaume franc d'outre-mer. Le 4 août suivant, le vizir al-Afdal arrivait à Ascalon avec une imposante armée et campait sous les murs de ce port.

— Leur chef est celui-là même qui commandait l'expédition égyptienne de l'an dernier, celle qui a permis aux Arabes de reprendre, avant notre arrivée, Jérusalem aux Turcs, annonça Mathieu à ses amis auxquels il avait exposé la situation.

Il venait de rentrer au logis en compagnie de Reinard. Ce dernier s'était en effet décidé à abandonner sa forge pour devenir aide-barbier et suivre ainsi son nouveau maître au cours de ses visites dans les demeures où ils pouvaient tous deux satisfaire à loisir leur curiosité.

— Savez-vous que les simples pèlerins appellent ce chef de guerre, au nom imprononçable, l'amiral de Babylone ? demanda en riant le jeune apprenti.

— Ma foi, beaucoup en font autant, assura Mathieu. Ce nom est plus facile à dire et présente en outre l'avantage de parler aux imaginations.

— Heureusement, dit le père Ascelin, le Seigneur est venu à notre aide. Les chrétiens grecs et syriaques de notre ville ont fini par nous révéler qu'ils avaient pu dérober aux outrages des infidèles le morceau de la Vraie Croix vénérée naguère au Golgotha. Les agissements du nouveau patriarche à leur égard, les dépouillant des privilèges et autres avantages qu'ils détenaient jusque-là dans les Lieux saints, les avaient outragés et gravement blessés. Par la faute de cet Arnoul Malecorne, dont nous ne nous méfierons jamais assez, ils ont mis plusieurs jours à nous révéler qu'ils avaient réussi à dissimuler pendant une année pleine cette relique sacrée dans une châsse d'argent, sous le pavé de l'église du Saint-Sépulcre. A présent qu'il paraît, hélas, certain que nous allons avoir derechef à combattre les Sarrasins, nous pourrons marcher à leur encontre derrière le bois de la Vraie Croix qui vaut à lui seul tous les étendards du monde !

— Le patriarche, qui avait tant raillé l'invention de la sainte lance, n'a pas hésité, cette fois, à reconnaître l'authenticité de l'insigne fragment découvert grâce aux chrétiens d'Orient, ajouta Mathieu. On l'a enchâssé dans une croix reliquaire en argent fin, portée en grande pompe dans le temple du Seigneur, et les pèlerins l'adorent comme si le Christ y était encore cloué !

Brunissen, son oncle, le barbier et son aide déambulaient dans la cour-jardin, à l'ombre des arbres aux feuilles lustrées et bruissantes qui les protégeaient du soleil. Non loin de là, Irène nourrissait les paons dédaigneux qui promenaient d'un air condescendant leur plumage d'un bleu moiré, constellé d'yeux aux reflets d'or...

— Il n'y a pas que le patriarche pour avoir commis des exactions, reprit Mathieu. Par Belzébuth, on a beaucoup jasé au sujet de la mise à sac de la mosquée construite à l'emplacement de l'ancien temple de Salomon. On y a dérobé plus de quarante candélabres d'argent, un grand lampadaire en métal précieux, de petits candélabres d'or ou d'argent, on ne sait trop, mais en tout cas un énorme butin. Cela est de notoriété publique. Il est vrai que c'était là richesses de mécréants !

Le père Ascelin soupira.

— Le Mal se sert toujours de nos faiblesses pour jouer son infernale partie de dés avec nos âmes comme enjeu, remarqua-t-il tristement. Nul n'est à l'abri de ses tours.

Ce disant, son regard s'était détourné de ses compagnons pour se fixer sur le toit de l'écurie dont les tuiles vernissées brillaient entre les branches qu'aucun souffle n'agitait.

Pour faire diversion Brunissen intervint :

— L'approche d'une nouvelle bataille aura eu, pour ce qui est de nous, une conséquence imprévue, dit-elle. Nous pensions trouver une personne de bonne volonté qui nous aurait prêté une charrette avec laquelle nous serions partis pour Jaffa, dans l'intention de ramener ici la sœur d'Irène qui est blessée et demeure là-bas. Il ne peut plus en être question à présent. La route est devenue trop dangereuse.

— Croyez-vous ? demanda Mathieu. Jaffa n'est pas Ascalon. Avec une petite escorte que je me charge de vous procurer, vous pouvez, si Dieu le veut, gagner le seul port dont nous soyons maîtres à ce jour et en revenir tout aussi bien.

— Par Notre-Dame, ce serait folie ! protesta le père Ascelin. Je ne consentirai jamais à me séparer de vous en de telles conditions, ni à vous voir partir sur une route qui peut tomber d'un jour à l'autre entre les mains des Sarrasins.

— Nous les vaincrons une fois de plus ! s'écria Reinard avec entrain.

— Je compte que le Seigneur nous y aidera en effet, reconnut l'oncle de Brunissen, mais le trajet n'en sera pas plus sûr pour autant. Des bandes de pillards arabes sont toujours à redouter et nous savons tous la façon dont certains hommes d'armes traitent les femmes dont ils s'emparent...

— Faites à votre guise, dit Mathieu. Ce que j'en disais, sur mon âme, c'était pour vous rendre service !

— C'est bien ainsi que je l'ai compris, affirma Brunissen avec douceur. Mais n'en parlons plus. Irène attendra un peu plus longtemps avant de retrouver sa sœur, voilà tout.

Elle avait prononcé ces derniers mots d'un ton détaché, mais la nuit suivante, quand elle se rendit auprès de Hâlid pour le soigner, elle ne put s'empêcher de le mettre au courant du projet de Mathieu. A sa grande surprise, le marchand de chevaux réagit comme son oncle.

— En trois ans de pénibles pérégrinations, vous n'avez donc pas échappé à suffisamment d'embûches pour être devenue prudente ? s'exclama-t-il. J'aurais pensé qu'une expérience si durement acquise porterait d'autres fruits !

Il était assis sur le bord de son matelas. Il pouvait maintenant marcher autour de cette étroite couche en s'aidant d'un bâton apporté par Irène. Ses blessures se cicatrisaient bien et ses forces revenaient peu à peu.

— Que voulez-vous, dit en souriant Brunissen qui se tenait debout devant lui, après avoir étendu une couche de baume sur les croûtes encore fragiles qui lui balafraient la poitrine et avoir refait une fois de plus les pansements, que voulez-vous, nous sommes ainsi, nous autres Francs ! Nous ne craignons pas la démesure. Croyez-vous donc que s'entêter à édifier un royaume latin d'Orient avec, pour tout potage, quelques dizaines de milliers de soldats et un nombre sans cesse changeant de pèlerins esseulés, au cœur d'une région occupée depuis des lustres par vos armées, soit une entreprise raisonnable ? En outre, écarter le seul seigneur, j'entends le comte de Toulouse, qui soit resté en bons termes avec l'empereur de Constantinople et qui aurait sans doute pu établir une entente gréco-latine indispensable à une fondation stable en Palestine, n'est-ce pas également un peu fou ? Par le Dieu de vérité, si nos barons ont préféré élire Godefroi de Bouillon plutôt que son rival, c'est parce qu'ils ne voulaient ni s'allier aux Grecs, ni se donner un chef capable de les brider avec trop de rigueur. Cette double gageure, voyez-vous, est bien dans nos habitudes. A y bien réfléchir, la nomination de l'avoué du Saint-Sépulcre au sein de multiples difficultés, à la tête d'un royaume dont, pas plus que nous autres, il ne connaît le véritable visage, est une preuve supplémentaire de notre goût du risque, épaulé par notre confiance en la protection divine. Cependant, je pense que le choix qui a été fait, même si ses mobiles sont complexes et parfois déroutants, se révèle un bon choix. Godefroi de Bouillon incarne notre idéal chevaleresque le plus noble : c'est un véritable preux, courageux, loyal, capable de nous défendre et d'organiser, le moment venu, la conquête des territoires non encore soumis.

— Eh bien ! Vous voyez loin et vous voyez grand ! remarqua Hâlid. N'oubliez pourtant pas, ô pauvre Franj, que nos troupes convergent en ce moment même vers Ascalon et que vos jours à Jérusalem sont sans doute comptés ! Si, toutefois, Allah, en qui je mets toute ma confiance, daigne le vouloir ainsi !

Habituée aux façons de son patient avec lequel elle s'attardait souvent à converser, Brunissen s'apprêtait à entamer une nouvelle discussion sur les mérites comparés du christianisme et de l'islam quand il tourna vers elle un visage tourmenté.

— Ne pourrais-je sortir ? demanda-t-il soudain. Je n'en puis plus de vivre enfermé auprès de cette écurie, dans un réduit sans air, empuanti par l'odeur des chevaux et de leurs litières. Je voudrais respirer la nuit et ses parfums de jasmin.

— Sortir! Mais si quelqu'un vous découvrait, mon ami, vous seriez perdu!

— Qui pourrait m'apercevoir dans l'obscurité?

— Je ne sais. Mathieu ou Reinard. Ils ignorent votre présence et, sur mon âme, ils sont trop curieux et trop bavards l'un et l'autre pour que j'accepte que vous affrontiez pareil danger!

— Nous sommes au cœur de la nuit. Par Allah, ils doivent dormir!

— Mon oncle souffre de nombreuses insomnies et parfois il se lève pour lire des psaumes. Or, vous le savez, il ne veut en aucun cas, hélas, avoir à vous rencontrer.

— Je serais fort surpris que votre oncle vienne méditer du côté des écuries. Depuis bientôt trois semaines que, chaque nuit, vous vous faufilez jusqu'ici, vous ne l'avez jamais rencontré, semble-t-il. Averti de ma présence, il doit fuir ces parages comme la peste! En outre, je vous donne ma parole de ne pas m'attarder dehors plus longtemps que vous ne l'estimerez prudent.

L'accent presque suppliant avec lequel avait été prononcée la fin de cette requête ébranla Brunissen. Pour qu'un homme comme Hâlid en soit réduit à quémander auprès d'une Franj une simple promenade nocturne, il fallait qu'il soit à bout de résistance. Une grande pitié s'empara d'elle. Puisqu'il pouvait marcher à présent dans sa cellule, il parviendrait certainement à faire quelques pas à l'extérieur. Il était vrai que l'odeur des chevaux était forte, tenace, obsédante. Quand elle quittait le blessé et sortait, une fois sa tâche auprès de lui terminée, Brunissen respirait avec délice la brise qui avait effleuré les roses, les œillets ou les orangers chargés sans cesse de fleurs en même temps que de fruits.

— Venez, dit-elle. Appuyez-vous à mon bras et sur votre bâton. Nous verrons jusqu'où nous porterons vos pas.

Ils traversèrent l'écurie, la chambre abandonnée par les esclaves qui s'étaient jadis occupés des chevaux, la sellerie et atteignirent enfin la petite cour derrière la cuisine. La lune, en son premier quartier, se reflétait dans la citerne comme si elle était tombée dans l'eau tranquille qu'aucune ride ne contractait.

Ils contournèrent les communs et parvinrent à proximité de la cour-jardin. Hâlid marchait avec lenteur, s'arrêtant souvent, les dents serrées tant des élancements le faisaient souffrir. Quand ils se trouvèrent sous les branches des mûriers situés en bordure de la pelouse la plus éloignée de la maison, ils s'immobilisèrent.

— Comment vous sentez-vous ? demanda tout bas Brunissen.

— Faible, étourdi par l'air frais, mais heureux, bienheureux de pouvoir le respirer librement.

Il pesait à son bras en faisant effort pour se redresser afin d'emplir sa poitrine des bouffées du vent tiède qui caressaient leurs visages rapprochés.

— Vous n'êtes point trop las ?

— Un peu, bien sûr, mais n'est-ce pas normal dans mon cas ?

— Je trouve même, Dieu me pardonne, que vous vous comportez fort bien pour un blessé aux plaies à peine cicatrisées.

Dans le silence nocturne, ils perçurent alors un léger bruit de pas qui se dirigeaient dans leur direction. Hâlid tressaillit et serra d'une main impérieuse le poignet de sa compagne. Elle posa un doigt sur ses lèvres, et ils demeurèrent pétrifiés, confondus dans l'ombre des feuilles épaisses qui devaient les protéger.

Biétrix apparut dans la clarté diffuse des rayons de lune. Ses cheveux cendrés défaits, répandus sur le chainse de toile blanche qu'elle avait dû passer au saut du lit, se nuançaient de reflets bleutés.

Après une brève hésitation, elle marcha vers Brunissen et Hâlid dont les vêtements clairs trahissaient la présence.

— Le père Ascelin vient d'être tiré de son sommeil par une voisine dont le fils, malade, réclame un prêtre pour se confesser, dit-elle à voix basse. Il s'habille et va sans tarder traverser le jardin. Il passera tout près d'ici. N'y restez pas. Allez vous cacher dans la cuisine.

Sans attendre, Brunissen entraîna le convalescent vers le bâtiment le plus proche. Précédés par Biétrix qui leur ouvrait les portes aussi silencieusement que possible, ils pénétrèrent dans la cuisine et s'y enfermèrent, le cœur battant de la même angoisse.

A peine furent-ils à l'abri, ils perçurent des pas précipités qui martelaient les dallages longeant la galerie à arcades, puis s'éloignaient en direction du portail. Ils restèrent encore un moment silencieux après avoir entendu le bruit du battant de bois retomber derrière le père Ascelin et la femme volubile qui était venue le quérir en plein mitan de la nuit.

— Comment savais-tu ? commença Brunissen en s'adressant à la jeune fille qui sourit.

— Les serviteurs ne sont-ils pas toujours au courant de ce qui se passe sous le toit de leurs maîtres ? répondit-elle avec amusement. Comment pouviez-vous penser que les allées et venues d'Irène, aussi bien que les vôtres, aient pu m'échapper depuis bientôt trois semaines qu'elles se renouvellent ? Il aurait fallu que je sois aveugle, ce qui grâce à Dieu n'est pas le cas ! Je crois utiliser à bon escient les yeux et les oreilles que m'a donnés le Seigneur.

— Albérade est-elle, également, au fait de la présence céans d'un infidèle ?

— Nullement. Par Notre-Dame, elle est bien trop innocente pour imaginer une chose pareille !

— Tu ne nous trahiras pas ?

— L'ai-je fait auparavant ?

Poussée par un vif mouvement de gratitude, Brunissen embrassa la petite servante.

— Sur mon âme, tu es vraiment un cadeau du ciel, dit-elle avec élan. Il faudra que je te raconte quelque jour comment j'ai été amenée à sauver la vie d'un Sarrasin blessé et sans défense. Pour le moment, je vais le reconduire à sa cachette.

— Vous n'avez plus à vous presser, reprit Biétrix. La voie est libre.

N'ayant pu suivre les propos échangés dans une langue qui lui était étrangère, Hâlid s'impatientait.

— Regagnons ma tanière sans plus attendre, lança-t-il d'un air sombre. Vous aviez raison, le danger a mille visages pour un homme traqué comme je le suis.

— Il est rare que mon oncle soit appelé en pleine nuit auprès d'un malade pour le confesser, corrigea Brunissen. D'habitude, tout dort entre complies et prime. Je ne vois pas pourquoi il en serait autrement à l'avenir.

— Qu'Allah vous entende, jeta avec nervosité le convalescent et qu'Il me permette de sortir bientôt du piège où votre sollicitude m'a enfermé !

Après avoir conseillé à Biétrix de retourner se coucher, et quitté Hâlid, silencieux et amer, Brunissen revint vers sa chambre à pas alentis. Elle se sentait triste et déçue sans trop savoir pourquoi. Il lui semblait que l'échec de cette première sortie n'était pas seul en cause.

Une fois chez elle, elle pria le Seigneur de façon pressante pour qu'Il continuât à l'aider et à la diriger sur des chemins qui lui paraissaient soudain plus tortueux et déroutants qu'à l'ordinaire.

C'est en se couchant que, d'un seul coup, elle se souvint d'une expression employée peu de temps avant qu'elle ne le quittât par son compagnon. Il avait parlé du piège où elle l'avait enfermé. Subitement, le mot lui faisait mal.

« C'est trop injuste, se dit-elle. De quel piège s'agit-il donc ? Ai-je jamais souhaité autre chose que la guérison d'un homme dont cependant tout me séparait ? Ne me suis-je pas dévouée, au grand dam de mon oncle, à la tâche que je m'étais imposée quand j'ai décidé de lui venir en aide ? En quoi ai-je mérité cette accusation qu'il m'a lancée dans un moment de rancune, certes, mais aussi de sincérité ? Chacun sait que le dépit nous amène à dévoiler brutalement, et parfois même à notre propre surprise, des sentiments que nous recelions en nous, quelquefois depuis longtemps, sans même avoir jamais consenti à nous les avouer. Ainsi donc, Dieu de justice, tout au long de ces dernières semaines, Hâlid m'attribuait peut-être, sans l'avoir clairement admis, des intentions mauvaises, ou, tout au moins, une vigilance maladroite, puisqu'il a aussi parlé de sollicitude. »

Un nouveau souci la taraudait. Une indignation qu'elle ne parvenait pas à maîtriser la soulevait, l'empêchait de trouver le sommeil. D'habitude, elle s'endormait tout de suite au retour de ses expéditions nocturnes auprès du blessé. Elle n'avait jamais eu besoin de longues heures de repos et s'accommodait sans trop de gêne de l'obligation où elle se trouvait maintenant d'abréger le temps des rêves. Mais un minimum était pourtant nécessaire et elle ne put parvenir à s'endormir avant l'aube qu'elle vit se lever à travers la petite porte ouverte sur sa terrasse. Quand enfin la fatigue la submergea, elle fut assaillie de cauchemars, remplis de querelles et de désordre.

Le lendemain soir, comme elle rentrait de l'hôpital où elle passait ses journées à soigner malades et blessés, elle fut, dès le vestibule, discrètement abordée par Biétrix.

— Vous avez pauvre mine, demoiselle, dit la petite servante. Que Dieu me maudisse si cela ne saute pas aux yeux ! Vous ne pouvez pas continuer ainsi à vous dévouer aux autres, de jour comme de nuit. Si vous le voulez bien, c'est moi qui irai, vers l'heure de matines, m'occuper de votre infidèle. Je ne pouvais pas vous le proposer avant de vous avoir révélé ma découverte, mais à présent je n'ai plus de raison de me taire. Il est clair que vous êtes épuisée.

Brunissen secoua la tête.

— J'accomplirai mon devoir jusqu'au bout, dit-elle avec fermeté. Tu entends bien, jusqu'au départ de ce pauvre homme. Je me reposerai plus tard... Si Dieu le veut.

— Par tous les saints, vous vous tuerez à la tâche ! Croyez-moi, il n'est pas près de s'en aller !

— Qu'en sais-tu ? Sa guérison ne tardera plus guère et je puis t'assurer qu'il quittera cette maison dès qu'il en aura la force. Plus tôt, sans doute, qu'on ne le pense.

— Fasse le ciel que ce soit avant que vous ne gisiez vous-même au fond de votre lit, sans haleine et sans pouls...

Brunissen sourit.

— Je suis solide, et Dieu ne peut vouloir immobiliser celle qui œuvre en Son nom.

Elle quitta Biétrix sur ces mots et rejoignit son oncle qui conversait dans le jardin avec Mathieu et Reinard en attendant l'heure du souper.

— Savez-vous, ma nièce, ce que nos amis viennent de m'apprendre ? demanda le père Ascelin. Il paraît que le vizir al-Afdal, qui commande l'armée égyptienne dont on parle tant, et qui campe sous les murs d'Ascalon, aurait envoyé à l'avoué du Saint-Sépulcre une délégation afin de lui reprocher la prise de Jérusalem qu'il considère comme une félonie à son égard.

— Une félonie?

Mathieu opina du chef avec énergie.

— Souvenez-vous, amie, qu'au temps où nous combattions les Turcs, ennemis des Égyptiens autant que des Francs, ce même vizir nous avait dépêché quelques émissaires à Antioche. Quand ils étaient repartis par la suite, ils avaient demandé à certains des nôtres de les accompagner à Jérusalem en témoignage de l'entente espérée. Nous avions accepté cet échange de bons procédés. Fort de tels gages, al-Afdal a dû en conclure que nous renoncerions à conquérir Jérusalem et que nous nous contenterions de nos possessions syriennes. Il déchante à présent et s'indigne d'une conquête qu'il qualifie de déloyale!

— Il n'a rien compris à nos intentions, soupira Brunissen.

Mais elle n'était pas aussi surprise que ses interlocuteurs car, en s'entretenant avec Hâlid, elle avait depuis longtemps mesuré à quel point le but véritable du pèlerinage armé entrepris par les chrétiens échappait aux infidèles. Alors que le pèlerinage à La Mecque était obligatoire une fois au moins durant sa vie pour tout musulman, les Sarrasins ne concevaient pas le besoin ressenti par les Franj d'aller prier sur le tombeau du Christ. L'immense mouvement d'indignation qui avait soulevé des centaines de milliers de chrétiens, puis les avait jetés sur les chemins de Syrie et de Palestine, demeurait indiscernable aux yeux des mahométans. Que de fois n'avait-elle pas tenté d'expliquer au blessé les raisons d'une démarche dont il se refusait à admettre la cause première!

— Par les fourches du diable, cet impie ne doute de rien! continua Mathieu. D'après ce que j'ai entendu dire, non seulement il nous accuse de mauvaise foi, mais il a l'audace de nous proposer un arrangement si nous lui promettons de quitter la Palestine!

— Il nous provoque! s'écria Reinard.

— Ne croyez pas cela, intervint Brunissen. Il doit s'imaginer que nous n'avons en tête que des intentions de conquêtes belliqueuses et il n'est même pas impossible qu'il songe à de fructueux échanges de territoires entre lui et nous, au détriment des Turcs, que les Arabes redoutent et haïssent.

— Sur mon salut, vous semblez bien informée, demoiselle! remarqua Reinard.

Le père Ascelin ne dit rien, mais le regard affligé avec lequel il considérait sa nièce traduisait ses reproches.

— Connaissez-vous aussi la réponse de Godefroi de Bouillon? demanda-t-il cependant au barbier.

— Il a aussitôt alerté Eustache de Boulogne, son frère aîné, qui vient de soumettre avec Tancrède la ville de Naplouse, principal centre de Samarie. Pour avoir été, voici peu, quérir chez eux du bois destiné à la construction des machines du siège, ces deux seigneurs n'étaient pas sans connaître les habitants de Naplouse. Aussi ceux-ci se sont-ils rendus sans se faire prier, avant d'inciter leurs vainqueurs à prendre sur-le-champ possession de la ville où nos deux princes sont entrés avec le détachement qui les accompagnait. Prévenus par messager ducal, ils se sont ensuite dirigés vers la côte afin de savoir à quoi s'en tenir sur la puissance de l'ost égyptien.

— Par Notre-Dame, vous en savez des choses, vous aussi! remarqua à son tour Brunissen en lançant à leur ami un regard narquois.

— Il faut bien, dit Mathieu d'un air modeste. Ne suis-je pas votre informateur?

Il esquissa une révérence et reprit :

— Donc le comte Eustache et Tancrède sont en train de prospecter les régions proches de la mer, du côté de Jaffa.

— C'est moins que jamais le moment de vous y rendre pour chercher la sœur d'Irène, ma nièce, dit le père Ascelin. Toute cette contrée va se trouver sur le pied de guerre et, Dieu le sait, il ne fera pas bon y séjourner.

— Vous aviez raison, mon oncle, la prudence veut que nous attendions. Mais il se peut que nous écrasions sans délai les Égyptiens. Il sera alors loisible d'accomplir notre voyage.

— Ne renoncez-vous jamais à aucun de vos projets? demanda Mathieu d'un ton moqueur.

— Rarement. Je suis tenace. A vous de juger si c'est là défaut ou qualité !

Albérade vint annoncer que le souper était servi.

Sur les conseils d'Irène, qui partageait tout naturellement leur existence, les hôtes de la maison au portail vert avaient, depuis leur installation, adopté l'habitude de prendre le repas du soir à l'ombre des arcades de la galerie entourant la cour-jardin. Ainsi, ils profitaient de la relative fraîcheur de l'heure vespérale et tentaient d'oublier l'ardente chaleur de l'été judéen.

Ils terminaient leur souper quand Hugues Bunel se fit annoncer. Il entra avec une telle précipitation que sa barbe ténébreuse en était comme hérissée.

— Je viens d'apprendre qu'Eustache de Boulogne et Tancrède ont capturé entre Jaffa et Ramla des éclaireurs égyptiens qui exploraient le pays, lança-t-il. Ces prisonniers leur ont donné maints détails sur l'attaque qui se prépare. Tancrède a immédiatement envoyé à notre duc Godefroi un message qu'un chevaucheur lui a apporté à francs étriers, au risque de crever sa monture. Les renseignements livrés par les Arabes capturés portent sur les positions de l'ennemi, ses effectifs qui sont fort importants, et le lieu où ces impies comptent combattre contre nous. Godefroi a immédiatement expédié des chevaliers de sa suite avec mission de prévenir le comte de Toulouse qui ronge son frein du côté de Jéricho et le duc de Normandie, Robert Courteheuse, qui ne songe, lui, qu'à se réembarquer sans paraître se soucier du service d'ost. Il faut espérer qu'ils ne tarderont pas à comprendre l'un et l'autre l'imminence du danger qui nous menace tous. Prions le Seigneur, mes amis, qu'Il nous aide une fois de plus, car la force égyptienne est considérable !

Mathieu s'était levé.

— Je vais reprendre du service comme arbalétrier, dit-il. Et gare aux infidèles !

Brunissen sourit par habitude, mais elle se rappelait les prédictions de Hâlid et se disait que trois années d'efforts et de misères risquaient d'être balayées par la contre-offensive sarrasine. Les chrétiens seraient-ils assez nombreux pour s'opposer à l'esprit de revanche qui animait leurs ennemis ?

Elle leva les yeux et rencontra le regard de son oncle.

— Il nous reste un seul recours, dit celui-ci avec gravité. Nous en remettre à Dieu, dont nous sommes le bras séculier, faire pénitence, distribuer des aumônes aux nécessiteux, accomplir un retour sur nous-mêmes pour nous laver de nos fautes et, au besoin, pour les expier. Avant chaque bataille, il sied d'examiner sa conscience et de battre sa coulpe. C'est l'unique façon de préparer nos âmes afin de les affermir. C'est par la force de l'Esprit que nous avons vaincu jusqu'ici. C'est par Son appui et par Lui seul que nous vaincrons de nouveau.

— Je vais m'engager comme valet d'armes, s'écria Reinard. Il ne sera pas dit que je resterai inactif pendant que nos guerriers iront combattre ces chiens !

Brunissen pensa que tous les Sarrasins n'étaient pas méprisables et qu'il en était de dignes et de sensibles, mais elle se refusait à blesser davantage son oncle. En se proposant pour remplacer auprès de ses enfants le père disparu, le notaire épiscopal n'avait sans doute pas imaginé la somme de soucis et de cas de conscience que lui causerait un geste de dévouement dont il était en somme bien mal récompensé.

Le heurtoir de la porte, manié d'une poigne vigoureuse, interrompit la conversation.

— Qui va là ? interrogea le père Ascelin en se tournant vers le vestibule qu'on apercevait derrière les massifs et les feuillages.

Albérade était allée ouvrir. Elle revint avec une expression effarée sur son visage rond.

— Il y a là une dame dans une litière. Elle a toute une escorte et demande à voir les habitants de cette maison. Par ma sainte patronne, elle est belle à damner un saint !

— Alors, c'est Anthusa ! s'écria Irène en bondissant vers l'entrée de la demeure.

Tous la suivirent.

Dans la rue aux murailles blanchies à la chaux que commençait à bleuir l'ombre précédant la nuit, un groupe d'hommes et de femmes silencieux attendait.

— Anthusa ! hurla Irène en s'élançant vers sa sœur qui était allongée sur des coussins amoncelés pour atténuer les cahots de la route.

— Attention à sa jambe ! lança une femme d'âge mûr qui s'interposa entre l'enfant et la nouvelle venue. Elle n'est pas encore complètement remise !

Elle avait parlé en langue franque. Par sa forte carrure, sa haute taille, son teint clair, ses cheveux couleur de sable balayés de blanc, il était évident qu'elle venait du nord de la Chrétienté. Ce devait être une des pérégrines que les nefs génoises conduisaient, d'après les rumeurs, vers Jaffa depuis quelque temps.

— Ne restons pas dans la rue, dit le père Ascelin. Il faut faire entrer notre visiteuse.

En dépit des avertissements de son accompagnatrice, la jeune femme avait attiré la petite fille dans ses bras et l'embrassait avec fougue.

Les pèlerins qui convoyaient Anthusa la portèrent à l'intérieur du logis jusqu'à la grande salle où ils l'allongèrent sur un sofa avec des précautions multiples, inspirées tant par son état que par sa beauté, songea Brunissen.

« Dieu me damne ! la jolie femme ! pensa en même temps Mathieu. Comme dirait Andronic, on croirait la Vierge Théotokos en personne ! »

Irène caressait le beau visage fin et doré aux yeux de gazelle et aux lèvres dessinées comme un arc parfait.

Les deux sœurs parlaient entre elles dans leur langue maternelle, sans paraître se préoccuper de ceux qui les entouraient.

La matrone qui avait surveillé d'un œil attentif l'installation de sa protégée reprit la parole :

— Nous sommes originaires de Paris, dit-elle. Nous avons voyagé par monts et par vaux depuis des mois pour rejoindre les soldats de la Croix. Toutes sortes de méchefs nous sont advenus et nous ont retardés en chemin. Arrivés depuis quelques jours à Jaffa, nous y avons été retenus par les menaces de combat entre les nôtres et les Sarrasins. C'est le courage et la détermination de cette jeune Grecque, rencontrée à l'hôpital où nous avions plusieurs de nos compagnons malades, qui nous ont décidés à reprendre la route en dépit des risques, pour tâcher de parvenir jusqu'ici. Malgré sa jambe cassée, elle voulait à toute force atteindre Jérusalem et rechercher sa sœur. Par ma foi, les périls qui nous guettaient lui paraissaient moins inquiétants que la solitude d'une enfant fragile, abandonnée en pleine bataille !

— Dieu merci, Irène était en de bonnes mains, assura le père Ascelin. Ma nièce que voici l'a trouvée cachée dans cette pièce le jour même de la prise de la Ville sainte. Peu de temps, sans doute, après la séparation qui les a déchirées toutes deux. Nous l'avons aussitôt adoptée, comme si elle était de notre famille, et je ne pense pas qu'elle ait eu à souffrir un seul instant du manque de soins.

— Je l'aime fort, ajouta Brunissen. Nous nous entendons très bien et partageons beaucoup de choses...

— Je m'appelle Bathilde, pour vous servir, continua la commère entre deux âges, de mon métier faiseuse de cottes de mailles, ce qui m'a amenée à penser qu'on aurait besoin de moi par ici. En outre, telle que vous me voyez, je me suis instituée gardienne de cette jeunesse. Elle avait bien quelques compatriotes rencontrés à l'hôpital de Jaffa, avec lesquels elle avait lié amitié, mais il ne s'en est trouvé que deux, des femmes, pour accepter de partir avec nous. L'une d'entre elles nous a même servi d'interprète durant tout le trajet, car Anthusa ne parle ni ne comprend notre langue. Souffrantes elles ont, l'une et l'autre, préféré ne pas venir chez vous.

Pendant qu'elle s'expliquait, Albérade et Biétrix circulaient parmi les nouveaux arrivants en leur versant à boire de l'eau fraîche et du vin de Chypre.

— Si vous avez besoin d'aide dans cette grande maison, ajouta Bathilde, n'hésitez pas à proposer du travail à mes compagnons. Par la croix de Dieu, ils sont sans ressources et désirent trouver de l'ouvrage.

— Il nous faudrait un ou deux jardiniers et autant de palefreniers, dit le père Ascelin. Y en a-t-il parmi vous que de telles besognes intéresseraient ?

Plusieurs hommes s'avancèrent.

— Voyez, les amis, Dieu nous aide ! s'exclama la fabricante de cottes de mailles. Après avoir échappé par miracle aux hordes sarrasines qui risquaient de nous exterminer durant notre trajet, voici que vous trouvez maintenant à vous employer. Arrangez-vous donc avec le père qui nous reçoit si charitablement et dites-lui sans crainte ce que vous savez faire.

« Cette femme me rappelle grand-mère, songea Brunissen. Même autorité, même goût du commandement. »

Mais cette remarque ne la détournait pas d'une inquiétude qui venait de s'éveiller en elle. Les nouveaux palefreniers coucheraient forcément dans la chambre délaissée par les esclaves chargés du soin des chevaux par l'ancien propriétaire de la maison. Comment leur dissimuler la présence d'Hâlid? Comment continuer à le soigner, à le sauvegarder jusqu'à sa guérison? Croisant alors le regard de son oncle, Brunissen comprit qu'il avait parlé de façon délibérée, pour la forcer à éloigner le Sarrasin dont il n'acceptait toujours pas la présence sous leur toit. Il n'agissait pas de la sorte par dureté de cœur, mais, elle le savait, pour la protéger contre elle-même. Contre une tentation dont il se souciait bien davantage que sa nièce et dont il devait imaginer qu'elle deviendrait victime un jour ou l'autre.

Biétrix frôla comme par hasard le bras de sa maîtresse.

— N'ayez crainte, murmura-t-elle tout près de son oreille. N'ayez crainte. La maison est grande. Je trouverai où mettre votre blessé à l'abri.

6.

Le lundi 8 août, les hérauts d'armes parcoururent Jérusalem, publiant pour le lendemain matin le ban de guerre de l'avoué du Saint-Sépulcre.

Le mardi 9, dès la fine pointe de l'aube, les cloches sonnèrent à pleine volée et les trompettes droites résonnèrent dans chaque quartier de la Ville sainte pour signifier aux combattants de se trouver sous les armes.

Ensuite, soldats, pèlerins, gens de toutes sortes gagnèrent les églises afin d'assister à l'office et d'y recevoir le pain des forts. Ainsi, ils iraient au combat porteurs en eux-mêmes du corps et de l'esprit du Dieu victorieux. Puis, tous les hommes valides partirent à la suite de Godefroi de Bouillon et de Robert de Flandre vers la petite ville de Ramla, déjà conquise avant la prise de la Cité de Dieu, afin de pousser jusqu'à Ibelin, où le duc avait choisi de regrouper ses effectifs, dans le but d'attaquer les Sarrasins sans attendre leur décision. Satisfait d'avoir retrouvé son rôle de commandant de l'ost, Godefroi reprit aussitôt son ascendant sur ses hommes auxquels il interdit tout pillage sous peine d'avoir le nez et les oreilles tranchés.

Venues de Judée et de Samarie, d'autres troupes devaient rejoindre le corps d'armée des deux seigneurs au bord d'une petite rivière côtière. Mais on savait que cette région était déjà en partie occupée par un détachement ennemi posté là pour protéger le gros des troupes adverses.

Confiés à la garde de la mince garnison de la citadelle, ne restèrent à Jérusalem que les prêtres, les femmes, les enfants, les malades, les blessés et Pierre l'Ermite. L'ardent petit homme avait reçu mission de prendre toute mesure lui paraissant nécessaire pour demander et obtenir du Sauveur la victoire de Son peuple.

Il prescrivit aux religieux grecs et latins ainsi qu'aux clercs d'organiser une procession solennelle en l'honneur du Christ, puis de multiplier prières et aumônes. Vêtus de leurs ornements sacrés, les membres du clergé tout entier conduisirent au temple du Seigneur le cortège qui priait à voix haute, dirent des messes, récitèrent des oraisons, supplièrent le Tout-Puissant de venir en aide à ceux qui allaient combattre en Son Nom.

Mathieu et Reinard s'étaient éloignés avec l'ost. Piqués d'émulation, les deux jardiniers et les palefreniers en avaient fait autant. A peine engagés, ils étaient aussitôt repartis, au vif soulagement de Brunissen.

Durant les quelques jours où ils avaient travaillé chez elle, la jeune fille s'était beaucoup tourmentée pour Hâlid, que Biétrix avait conduit de nuit à une petite soupente située dans les vastes communs que le départ des anciens et nombreux esclaves laissait à moitié vacants mais où couchaient leurs remplaçants, jardiniers et aides-jardiniers.

La nièce du père Ascelin avait alors dû interrompre ses visites au convalescent et renoncer à la fois aux soins qu'elle avait coutume de lui donner et aux longues causeries qui avaient peu à peu transformé en ami l'adversaire de la veille.

Dès le départ des serviteurs pour l'armée, Brunissen décida de reprendre sans plus tarder traitement et entrevues nocturnes. Cependant elle préféra laisser le convalescent dans l'humble pièce où il était loin des odeurs d'écurie et protégé de la surprise éventuelle d'un retour impromptu des nouveaux palefreniers.

Quand elle le retrouva dans un endroit si différent de leur habituel lieu de rencontre, elle fut d'abord frappée par la tension des traits et la mauvaise mine de Hâlid.

Allongé sur le matelas que Biétrix avait transporté et

placé contre le mur chaulé, il ressemblait à un prisonnier dans son cachot.

— Quelles sont les nouvelles de la bataille ? demanda-t-il sans chercher à dissimuler l'anxiété qui le tenaillait, alors qu'elle venait à peine de soulever la courtine délavée qui servait de portière à la misérable chambre.

— Elle ne doit pas encore être engagée, et nous savons peu de chose, répondit Brunissen. Il semble que l'ost soit au complet à présent. Le duc de Normandie, le comte de Toulouse, Tancrède et Eustache de Boulogne doivent avoir rejoint notre duc et le comte de Flandre. Ils progressent sans doute ensemble vers le rivage de la Méditerranée, en direction d'Ascalon. Mais nous n'avons rien appris d'autre... Si ce n'est qu'une patrouille égyptienne a capturé l'évêque de Maturanne qui avait été envoyé vers nous avec un message dont nous connaissons cependant la teneur par un des secrétaires de ce prélat qui a réussi à s'échapper puis à rallier Jérusalem. Il avait pour mission de faire hâter ceux qui veulent encore rallier l'armée.

Les yeux noirs du marchand de chevaux brillèrent d'excitation.

— Vos effectifs sont amenuisés, remarqua-t-il, alors que les nôtres sont multitude. Les chances que vous pouvez avoir de l'emporter paraissent infimes.

— Il est vrai que nous sommes moins nombreux et que l'attente nous semble insupportable, reconnut Brunissen. Mais contrairement à ce que vous pensez, nous restons confiants en la protection du Christ. Nous prions et nous espérons.

— Si Allah, qui est généreux dans Sa bonté, nous donne la victoire, vous n'aurez pourtant plus personne ici pour vous défendre.

— Nous sommes gardés par la garnison, réduite il est vrai, mais qui campe dans la tour de David, répondit avec calme la jeune Franque.

— Et vous n'avez pas peur ?

— A Dieu ne plaise ! Je m'en remets à Lui !

Dans les prunelles sombres transparut cette fois-ci une lueur qui pouvait être inspirée par de l'admiration et aussi du respect pour un tel courage tranquille.

— Nous verrons bien quel Dieu, du vôtre ou du nôtre, donnera la victoire à Ses fidèles, dit Hâlid d'un ton radouci.

— En attendant, il faut que je voie vos blessures, reprit Brunissen. Voici plusieurs jours que je n'ai pu venir vous soigner. Vous me semblez avoir maigri.

— Mes blessures sont assez cicatrisées maintenant pour que je puisse envisager de partir dès que nous saurons à quoi nous en tenir sur l'issue de cette bataille, assura le convalescent. Votre servante a continué à veiller sur moi, suivant vos instructions, avec adresse et attention. C'est une aide précieuse que vous avez là.

— Certes. Biétrix est plus qu'une simple servante, c'est une auxiliaire et une confidente. Elle fait désormais partie de notre mesnie, comme une parente. Dans notre rencontre avec elle, je pressens la main de Dieu. Mais voyons à présent comment se comporte votre pouls et l'état de vos cicatrices.

Tout en défaisant les pansements qui avaient été posés avec habileté, Brunissen se disait que le plaisir qu'elle éprouvait à s'occuper de l'homme mis sur sa route par la Providence ne pouvait être, quoi qu'en pensât son oncle, qu'innocent. Mais elle songea soudain à Anthusa dont elle soignait également la jambe rompue. Il lui fallut bien admettre qu'elle ne ressentait pas pour la sœur d'Irène la même bienveillance qu'envers Hâlid. Dès l'apparition de la jeune femme grecque, elle avait dû combattre un sentiment diffus de gêne, de malaise, qui, en dépit de sa bonne volonté, s'était aussitôt imposé à elle. Était-ce parce que l'enfant à laquelle elle s'était attachée n'avait plus eu alors d'yeux que pour son aînée enfin retrouvée ? Se pouvait-il qu'une future fille du Christ eût la mesquinerie de jalouser une tendresse toute fraternelle ? N'aurait-il pas été plus juste de voir dans cette antipathie spontanée comme la prescience d'un élément trouble, indésirable ? Sans pouvoir justifier en rien sa méfiance, Brunissen croyait sentir une émanation maléfique autour du beau corps parfumé comme celui d'une sultane sur lequel elle se penchait chaque matin avec un étrange sentiment de répulsion admirative et de fascination inquiète...

— Par Allah, vous voici toute songeuse ! Mon état de santé vous préoccupe-t-il à ce point ? s'enquit la voix à l'accent rocailleux du convalescent.

Brunissen secoua la tête.

— Pardonnez-moi, mon ami. Sur mon âme il n'en est rien. Vos cicatrices sont très saines et vous aviez raison de parler de prochain départ. Vous pourrez bientôt voler de vos propres ailes. Pour vous y préparer, je viendrai demain, vers l'heure de matines, vous chercher afin de vous accompagner dehors pour une nouvelle promenade. Vous avez besoin d'air et d'exercice.

— Je n'ai besoin que de liberté et qu'Allah prenne soin de moi, dit Hâlid. Mais, par ma tête, vous m'appelez parfois votre ami, est-ce étourderie ou simple appellation sans importance, comme si vous vous adressiez à un animal familier ?

— C'est signe d'amitié, assura Brunissen en relevant un visage éclairé du dedans, comme une lampe d'albâtre à l'intérieur de laquelle brûlerait, enclose, une flamme chaleureuse. Ne sommes-nous pas devenus de vrais compagnons, en dépit de tout ce qui pouvait nous séparer ?

L'homme se leva, demeurant un instant indécis, sembla vouloir parler, mais fit effort sur lui-même pour se taire.

Ce fut la jeune Franque qui reprit :

— Vous avez certainement rencontré ici, avant votre blessure, la sœur d'Irène, cette Anthusa qui est d'une grande beauté et semble avoir obtenu, grâce à ses charmes, les faveurs du marchand de soierie dont nous occupons la maison.

— Vous oubliez qu'en terre d'islam seuls les pères, les maris et les enfants peuvent voir les traits des femmes d'une certaine condition. En dehors du harem, elles sortent drapées de voiles en satin multicolores que complète une voilette de gaz ou de dentelle qui ne laisse apparaître que leurs yeux.

— Votre ami ne vous a-t-il jamais entretenu d'une certaine esclave grecque dont tout porte à croire qu'il prisait grandement les attraits ?

— Nous ne parlions jamais de ses femmes. Il était de nature discrète...

Brunissen se tut. Cette phrase prouvait que Hâlid savait à quoi s'en tenir sur la fin du marchand de soierie et de sa famille. En témoignage de sympathie, elle posa une main légère sur l'épaule de l'Arabe. Il tressaillit et s'écarta d'elle, non sans une certaine brusquerie.

— Bonne nuit, ami, dit-elle avec un affectueux sourire. Dormez en paix. A demain, vers l'heure de matines.

Elle s'en alla.

Le jour suivant, quand elle passa voir Anthusa, qui avait réoccupé son ancienne chambre, luxueuse et raffinée, où sa cadette était aussitôt venue la rejoindre, Brunissen trouva les deux sœurs fort agitées. Irène, qui restait sans cesse auprès de la malade, s'élança vers l'arrivante en pleurant. Au milieu de ses larmes, elle parlait grec à si vive allure qu'il était impossible à Brunissen de la comprendre. Sanglots et plaintes mêlés se bousculaient en une bouillie de mots.

— Par le Dieu tout-puissant, que vous arrive-t-il donc? demanda la jeune Franque en s'adressant en latin à Anthusa qui s'exprimait fort bien dans cette langue.

— Sur ma demande, Irène est allée ce matin chercher un médecin syrien qui habite non loin d'ici et nous a souvent soignées autrefois, répondit la malade. Il a palpé ma jambe, m'a posé toutes sortes de questions sur l'accident dont j'ai été victime et s'est montré ensuite fort alarmé. Il pense que les tribulations qui ont accompagné ma chute et l'ont suivie sont responsables des difficultés que mes os, trop malmenés, éprouvent à se ressouder. Il a dit que les attelles de fortune avec lesquelles on avait, à différentes reprises, maintenu les deux cassures ne semblaient pas avoir toujours été posées comme il l'aurait fallu...

Sa voix s'enroua et elle serra les lèvres, visiblement pour s'empêcher de gémir.

— Elle va boiter! cria Irène, éperdue de chagrin. Ma sœur chérie restera infirme!

La fureur et la peine la jetèrent sur les tapis qui couvraient le sol. De ses poings crispés elle les frappait en continuant à crier.

Brunissen s'agenouilla auprès d'elle. Il ne lui avait pas été difficile de comprendre ces quelques mots jetés avec un désespoir qui les avait rendus clairs. Elle prit le petit corps agité de spasmes entre ses bras et caressa avec douceur, comme elle l'avait fait lors de leur première rencontre, le front haut et droit de l'enfant.

— Il est en effet probable, reprit Anthusa qui avait surmonté sa faiblesse, il est même presque certain, qu'une de mes jambes restera plus courte que l'autre. Je vais boiter.

Il y avait tant d'accablement, tant de douleur dans ce constat, que Brunissen en fut bouleversée. Elle avait cependant vu bien d'autres infortunes, assisté à beaucoup d'autres malheurs, mais l'affliction d'Irène et la détresse de sa sœur n'en demeuraient pas moins poignantes. N'étaient-elles pas, elles aussi, conséquences des actes de violence commis par des vainqueurs devenus furieux et sanguinaires dans le seul lieu au monde où ils auraient dû exercer, à l'image du Christ, pardon et magnanimité ?

Il fallait trouver un moyen de réparer, du moins dans le cas présent, le préjudice subi par une créature déjà si durement éprouvée auparavant.

Le sentiment de malaise et de méfiance qui gênait jusque-là Brunissen dans ses rapports avec l'ancienne esclave aux allures de patricienne se dissipa sous la poussée d'une pitié active qui prit d'un coup sa place.

— J'ai ouï dire parmi les pèlerins qu'un certain dinandier breton, qu'on nomme je crois Loïc le Guérisseur, aurait réussi, par habileté et expérience, à soulager de bien des maux ceux qui ont eu recours à lui, dit-elle. On raconte qu'il vient à bout des entorses, foulures ou fractures les plus rebelles. En me rendant tout à l'heure à l'hôpital, je vais me renseigner pour savoir où il loge. Dès que j'en aurai fini avec mon service auprès des malades et des blessés, j'irai chez lui et lui demanderai de venir.

Anthusa soupira.

— Je crains bien, hélas, qu'il n'y ait plus grand espoir à conserver, dit-elle avec tristesse. Néanmoins, soyez remerciée de votre intention et soyez bénie !

— Je vous quitte. N'oubliez pas que le pire des péchés est celui de désespérance ! ajouta Brunissen en se dirigeant vers la portière de satin capitonnée qui masquait l'entrée de la chambre.

Irène se releva d'un bond, essuya ses yeux du dos de sa main, considérant fébrilement ses deux compagnes.

— Que dites-vous ? Que dites-vous ? répétait-elle en bégayant d'impatience et d'énervement.

Sa sœur lui traduisit les paroles qu'elle n'avait pu comprendre, ce qui déchaîna chez l'enfant une danse folle qu'elle exécutait autour de la jeune Franque amusée par tant d'impulsivité et de contraste.

Après avoir embrassé la petite fille, elle quitta la pièce encombrée d'une nuée de coussins aux couleurs douces, de courtines brodées, de tapisseries de soie, de bibelots, de brûle-parfum d'où s'échappaient d'exquises senteurs d'ambre gris, de nard et d'encens.

Quand elle retrouva, un moment plus tard, en pénétrant dans l'hôpital, les lourdes exhalaisons de sueur, de sanie et de sang qu'elle ne remarquait guère d'habitude, elle ne put s'empêcher de songer que l'inquiétude d'Anthusa était peu de chose comparée aux souffrances qu'elle côtoyait chaque jour dans cet établissement consacré à la douleur. Mais elle se reprocha aussitôt une telle réflexion en se rappelant le chagrin d'Irène.

Elle n'eut d'ailleurs pas le temps de s'attarder à ce genre de réflexion. L'hôpital bourdonnait d'une nouvelle qui enfiévrait tous les esprits. Un chevaucheur était arrivé peu de temps auparavant pour annoncer aux habitants de Jérusalem qu'une grande bataille était engagée depuis l'aube entre Francs et musulmans dans une belle et opulente plaine toute proche de la mer, non loin de la côte où s'élevait Ascalon.

— Par la foi que je vous dois, l'armée égyptienne est si nombreuse que nul ne peut en connaître le nombre, excepté Dieu ! dit à Brunissen la grande Normande blonde et solide qui avait pénétré avec un groupe agité de ses compatriotes dans la maison au portail vert, le jour de la conquête de la Ville sainte. On les aperçoit, paraît-il, à perte de vue, campant devant des montagnes de sable !

Depuis que les deux femmes s'étaient retrouvées à l'hôpital Saint-Jean, où elles soignaient ensemble les malades de la première salle, une certaine entente les avait rapprochées. Odeline était née, une trentaine d'an-

nées auparavant, à Falaise, comme Guillaume le Conquérant, ce dont elle tirait grande fierté.

— C'était un lointain cousin de mon grand-père,
disait-elle avec un reflet malicieux dans l'œil. Mais entre
un roi d'Angleterre et un simple drapier, il n'y a pas de
commune mesure !

Ses yeux verts, sa peau de lait, les dents magnifiques
qu'elle découvrait quand elle riait du rire sensuel, évoquant un roucoulement de tourterelle, dont elle avait le
secret, en faisaient une créature pleine de vie et d'entrain.
Ses traits n'étaient pas réguliers, sa bouche était trop
grande, ses seins trop opulents et sa démarche un peu
lourde, mais tout cela renforçait l'impression qu'elle
donnait dès le premier abord : joie de vivre, santé,
obligeance, enjouement.

On la disait généreuse en tout et point avare de son
corps. Quelle importance cela avait-il pour Brunissen qui
avait trouvé en cette fille de Falaise une amie partageant
avec elle, même si leur façon d'en témoigner était différente, l'amour du prochain et le goût de lui venir en aide ?

Odeline continuait :

— Le chevaucheur a encore raconté qu'hier, alors que
nos troupes se dirigeaient vers Gaza en compagnie de
l'émir de Ramla, rallié aux nôtres tout mécréant qu'il est,
l'ost a trouvé au bord d'un cours d'eau de grands
troupeaux de bœufs, chameaux et moutons, paissant là
comme par hasard. Les cavaliers sarrasins qui les gar-
daient ont pris la fuite dès qu'ils ont vu les Francs
survenir. Pas assez vite néanmoins. Deux d'entre eux ont
été capturés. Ils ont parlé et ont donné les positions,
toutes proches, sous les murs mêmes d'Ascalon, semble-t-
il, des armées ennemies. Mais Godefroi de Bouillon,
soupçonnant dans cet étrange rassemblement de bétail
une ruse de l'amiral de Babylone, a pensé que c'était là
un stratagème pour inciter ses hommes à s'égailler dans
la campagne, à se disperser pour capturer ces animaux
gras et tentants. Ce qui les aurait mis à la merci des
Sarrasins embusqués. Il a donc interdit toute poursuite et
a renouvelé ses menaces de punir gravement quiconque
quitterait les rangs. Les soldats se le sont tenu pour dit et
ont été contraints de passer la nuit sous les arbres.

— Avec l'aide de Dieu, ils vaincront, dit Brunissen.

La journée passa, occupée par les soins, les réconforts, les attentions prodigués aux patients de l'hôpital. Cependant, tout en changeant les pansements, en sondant les plaies, en réduisant les fractures, en étalant baumes ou onguents, en versant des gouttes d'élixir ou en faisant prendre des décoctions de simples médicinaux, Brunissen et ses compagnes songeaient sans cesse à la bataille dont dépendaient leur vie et leur avenir.

Au moment de quitter son service, Brunissen se souvint de la promesse faite à Anthusa, que les événements appris dès son arrivée l'avaient amenée à oublier. C'était justement Odeline qui lui avait recommandé le guérisseur breton dont elle avait parlé à la jeune Grecque. Elle obtint aisément l'adresse souhaitée, mais fut informée sur place que le dinandier était parti combattre avec la bataille de Robert Courteheuse et qu'il faudrait attendre son retour.

Comme elle s'en revenait vers son logis, elle croisa, non loin des marchés couverts, deux femmes vêtues à la mode grecque de longues tuniques soyeuses complétées par un manteau léger dont un pan, ramené de l'épaule gauche à l'épaule droite, protégeait les têtes et laissait les visages dans l'ombre. Elle se souvint qu'à Constantinople il n'était pas admis qu'une femme honnête se montrât nu-tête ou avec un simple voile dans la rue. Aussi ne se serait-elle guère étonnée de cette rencontre si elle n'avait pas ressenti l'étrange impression de reconnaître la démarche d'une des deux inconnues.

« Où donc, Dieu Seigneur, ai-je bien pu déjà voir cette façon rapide et martelée d'avancer ? se demanda-t-elle. C'est là un pas très particulier, serré, hâtif, et pourtant un peu guindé. Je ne le remarque pas pour la première fois... »

Elle eut beau chercher dans ses souvenirs, aucun nom ne lui vint à l'esprit. Elle avait rencontré tant de gens sur sa route depuis son départ de Chartres, aperçu une telle quantité de nouveaux visages, considéré avec amusement, sympathie, intérêt, répulsion ou effroi un si grand nombre d'individus dans les foules dont elle était sans cesse entourée, soigné des centaines de blessés ou de

malades, assisté si souvent son prochain, qu'une sensation de pullulement encombrait sa mémoire. C'était
comme si elle avait trop longtemps regardé une fourmi-
lière et que ce grouillement eût brouillé ses facultés
d'observation.

Elle rentra chez elle, passa voir Anthusa et Irène
auxquelles il lui fallut apprendre que le guérisseur était
parti se battre. La déception des deux sœurs lui fit peine.
Pour leur changer les idées, elle les mit au courant de la
rencontre qu'elle venait de faire.

— Ne serait-ce pas les deux Grecques qui nous ont
accompagnées de Jaffa à Jérusalem ? demanda Anthusa.
L'une d'elles avait en effet une démarche qui ressemble à
celle dont vous parlez.

— Vous ne les avez pas revues ?

— Non point. En dépit de leur promesse, elles ne sont
jamais venues nous rendre visite depuis que nous
sommes ici. Par la sainte Théotokos, nous ne saurons
jamais pourquoi elles tenaient tellement à se joindre à
notre groupe afin de parvenir le plus rapidement possible
à la Ville sainte !

Une brusque lumière se fit dans l'esprit de Brunissen.
L'invocation si souvent entendue dans la bouche
d'Andronic venait de faire surgir des brumes du passé la
mince silhouette d'Icasia, l'épouse que celui-ci avait
laissée derrière lui à Constantinople pour rejoindre Flaminia. Ne marchait-elle pas de la même façon que la
femme entrevue un moment plus tôt ? Ce pas rapide et
compassé à la fois, n'était-ce pas le sien ?

Brunissen secoua la tête. Il n'était pas possible qu'Icasia Daniélis se trouvât si loin de la cour impériale où des
fonctions très astreignantes la retenaient auprès de
l'impératrice et de la princesse Anne. Jamais elle n'aurait
pu s'éloigner assez longtemps de ses illustres maîtresses
pour entreprendre un tel voyage. Que serait-elle d'ailleurs venue faire à Jérusalem ? Les Grecs n'avaient
jamais témoigné le moindre désir de reconquérir le
Saint-Sépulcre...

« J'ai dû me tromper, songea la jeune Franque. Je suis
sans doute victime d'une simple ressemblance. »

Elle ne s'attarda pas à une réminiscence aussi illusoire

et resta un moment auprès des deux sœurs dont elle souhaitait détourner les pensées de leur pesant souci. Puis elle rejoignit son oncle pour le souper.

— On ne s'entretient en ville que de la bataille qui est en train de se dérouler près d'Ascalon, lui dit le père Ascelin. Après dîner, nous irons tous deux, ma nièce, prier sur le tombeau de Notre-Seigneur pour joindre nos supplications à celles des autres habitants de Jérusalem.

Il y avait foule sous les coupoles de la basilique ennuagée de fumées d'encens et illuminée à foison par des buissons de cierges. On se pressait au cœur de la rotonde intérieure, autour de l'Anastasis.

Brunissen et le notaire épiscopal s'agenouillèrent parmi le peuple prosterné et joignirent leurs oraisons à celles de tous leurs frères.

Ils rentrèrent dans la nuit tiède, éclairés par des lampes à huile en cuivre ajouré, dont certaines étaient fixées aux murs des demeures et d'autres pendues à des mâts de bois. La découverte de ces éclairages nocturnes dans les villes arabes avait été une des grandes stupéfactions des Francs habitués à ne se déplacer chez eux, une fois la nuit tombée, qu'avec une lanterne ou une torche à la main.

Quand tout dormit dans la maison au portail vert, Brunissen sortit avec précaution de sa chambre et gagna les communs.

Hâlid l'attendait dans son réduit.

— Venez, lui dit-elle, venez respirer l'air de la nuit. Il est si doux !

Contrairement à la précédente fois, la promenade sous les branches du jardin clos se passa sans alerte. Presque rétabli, le marchand de chevaux refusa de s'appuyer au bras de sa compagne. Il marchait auprès d'elle, d'une allure plus assurée, et se taisait. Elle l'avait prié de ne pas aborder le sujet de la guerre qui ne pouvait que les diviser. Il s'était incliné en signe d'assentiment mais n'avait rien trouvé à lui dire d'autre et demeurait silencieux à ses côtés.

Pendant une heure, ils déambulèrent de la sorte.

— Savez-vous que les habitants de Damas ont coutume de se promener ainsi, soir après soir, dans l'enceinte abondamment éclairée de la grande mosquée et qu'on les

nomme à cause de cette habitude les « laboureurs » ?
demanda enfin Hâlid.

— Pourquoi donc ?

— Sans doute parce qu'ils cheminent lentement, par
couples, faisant les cent pas sur la vaste esplanade
qu'ils parcourent d'un bout à l'autre, en revenant sans
fin sur leurs traces, comme un paysan derrière sa char-
rue et ses bœufs.

— Vous avez dit par couples ! Il n'y a pourtant que
des hommes chez vous pour accomplir ainsi une telle
promenade. Vos femmes en sont exclues, n'est-il pas
vrai ?

— Il est vrai. Mais je n'y pensais pas.

Brunissen eut un rire léger.

— Dans nos pays, les femmes sont libres, dit-elle.
Elles sortent à visage découvert, elles sont majeures à
douze ans, peuvent gérer leurs avoirs ou leurs fiefs à
leur gré, font presque tous les métiers qu'exercent les
hommes et ont même le droit de se marier sans le
consentement de leurs parents...

Il y eut un silence. Des nuages opalescents glissaient
sur la lune réduite à un mince croissant bleuté.

— Nous avons des femmes copistes, astrologues,
devineresses et, chez nos paysannes, les épouses travail-
lent comme leurs maris ou leurs fils, dit tranquillement
Hâlid. Elles plantent, soignent le bétail, élèvent de la
volaille et peuvent aussi conduire des attelages. Dans
nos ateliers, beaucoup d'ouvrières filent, brodent, tis-
sent des tapis ou teignent les étoffes. Les blanchisseuses
lavent à la rivière et pas plus que les autres ouvrières
ne sont voilées. Seules, les femmes d'un milieu aisé et
qui n'ont rien à faire se couvrent la tête et le visage,
tant par pudeur que pour préserver l'éclat et le velouté
de leur teint. Des quantités de paysannes, d'ouvrières
ou d'esclaves sortent de nos jours sans être voilées car
leurs travaux ne le leur permettraient pas.

— Il me semble pourtant, Dieu me pardonne, que
vos harems regorgent de pauvres créatures captives qui
n'en sortent que pour de rares visites familiales, ou
bien des cérémonies d'importance et parfois aussi, à ce
qu'on m'a dit, dans le but de se rendre au hammâm ou,

plus rarement, chez quelques amies, continua avec malice Brunissen.

— S'il est exact que les femmes de la bonne société ne sortent guère, en revanche, elles règnent dans leur foyer et sont maîtresses chez elles. Les maris respectent ces prérogatives. Savez-vous que le mot harem signifie sanctuaire ?

— Sanctuaire peut-être, mais j'ai remarqué que les hommes d'ici se réfugient derrière cette explication commode, qui les arrange bien, chaque fois qu'on les accuse d'enfermer leurs mères, leurs épouses ou leurs filles. Ils prétendent qu'elles sont libres dans leurs maisons et heureuses d'y vivre. Je n'en suis pas si sûre. C'est là une excuse bien pratique, qui fait taire les curieux et clôt le débat à l'avantage de celui qui l'emploie.

— C'est un usage beaucoup plus ancien que l'islam, qu'Allah le Très-Haut, le Tout-Puissant, me fasse avaler ma langue si je mens ! protesta Hâlid avec véhémence. Il n'y a pas que nous autres musulmans pour y avoir recours. Tout l'Orient, indépendamment des religions qu'on y peut pratiquer, partage cette coutume. Il n'y a d'ailleurs de harem que là où il y a fortune. C'est comme pour le voile. Les femmes du peuple circulent à leur gré dans les rues et ne sont pas tenues de rester enfermées. Seules les plus fortunées peuvent accéder et prétendre à un luxe qui sous-entend de vastes demeures comprenant de multiples appartements, des terrasses, des jardins, des eunuques, de nombreux serviteurs, tout un train de vie opulent. Le harem, domaine exclusif des femmes, est cependant le cœur de la vie familiale. Comme dans une ruche, c'est de la reine recluse que dépend la bonne marche de la communauté, conclut le marchand de chevaux du ton assuré de quelqu'un qui a trouvé des arguments péremptoires.

Brunissen rit de nouveau.

— J'aime mieux ma modeste liberté chartraine que la somptueuse captivité de vos pauvres femmes riches, lança-t-elle avec gaieté. Sur mon salut, je les plains et ne les envie en rien ! Sans parler de votre habitude de faire vivre toutes ensemble, sous le même toit, plusieurs épouses, ce qui pour nous est scandale, péché et abomination !

Elle s'immobilisa dans l'ombre d'un oranger dont les suaves arômes les enveloppaient tous deux.

— Peut-être vous-même possédez-vous quelque part trois ou quatre femmes, remarqua-t-elle, soudain pensive.

— Par Allah ! N'en croyez rien ! protesta Hâlid avec une sourde violence. Je suis célibataire et sans doute le resterai !

Ils se turent de nouveau.

— Il faut rentrer, maintenant, reprit Brunissen au bout d'un moment. La promenade a suffisamment duré.

— Je ne suis pas fatigué !

— Tant mieux. Cela prouve que vous êtes rétabli, mais il ne faut cependant pas encore abuser de vos forces retrouvées. Vous en aurez besoin pour quitter Jérusalem et vous éloigner d'un lieu qui vous laissera de si mauvais souvenirs.

Ce fut en silence qu'ils regagnèrent les communs. Pour la première fois, ils se séparèrent devant la porte sans que Brunissen proposât à son compagnon de le reconduire jusqu'à sa couche.

Deux jours plus tard, un chevaucheur dont le coursier était couvert d'écume parvint à Jérusalem. Il alla trouver Pierre l'Ermite qui fit aussitôt carillonner les cloches, retentir les trompettes, sonner les cors à travers toute la cité. La nouvelle se répandit aussitôt : Dieu avait permis à Son peuple de vaincre les impies !

« Montjoie ! Montjoie ! Dieu le veut ! Dieu l'a voulu ! Le Christ est avec nous ! »

Ce fut un ouragan de joie. La foule déferlait de partout, courait à travers rues, places et ruelles, pour venir au Saint-Sépulcre louer et adorer le Seigneur. Dans les jours qui suivirent, des chariots pleins à ras bord d'inestimables richesses firent leur entrée dans la ville. Des soldats les escortaient. Parmi eux, Mathieu et Reinard. Dès qu'ils eurent mené à bien leur mission et entreposé dans des remises le fructueux butin pris à l'ennemi, les deux compères, portant des sacs fort lourds, se présentèrent chez leurs amis.

Le père Ascelin, Brunissen, Irène, Albérade et Biétrix les accueillirent en vainqueurs.

— Une fois de plus nous avons battu les Sarrasins, bien qu'ils fussent beaucoup plus nombreux que nous ! s'écria Mathieu en pénétrant dans la salle. Ces mécréants ont été tellement surpris par notre ruée qu'ils n'ont même pas eu le temps de revêtir leurs armes et d'enfourcher leurs montures ! Ne croyez pas, pour autant, que nous les ayons écrasés sans combat. Ils se sont ressaisis et ont ensuite lutté avec acharnement. La mêlée a été rude, mais une force divine nous accompagnait...

Reinard lui coupa la parole.

— Le duc de Normandie a vu soudain l'étendard de l'amiral de Babylone, comme disent les nôtres, qui était dressé en l'air par un homme de sa garde. C'est une belle oriflamme suspendue au sommet d'une lance argentée et ornée d'une pomme d'or. Le duc s'est élancé avec sa frénésie coutumière sur le Sarrasin qui la portait et l'a blessé à mort.

— Notre duc Godefroi commandait l'aile gauche de l'ost, reprit Mathieu avec tant de hâte que les mots se bousculaient dans sa bouche. De son côté, le comte de Toulouse s'était porté avec les siens près du rivage, à l'aile droite. Robert Courteheuse, le comte de Flandre, Tancrède et les autres chevaliers chevauchaient au centre.

Il avala précipitamment sa salive.

— Ce fut un beau combat ! continua-t-il sans laisser à son aide le temps d'intervenir. Quand enfin Tancrède fit irruption dans le camp des infidèles, ils prirent aussitôt la fuite et nous avons alors assisté à une fameuse débandade !

Il partit de son grand rire éclatant.

— Terrifiés, les Sarrasins grimpaient aux arbres pour s'y cacher, mais les nôtres les poursuivaient, les extermi- naient à coups de flèches, de lance ou d'épée et les précipitaient à terre. D'autres se couchaient sur le sol pour faire le mort, car ils n'osaient plus se dresser contre

nous, mais nous les décapitions au passage, pour être sûrs
que ces fils de démon ne se relèveraient pas dans notre
dos. Près de la mer, le comte de Toulouse en tua un
nombre incalculable. Certains se jetaient à l'eau, d'autres
fuyaient çà et là. Enfin, mes amis, grâce à Dieu, la journée
s'est terminée en désastre pour les ennemis du Christ! Et,
croyez-moi, ils ne sont pas près de s'en remettre!

— Qu'est devenu le vizir qui les commandait? interrogea le père Ascelin.

— Il a tourné bride quand il a compris que tout était
perdu pour lui. Il s'est réfugié à Ascalon et a assisté, du
haut des remparts du port, à l'extermination de ses
troupes. Quelques survivants tentèrent bien de nager
jusqu'à leurs vaisseaux mais ils se noyèrent presque tous.
Enfin, d'autres débris de la grande armée égyptienne,
acculés aux murs d'Ascalon, se ruèrent par une porte que
la garnison leur avait ouverte, mais dans la panique
générale, ils furent étouffés ou foulés aux pieds par les
plus forts de leurs compagnons. On assure que le vizir, ne
se jugeant plus en sûreté dans la ville que nous cernions
déjà, s'est enfui avec quelques rescapés sur des bateaux
qui ont pris le large et ont fait voile vers la haute mer
pour les ramener piteusement dans leur pays d'origine!

— Ces impies ont abandonné derrière eux le camp où
ils s'étaient rassemblés dans l'espoir de nous perdre!
lança joyeusement Reinard en profitant d'une pause de
son compagnon. Par tous les saints du paradis, nous
n'avions jamais vu pareilles merveilles, ni semblable
accumulation de richesses! Pierreries, or, argent, vases
précieux, objets de toute espèce, casques dorés, épées
magnifiques, vivres à profusion, troupeaux de chameaux,
de buffles, d'ânes, de bœufs et de brebis... Sans parler des
tentes immenses et fort belles que nous avons démontées
pour en utiliser la plupart, avant de brûler celles dont
nous n'avions point l'usage!

— Sur le champ de bataille, on a fini par retrouver la
riche épée du vizir. Elle a été vendue soixante besants à
un amateur! ajouta le barbier. Quant au fameux étendard, c'est le duc de Normandie, après avoir occis son
porteur au début de la bataille, qui a jugé bon, une fois la
victoire acquise, de l'acheter vingt marcs d'argent! C'est

bien là un geste de seigneur. Cette oriflamme lui revenait de droit, mais il a préféré en payer le prix à ceux qui venaient de la ramasser au milieu des cadavres. Il en a ensuite fait don au patriarche en l'honneur de Dieu et du Saint-Sépulcre.

— Ainsi donc, en une seule rencontre, voici anéantie cette formidable coalition de toutes les puissances musulmanes rassemblées contre nous! constata le père Ascelin. Béni soit le saint Nom du Christ! Grâce à Lui nous allons enfin pouvoir respirer en paix et nous consacrer à consolider nos possessions. Après une telle défaite, je gage que nous ne reverrons pas de sitôt les troupes sarrasines aux portes de Jérusalem!

— Pour fêter dignement notre victoire, nous vous avons apporté quelques-unes des somptueuses dépouilles de ces enfants de Satan, lança Mathieu d'un air ravi et mystérieux à la fois. Un de ces deux sacs est pour vous. Nous nous partagerons l'autre. Ils sont à nous. Ce sont nos prises de guerre.

D'un geste munificent, il renversa et répandit sur les tapis qui couvraient le sol un tas d'objets disparates, mêlés à des tissus de soie aux nuances subtiles dont les douceurs chatoyantes s'enroulaient autour des éclats de l'or, de l'argent, de la nacre ou de l'améthyste. Une senteur d'ambre gris s'en éleva par ondes odorantes au sortir des coffrets incrustés de métaux précieux d'où s'échappaient, en un somptueux désordre, perles, joyaux et flacons de parfum.

— Par le Créateur! il y a là un peu de tout ce que nous avons pu prendre au hasard de nos trouvailles! dit Reinard. C'est un vrai fouillis. Vous n'avez qu'à vous servir!

Brunissen considérait avec mélancolie et répugnance ces richesses éparpillées devant elle. Elle avait tout de suite songé à la terrible déception, au noir chagrin, à l'écroulement des espérances de Hâlid. Sa joie légitime de chrétienne était assombrie par la vive représentation d'une douleur qu'elle ne pourrait pas apaiser. Par ailleurs, l'étalage des biens arabes pillés et distribués à chacun présentait à ses yeux un danger de plus pour les âmes franques, trop souvent soumises aux sollicitations séduisantes et corruptrices du Tentateur.

Le père Ascelin, qui souriait, remarqua l'expression de sa nièce et son sourire s'effaça.

Irène battait des mains, ouvrait les coffrets, enroulait des colliers d'ivoire ou de lapis-lazuli autour de son cou, enfilait bracelets et bagues, humait sachets parfumés, aromates contenus dans de fragiles vases d'albâtre, répandait sur ses cheveux eau de rose ou essence de jasmin...

Les yeux brillants, Albérade et Biétrix considéraient avec timidité et envie tant de merveilles.

— Prenez tout ce que vous voudrez, leur dit Brunissen. Par Notre-Dame, ce sont là captures que tous les pèlerins vont se partager. Il vous en revient une part comme à chacun d'entre nous.

— Vous-même, demoiselle, qu'allez-vous choisir ? lui demanda Mathieu avec un large sourire.

Pour ne pas refuser un don si généreusement offert, pour ne pas non plus avoir l'air de mépriser ce qui avait été gagné de haute lutte, au prix du sang, la nièce du père Ascelin se décida à prendre un chapelet d'ambre odorant, un peigne d'écaille et une pièce de lin d'une extrême finesse qui lui servirait à faire des voiles de tête.

— Je vais demander à Anthusa ce qui lui plairait le plus, dit Irène avant de disparaître en courant.

— Savez-vous si notre sire Godefroi de Bouillon s'apprête à rentrer bientôt à Jérusalem ? demanda le père Ascelin, après s'être contenté de prélever parmi tous les objets étalés un manuscrit bilingue sur papier de Chine, richement relié et comportant le texte du Coran en arabe, sur la page de gauche, et sa traduction en grec, sur la page de droite.

— Notre sire a mis le siège devant Ascalon, reprit Mathieu. Les habitants, qui nous craignent comme le feu, paraissent prêts à se rendre. Il semble bien que pour tous ces mécréants notre invincibilité soit en train de devenir article de foi !

Brunissen songeait à cette phrase, la nuit venue, quand elle se rendit auprès de Hâlid. Une anxiété nerveuse l'agitait. Comment annoncer à son patient la défaite écrasante de l'armée musulmane ? Comment prendrait-il cette nouvelle ? Quitterait-il sur-le-champ la maison qui l'abritait depuis bientôt un mois ?

Elle trouva Hâlid assis devant une petite table qu'il avait demandée quelques jours auparavant. Il récitait des prières. Quand elle souleva la portière de la pièce exiguë, il releva brusquement la tête. A son expression désespérée, elle comprit qu'il savait.

— Le tintement de vos cloches et le son de vos trompes sont parvenus jusque dans ce misérable réduit, dit-il simplement. Ainsi donc, Allah s'est détourné de Ses fidèles...

Ses mains étaient crispées et deux rides soudain creusées accentuaient l'amertume de ses lèvres, mais sa voix demeurait ferme, sans défaillance. Brunissen se dit qu'une telle maîtrise, un semblable courage méritaient en contrepartie franchise et considération.

— Après une journée de combat acharné, l'armée sarrasine a subi en effet une grave défaite, confirma-t-elle. Le vizir qui la commandait a pu quand même se réfugier dans Ascalon d'où il semble s'être déjà embarqué pour regagner l'Égypte.

— C'en est donc fini ! murmura Hâlid. Vos armes ont triomphé des gardiens de la Vraie Foi ! Jamais les musulmans n'ont été humiliés de la sorte. Nous voici tous mis devant l'obligation de nous engager dans la lutte, de nous transformer en combattants de la guerre sainte, en moudjahidin...

Il s'était levé.

— Dans chaque contrée de l'Islam, nous aurons aussi à réveiller la conscience assoupie de tous les croyants, continua-t-il avec une sombre détermination. Nos querelles, nos divisions intestines nous ont perdus ! Lassé de tant de conflits fratricides, Dieu nous a abandonnés... Il me reste à sortir d'ici pour aller servir Sa cause sacrée...

Brunissen se rapprocha de lui.

— Je vous ai apporté ce chapelet, dit-elle en lui tendant les grains d'ambre blonds. Gardez-le en souvenir de moi et souvenez-vous aussi dans vos prières de celle qui vous a soigné durant quatre semaines.

Hâlid saisit le présent suspendu aux doigts qui tremblaient, le porta à son front, à ses lèvres, à sa poitrine.

— Bien que vous ne pratiquiez pas la Vraie Foi, reprit-il ensuite, vous êtes pourtant, à votre manière, une fille de Dieu. Tous ceux que vous avez soignés et aidés, comme moi-même, doivent vous considérer ainsi que je le fais, avec respect, estime et affection. En dépit de nos divergences, vous êtes ma sœur. Soyez certaine que je ne l'oublierai jamais, quoi qu'il puisse advenir. Chaque fois que l'occasion s'en présentera, vous pourrez toujours compter sur moi.

Également oppressés et douloureux, ils se dévisageaient sans oser faire un geste.

— Voici encore un mois, je n'aurais jamais cru pouvoir penser de telles choses au sujet d'une chrétienne, continua-t-il de sa voix gutturale, et encore moins avoir l'occasion de les lui dire. Mais Allah seul est grand. Lui seul connaît les cœurs.

— Que Dieu vous garde, dit Brunissen. Je vais chercher comment vous faire sortir à moindre risque de cette maison et de Jérusalem.

— Ne vous donnez pas cette nouvelle peine, petite sœur. Irène a prévenu de ma part un médecin syrien qui soignait ici, naguère, toute la maisonnée. Il a déjà prévu ma fuite. Je partirai à la fin de la nuit, avec lui, dissimulé aux yeux de tous au fond de la charrette qu'il utilise pour transporter jusqu'à l'hôpital ses malades les plus gravement atteints.

Brunissen baissa les yeux. Certes, elle mesurait ce qu'une semblable révélation représentait de confiance, mais elle en retint surtout le fait que Hâlid avait organisé son départ sans juger bon de lui en parler et même, apparemment, sans vouloir l'y mêler.

— Vous aviez donc tout préparé, remarqua-t-elle avec une déchirante douceur. Qu'auriez-vous fait si les vôtres avaient repris Jérusalem ?

— Je serais allé les trouver aussitôt. Je compte dans l'armée, ou plutôt, je comptais, un certain nombre d'amis... Et j'aurais intercédé auprès d'eux afin qu'on vous épargne, vous et les vôtres...

Un instant, ils demeurèrent à se contempler sans trouver la force d'ajouter un mot.

Pour s'arracher à la fascination qu'elle subissait, Brunissen fit un lent et grave signe de croix.

— Adieu donc, murmura-t-elle. Adieu. Nous ne nous reverrons jamais !

Elle marcha vers la sortie, souleva la portière qui retomba derrière elle lourdement, et se sauva.

Vers la fin d'une nuit passée en prière, elle entendit au loin le roulement d'une voiture dont les essieux grinçaient. Elle essuya les larmes qui coulaient sur ses joues sans qu'elle y ait pris garde, défit ses nattes, brossa sa chevelure, la releva et l'enveloppa d'un linge blanc avant de se laver avec soin dans un grand baquet d'eau fraîche qu'elle faisait disposer chaque soir au pied de son lit.

Le soleil se levait quand elle sortit pour aller se confesser dans l'église la plus proche, à un prêtre inconnu.

Après une messe fervente, elle décida, avant de se rendre à l'hôpital, d'aller voir Flaminia, dont l'amitié lui apparut soudain comme une nécessité, un urgent besoin.

Les rues s'éveillaient. Chacun balayait devant sa porte avant d'en rincer le seuil à grands seaux. Des porteurs d'eau, suivis de chameaux ou de mulets chargés d'outres en cuir de vache, déambulaient à travers la ville. Ils croisaient les paysans arméniens et syriens qui venaient apporter, comme ils l'avaient toujours fait, les produits de leur ferme pour les vendre au marché qui se tenait chaque jour en plein air.

Les appels modulés des marchands ambulants et le tintement des clochettes mêlées de perles bleues qui ornaient le collier de leurs ânes commençaient également à retentir de tous côtés. Ils promenaient inlassablement de rue en rue, dans de larges paniers d'osier servant de bâts à leurs baudets, les marchandises les plus variées, allant des éventails, fort recherchés sous ces climats, aux balais de palmes, des allume-feu enduits de soufre aux pièges à rats, et des pastèques plus douces que le miel aux concombres et aux aubergines tout juste cueillis.

Brunissen marchait vite. Elle tâchait de s'intéresser au mouvement de la cité laborieuse pour cesser de penser à celui qui devait déjà avoir franchi depuis longtemps l'enceinte crénelée pour gagner une des places fortes où il savait pouvoir être à l'abri.

« Faites, Seigneur, faites, je Vous en prie, qu'il parvienne sans encombre à l'endroit qui lui convient et qu'il puisse reprendre à son gré le métier de ses ancêtres ! »

Durant les heures qu'elle avait passées à le soigner, Hâlid lui avait appris que, chaque année, cent mille chevaux étaient envoyés d'Arabie et de Syrie vers la côte de Coromandel. Transportés par des bateaux nommés djonks, soigneusement aménagés à leur intention, ces beaux coursiers du désert ne parvenaient pas à se reproduire dans les Indes. Tout spécialement estimés par les habitants de ces lointaines contrées, mais nourris par eux de façon aberrante de riz au lait sucré, de pois cuits au beurre ou de tout autre aliment convenant mieux aux hommes qu'à leurs montures, ces magnifiques destriers mouraient assez jeunes. Il était donc indispensable de renouveler sans cesse leur transport vers Ma'bar où les acheteurs abondaient. Un tel commerce représentait à la fois une entreprise des plus exaltantes pour un esprit aventureux et une considérable source de revenus pour les éleveurs, maquignons et convoyeurs de ces nobles animaux. Hâlid avait fait plusieurs fois le voyage et décrivait avec admiration et nostalgie la longue navigation, les escales et les ports situés en deçà et au-delà d'un fleuve mythique qui le faisait rêver.

Dans cet immense pays aux beautés foisonnantes, les Sarrasins avaient des comptoirs et même certaines circonscriptions territoriales autonomes concédées à l'Islam et gouvernées par un grand personnage nommé « roi des marchands ». En échange des chevaux, ce fabuleux pays vendait aux Arabes perles, pierreries admirables, bois précieux, cuivre, pavés d'étain et mille autres produits tout aussi prestigieux.

Hâlid évoquait avec éloquence les mystères et les richesses de cette terre magicienne où son père et son aïeul commerçaient avant lui, dont il s'était épris et dont il rêvait sans fin dans ses misérables caches, en attendant de pouvoir y retourner...

L'odeur retrouvée des peaux de mouton, de chèvre ou de veau, flottant autour du domaine de sa sœur, ramena Brunissen à la réalité.

Depuis que les nouveaux mariés s'étaient installés dans leur maison-atelier, elle ne s'était rendue chez eux que fort rarement, à la sortie de l'hôpital ou entre deux courses effectuées pour son oncle ou pour sa mesnie.

Elle trouva Flaminia assise entre deux apprentis, devant une herse de tension en bois, sur laquelle était tendue une peau de veau mort-né. La parcheminière montrait aux adolescents comment gratter avec le plus grand soin, à l'aide d'une petite hachette en demi-lune, les deux côtés de la peau, avant de la saupoudrer de craie. Plus tard, il leur faudrait la poncer, puis la frotter en utilisant une toison de mouton bien laineuse, souple et douce.

Brunissen, qui avait si souvent vu leur père travailler de la sorte, se sentit soudain reportée loin de Jérusalem et de ses tentations.

C'était précisément cette plongée aux sources de son enfance chartraine, ce retour aux traditions familiales, qu'elle était venue chercher auprès de Flaminia.

En l'apercevant, celle-ci se leva aussitôt, à sa manière spontanée, et, confiant la hachette au plus âgé des apprentis, courut embrasser sa sœur.

— Par saint Jean l'Évangéliste, patron des parcheminiers, que je suis donc aise de vous voir ! s'écria-t-elle. Venez, venez, ma mie, que je vous montre notre installation et que je vous mette au courant de nos projets !

Joyeuse, épanouie, Flaminia exhalait le bonheur d'un cœur et d'un corps comblés.

« Elle, au moins, n'est pas ingrate, songea Brunissen. Elle offre sa joie de vivre au Seigneur comme une action de grâces permanente, et Le remercie d'être heureuse en l'étant sans restriction. »

Le second atelier où les deux sœurs pénétrèrent alors était consacré à l'assemblage des pages qui constitueraient le volume terminé. Les feuillets de parchemin, parfaitement polis afin de ne présenter aucune aspérité sous la plume, y étaient pliés par une jeune fille en deux ou en quatre, suivant les besoins. Une autre aide les assemblait en fascicules de quatre à six feuilles doubles formant enfin des cahiers.

— Pour mieux guider celui qui écrira plus tard sur ce beau vélin, expliqua Flaminia, je me réserve, ainsi que le faisait notre cher père, le travail plus délicat consistant à tracer des rayures horizontales et verticales. Je commence, suivant sa méthode, par piquer les pages terminées à intervalles réguliers avec une aiguille, dans le but de me ménager des repères. Je tire ensuite des traits, soit à la pointe sèche, soit à l'encre pâle. Ils serviront à diriger sans erreur la main qui transcrira le texte choisi.

Elle eut un rire de gorge.

— Dois-je vous avouer, ma sœur, que ce futur copiste sera, je l'espère, Andronic lui-même qui s'exerce à présent à écrire chaque jour pour perfectionner une écriture qui était déjà belle? Dieu me foudroie, si, grâce à cet entraînement, il ne devient pas dans les mois à venir digne d'égaler les moines des scriptoria de nos plus fameux monastères!

— A propos d'Andronic, je voulais vous demander s'il avait reçu depuis la conquête des nouvelles de sa famille, dit Brunissen après avoir admiré la qualité du travail accompli.

— Un parfumeur de Jérusalem nous a fait parvenir un message adressé à son fils par Théophane Daniélis, répondit la jeune femme. Des bateaux grecs acheminent de nouveau du courrier jusqu'à Jaffa. Le père d'Andronic se disait en mauvaise santé et déplorait l'éloignement les séparant l'un de l'autre.

— Que savez-vous du reste de sa famille?

— Pas grand-chose. Il semble que Marianos, son fils aîné, continue à s'adonner aux courses de chars avec un égal enthousiasme. Il est sans conteste le meilleur des cochers bleus et se fait régulièrement acclamer à l'Hippodrome. Nous ne savons rien de plus. Aucune allusion n'a été faite au second fils, celui qui a été adopté, ce Paschal qui demeure très cher au cœur de mon mari. Andronic lui a même promis de le faire venir un jour jusqu'ici afin de nous rejoindre. Mais la missive était courte. On y sentait une sourde inquiétude et la peur des maux entraînés par l'âge.

Brunissen jugea inutile d'aller plus avant dans ses investigations.

Elle resta encore un moment avec Flaminia, mais ne lui parla pas de Hâlid. Qu'aurait-elle pu confier à sa sœur au sujet d'un infidèle, à présent reparti au loin et dont elle préférait elle-même, suivant le conseil de son confesseur, ignorer la place exacte qu'il occupait dans ses pensées ? Sa cadette était trop entière pour admettre une amitié aussi insolite que celle qui avait, un moment, rapproché une chrétienne vouée au service du Seigneur d'un marchand de chevaux égyptien adorant Allah et son Prophète ! Que restait-il d'ailleurs de cet accord éphémère de deux esprits si étrangers l'un à l'autre, de deux êtres qui n'auraient jamais dû se rencontrer, de deux ennemis qui avaient appris à s'estimer en dépit de tout ce qui les séparait ? Rien ou si peu... Une curieuse impression d'absence, de vide, une nostalgie inavouable et vaguement douloureuse, comme certaines cicatrices pas très nettes à l'intérieur desquelles s'attarde un reste d'infection...

Brunissen repartit vers l'hôpital en songeant que, si son devoir n'avait pas été de demeurer auprès de son oncle, elle serait entrée sans plus attendre dans un monastère où elle aurait trouvé une paix de l'âme dont elle ressentait soudain un profond et urgent besoin.

7.

En septembre, une deuxième missive en provenance de Constantinople parvint à Andronic. Cette fois, elle n'était pas de la main de son père, mais de celle de Paschal, le fils adoptif pour lequel il avait toujours ressenti une prédilection.

Acheminé par un marchand de savon qui faisait des affaires avec le maître parfumeur byzantin, le rouleau de parchemin portait le sceau de la famille d'Icasia. Sur le moment Andronic s'en étonna mais n'y attacha pas d'importance.

Il le rompit et commença à lire.

Le soir tombait. Une lumière apaisée, oblique, pénétrait dans l'atelier où l'époux de Flaminia avait passé la journée à parfaire son écriture. Des odeurs de parchemin, d'encre, de cire flottaient autour de lui, debout devant une des larges baies donnant sur la cour au centre de laquelle dansait le jet d'eau.

Quand il eut jusqu'au bout pris connaissance du message, Andronic resta un moment immobile, comme pétrifié. Il fixait d'un air douloureux les bâtiments d'en face, qui se trouvaient être ceux de son nouveau domicile. Il resta longtemps ainsi, sans faire un geste. Seuls, les muscles de ses mâchoires se contractaient sous la peau tannée par le soleil.

Enfin, il se secoua, soupira, considéra le rouleau qu'il

gardait à la main comme un serpent tenu entre ses doigts, et sortit de la pièce.

Il cherchait Flaminia. Elle était dans le premier atelier d'où ses apprentis étaient déjà partis. Elle rangeait des tablettes de bois enduites de cire sur lesquelles elle consignait les remarques et les observations que lui avait inspirées le travail de ses aides. Elle avait décidé de les conserver soit pour les leur lire en cas de besoin, soit pour son propre enseignement.

En entendant le pas d'Andronic, elle se retourna gaiement vers lui, mais fut d'emblée saisie par la gravité de son expression.

— Par le sang du Christ ! que vous arrive-t-il, mon cher amour ? demanda-t-elle avec anxiété.

— Mon père est mort, dit Andronic. Le cœur...

Flaminia se jeta dans les bras de son mari. Elle l'étreignait de toutes ses forces et couvrait son visage de baisers, avec emportement.

Andronic l'écarta doucement.

— Ce n'est pas tout, continua-t-il d'un air sombre. La lettre qui m'annonce sa fin est de Paschal et elle est inexorable. Mon fils me rend responsable de la disparition brutale de son grand-père, qui aurait beaucoup souffert de mon départ, de la façon dont j'ai abandonné mon foyer, du divorce et, surtout, de se voir séparé de moi, son unique héritier, sans espoir de retour.

— C'est là l'écho d'un chagrin d'enfant, dit Flaminia.

— C'est le jugement d'un adolescent. Il vient d'avoir quatorze ans. A cet âge-là, chez vous, un garçon est majeur.

D'un geste lassé, il prévint une nouvelle interruption.

— En plus de la mort de mon père, Paschal m'accuse aussi d'avoir fait un mal affreux à Icasia. D'avoir ruiné sa santé et de l'avoir acculée au désespoir par mon mépris des engagements les plus sacrés. Il me dit qu'il se voit obligé de me juger, moi à qui jadis il portait une si grande affection. Que, désormais, il n'en sera plus question, que tout est bien fini, qu'il espère que je ne ferai rien, jamais, pour le revoir. Enfin, avec la cruauté et le goût des formules définitives qui sont de son âge, Paschal termine sa lettre par le mot adieu.

Très pâle, Flaminia considérait d'un œil anxieux les traits ravagés d'Andronic.

— Cet enfant que j'aime tant, murmura celui-ci, cet enfant que, tantôt encore, je voulais faire venir ici, avec nous...

— Il peut changer d'avis. Au sortir de l'enfance, on est à la merci de la première influence venue.

Flaminia serra le bras de son mari qu'elle tenait toujours embrassé.

— Ne serait-ce pas, justement, Dieu me pardonne, sa mère qui l'aurait poussé à vous envoyer cette lettre impitoyable ? Ne serait-ce pas une vengeance de sa part à elle ? Une revanche prise sur un homme auquel elle ne doit pas avoir pardonné ?

Sourcils froncés, la jeune femme réfléchissait.

— Vous m'aviez assuré, lors de nos retrouvailles, que Paschal avait paru comprendre les raisons de votre décision. Il savait que vous n'étiez pas heureux, que votre vie à tous deux était lamentablement manquée. Il assistait aux scènes qui vous opposaient sans cesse et il nous en avait même parlé durant notre séjour à Constantinople... Je m'en souviens fort bien. Vous étiez certain qu'il vous avait approuvé et souhaitait vous rejoindre librement, dès la prise de Jérusalem.

— Hélas, soupira Andronic, il voyait aussi sa mère pleurer ! C'est une chose qu'un garçon au cœur tendre, comme Paschal, ne supporte pas. Icasia a toujours su se faire plaindre, voyez-vous. C'est même ainsi qu'elle m'a attendri, quand je l'ai connue, au point de me conduire à l'épouser. Elle prétendait que ses parents ne la comprenaient pas. Elle n'a pas dû avoir grand mal, hélas, à émouvoir Paschal qui, par ailleurs, ne peut ignorer que c'est elle qui a souhaité l'adopter et non pas moi, déjà revenu de mes illusions conjugales. Si, par la suite, je me suis d'autant plus attaché à lui que notre fils aîné me décevait beaucoup, je n'ai jamais voulu lui confier les motifs profonds de ma mésentente avec Icasia. Comment faire comprendre à l'enfant qu'il était encore l'invincible répugnance de mon épouse envers les choses de l'amour et le besoin que j'en avais ?

Flaminia prit entre ses mains le visage de son mari.

— Il vous reproche également, dites-vous, d'avoir causé par votre départ une peine affreuse à votre père qui ne s'en serait pas remis. Mais ne m'aviez-vous pas certifié, Dieu m'en est témoin, que votre père s'était montré fort compréhensif à votre égard ? Qu'il avait pressenti la cause inavouée de votre mésintelligence domestique et qu'il avait admis l'amour que vous éprouviez pour moi ?

— Sur tout ce qu'il y a de plus sacré, sur les reliques de Sainte-Sophie, cela est vrai ! Je vous le jure !

— Comment alors aurait-il pu, depuis votre séparation, tant changer dans sa façon de voir ces événements ? Non, non, mon amour, ma chère âme, non, j'en suis certaine à présent, les reproches que Paschal, abusé par Icasia, vous a adressés ne reposent que sur la malveillance et la calomnie. Votre père est parti vers Dieu, non par chagrin, mais parce qu'il souffrait sans doute d'une maladie que son médecin n'aura pas su discerner à temps. Vous n'avez pas à vous en juger coupable. Vous n'y êtes pour rien !

— Il n'en reste pas moins que mon père n'est plus et que mon second fils se refuse à entendre parler de moi !

En un geste de douloureux abandon, Andronic appuya son front sur l'épaule de Flaminia. Ils demeurèrent un long moment ainsi enlacés, pleurant tous deux du même cœur sur la première grave douleur de leur existence commune... Les premières larmes aussi que la jeune épouse voyait répandre par son mari depuis une certaine nuit, nuit d'entre les nuits, où, deux ans plus tôt, à Constantinople, elle avait surpris la peine secrète qui arrachait des sanglots au maître parfumeur de la cour impériale, dans son jardin, près du bassin aux lotus où elle s'était cachée...

Flaminia revivait en esprit l'illumination qui l'avait alors foudroyée, l'évidence éblouissante d'un amour jusque-là méconnu pour cet homme, cet homme et nul autre, cet homme marié qui n'était pas libre de son destin, mais vers lequel une puissance invincible l'attirait... Elle se souvenait aussi de la prière violente qui s'était alors élancée de son cœur vers Dieu : « Seigneur ! donnez-le-moi ! Même si je passe le reste de ma vie à expier ce péché ! »

Cette oraison imprudente, elle la faisait toujours sienne. Peut-être encore davantage en ces instants amers où la lettre d'un enfant remuait dans l'âme d'Andronic, des souvenirs qui ressemblaient sans doute plus à des remords qu'à des rappels amoureux.

Elle se sentait capable de prendre sur ses épaules le poids du monde s'il s'agissait d'en soulager Andronic. Elle serait son bouclier. Elle le défendrait des attaques dirigées contre lui par une femme blessée aussi bien dans son amour-propre que dans le peu d'attachement qu'elle pouvait encore éprouver envers l'époux, jadis aimé, qui, déçu, s'était détourné d'elle.

— Avec l'aide de Dieu, nous surmonterons les chagrins qui viennent de vous frapper, dit-elle au bout d'un moment. Votre père était un juste. Le Seigneur lui sera miséricordieux. Il l'a sans doute déjà reçu en Son paradis... Quant à Paschal, il faut savoir attendre. Il échappera, un jour ou l'autre, à l'emprise d'Icasia et il vous reviendra, j'en suis sûre. Croyez-moi ! Vous retrouverez votre fils égaré par de méchants propos dirigés contre vous, pour vous faire souffrir. N'oublions pas non plus que nous avons des partisans à Constantinople...

Avec tant d'autres souvenirs, celui de Joannice, la sœur de lait d'Icasia qui avait épousé deux ans plus tôt Théophane Daniélis, lui revenait en mémoire. Naguère, elles s'entendaient bien toutes deux. Devenue veuve, et sans doute toujours méprisée par Icasia, Joannice défendrait peut-être la cause d'Andronic auprès de son second fils...

La nuit était venue. Noyés dans l'ombre, ils se tenaient toujours accolés, soudés par l'amour et la peine.

— Allons, reprit Flaminia. Ne restons pas ici. L'heure du souper est passée et j'imagine que vous n'avez guère faim, mais il nous faut descendre pour rassurer nos serviteurs qui auront attendu un ordre avant de se décider à manger. Ensuite, nous irons à la basilique du Saint-Sépulcre, prier pour le repos de votre père et pour le retour de votre fils à de plus justes sentiments.

Dehors, dans la nuit tiède qui sentait l'huile chaude et les épices, il y avait foule.

Les esprits étaient agités. On avait appris quelques

jours plus tôt que le port d'Ascalon avait échappé aux Francs par la faute de la rivalité toujours renaissante qui opposait une fois encore le comte de Toulouse à Godefroi de Bouillon. En effet, les Ascalonitains, effrayés par la déroute complète que venait de subir à leur porte la puissante armée sarrasine, dont ils avaient escompté la victoire, s'étaient résignés à l'idée de se rendre aux vainqueurs. Cependant, ils redoutaient de subir le sort réservé par les Francs aux habitants de Jérusalem. Comme le comte de Toulouse avait personnellement veillé à la sauvegarde de l'émir et de sa garnison, il avait acquis parmi la population musulmane la réputation d'un homme à la parole duquel on pouvait se fier. C'était donc à lui et à nul autre que les Ascalonitains avaient décidé de se rendre. Dès qu'il l'avait appris, le comte avait fait arborer la bannière de Toulouse sur les remparts d'une cité dont il se voyait déjà le maître. Il pensait constituer ainsi l'embryon d'une principauté dont, depuis longtemps, il poursuivait le rêve. Seulement, il avait compté sans la fermeté de Godefroi de Bouillon qui s'était opposé à cette nouvelle prétention de son éternel antagoniste, en proclamant que son élection à la tête du royaume latin de Jérusalem n'avait de sens que si les villes conquises revenaient d'office au nouvel État.

Furieux, le comte avait rué dans les brancards de la plus insolente façon en soutenant que l'avoué du Saint-Sépulcre n'était que le protecteur des Lieux saints, et rien de plus. A la suite de quoi, il avait levé le camp sans plus attendre, emmenant son ost et abandonnant le siège d'Ascalon. Chose plus grave encore, il avait convaincu Robert de Flandre et Robert de Normandie de le suivre avec leur bataille dans la marche vengeresse qui l'éloignait de la cité convoitée, dont la possession lui échappait.

Des bruits fâcheux couraient en outre à son sujet. On disait qu'il avait encore aggravé sa félonie en adressant aux assiégés un avis dans lequel il leur aurait fait savoir que, les autres barons ayant tous décidé de se réembarquer sans plus attendre pour regagner leurs pays respectifs, Godefroi resterait presque seul sous leurs murailles avec une armée réduite. On racontait que, sans vergogne, il leur aurait conseillé de ne plus craindre un homme pareillement esseulé et de ne jamais consentir à lui remettre la place. Ce mauvais coup avait eu pour première conséquence de repousser à plus tard le retour de l'avoué du Saint-Sépulcre à Jérusalem. Responsabilité que les habitants de la Ville sainte reprochaient au comte qui n'avait jamais su se faire aimer d'eux.

Flaminia et Andronic en recueillirent sans tarder une nouvelle preuve. Comme ils sortaient de l'étroite rue où se situait leur domicile, ils tombèrent sur Hugues Bunel qui les aborda avec de grands gestes mécontents qui projetaient de façon menaçante sa barbe agressive devant lui.

— Par le cœur Dieu! Je ne décolère pas! s'écria le colosse en les interpellant sans façon. Par la faute de ce maudit Raymond de Saint-Gilles qui a obtenu par je ne sais quelle manigance que le duc de Normandie le suive vers le nord du pays, me voici sans travail! Dégoûté par les incessantes querelles qui opposent nos barons et désireux de faire voile le plus vite possible vers ses fiefs normands, Robert Courteheuse a décidé de se priver de mes services! Être son interprète me convenait parfaitement. C'était là un excellent métier. A présent, je ne sais plus que faire et j'enrage!

— Notre sire Godefroi aura, lui aussi, besoin d'interprètes, avança Flaminia que cette rencontre importunait à un moment où ses préoccupations étaient à mille lieues de celles d'Hugues. Vous devriez aller le trouver pour lui proposer vos services.

— J'y ai bien pensé, mais après avoir été obligé de battre retraite à la suite du siège manqué d'Ascalon, il est reparti sur les traces du comte de Toulouse, qui s'est mis dans la tête de s'adjuger un autre port nommé Arsûf, à douze ou treize lieues plus au nord. L'un poursuivant l'autre, les voilà lancés dans une chasse infernale, dont, par Belzébuth, je ne les vois pas près de revenir!

— Le comte de Toulouse retournerait à Constantinople pour s'entendre avec le basileus que je n'en serais pas autrement surpris, suggéra Andronic qui cependant, lui aussi, était fort éloigné d'un tel sujet. S'il s'en va, l'avoué du Saint-Sépulcre reviendra dans sa capitale sans tarder.

Il ne vous restera qu'à vous présenter à lui. Je gage qu'il n'hésitera pas à vous engager aussitôt comme drogman.

— Dieu vous entende ! s'écria Hugues Bunel. Mais on est en droit de se demander si le Seigneur ne va pas détourner Sa face de Ses serviteurs en Terre sainte. Les disputes et les rivalités de nos barons ne peuvent que Le lasser ! Après une victoire comme celle que nous venons de remporter en Son Nom, il est navrant d'avoir dû laisser Ascalon aux Sarrasins pour l'unique raison que nous n'étions pas capables de nous entendre entre nous. C'est la mort dans l'âme que le duc Godefroi s'est vu contraint d'abandonner un siège qu'il aurait eu toutes les chances de mener à bien si de honteuses dissensions n'étaient pas venues le priver de la plus grande partie de ses troupes !

— Hélas, dit Andronic, l'indiscipline est un défaut latin que nous autres, Grecs de Constantinople, ne cessons de déplorer !

Flaminia se dit que le rappel de son pays d'origine en un tel moment témoignait chez son mari d'une sourde nostalgie, ravivée par la lecture de la lettre qui l'avait brutalement arraché aux délices de leur lune de miel. Il lui faudrait dorénavant donner encore plus d'amour à cet homme blessé, qui était son unique bonheur ainsi que son unique souci.

Après quelques bonnes paroles, ils quittèrent l'ancien interprète du duc de Normandie et gagnèrent le Saint-Sépulcre. A l'intérieur du sanctuaire il y avait, comme toujours, énormément de monde. En ce lieu où battait le cœur de la Chrétienté, le peuple de Dieu venait en foule prier, adorer, vivre sa foi nourrie de signes, de prodiges, de miracles quotidiens. Des malades défilaient en psalmodiant devant le tombeau du Christ, des mères le faisaient toucher par leurs enfants, beaucoup le baisaient en pleurant alors que d'autres, les bras en croix, demeuraient sur place des heures entières et même, parfois, plusieurs jours de suite. Des prêtres, des moines, des nonnes frôlaient de leurs robes de bure le sol sacré sur lequel on ne marchait qu'en remettant ses pas dans ceux du Seigneur.

Éclairée de ses milliers de cierges, la rotonde de

l'Anastasis ne désemplissait jamais. Entourée de colonnes, surmontée d'une immense coupole, elle s'ouvrait, à l'est, sur un cloître où se trouvait le Rocher du Calvaire. En cet endroit, devant ces pans de roc qui avaient supporté le bois de la Croix, Flaminia et Andronic s'agenouillèrent au milieu de la pieuse cohue des orants...

Quand ils en ressortirent, la nuit de Judée avait recouvert Jérusalem de son manteau de velours tiède. Ils marchèrent un moment, la main dans la main, sans rien se dire, vers leur logis. L'haleine du désert proche séchait les dernières larmes qu'ils avaient versées de compagnie sur la mort d'un père et le désaveu d'un fils.

Une fois couchés, ils demeurèrent allongés l'un près de l'autre, sans désir, sans fièvre, leurs seuls doigts enlacés, comme tressés les uns aux autres. Muets et douloureux ainsi que gisants sur dalle, ils finirent par glisser, à l'aube, dans l'eau trouble d'un sommeil qui ne leur apporta ni apaisement ni repos. Au matin, dès leur réveil, Andronic fit part à Flaminia de son envie de bouger, de prendre de l'exercice pour tenter d'exorciser les sombres pensées qui le hantaient.

— Je ne puis plus demeurer tout le jour enfermé dans un atelier à tracer des lettres de mieux en mieux moulées pour tout horizon, dit-il d'une voix détimbrée. J'ai besoin de mouvement, d'action. N'en prenez pas ombrage, ma douce amie, je vous en conjure, soyez patiente. Attendez.

— Je saurai attendre, assura Flaminia. Ne vous ai-je point déjà espéré durant de longs mois ?

Elle brossait sa chevelure d'un geste machinal devant le miroir d'argent poli qu'Andronic lui avait offert peu de temps auparavant. Ses servantes n'allaient pas tarder à venir prendre le matelas de toile bourré de coton, posé sur un épais tapis, qu'elles avaient garni la veille au soir, avant le coucher, de draps de toile, de légères couvertures en coton piqué, d'un traversin et d'oreillers remplis d'un fin duvet de cygne. Suivant la coutume arménienne et arabe, elles le rouleraient, le recouvriraient avec soin d'une vaste couverture quadrillée et rangeraient contre un mur le lit ainsi transformé pour la journée en un moelleux sofa. Deux beaux coffres en cuivre argenté où la jeune femme rangeait son linge, ses vêtements et ceux de son mari encadraient l'endroit réservé à la couche qui se verrait de la sorte métamorphosée en siège.

— Quel exercice avez-vous donc l'intention de pratiquer ? reprit Flaminia après avoir achevé le minutieux brossage par lequel débutait chacune de ses matinées.

— J'ai l'intention de recommencer à chasser, comme au temps de ma jeunesse. Je tire assez bien à l'arc ou à l'arbalète. Le gibier est abondant aux alentours de Jérusalem. Les Égyptiens possédaient maintes réserves gardées qui ne sont plus à personne et où les bêtes sauvages doivent à présent pulluler. Ces Sarrasins préféraient chasser à l'oiseau plutôt qu'avec des chiens qui sont pour eux des animaux impurs. Les proies capturées, saisies et rapportées entre des crocs, deviennent à leurs yeux souillées et, de ce fait, impropres à la consommation. Il en est tout autrement depuis notre arrivée. Je connais des vendeurs de chiens qui proposent des sloughis, ces lévriers en provenance de l'Euphrate, doués de longues et robustes pattes, qui leur donnent une agilité et une rapidité telles qu'il n'y a onagres, antilopes ou même gazelles des sables capables de les distancer.

— Qu'attendons-nous pour aller en acheter un sans plus tarder ? s'écria Flaminia en se mettant debout. Je vais appeler Mahiette pour qu'elle m'aide à me baigner, à m'habiller, puis nous partirons tous deux chercher votre chien de chasse !

Andronic avait tenu à ce que sa femme ait une chambrière attachée à sa seule personne ainsi qu'il l'avait toujours vu faire à Constantinople chez les riches marchands de son entourage. Fille du parcheminier de Chartres, Flaminia n'avait connu que la présence d'une ou deux servantes pour toute la maisonnée, et ne trouvait pas indispensable un tel déploiement de luxe. Mais pour ne pas déplaire à son époux qui la souhaitait exigeante et raffinée à son exemple et à la manière grecque, elle avait fini par accepter qu'il engageât une jeune Blésoise, dont le mari avait été tué par les Turcs lors d'un engagement du côté d'Iconium. Mahiette était calme et discrète, peu bavarde, appliquée. Son état de veuve aurait pu lui permettre bien des libertés, mais elle n'en usait pas et ne sortait guère.

Elle entra sans bruit dans la chambre, passa aussitôt dans un cabinet attenant où se trouvait le cuvier dans lequel Flaminia, qui se refusait à aller au hammâm, procédait chaque matin à ses ablutions, et alla chercher de l'eau chaude à la cuisine.

Une fois baignée, parfumée, coiffée, vêtue, la jeune femme vint retrouver Andronic qui l'attendait dans la cour.

— J'ai songé qu'il vous faudrait aussi un bon cheval, dit-elle en prenant le bras de son mari. Le chien et le coursier ne sont-ils pas les deux vraies aides du chasseur ?

— Je trouverai aisément à en acheter. Parmi les prises de guerre faites sous Ascalon, il y a bon nombre de juments et d'étalons arabes. Ce sont d'excellentes montures, rapides et nerveuses à souhait.

Ils n'eurent en effet que l'embarras du choix et se décidèrent pour un cheval gris pommelé aux jambes fines, au large poitrail, et pour un sloughi au pelage de la teinte même du sable. Ce dernier les séduisit par ses yeux obliques aux prunelles topaze brûlée, et par la ligne racée d'un corps dont la peau était si fine et la musculature si sèche qu'on devinait le squelette sous le poil ras et doux.

— Ce chien aux couleurs du désert est l'ami choisi des tribus nomades qui le respectent, leur dit le marchand syrien. Alors que ses congénères sont traités avec mépris, le sloughi est considéré comme « horr », c'est-à-dire aristocrate, digne de partager sous la tente la vie des enfants, mais aussi, au-dehors, les courses et les chasses de son maître. Bien des seigneurs égyptiens ne veulent que lui pour courre la gazelle, pourtant aussi rapide que le vent !

Conquis par la beauté sobre et raffinée de leur nouveau compagnon, par son attitude fière, réservée, dépourvue de la moindre servilité, Andronic et Flaminia l'emmenèrent sans plus attendre dans leur logis, alors que le cheval ne leur serait conduit que plus tard.

— Nous l'appellerons Duc, si toutefois ce nom vous convient, dit Andronic à Flaminia quand ils eurent fait quelques pas hors de la boutique où ils venaient d'acquérir le lévrier. A Constantinople, c'est ainsi que l'on nomme le commandant en chef de la flotte impériale.

Chez vous, ce titre désigne toujours un haut et puissant seigneur, de noble lignage. Il nous est également familier à l'un et à l'autre, sonne clair et ira bien, me semble-t-il, à ce bel animal de grande race.

— J'écoute et j'obéis ! répondit en souriant Flaminia. Il en sera fait selon votre bon plaisir. Duc ne sera-t-il pas vôtre ?

— D'après le vendeur, les sloughis ont un caractère très affirmé. Ils ne s'attachent pas à n'importe qui et choisissent leur maître autant qu'ils sont choisis par lui. Espérons que celui-ci acceptera l'association que je vais lui proposer.

— Qui ne se plairait en votre compagnie ? Sur mon salut, tel que Duc nous a été décrit, il ne peut qu'être satisfait de partager vos errances et vos randonnées.

Tenu par Andronic au bout d'une laisse en cuir tressé, le chien les suivait à longues foulées pleines d'élégance.

Dès le lendemain matin, le mari de Flaminia quitta Jérusalem. Escorté par le lévrier qui avait dormi au pied du lit conjugal et paraissait avoir adopté de bonne grâce ses nouveaux acquéreurs, Andronic s'enfonça dans les terres arides de Judée. Il avait décidé de chasser le matin afin de conserver les longues heures qui suivaient la sieste pour continuer l'entraînement nécessaire à son futur métier de copiste. Son propre chagrin, la pensée lancinante qui ne cessait de l'habiter l'avaient empêché de se soucier, ainsi qu'il l'avait toujours fait depuis qu'il l'aimait, des réactions de sa femme. A vrai dire, elle avait enfoui au plus profond de son cœur la déconvenue qu'elle se refusait à s'avouer à elle-même. Elle avait ressenti avec une telle intensité la souffrance d'Andronic, elle l'avait si complètement partagée, qu'elle n'avait, sur le moment, même pas eu à dissimuler une désillusion reléguée au creux de son âme.

Plus tard seulement, elle s'en était sentie blessée. Après cette découverte, rien encore cependant ne s'était manifesté du tourment qui l'avait assaillie alors qu'elle entendait son époux lui décrire le besoin soudain où il se trouvait de prendre le large. Elle savait bien qu'elle aurait agi tout autrement si un coup aussi rude lui avait été porté. C'est vers celui qu'elle aimait qu'elle se serait aussitôt tournée, entre ses bras qu'elle aurait cherché appui et réconfort. Mais quelqu'un d'autre, sur terre, en dehors de son mari, détenait-il le redoutable pouvoir de lui faire du mal ? Un seul être possédait assez d'ascendant sur son cœur et son esprit pour y parvenir. Sauf lui, personne n'aurait eu la moindre chance de la toucher au vif. Elle le savait depuis qu'elle s'était vue, successivement, contrainte de laisser son unique frère et sa plus jeune sœur à Antioche, puis de se séparer de son oncle et de Brunissen. Les deux fois, elle avait eu de la peine, certes, mais elle n'avait pas hésité un instant entre sa famille et celui qui l'appelait.

La jeune femme songeait à toutes ces choses après le départ du chasseur. Une brusque envie de voir son aînée s'empara d'elle. Comme elle savait que le père Ascelin se refusait toujours à la rencontrer, elle préféra se rendre sans plus tarder à l'hôpital où elle était certaine de trouver Brunissen.

Elle distribua à ses apprentis le travail à effectuer pendant son absence et quitta la maison que le départ d'Andronic privait pour elle de tout intérêt.

Elle traversa avec indifférence les rues animées qu'elle aimait d'ordinaire tant parcourir au bras de son époux, et ce fut sans trop savoir par quel chemin elle était passée qu'elle parvint devant les bâtiments hospitaliers.

Il faisait un peu moins chaud qu'au cœur de l'été. La lumière de septembre commençait à perdre sa violence pour rayonner avec moins de cruauté sur la Ville sainte et ses environs. Encore souverain, le soleil n'était plus tout à fait l'impitoyable tyran qui avait tellement fait souffrir les Francs durant et après la conquête de la Cité incomparable...

Brunissen et Odeline soignaient de compagnie les blessés, rescapés du siège d'Ascalon et des échauffourées qui s'en étaient suivies.

Flaminia connaissait un peu l'opulente amie de sa sœur pour l'avoir déjà rencontrée à l'hôpital. Elle regretta néanmoins de ne pouvoir parler seule à seule avec l'unique alliée qu'elle conservât dans sa famille.

Elle attendit pour les rejoindre le moment où les deux femmes interrompraient un moment leur travail. Elle savait en effet que, vers l'heure de tierce, une pause leur serait accordée, afin de leur permettre de manger quelques fruits et de boire l'eau fraîche qui leur était réservée dans une grande amphore de grès placée tout exprès à leur intention non loin des ventilateurs aux larges pales, suspendus au plafond, que des serviteurs actionnaient lentement.

Quand Brunissen vit s'approcher Flaminia, elle lui témoigna par un tendre sourire le plaisir que sa visite lui procurait.

Elles s'entretinrent avec Odeline des nouvelles assez inquiétantes qui arrivaient d'Arsûf, ville à présent convoitée par le comte de Toulouse. Toujours aussi décidé à se tailler un fief, l'obstiné Provençal avait mis le siège devant le port fortifié, qu'il comptait prendre à quelque prix que ce fût.

— Il a été jusqu'à promettre la vie sauve aux Sarrasins qui habitent Arsûf, en leur offrant toutes sortes de bienfaits pourvu qu'ils se rendent à lui, raconta Odeline. Par les blessés qui nous parviennent, nous pouvons suivre le déroulement de tous ces événements et l'impopularité du comte qui ne cesse de grandir.

— Il est vrai qu'il passe la mesure, admit Brunissen. Malgré sa guérison miraculeuse durant notre voyage, il ne paraît plus attacher d'importance qu'aux biens de ce monde. Pour obtenir un fief, il semble prêt à accomplir n'importe quelle vilenie. Dieu sait que je n'aime pas accabler mon prochain, mais en l'occurrence, on ne peut nier que l'ambition du comte le conduise à se comporter comme un fol.

— C'est bien ce que doit penser notre sire Godefroi de Bouillon ! s'écria Odeline. Il a suivi Raymond de Saint-Gilles jusque sous les murs d'Arsûf et chacun assure qu'il est disposé à faire valoir les droits du royaume qui lui a été confié, fût-ce au prix d'une empoignade avec les Provençaux !

— Fasse le Seigneur qu'ils n'en viennent pas aux mains ! dit Brunissen. Il serait affreux que nous tombions assez bas pour nous entre-déchirer sous les yeux de nos ennemis communs.

— La sagesse leur reviendra peut-être, hasarda Flaminia qui s'apercevait soudain que la détresse qui les submergeait, Andronic et elle, les avait détournés du soin de s'informer des événements récents qui tenaient tant à cœur aux autres croisés.

Une femme vint alors chercher Odeline qu'un malade réclamait dans une salle voisine, et les deux sœurs se retrouvèrent en tête à tête pour un court moment. Brunissen tendit un gobelet de lait d'amande à Flaminia qui le refusa d'un geste.

— Comment se porte notre oncle? s'enquit alors la jeune femme.

— Aussi bien que possible. Il a écrit à Landry afin de lui demander quand il pensait nous rejoindre à Jérusalem avec Alaïs et la petite Mabille. C'est un signe. Je pense qu'il a hâte de regagner Chartres où l'attend son évêque. Il a accompli jusqu'au bout le pèlerinage pour lequel il avait été mandaté et attend avec impatience le moment de repartir. L'âge et les soucis commencent sans doute à lui peser.

— Je sais bien que je suis plantée dans son cœur comme une écharde et que je fais partie au premier chef des tourments qui le harcèlent. Soyez bien persuadée, ma sœur, que j'y songe souventes fois et que je n'y suis nullement indifférente, comme il est peut-être tenté de le croire, dit Flaminia.

— Le bonheur éloigne pour un temps ses élus de leur entourage. C'est une constatation courante, un fait d'expérience, dit Brunissen avec un mouvement fataliste des sourcils. Il suffit d'attendre le premier méchef...

— Justement, murmura Flaminia, justement...

— Seigneur! Auriez-vous déjà rencontré un obstacle d'importance?

— Sous la forme d'un message envoyé de Constantinople, l'angoisse est venue en effet troubler le cours de nos jours...

— Un message? De qui?

— De Paschal. Il nous y annonçait la mort soudaine de Théophane Daniélis, le père d'Andronic.

— Dieu lui soit miséricordieux! C'était un homme sage et bon. Notre oncle aura beaucoup de peine en apprenant semblable nouvelle. Il éprouvait une véritable amitié pour ce maître parfumeur qu'il connaissait de longue date et qui nous avait reçus avec tant de largesse et un si grand sens de l'hospitalité, lors de notre passage à Constantinople.

— Andronic est durement atteint. Il aimait et respectait son père. La façon dont il l'a quitté pour me suivre alourdit son chagrin mais aussi le ton de la lettre écrite par son plus jeune fils. C'est une véritable mise en accusation... Sans circonstance atténuante et sans pitié.

— Je croyais Paschal fort proche de votre mari. Ne vouliez-vous pas le faire venir ici, afin de partager votre nouvelle existence avec lui ?

— Nous le voulions en effet ! Mais ce n'était que mirage. Ou alors, l'enfant aurait complètement changé.

Brunissen posa le gobelet qu'elle tenait, croisa les bras sur sa poitrine.

— Une si brusque transformation de la part d'un garçon affectueux et réfléchi comme Paschal donne à penser, dit-elle d'un air songeur. N'y aurait-il pas, derrière lui, quelqu'un d'autre qui le pousserait à agir de la sorte ?

— C'est probable. Pour tout vous dire, ma sœur, j'ai tout de suite flairé là une vengeance possible d'Icasia. C'est une femme trop sensible à l'opinion d'autrui et trop soucieuse de sa propre gloire pour ne pas s'être sentie ulcérée par un divorce qu'elle doit envisager comme une intolérable humiliation.

— Il faut être juste, soupira Brunissen. C'est une humiliation cuisante, on ne peut le nier. Si l'Église latine a interdit répudiation et divorce, c'est sans doute pour épargner aussi à ses filles une semblable impression de honte et d'abaissement. Là n'est pas, bien sûr, l'unique raison de son intransigeance. Le souci de préserver la famille tient la première place, mais on peut admettre que l'Église s'est également préoccupée du sort des femmes abandonnées et meurtries.

Flaminia écarta les mains en un geste de douloureuse impuissance.

— Je n'ai jamais souhaité qu'Andronic quitte les siens pour venir me retrouver, dit-elle sourdement. J'avais fui Constantinople en me cachant afin qu'il perde ma trace.

Je pensais ne jamais le revoir. Cette idée me suppliciait, mais j'estimais que mon devoir de chrétienne m'interdisait de séparer un père de ses enfants, un époux de sa femme. A sa place, je ne serais pas partie. Je n'aurais pas accepté de briser tant de liens. Je le lui ai dit plus tard...

— Je sais, amie, sœur, je sais que vous avez lutté et qu'Andronic vous a rejointe sans tenir compte de vos propres scrupules. La passion a surgi en lui comme une tornade qui brise tout sur son passage... Je veux croire qu'il a été entraîné malgré lui... Là est son excuse à mes yeux. Mais il n'en demeure pas moins vrai qu'il a rompu un engagement sacré et que notre oncle considère, non sans arguments puisés dans les textes saints, que vous vivez tous deux en état de péché mortel.

— Hélas ! je ne le sais que trop !

Brunissen serra sa sœur contre elle. Toutes deux pleuraient. Tendresse et affliction les unissaient à nouveau.

L'aînée se ressaisit la première.

— Allons, allons, dit-elle en essuyant ses larmes, ne nous laissons pas gagner par une faiblesse qui n'est dans nos natures, ni à l'une ni à l'autre. Nous devons aider votre mari à surmonter sa peine et son remords. On ne peut rien changer au passé mais nous pouvons, en revanche, le soutenir dans l'épreuve si pénible qu'est la mort d'un père. Nous le savons bien, vous et moi, pour l'avoir vécue. Par ailleurs, il nous faut essayer d'éclairer les véritables raisons qui ont provoqué le brutal changement d'attitude de Paschal.

— Par Notre-Dame, comment voulez-vous... ?

— J'ai peut-être une idée. Donnez-moi quelques jours. Il me faut réfléchir à la manière de procéder.

— Constantinople est si loin !

— Il ne peut être question de s'y rendre, bien entendu, mais il est parfois d'autres moyens d'approcher la réalité que d'entreprendre un long voyage.

— Que voulez-vous dire ?

Brunissen serra les lèvres sur la pensée qui venait de lui traverser l'esprit. Elle secoua doucement la tête, prit le bras de sa sœur et l'entraîna vers les lits alignés des blessés.

— Je ne puis m'attarder plus longtemps, dit-elle alors à Flaminia, il me faut soigner tous ces pauvres gens. Revenez me voir ici dans deux jours. Il n'est pas impossible que j'aie du nouveau à vous apprendre.

Elles s'embrassèrent, puis se séparèrent. Flaminia ressortit de l'hôpital avec le sentiment d'une solidarité toujours vivace et un fragile regain d'espérance.

Andronic rentra de sa randonnée dans les collines de Judée avec une autruche en travers de sa selle et plusieurs oies sauvages suspendues à l'arçon. La course, la traque, le gibier pris animaient son teint et son regard.

— Duc a été parfait. Par le Christ pantocrator ! le bon chien ! C'est un grand chasseur à la vitesse et l'endurance exceptionnelles. Je crois que nous sommes déjà devenus, lui et moi, une paire d'amis ! dit-il à Flaminia qui s'était élancée au-devant de lui.

Comme pour acquiescer aux paroles de son maître, le sloughi vint poser son long museau sur la main d'Andronic, tout en levant sur lui un regard confiant et doré. La truffe noire, aux narines bien ouvertes, frémit en retrouvant l'odeur du cavalier mêlée à celle du gibier sur les doigts qui tenaient encore l'arc en bois d'olivier.

— J'ai vu aussi des renards et des sangliers, mais j'ai préféré lutter de vitesse avec cette autruche que voilà. Elle était d'une rapidité telle que nous avons dû longtemps la courser, Ferrand, Duc et moi.

Le beau cheval pommelé avait été ainsi nommé sur les conseils de Flaminia. Elle avait expliqué à son mari que, dans l'armée franque, on appelait de la sorte les coursiers pommelés largement tachés de blanc.

Les effets apaisants de la chasse se prolongèrent longtemps dans la soirée. Le lancinant chagrin ne revint qu'avec la nuit que les époux passèrent dans les bras l'un de l'autre. D'instinct, ils s'étaient refusé à parler encore de la peine cruelle qui les taraudait tous deux, bien que de façon différente. Ils l'avaient pourtant tacitement admise en demeurant chastes bien qu'enlacés. Le sommeil les surprit étroitement embrassés, alors même que leurs âmes s'étaient engagées sur des routes divergentes.

Tous les matins suivants, Andronic, accompagné de Duc, repartit chevaucher en quête d'évasion violente.

Le surlendemain, Flaminia retourna à l'hôpital pour y voir Brunissen ainsi que celle-ci le lui avait demandé. Elle trouva sa sœur dans la cour du bâtiment qui avait été construit par les Turcs, occupé par les Égyptiens et qui arborait, depuis la mi-juillet, une croix de bronze au-dessus de son portail et une haute croix dorée sur son dôme principal.

Brunissen aidait un arbalétrier convalescent à faire ses premiers pas au-dehors de la salle commune. Tout en soutenant le soldat, elle se remémorait les promenades nocturnes entreprises sur la requête de Hâlid dans le jardin de leur demeure. Elle pensait souvent à lui et se demandait, non sans curiosité, ce qu'il était devenu, où il se trouvait et si jamais il leur serait donné de se revoir. En apercevant sa sœur qui se dirigeait vers elle, la future moniale appela Odeline qui venait d'aider un autre soldat à s'asseoir sur un banc de pierre adossé au bâtiment principal, et lui confia celui dont elle s'occupait. Puis, prenant le bras de sa cadette, elle l'entraîna un peu plus loin sous des bananiers dont les larges palmes poussiéreuses se balançaient avec mollesse au-dessus de leurs têtes.

— Ma mie, commença-t-elle aussitôt, il faut que vous sachiez que nous hébergeons depuis quelque temps chez nous Anthusa, la sœur aînée d'Irène, ancienne esclave comme celle-ci, et qui a eu une jambe cassée durant la fuite de ses maîtres sarrasins hors de Jérusalem. On l'avait soignée auparavant à Jaffa où elle s'était liée d'amitié avec deux jeunes femmes grecques rencontrées à l'hôpital. Ces deux personnes avaient été les seules à accepter de risquer en sa compagnie le voyage jusqu'à la Ville sainte. Étrangement, ces deux Grecques ne sont jamais venues chez nous rendre visite à Anthusa, ainsi qu'elles le lui avaient promis. Elles se sont contentées de lui envoyer des fruits avec un amical mot d'excuses, parlant de mauvaise santé. Or, un jour où j'étais en ville, à proximité des marchés couverts, alors que vous habitiez encore chez le maître confiseur arménien, j'ai remarqué deux femmes vêtues selon la mode de Constantinople, le visage en partie caché par un pan de leur manteau, et qui cheminaient devant moi. L'une d'elles avait une façon de marcher qu'il m'a semblé reconnaître, sans qu'il me fût cependant possible de me souvenir à quel moment de notre voyage j'avais remarqué cette démarche rapide et étudiée à la fois. A force d'y penser j'ai cru me rappeler qu'il s'agissait peut-être de celle d'Icasia. Aussi, quand vous m'avez parlé, lors de notre dernière entrevue, de la lettre si dure envoyée par son second fils à Andronic, j'ai songé à cette rencontre faite voici plusieurs semaines. J'ai pensé que si mon impression avait été bonne, il se pouvait qu'Icasia ait voulu se venger après s'être assurée sur place de son infortune.

— Que Dieu nous assiste si vous dites vrai ! s'écria Flaminia. Icasia est à la fois obstinée et fort ombrageuse. Elle doit nous haïr tous deux.

Puis, comme frappée d'une idée subite, elle s'immobilisa soudain.

— Mais il est impossible qu'elle ait pu quitter la cour impériale. Elle y occupe une place qui ne lui permet guère de s'éloigner bien longtemps de l'impératrice et de la princesse Anne, reprit-elle avec fébrilité. Non, vraiment, plus j'y réfléchis, plus il m'apparaît que rien de tout cela n'a de chance d'être vrai. Ce ne peut être qu'une ressemblance.

— Je me suis tenu ce même raisonnement, admit Brunissen, mais j'ai voulu m'en assurer. J'ai interrogé Anthusa sur ses compagnes de route, mais je n'ai rien pu en obtenir de nouveau. Elle ignore tout de l'une et de l'autre. Aussi bien de leur passé, dont ces deux femmes n'ont jamais parlé devant elle, que de leur vie présente. Sont-elles encore à Jérusalem ? Sont-elles retournées en Grèce ? Qui étaient-elles ? Pourquoi tenaient-elles tant à parvenir jusqu'ici ? Peut-être, tout simplement, pour accomplir un vœu de pèlerinage aux Lieux saints... La seule certitude qu'ait la sœur d'Irène se résume à peu de chose : il lui a semblé que les voyageuses n'étaient pas de même rang. Celle qui décidait de tout était aussi celle qui parlait avec les pèlerins dont elle avait accepté de devenir l'interprète. Anthusa, qui goûtait fort sa conversation, assure qu'elle s'exprimait dans un excellent grec, alors que la seconde, avec laquelle il ne lui a été possible d'échanger que quelques mots, avait un accent plus populaire.

— Rien ne prouve rien! soupira Flaminia.

— Par les saints Évangiles, j'ai dû me tromper et broder ensuite sur toute cette histoire, admit Brunissen. Mon désir de vous aider à éclaircir le mystère de la lettre envoyée par Paschal est cause de ces rêveries. Pardonnez-moi, ma sœur, et dites-moi plutôt comment Andronic se comporte à présent.

— Il chasse tous les matins, dîne ensuite avec moi, puis s'installe devant son écritoire et trace avec application des lettres de mieux en mieux moulées jusqu'à l'heure du souper. Mais son cœur est ailleurs.

— Ne se confie-t-il point à vous?

— Si fait. Nous parlons ensemble et tout autre pourrait s'y tromper. Pas moi. Je l'aime trop pour ne pas sentir combien il se force. Depuis l'arrivée de cette maudite lettre, nous ne vivons plus en communion de pensée ainsi que nous le faisions avant. Il remâche sa peine en secret pour ne pas alourdir davantage l'air que je respire, mais je ne trouve plus en lui cet abandon confiant et joyeux qui tissait naguère nos jours...

— Vous vous aimez trop pour que ce roidissement soit durable. Laissez-lui le temps d'apprivoiser sa douleur. Il redeviendra peu à peu l'époux attentif et sûr qu'il n'a pas cessé d'être mais qu'un double choc a ébranlé et meurtri pour un temps.

— Dieu vous entende! murmura Flaminia. Priez pour nous, pour lui, pour moi... Nous en avons grand besoin!

Plusieurs semaines s'écoulèrent sans apporter de vrais changements dans la vie des jeunes époux. Andronic continuait à chasser chaque matin en se livrant à ses chevauchées avec une sorte de frénésie qui excédait de beaucoup le simple besoin d'exorciser ses démons inté-rieurs pour atteindre à une nécessité de dépassement, d'oubli de soi, poussée jusqu'au vertige. Par son immen-sité, son dépouillement aussi, le désert semblait répondre à cette quête et permettre au chasseur de se griser d'absolu tout en s'anéantissant en courses folles. Hale-tant, épuisé, il rentrait chez lui soulagé pour un temps.

Flaminia s'inquiétait en silence, mais s'efforçait de

présenter à son mari un visage calme et apaisant. De toutes ses forces, elle voulait parvenir à lui rendre la belle sérénité perdue.

La chaleur céda un peu de son feu, et un automne plein de douceur, où les palmiers s'agitaient indolemment dans la brise, comme des milliers d'éventails, rendit la vie en Judée plus supportable aux croisés...

Après avoir pensé à attaquer le comte de Toulouse et ses vassaux qui continuaient à s'opposer à la réalisation de ses vues sur les ports de la Philistie, l'avoué du Saint-Sépulcre, rendu à la juste appréciation des faits par le sage Robert de Flandre et les autres barons, maintint le siège d'Arsûf. Son absence inquiétait les Francs de Jérusalem qui souhaitaient vivement le retour de leur chef. On parlait beaucoup dans la ville du départ prochain d'Eustache de Boulogne, du duc de Normandie et du comte de Flandre. Après avoir établi la paix entre Godefroi de Bouillon et Raymond de Saint-Gilles, ces hauts seigneurs estimaient avoir accompli leur vœu de délivrance des Lieux saints et se préparaient à embarquer pour Constantinople d'où ils regagneraient leur pays natal. On estimait que dix mille pèlerins environ prendraient avec eux le chemin du retour. Une sensation de vide et d'incertitude se creusait dans les âmes. Ceux qui avaient choisi de rester en Terre sainte s'interrogeaient, non sans inquiétude, sur l'avenir du royaume latin de Jérusalem qui ne compterait plus désormais qu'un nombre trop restreint de défenseurs et d'occupants francs. Les Sarrasins commençaient à mener, contre les croisés installés sur place, une sourde lutte armée. Ils les arrêtaient sur les chemins, les tuaient ou les vendaient comme esclaves.

Le père Ascelin avait obtenu par courrier la certitude que Landry, Alaïs et Mabille viendraient rejoindre le restant de la famille à l'occasion des fêtes de la Noël, auxquelles participerait Bohémond de Tarente.

— Quand ils seront arrivés ici, dit-il un soir à Brunissen qui filait la quenouille auprès de lui dans la grande salle, oui, quand je les verrai enfin installés dans cette maison, je ferai comme nos grands barons et leur vasselage, je repartirai vers le royaume de France où m'attend notre évêque Yves de Chartres. Je serai plus tranquille, ma nièce, de vous laisser en leur compagnie...

— Je n'y resterai guère, mon oncle, et ne tarderai point à entrer au plus proche moutier, ainsi que je l'ai promis à Notre-Seigneur.

— Je sais, mon enfant, et je me réjouis de cette décision. Si seulement votre sœur était à votre ressemblance...

— Ne serait-il pas temps, avant votre départ, de pardonner à Flaminia qui souhaite si ardemment que vous lui accordiez merci ? suggéra Brunissen. Votre clémence serait le plus beau présent que vous puissiez lui faire, mon cher oncle, et nous vous en aurions tous une éternelle gratitude.

— Rien n'est éternel ici-bas, soupira le père Ascelin. Surtout pas la reconnaissance.

— Mais elle vous aime avec tendresse !

— Pas au point de tenir compte de la grande peine qu'elle m'a infligée en vivant dans l'adultère, repartit le notaire épiscopal toujours blessé au vif. Peu lui chaut mes alarmes à son sujet.

— Elle est mariée devant un prêtre de l'Église d'Orient et s'estime en règle avec sa conscience... Mais, pour le moment, elle vit des heures difficiles et aurait besoin de votre soutien paternel, mon oncle. Aux prises avec une nouvelle épreuve, Flaminia manque douloureusement du secours qu'elle est en droit d'attendre de nous tous.

— De quoi s'agit-il donc ?

Brunissen exposa l'affaire de la lettre envoyée par Paschal et des suites qu'elle avait entraînées pour les nouveaux époux.

— Vous voyez là une vengeance possible de la femme grecque d'Andronic, reprit le père Ascelin quand sa nièce eut terminé ses explications. Pour ma part, j'y reconnaîtrais plutôt un avertissement de Dieu. Prions-Le pour que votre sœur sache déchiffrer un tel signe et accepte d'en tenir compte.

Brunissen pencha le front sur sa quenouille et se remit à l'ouvrage.

A l'inverse de ce que pensait leur oncle, la main du Seigneur ne s'appesantit pas plus longtemps sur le couple qu'il continuait à juger pécheur. Au début du mois de novembre, une seconde lettre de Paschal, toujours apportée par le marchand de savon qui commerçait avec Constantinople, parvint entre les mains d'Andronic, alors qu'il était tout juste rentré de sa partie de chasse quotidienne. Il en revenait chaque jour vers l'heure de sixte. Avec le bruit de son pas sur le dallage du seuil se terminait enfin l'angoisse de Flaminia qui ne connaissait que trop les dangers encourus par celui qui ne cessait de parcourir comme un possédé le désert avoisinant Jérusalem.

C'était le jour de la Saint-Martin. Le matin même, la jeune femme était allée assister avec la foule des croisés à l'office solennel, célébré en grande pompe dans l'église du Saint-Sépulcre, afin de rendre gloire au patron des Gaules que chacun vénérait.

— Un message pour vous, messire, dit Mahiette en tendant à son maître un rouleau de parchemin qui ne portait plus, cette fois-ci, le sceau de la famille d'Icasia, mais celui des Daniélis.

Andronic s'en empara avec une émotion partagée par Flaminia qui venait à peine de le rejoindre dans l'entrée de leur logis. Ils se regardèrent un instant sans oser rien dire, sans même oser rompre le cachet de cire bleue.

— Allons dans notre chambre, proposa enfin Flaminia.

Andronic approuva de la tête et la précéda d'un pas nerveux. Duc, le beau sloughi, voulut les suivre, mais un geste de son maître lui intima l'ordre de se coucher et d'attendre. Il obéit.

Une fois la portière de tapisserie retombée derrière eux, ils demeurèrent encore un court moment paralysés par l'appréhension.

— Il faut lire cette lettre, reprit la jeune femme.

Un nouveau signe d'assentiment, puis d'un geste brusque, Andronic brisa le cachet et se mit à déchiffrer la missive avec avidité. Au fur et à mesure qu'il avançait dans sa lecture, son visage se transformait, s'éclairait, rayonnait.

— Dieu ! dit-il quand il eut fini. Dieu ! le cauchemar est terminé !

Il se tourna vers Flaminia.

— Écoutez, dit-il d'une voix enrouée, écoutez mon amour.

La joie éclairait ses yeux qui avaient de nouveau la couleur et l'éclat des eaux bleues du Bosphore.

— Paschal se repent de m'avoir écrit la précédente missive, annonça-t-il avec allégresse. Il explique la violence de ses accusations par le chagrin que lui a causé la fin brutale de mon père et par l'état de santé d'Icasia qui rentrait alors d'un long voyage à Chypre. Son médecin lui avait, paraît-il, ordonné quelques mois plus tôt ce déplacement afin de lui changer les idées. Trop désemparée par une solitude qu'elle avait de plus en plus de mal à supporter, elle avait sombré dans un état lamentable, au bord de l'égarement. Frappés par son comportement, nos fils l'ont forcée à suivre les conseils du praticien et à voyager pour se distraire. Elle a obtenu un congé du Palais impérial et s'est embarquée avec une suivante pour Chypre, où il semble qu'elle soit restée plusieurs semaines. A son retour, loin d'être guérie, comme on l'espérait, elle a fait preuve d'une agitation redoublée. Il n'était plus question de prostration, mais de crises de nerfs ou de larmes sans fin. En la voyant ainsi, Paschal m'avoue qu'il s'est affolé. Affligé en même temps par la mort de son grand-père, il m'a écrit la lettre que vous savez. Il en est à présent désolé et me demande de lui pardonner. En outre, il reconnaît avoir subi l'influence de sa mère qui l'a incité à m'adresser ce réquisitoire vengeur. Grâce à de longues causeries avec Joannice, il a recouvré ses esprits et admet qu'il n'était pas lui-même en traçant de si violents reproches. Il les regrette et me dit qu'il ne sait plus que penser, déchiré qu'il est entre nous deux. En réalité, cette lettre est un appel au secours. Elle se termine par la demande qu'il m'adresse de venir ici, avec moi, avec nous, pour fuir les transports de sa mère et pour trouver, enfin, un havre où oublier tant de bouleversements et de souffrances.

— Qu'il vienne! s'écria Flaminia. Qu'il vienne! Entre nous deux, vous vous réconcilierez avec vous-même, mon cher amour, et vous serez heureux!

Mais tout en parlant, la jeune femme sentait naître en elle une nouvelle appréhension. D'après le récit d'Andronic, le pressentiment de Brunissen se voyait vérifié. Icasia avait eu la possibilité de venir en personne, avec sa suivante, constater de ses yeux la façon dont son ancien mari vivait avec sa nouvelle épouse. Sa jalousie et sa colère ne pouvaient qu'en être amplifiées. L'agitation d'Icasia, dont se plaignait Paschal, signifiait-elle l'acceptation douloureuse d'un tel état de fait ou les préparatifs d'une entreprise imprévisible et peut-être redoutable ?

8.

A Jérusalem et dans toute la Palestine, l'hiver était fort court. On comptait d'ordinaire une quarantaine de jours maussades voués au frimas et à la pluie, appelés par les habitants de ces régions « le froid de la vieille » ou bien « les nuits noires », qui s'échelonnaient entre la seconde semaine de décembre et la troisième semaine de janvier. Dès la fin de ce mois, le temps s'adoucissait, la sève remontait dans les troncs, les branches et les tiges, les abeilles reprenaient leur activité un moment endormie, la froidure s'éloignait...

— Savez-vous pourquoi on nomme dans ce pays « froid de la vieille » les rares journées de véritable hiver? demanda Anthusa, durant une matinée où elle recommençait à marcher au bras de Brunissen.

Elles se tenaient toutes deux, en compagnie d'Irène, dans la salle qu'elles fréquentaient volontiers depuis que le guérisseur breton, revenu de guerre, s'occupait de soigner la jambe brisée d'Anthusa avec des résultats encourageants.

— Ma foi, je l'ignore.

— Parce qu'on imagine ici qu'une femme âgée, sorte de Parque dévidant et pelotonnant les fils des existences humaines, laisserait tomber sous forme de neige les blancs flocons du coton qu'elle est en train de filer à sa quenouille.

— C'est une jolie légende, remarqua Brunissen qui

avait l'esprit ailleurs. Mais il ne doit pas neiger souvent en Judée.

— A Noël, parfois...

C'était justement à Noël que songeait la future moniale. Les fêtes de la Nativité n'étaient plus guère éloignées. On se trouvait à la mi-décembre. Le duc Godefroi de Bouillon venait enfin de regagner sa bonne ville de Jérusalem. Chacun respirait et se félicitait d'un retour tant attendu. Que le siège d'Arsûf eût duré si longtemps sans issue positive n'importait en définitive qu'assez peu à la population. La victoire d'Ascalon, si proche encore, si écrasante, suffisait, après la conquête de la Ville sainte, au besoin de gloire des Francs. Ce qui comptait en revanche à leurs yeux, c'était la protection retrouvée du preux chevalier qui leur restait, seul, de tous les chefs croisés, si nombreux au début.

On racontait que, lors de la séparation d'avec son frère aîné, Eustache de Boulogne, réembarqué sur la plage même d'Arsûf en même temps que le comte de Flandre et le duc de Normandie, l'avoué du Saint-Sépulcre n'avait pas cherché à cacher son angoisse. Il avait embrassé tendrement chacun de ses compagnons d'armes, demeurant longtemps dans leurs bras, versant des larmes, les suppliant de se souvenir toujours de lui, de ne jamais oublier ceux qui allaient partager son exil volontaire, d'inspirer au peuple chrétien de leur contrée le désir de se rendre jusqu'aux Lieux saints, et aussi d'exhorter les hommes de guerre francs à lui envoyer des renforts, afin de résister aux infidèles.

On ne pouvait pas se leurrer. Une fois partis ces seigneurs, leurs troupes et les dix mille pèlerins qui les avaient suivis, soit en tout à peu près vingt mille hommes, il ne resterait pour défendre le nouveau royaume de Jérusalem qu'une poignée de braves : trois cents chevaliers et deux mille soldats à pied. Guère plus...

Le comte de Toulouse, toujours en quête d'un fief, s'en était retourné vers la Syrie du Nord et, son inimitié pour Godefroi de Bouillon l'écartant de toute manière de Jérusalem, l'avoué du Saint-Sépulcre ne pouvait plus s'appuyer que sur les maigres effectifs des vassaux lotharingiens ou allemands qui lui étaient attachés.

L'unique baron resté à son service était Tancrède, le neveu de Bohémond de Tarente. La bravoure et la loyauté de ce jeune Normand de Sicile le destinaient tout naturellement au rôle de second personnage dans le chétif État franc, si précaire, exposé de toutes parts, au cœur d'une Judée en partie insoumise et regorgeant d'ennemis. Le duc en avait donc fait son lieutenant et l'avait en même temps chargé de pacifier la Galilée. La campagne alentour, avec ses villages et ses fermes, demeurait en effet occupée par les paysans arabes qui faisaient le gros dos devant les forces armées chrétiennes, mais se rattrapaient en rançonnant les pèlerins imprudents qui s'aventuraient parmi eux sans escorte. Dans les villes palestiniennes, d'où les habitants avaient été chassés ou éliminés à l'arrivée des croisés, ne subsistaient avec ceux-ci que des Arméniens, des Syriens ou des chrétiens de rite grec, qui ne suffisaient pas à en assurer la pleine protection et le bon fonctionnement. Ces cités dégarnies étaient souvent visitées de nuit par des partisans arabes qui s'y faufilaient sans peine afin d'exercer des représailles sanglantes sur les résidents qu'ils dévalisaient ou tuaient à leur gré. Chacun espérait que le retour de l'avoué du Saint-Sépulcre mettrait fin à ce pénible état de choses.

— La Noël qui vient ne sera pour nous comparable à aucune autre, dit Brunissen qui suivait son idée. Ce sera la fête par excellence ! Pour la première fois depuis des siècles, nous célébrerons la Nativité du Christ à l'endroit même où Il est né ! Beaucoup d'entre nous se retrouveront à Bethléem, autour de la crèche sacrée qui L'a reçu, sur cette terre qui fut la sienne et que nous avons délivrée ! Pour nous autres qui resterons à Jérusalem, ce sera également une célébration céleste...

Ses yeux bruns, d'ordinaire doux et tendres, brillaient de joie.

— Vous dites vrai, reconnut Anthusa en hochant la tête d'un air approbateur. Les fêtes de cette Nativité-ci seront inoubliables. Bienheureux ceux qui auront le bonheur d'y assister. Non seulement pour les raisons que vous venez de dire, mais aussi parce que l'arrivée ici de Bohémond de Tarente, prince d'Antioche, de Baudouin de Boulogne, comte d'Édesse et frère de Godefroi de Bouillon, suivis de leur escorte, allégera le grave souci que nous donne notre pénurie en défenseurs et même, tout simplement, en habitants.

— Mon oncle, qui, Dieu le sait, est tenu au courant de beaucoup de choses par ses nombreux correspondants ecclésiastiques, assure que les princes attendus ne nous arriveront pas seuls avec leur troupe, ce qui serait déjà bien, mais en la compagnie d'un grand prélat, l'archevêque de Pise, Monseigneur Daimbert. Il aurait abordé en septembre au port de Laodicée, à la tête d'une escadre pisane de cent vingt nefs, afin de pourvoir au remplacement du défunt légat, Adhémar de Monteil, qui nous a laissés en route près d'Antioche, pour rejoindre la maison du Père, et c'est un grave manque pour nous tous. Le regroupement des trois puissantes forces représentées par de tels visiteurs nous promet un apport considérable en hommes, en armes et en finances. D'après mon oncle, c'est là un secours qui nous permettra d'assurer les suites de notre victoire.

— J'espère qu'on s'amusera avec tous ces beaux seigneurs qui vont nous arriver! s'écria Irène qu'une telle perspective ravissait. J'en ai assez de la guerre! Maintenant que vous avez repris Jérusalem aux Sarrasins, place à la fête!

Levant en riant ses bras minces au-dessus de sa tête, la petite Grecque se mit à danser autour de sa sœur et de leur amie. Brunissen songea que l'enfant traduisait à sa façon primesautière le goût profond des réjouissances et des plaisirs propres aux populations d'Orient. Elles y étaient sans doute poussées par le beau temps, la chaleur, les longues soirées tièdes et animées. Mais cette fois-ci, à l'occasion des fêtes incomparables de la Nativité, tous les habitants de Jérusalem et des environs partageraient cette joie, forte comme un vin de grand cru.

On oublierait heurs et malheurs, déceptions et incertitudes, discordes et périls, on n'aurait qu'une seule âme, vibrante, éblouie... Ce serait comme si chacun assistait pour la première fois à la commémoration de la naissance du Sauveur!

Parmi les raisons que Brunissen avait de se réjouir venaient en bonne place aussi les retrouvailles prochaines avec Landry, Alaïs et la petite nièce si mal connue, âgée maintenant de vingt mois, qui marchait sans doute toute seule et avait dû tellement changer. Dans un recoin du cœur de la future moniale survivait le souvenir des moments de faiblesse qu'elle avait connus tout de suite après la naissance de l'enfant. La tentation de la maternité avait été très forte durant ces instants issus d'un vertige inconnu où sa vocation, non encore révélée comme une évidence, semblait devoir céder le pas à la découverte de l'instinct maternel. De cette minute d'indécision, Brunissen conservait la mémoire très précise et une vive tendresse pour la petite fille de sa sœur. L'idée de la retrouver l'enchantait autant que la perspective de voir se recréer la communauté familiale en cette occasion mémorable et bénie. Elle savait, en outre, par Flaminia, qu'elle voyait assez souvent, qu'Andronic avait reçu une missive apaisante de Paschal, venu à résipiscence, puis réconcilié avec son père. Il était même question que ce fils tourmenté rejoigne les jeunes époux à Jérusalem. Si une certaine inquiétude s'était tout d'abord manifestée chez Flaminia, au sujet des intentions, présumées hostiles, d'Icasia, Brunissen l'en avait délivrée en démontrant que, de Constantinople, si lointaine, on ne pouvait agir à distance sur le destin des Francs établis en Judée. Tout concordait donc pour que la Noël fût, cette année-là, une célébration sans pareille...

La Ville sainte s'y préparait dans la liesse et dans l'excitation. On comptait les jours...

Ce fut le 21 décembre, fête de saint Thomas, apôtre, que les illustres voyageurs parvinrent à Jérusalem après une expédition que la saison des pluies n'avait nullement facilitée mais, bien au contraire, rendue pénible et malaisée.

A la tête d'une procession où figuraient ses vassaux et le clergé au complet, Godefroi de Bouillon se rendit à la rencontre des arrivants. Tout ce qui comptait dans la cité s'y trouvait et le menu peuple accompagnait la longue théorie éclatante de couleurs, de bannières et d'oriflammes en criant : « Noël ! Noël ! Montjoie ! Montjoie ! »

Les croisés, à l'unisson, comprenaient la grande importance d'un événement qui réunissait pour la première fois à Jérusalem les trois barons francs détenant entre leurs mains l'ensemble du pouvoir temporel en Terre sainte. La présence de l'archevêque de Pise et des hommes de l'escadre pisane, fort nombreux, qui l'accompagnaient, y ajoutait encore plus d'éclat. Elle assurait aux croisés la prédominance des nefs latines sur les flottes égyptiennes ou même grecques, forcées de s'incliner devant le nombre impressionnant des navires italiens rassemblés, et apportait aux chrétiens éloignés de la Chrétienté un lien nouveau et officiel avec Rome.

— Sur mon âme, je ne saurais assez dire combien je me réjouis de revoir mes neveux et mon ami Foucher de Chartres, mais aussi de la venue ici de Monseigneur Daimbert, confia le père Ascelin à Mathieu qui marchait à ses côtés dans le cortège où voisinaient enthousiasme et bousculade. Nous pouvons sans risque de nous tromper le considérer comme le représentant de notre Saint-Père le pape. J'espère qu'il fera déposer Arnoul Malecorne, notre lamentable patriarche, pour le remplacer par un plus digne représentant de l'Église romaine.

— Dieu vous entende ! répondit le barbier. Il est vrai que le chapelain de Robert de Normandie n'a été élu que par protection ducale. Il est tellement discrédité dans cette ville qu'il ne nous fait guère honneur. Mais ne faut-il pas craindre d'échanger un cheval borgne contre un aveugle ? On dit l'archevêque de Pise homme d'action bien que fort instruit, homme de valeur, certes, doué aussi d'une forte personnalité et d'une expérience précieuse pour nous. Je sais qu'envoyé par Urbain II en Espagne au titre de légat pontifical auprès du roi de Castille, il y a acquis une grande connaissance des agissements ennemis et s'y est formé à la lutte contre les infidèles. Tout cela est bel et bon, mais ne raconte-t-on pas également que ce vieillard autoritaire est d'une avarice telle qu'il en serait peut-être venu à détourner vers ses coffres une partie non négligeable des richesses envoyées par le roi de Castille au pape...

— Comment pouvez-vous colporter de pareilles médisances ? s'écria le père Ascelin avec indignation. Je ne veux pas croire un mot de ces mensonges à l'encontre de ce digne prélat !

— A votre guise, messire, à votre guise, mais les mauvaises langues n'ont pas toujours tort, et la cupidité n'empêche pas Monseigneur Daimbert de se montrer énergique, avisé, et doué d'une ambition qui peut présenter de bons côtés pour nous. Il semble en effet rempli de zèle pour notre cause ainsi que pour les intérêts de l'Église en Terre sainte.

Brunissen, qui se tenait joyeusement de l'autre côté de son oncle, en compagnie de Biétrix et d'Albérade, aperçut soudain dans la foule de la procession Flaminia et Andronic qui marchaient plus en avant. La haute taille de son beau-frère permettait sans mal de le découvrir parmi la multitude des habitants faisant cortège à leur duc. Auprès du couple, elle avisa ensuite deux jeunes gens vêtus à la mode grecque. En regardant le plus grand avec davantage d'attention, il lui sembla que ses traits lui rappelaient quelqu'un. Elle se pencha vers Albérade, qui avait séjourné de longs mois à Constantinople, et lui montra de loin l'adolescent.

— Reconnais-tu ce garçon? demanda-t-elle en haussant le ton pour se faire comprendre de la servante dont l'oreille se faisait un peu dure et qui entendait mal quand elle se trouvait, comme c'était le cas, au sein d'une assemblée d'où jaillissaient cris et acclamations.

— Dieu tout-puissant! C'est Paschal! Comme il a grandi et forci!

Ainsi donc, l'enfant prodigue avait regagné le domicile paternel!

— Et l'autre, t'en souviens-tu?

— Ma foi non. Je ne l'ai jamais vu. Il me paraît moins jeune...

Peu importait. Cette bienheureuse journée serait celle des rencontres. Brunissen espérait, dès que se serait accomplie la jonction avec les escortes au-devant desquelles s'avançait la procession, revoir Landry, Alaïs et la petite fille qui faisaient sans doute partie de la suite du prince d'Antioche. Dans très peu de temps, la famille de Garin le Parcheminier serait reconstituée. La joie de Brunissen était d'autant plus intense que cette réunion signifiait aussi le terme d'une attente qui avait paru bien longue à la future moniale... Elle pourrait enfin entrer au moutier Sainte-Anne de Jérusalem pour s'y consacrer à Dieu...

Une clameur fracassante jaillit soudain de milliers de poitrines.

— Que Dieu garde le prince d'Antioche ! Qu'Il protège le comte d'Édesse ! Noël ! Noël ! Béni soit le vénérable archevêque de Pise ! Montjoie ! Montjoie !

Précédant la masse moutonnante des vingt-cinq mille pèlerins, tant chevaliers ou marins qu'hommes de pied, les trois héros de cette apothéose s'avançaient de front vers Godefroi de Bouillon et les siens.

A gauche, Bohémond, le Normand de Sicile, encore et toujours superbe dans une cotte de mailles étincelante, la tête couverte par un heaume conique clair et luisant, l'épée au côté et à la main la lance de frêne surmontée de son pennon aux flammes écarlates. A droite, Baudouin, le frère cadet de Godefroi de Bouillon, fort grand lui aussi, large, grave, imposant, avec quelque chose de clérical dans le maintien et le regard sévère. En dépit de son apparence austère, on savait ce prince, proche de la quarantaine, courageux jusqu'à l'audace, infatigable, intelligent et passionnément ambitieux. Dressée bien haut par un écuyer, sa bannière blanche flottait devant lui.

Entre ces deux puissants barons se tenait Daimbert, l'archevêque de Pise, revêtu de la chape rouge qui était en Chrétienté, ainsi que le palefroi neigeux qu'il montait, l'insigne du pape. Comme les croisés connaissaient déjà Bohémond et Baudouin, leur curiosité se porta surtout sur le petit vieillard maigre et droit qu'ils voyaient pour la première fois. L'autorité et l'acuité de son regard gris fer, ses mâchoires osseuses saillant sous la peau du visage sec et dominateur, comme celles de certains insectes, la solennité de son maintien, tout en ce prince de l'Église donnait l'image d'un personnage avec lequel il faudrait compter.

— Par Dieu et ses saints, voilà un prélat qui n'a pas l'air commode ! dit Mathieu à mi-voix en s'adressant cette fois à Reinard qui ne le quittait plus. Ainsi que beaucoup de petits hommes, il doit compenser l'exiguïté de sa taille par une volonté farouche de se montrer grand par le pouvoir.

— Il faudra bien s'en accommoder, répondit l'aide du

barbier, tout en faisant une grimace fataliste. Ses nefs et ses hommes sont nos meilleurs auxiliaires contre la flotte égyptienne. Sans parler des fonds qu'il est le seul à pouvoir nous bailler ! A mon avis, notre duc n'est pas au bout de ses peines...

Le premier moment d'émotion et de respect passé, la foule céda à son enthousiasme. La procession se disloqua d'un coup sous la poussée de ceux qui reconnaissaient dans les escortes, toutes proches à présent, des parents, des amis, des compagnons perdus de vue depuis de longs mois.

Brunissen se laissa emporter par le flot allègre qui l'éloignait de son oncle et l'entraînait vers les arrivants. Elle fut ainsi amenée à la hauteur de Flaminia, d'Andronic et des deux jeunes étrangers.

— Dieu vous bénisse, dit-elle en les abordant. Je vois que Paschal vous a rejoints plus vite que vous ne le pensiez.

— Il nous est arrivé hier à l'improviste, après une mauvaise traversée, répondit Andronic. La mer, paraît-il, était déchaînée. Par bonheur, mon fils est à présent assez fort pour surmonter ce genre de mésaventure !

Il contemplait avec fierté le bel adolescent blond qui, de son côté, fixait sur ce père enfin proche un regard chaleureux, redevenu confiant.

— Paschal n'était pas seul durant son voyage, ajouta Flaminia. Il avait auprès de lui Basile, que voici.

Le jeune homme, brun de teint, de cheveux et de barbe, qui se tenait légèrement en retrait, s'inclina non sans élégance. Mince, mais de complexion nerveuse, il avait un visage étroit aux larges yeux sombres et souriants.

— Je suis le précepteur engagé par le grand-père de Paschal quelques mois avant sa fin prématurée, expliqua-t-il en un latin parfait, d'une voix aux inflexions douces et délicates. Comme je me suis beaucoup attaché à mon élève, j'ai obtenu la permission de le suivre jusqu'ici.

Brunissen lui sourit, puis se tourna vers sa sœur.

— Êtes-vous venue pour rencontrer Landry, Alaïs et la petite Mabille ? demanda-t-elle, tout à son impatience et sans s'attarder davantage en salutations. J'ai hâte de les revoir !

— Par Notre-Dame, moi aussi! reconnut Flaminia. Mais comme notre oncle s'entête à nous condamner et se refuse toujours à toute relation avec nous, Andronic et moi n'allons pas courir le risque de lui déplaire encore davantage en gâchant une réunion attendue depuis si longtemps. Sœur, amie, dites je vous prie à Landry et à Alaïs qu'ils viennent nous rendre visite dès qu'ils le pourront. Pour ce jour d'hui, nous nous contenterons de les apercevoir de loin, si, toutefois, nous parvenons à les distinguer parmi tout ce monde!

Un nouveau remous de la foule excitée et volubile sépara Brunissen de ses interlocuteurs. Dans l'impossibilité où elle se trouvait de se diriger dans une telle affluence, elle se laissa dériver au gré des courants. Au milieu de cris, d'embrassements, d'appels, de pleurs arrachés par la joie ou la déception, d'actions de grâces et de jurons, les croisés d'Antioche, d'Édesse, d'Italie et de Jérusalem se découvraient les uns les autres.

Ce fut le regard d'aigle de Mathieu qui dénicha en premier la blondeur rayonnante d'une petite tête bouclée qui dominait la cohue. Perchée sur les épaules de Landry, l'enfant d'Alaïs et de Bohémond, nullement impressionnée par tant de monde, riait et battait des mains.

Le trio parvint à s'extraire de la cohue réjouie et tourbillonnante pour grimper sur un monticule situé un peu à l'écart, où le père Ascelin, Albérade, Biétrix, Mathieu et Reinard finirent par aborder à leur tour. Très peu de temps après, Brunissen, elle aussi, émergea, bouleversée et heureuse, du flot qui la retenait.

Il y avait presque un an que la famille des Chartrains était coupée en deux tronçons, douloureusement éloignés l'un de l'autre. Une année sans échange de nouvelles, ou si peu, une année par ailleurs prodigieuse, qui avait vu la prise de Jérusalem et l'écrasement des armées sarrasines. Les membres séparés du groupe familial n'avaient pu communier ensemble, par-delà les immensités syriennes, ni aux souffrances du cheminement, ni à l'euphorie de la victoire.

Il en fallait des embrassades, des commentaires, des étreintes, des exclamations, des larmes, des bénédictions, pour compenser tant de jours perdus, tant d'heures écoulées, tant d'événements partis à la dérive du temps...

En serrant son frère estropié dans ses bras, Brunissen songeait au garçon ardent et joyeux de jadis, le Landry d'avant l'amputation d'Antioche, et elle sentait une compassion plus attentive encore s'ajouter à sa tendresse pour lui. Amaigri, les joues creuses, le regard durci, le jumeau d'Alaïs paraissait avoir bien plus de dix-huit ans. S'il conservait, en dépit de son pilon de bois, une certaine vivacité d'allure et une jeune force révélée par ses bras et sa poitrine, l'aînée pressentit qu'un ressort s'était brisé dans l'âme de l'unique fils de Garin.

Alaïs, elle aussi, avait changé. Si son charme blond subsistait avec on ne savait quel surplus de maturité épanouie, à laquelle Mathieu parut aussitôt sensible, il y avait dans ses prunelles claires beaucoup d'inquiétude et de souci en dépit de la joie qu'elle manifestait en se retrouvant parmi les siens. Qu'en était-il de ses amours turbulentes avec Bohémond ? Le maître d'Antioche, si volage, continuait-il à traiter la mère de sa fille selon son habituelle désinvolture ?

Seule, l'enfant riait de bon cœur, sans arrière-pensée, tout au plaisir de découvrir une nouvelle cour d'adorateurs autour d'elle. Jolie comme sa mère, mais sans sa grâce fragile, la nièce dont Brunissen se souvenait ainsi que d'un enfantelet attendrissant dans ses langes était devenue une robuste petite fille, ressemblant trait pour trait à Bohémond. De lui, elle tenait un visage régulier, parfaitement modelé, avec des yeux magnifiques de la couleur de la mer du Nord, tantôt gris, tantôt bleus, un front haut et droit, une bouche à la fois sensuelle et impérieuse, une vitalité éclatante et, certainement, un caractère passionné, indomptable.

« Elle tient à la fois de notre grand-mère et de son père, songea Brunissen. J'imaginais un ange et je me trouve devant une belle pouliche sauvage ! »

— Comme la princesse Mabille, sœur de Bohémond et marraine de ma fille, est restée à Antioche et que je ne la reverrai sans doute jamais, dit alors Alaïs, j'ai décidé, depuis que nous sommes partis vers vous, d'abandonner un prénom qui m'avait été imposé à la naissance de cette enfant et de l'appeler Berthe. Par le Dieu de vérité, ce second nom, qui est aussi celui de grand-mère, lui va beaucoup mieux. Elle y est habituée à présent et y répond sans hésiter.

— Que dira son père? demanda Biétrix, toujours précise et préoccupée des réalités pratiques.

Alaïs eut un geste évasif.

— Il la voit si rarement, dit-elle, et il s'y intéresse si peu...

— Allons, coupa le père Ascelin, allons, mes chers enfants, puisque nous voici réunis par la grâce du Seigneur, allons Le remercier en ses sanctuaires.

— Par la foi que je vous dois, mon oncle, nous comptons bien nous rendre sans plus tarder aux Lieux saints pour y accomplir notre vœu de pèlerinage, lança Landry avec détermination. Mais où est donc Flaminia? Est-elle perdue dans la foule?

— Hélas, mon beau neveu, votre sœur est en effet perdue, soupira le père Ascelin. Mais nullement dans la foule. Elle nous a quittés pour rejoindre Andronic Daniélis, avec lequel elle vit, hors de notre sainte Église, après une conversion à la religion grecque et un simulacre de mariage...

Un silence, où la stupéfaction se mêlait à la gêne, suivit cette réponse faite sur un ton douloureux et intransigeant à la fois. Albérade se signa avec précipitation. Brunissen intervint.

— A la faveur de la joie qui nous rassemble, dit-elle calmement, le moment ne serait-il pas venu pour vous, mon cher oncle, de pardonner à ceux qui n'attendent qu'un signe de mansuétude pour revenir parmi nous?

Le père Ascelin secoua la tête.

— Flaminia et son prétendu mari vivent en état de péché quotidien. Je ne puis accepter sous notre toit un couple que je considère comme adultère et en révolte déclarée contre l'Église latine, répondit-il avec fermeté. N'en parlons plus afin de ne pas gâcher un si beau jour. Suivons plutôt l'exemple de nos barons qui s'en retournent vers Jérusalem pour y faire oraison sur le tombeau de Notre Sire le Christ.

Brunissen échangea un regard discret avec Alaïs et prit

par la main sa nièce, qui marchait avec l'allure maladroite et drôle des tout petits.

A la suite des hauts et puissants seigneurs pressés de
mener à bien leurs vœux de pèlerinage, tout le peuple
chrétien s'engouffra dans la Ville sainte, objet de tant de
rêves, d'espoir et d'adoration.

Godefroi de Bouillon avait accueilli son cadet Baudouin d'Édesse avec de grandes démonstrations d'affection. Il aimait moins Bohémond et cela se voyait. S'il se
comportait avec déférence vis-à-vis de l'archevêque de
Pise, il ne semblait pas non plus fort à son aise avec ce
prélat inconnu dont la présence lui était à la fois soutien
et menace.

Devant le Saint-Sépulcre, cependant, toutes les réti-
cences et toutes les intentions obscures qui pouvaient
occuper les esprits cédèrent, emportées par l'immense
émotion et la dévotion fervente qui déferlaient sur chacun. Pour ceux qui arrivaient de si loin et parvenaient
enfin au but mystique de toute leur quête, comme pour
les occupants habituels qui retrouvaient l'exaltation
enflammée du premier jour, rien ne compta plus désormais que leur présence en cette Jérusalem des Psaumes,
cette Jérusalem terrestre et céleste, où ils éprouvaient en
commun le sentiment d'avoir libéré le Christ de Ses plus
cruels ennemis. Une nouvelle fois, ils se voyaient au seuil
du Paradis.

*Là, ils visitèrent les Saints Lieux de la cité, avec larmes et
à grande douceur de cœur ; ils s'étendaient et laissaient
choir par les églises, mangeaient la terre que Notre Seigneur
avait foulée, puis ils se rendirent dans les demeures où tous
ceux de la ville leur firent grand accueil joyeux et très grande
fête.*

Après avoir pleuré et prié devant l'Anastasis, ainsi que
dans différents sanctuaires, avec tous les autres pèlerins,
Alaïs, Landry et le reste de la famille gagnèrent la maison
au portail vert.

Brunissen et son oncle la firent visiter aux nouveaux
venus qui la trouvèrent splendide et y choisirent des
chambres donnant sur la cour-jardin. Ils avaient voyagé
dans une charrette que deux serviteurs arabes, originaires d'Antioche et convertis au christianisme, amenè-

rent ensuite jusqu'au nouveau domicile de leurs maîtres, en même temps qu'une nourrice et une chambrière normandes, détachées de la suite de Bohémond.

Foucher de Chartres, l'ami de toujours, devenu chapelain de Baudouin de Boulogne, à présent comte d'Édesse, retenu auprès de son seigneur, avait fait savoir aux Chartrains qu'il ne pouvait les rejoindre. Ce fut donc sans lui que s'écoula cette journée consacrée à la joie du retour.

— En votre honneur, nous avons tué le veau gras ! dit en souriant le père Ascelin à ses neveux, assis autour de lui. Ce premier repas qui va nous réunir après une aussi longue séparation sera un vrai festin !

Anthusa et Irène, présentées par Brunissen à son frère et à sa sœur, s'étaient jointes aux Chartrains. La belle Grecque éblouit Landry qui se montra soudain comme pétrifié par elle et fort malheureux de se présenter en mutilé devant une si jolie femme. Mathieu, qui préférait les blondes, s'arrangea pour se placer à côté d'Alaïs. Depuis leur première rencontre sur la nave italienne, lors de l'embarquement des croisés à Brindisi, il n'avait jamais cessé de lui témoigner une admiration qu'aucune tribulation n'était parvenue à décourager.

— Que comptez-vous faire, maintenant que vous voici enfin dans notre Ville délivrée ? demanda-t-il à la jeune femme.

Comme celle-ci avait confié sa fille à la nourrice qui l'élevait depuis sa naissance sur ordre du prince d'Antioche et s'en occupait jalousement, elle se sentait vacante.

— Je ne sais... non, sur mon âme, je ne sais, répondit-elle avec une expression d'embarras et de mélancolie qui ajouta, aux yeux de Mathieu, quelque chose d'encore plus émouvant au charme de sa voisine. Mon avenir dépend de tellement de choses !

« Maudit soit Bohémond ! songea le barbier. Posséder une pareille créature et la laisser se languir dans les affres du doute est impardonnable ! »

— Pour moi, dit Landry, je souhaiterais reprendre ici le métier de parcheminier que mon père avait commencé de m'enseigner à Chartres. Durant mes mois d'inaction forcée à Antioche, je m'y suis remis en fréquentant l'atelier d'un Arménien très habile. Comme je ne puis plus songer à défendre la Terre sainte par les armes, autant travailler à sa prospérité future en lui consacrant le labeur de mes mains. N'est-ce pas, Dieu juste, tout ce qui me reste ?

Brunissen posa ses doigts, abîmés par tant d'ouvrages et de soins dispensés, sur ceux de son frère.

— Vous n'êtes pas le seul à y avoir songé parmi nous, dit-elle à mi-voix. Il faudra que je vous en reparle quand nous serons plus au calme.

Landry la dévisagea d'un air surpris, mais elle accentua la pression de ses doigts et on parla d'autre chose.

Le souper était servi dans une salle qu'on n'utilisait guère d'habitude. Située non loin de la cuisine, elle était destinée à recevoir un grand nombre de commensaux et, malgré les nombreux tapis de Perse qui la jonchaient, semblait un peu froide quand on s'y trouvait en petit nombre. Elle comportait, sous un vaste lustre de cuivre muni d'une couronne de bougies parfumées, des sofas alignés tout autour de ses murs. De petites tables recouvertes de fines nappes en toile de lin brodé, garnies d'une coupe de fruits, d'une écuelle d'argent, d'une cuillère et d'un couteau, avaient été disposées devant chaque convive.

En l'honneur de son neveu et de sa nièce nouvellement arrivés, le père Ascelin avait engagé des cuisiniers syriens qui avaient envahi la cuisine sous l'œil réprobateur d'Albérade et avaient préparé un repas fortement inspiré des menus arabes. Des odeurs d'épices, de viandes rôties, de cannelle, de gingembre, de menthe, d'huile d'olive, d'amandes grillées ou de cédrat circulaient sous le haut plafond décoré de mosaïques azurées et dorées.

Après le Benedicite, on entama des pâtés de volaille en croûte, arrosés du jus des faisans et des perdrix d'hiver dont la chair parfumée se trouvait à l'intérieur. On servit ensuite la poitrine d'une génisse grasse cuite avec du vinaigre, de la moelle et des jaunes d'œufs, un agneau rôti à la broche, puis des poulets nourris de froment, de chènevis et de tourteaux d'olives, farcis de truffes noires du désert. Des aubergines conservées dans du vinaigre et cuites avec des oignons et des piments les accompagnaient.

— Sur la route que nous avons suivie pour venir jusqu'ici, le froid, la pluie et les chutes de neige n'étaient pas nos seuls ennemis, dit Landry à son oncle. La faim nous a également tenaillés, surtout dans les passages montagneux où rien ne pousse, pas même les roseaux miellés dont vous parlera certainement votre ami Foucher de Chartres dès que vous l'aurez revu. Damedieu ! Nous avons marché fort souvent le ventre creux et tout autant gelés par le manque de nourriture que par la bise glaciale de décembre ! L'éventualité d'un repas comme celui-ci nous aurait alors fait saliver et rêver comme des fous !

— Nous n'imaginions pas ces nouvelles souffrances, assura le père Ascelin. Nous vous supposions bien approvisionnés et assez nombreux pour imposer votre loi aux populations sarrasines.

— Il n'en était rien. Nos chevaux, fourbus, affamés eux aussi, crevaient sous leurs cavaliers et s'effondraient dans la boue gelée où nous pataugions. Grâce à Dieu, ce furent cependant nos dernières épreuves. L'émir de Tripoli, prudent et habile selon sa réputation, nous a fait apporter, dès notre approche de sa ville, des vivres et des couvertures. Par la suite, à Césarée encore, nous avons été ravitaillés...

— Jérusalem la sainte méritait bien ce sacrifice, remarqua Alaïs. Jamais nos courages n'ont failli. Jamais nous n'avons douté de l'aide du Seigneur. Vous étiez bien passés, vous qui aviez à la conquérir. Il aurait été indigne de notre part de ne point suivre votre exemple alors qu'il ne nous restait qu'à vous rejoindre ici !

— N'avez-vous pas, cependant, tremblé parfois pour Berthe ? demanda Brunissen.

— Je faisais confiance à Dieu ! Comme nous tous.

Mathieu prit une des mains de la jeune femme et la baisa.

— Par tous les saints, je n'aurais jamais cru, très douce dame, que tant de vaillance se fût cachée sous tant d'attraits, dit-il en souriant pour enlever toute solennité à son geste.

L'arrivée des serviteurs porteurs de grands plateaux sur lesquels trônaient des gâteaux de pâte de noix préparés avec du lait d'amande, du sirop de rose et du zuccar, ce miel sylvestre extrait des tiges des roseaux palestiniens qui plaisait tant aux Francs, d'autres gâteaux de farine de riz, de lait et de graisse de gazelle, des drageoirs pleins d'amandes grillées et enrobées de miel, des assiettes débordantes d'oranges, de grenades, de noix de coco fraîches et de cœurs de cédrats confits, détourna l'attention des convives.

Le repas achevé, on récita les Grâces, puis Biétrix et Albérade firent le tour de la pièce en présentant à chacun des dîneurs des bassins et des aiguières d'argent d'où coulait une eau tiède et parfumée, pour se laver les mains. Elles leur tendirent ensuite des serviettes de fine toile et ils s'y essuyèrent les doigts.

On quitta la salle du repas pour se regrouper dans celle où, selon une habitude orientale adoptée par les Latins, un brûle-parfum précieux répandait des nuages d'encens qui embaumaient la vaste pièce. Celle-là même où le père Ascelin et sa nièce s'étaient fort souvent tenus seuls en évoquant les absents.

Sous prétexte de faire respirer à Landry de plus près, ainsi que le faisaient les Arabes, les fumées d'oliban, cet encens mâle originaire du pays de la reine de Saba, si recherché pour la puissance de son parfum, Brunissen entraîna un moment son frère à l'écart.

— Écoutez-moi, dit-elle, tout en l'invitant par un geste à se pencher pour humer comme elle les exhalaisons qui évoquaient pour eux deux les messes de leur enfance à Chartres et les églises ennuagées de fumée bleue à l'occasion des fêtes carillonnées. Écoutez-moi. Par Notre-Dame, il faut que vous alliez sans tarder rendre visite à Flaminia et à Andronic. Ils ont créé un atelier de parcheminerie où ils forment quelques apprentis. Notre sœur est fort désireuse de travailler avec vous. Elle me l'a dit et répété. Elle vous attend. Si elle n'est pas venue vous accueillir ainsi qu'elle le souhaitait, c'est pour ne pas blesser notre oncle par une présence qu'il réprouve et pour ne pas gâcher sa joie de vous revoir.

— J'irai, assura Landry. Travailler en famille à Jérusalem ne serait-il pas pour moi le meilleur moyen de me rendre à nouveau utile ?

Dès le lendemain matin, de sa démarche déhanchée et accompagné par le martèlement de son pilon de bois, Landry se rendit chez Flaminia où il arriva alors qu'Andronic et Paschal s'apprêtaient à partir ensemble pour la chasse. Un magnifique lévrier suivait les deux cavaliers.

Après les embrassades et les salutations, très chaleureuses de part et d'autre, l'époux de Flaminia expliqua que, pour la première fois depuis que son fils les avait rejoints, il souhaitait profiter du temps clair de cette matinée hivernale pour lui faire découvrir ses terrains de chasse.

— La pluie et le vent nous en ont empêchés ces deux derniers jours. Par la sainte Théotokos, il ne faut pas laisser échapper l'occasion que nous offre ce retour du soleil ! conclut-il d'un air joyeux.

Landry songea que sa sœur et son beau-frère semblaient heureux, nullement accablés par l'exclusion prononcée à leur encontre par le père Ascelin.

— Où allez-vous chasser ? demanda-t-il.

— Aux environs d'ici, dans des bois d'oliviers ou dans les plaines plus désertiques qui leur succèdent, répondit Andronic. Il y a pas mal de gibier et mon chien Duc, que voici, est excellent pour le lever et le poursuivre.

— Par ma foi, ce doit être un fier coureur, en effet ! Il est tout en muscles et ses jarrets ont de quoi rendre jaloux ! soupira Landry.

Flaminia le prit par le bras.

— Laissez ces deux fous risquer leur vie pour le plaisir de tuer quelques autruches ! dit-elle. Le pays n'est pas sûr, et il s'y trouve parfois des Sarrasins pour tendre des embuscades aux nôtres.

— Ne craignez rien, mon bel amour, ma chère dame, les paysans alentour songent bien davantage à cultiver leurs terres qu'à nous attirer dans des guets-apens, assura le chasseur. Allons, que Dieu vous garde, Landry ! Je reviendrai pour le dîner.

Au bras de son frère, Flaminia regarda s'éloigner, suivis du noble lévrier, le père et le fils, qui montaient deux beaux chevaux de Cappadoce nouvellement acquis.

— Venez donc avec moi, que je vous fasse voir notre atelier de parcheminerie, dit-elle. J'ai besoin de vos conseils.

Chemin faisant, ils croisèrent dans un couloir revêtu de carrelages bleus et blancs un jeune homme à la barbe et aux cheveux sombres et fort soignés, qui les salua avec respect.

— Basile est le précepteur de Paschal, expliqua Flaminia. Il n'aime pas la chasse et préfère de beaucoup demeurer céans à relire Platon !

Landry et Basile échangèrent quelques mots, puis le frère et la sœur s'éloignèrent en direction du principal atelier. Quand ils y pénétrèrent, les apprentis étaient en train de saupoudrer de craie broyée deux peaux de veaux afin que l'encre ne s'y étalât pas en taches malencontreuses quand le moment serait venu de transcrire des textes d'importance sur le fin et précieux vélin. Ensuite, ils le ponceraient longuement avec le plus grand soin.

— J'ai pu me procurer des pierres ponces d'excellente qualité qui permettent de polir les peaux les plus délicates, dit Flaminia avec fierté. Regardez, elles sont dans ces casiers. Qu'en pensez-vous, mon frère ?

Repris par les odeurs, les bruits, le décor d'un métier qu'il aimait, qui serait de nouveau bientôt le sien et qui le rattachait à son passé chartrain, Landry examina avec un intérêt passionné ce que lui présentait sa sœur. Il s'arrêta longuement devant les peaux empilées de moutons, de chèvres, de veaux, de gazelles ou d'onagres, qui deviendraient, après traitement, des parchemins blancs, bleutés, jaunâtres ou gris, selon les bêtes utilisées et la manière dont on les préparerait.

— Damedieu ! dit-il ensuite, quelle belle matière que le parchemin ! Quand je pense que ces damnés Sarrasins ont renoncé pour la plupart à utiliser un tel matériau, en même temps que l'antique et vénérable papyrus égyptien, je me dis qu'ils sont en pleine décadence et qu'il n'est pas étonnant que nous les ayons vaincus ! Il paraît que depuis bientôt un siècle ils utilisent des moulins qui fabriquent un étrange produit fait de soie ou de coton, beaucoup plus fragile et qu'on appelle papier.

— Rien ne vaut le parchemin pour la solidité, renchérit Flaminia. Il est indestructible et on peut le réemployer plusieurs fois de suite après avoir pris soin de gratter le texte précédent. Je gagerais que ce papier dont vous parlez n'offre pas les mêmes avantages !

Grâce à leurs goûts et à leur passé communs, le frère et la sœur redécouvraient sans effort l'entente qui avait toujours existé entre les enfants de Garin.

— Quand comptez-vous venir travailler avec nous ? demanda Flaminia à Landry, lorsqu'ils eurent fini d'inspecter l'atelier et qu'ils se retrouvèrent dans la salle où flambait un grand feu, le soleil étant trop hivernal encore pour chauffer la vaste pièce.

— Si cela ne dépendait que de moi, ce serait tout de suite, croyez-le bien, répondit le jeune parcheminier. Par Dieu qui ne ment, c'est mon plus cher désir ! Mais je suis obligé de compter avec Alaïs. Tant que Bohémond ne lui aura pas clairement fait savoir ses intentions, elle demeurera suspendue à une décision dont dépend son sort et celui de sa fille.

— Vous qui étiez à Antioche durant toute cette année passée, croyez-vous que Bohémond songe à épouser un jour notre sœur ?

— Seigneur ! Il en est à mille lieues ! Alaïs n'est pour lui qu'une conquête parmi d'autres. S'il se marie jamais, cet ambitieux fera un riche et puissant mariage. Jamais il ne se contentera d'une obscure fille d'artisan chartrain !

— Il est tout de même le père de son enfant.

— Amie, sœur, sachez-le, il est également le père de plusieurs autres bâtards et ne s'en soucie pas plus que d'une guigne !

Flaminia tisonna pensivement le feu dont les bûches s'étaient écroulées dans un grand jaillissement d'étincelles, rousses comme ses nattes.

— Alaïs ne peut l'ignorer. Que dit-elle ? Qu'en pense-t-elle ?

— Depuis qu'elle l'a vu, elle est fascinée par cet homme, comme une perdrix des sables par un cobra ! Elle accepte de se plier à son bon plaisir, sans protestation, sans révolte, ainsi qu'une esclave complaisante et soumise. Je n'ai pas cessé, vous pouvez m'en croire, de protester contre un tel état de chose, ni de lui crier mon indignation. Sans aucun résultat.

— Qu'espère-t-elle donc ?

— Elle se contente de vivre au jour le jour, se gardant bien de faire le moindre projet, continuant à obéir à son baron, au doigt et à l'œil, et à venir quand il la siffle !

Flaminia soupira.

— Notre Alaïs, autrefois si spontanée, si vive, si rieuse, comment peut-elle accepter à présent pareille dépendance ?

— L'amour ! soupira Landry. Il n'y a pas d'autre explication que l'amour. Sur mon salut, ce Normand de Sicile l'a ensorcelée !

— Il faut qu'il soit bien habile au déduit…, murmura Flaminia dont un demi-sourire complice entrouvrait les lèvres.

— Sans doute, sans doute, jeta Landry d'un ton irrité. Mais mon avenir dépend en partie de cette lamentable aventure et vous m'en voyez fort chagrin.

— Dès que vous saurez à quoi vous en tenir, mon frère, accourez. Je vous attendrai avec impatience, car votre expérience m'est nécessaire, ainsi que je vous l'ai déjà dit.

— Si j'en crois les bruits qui courent, les grands barons doivent partir pour Bethléem afin d'y faire oraison le saint jour de la Nativité de Notre-Seigneur Jésus-Christ, continua Landry. Je sais qu'ensuite, dès leur retour ici, ils ont l'intention de réunir un grand conseil. Ils y régleront entre autres la question épineuse du patriarcat. Daimbert, l'archevêque de Pise, ne dissimule nullement son désir de prendre la place d'Arnoul Malecorne, qui, semble-t-il, a été élu patriarche de Jérusalem de façon arbitraire et illicite. Une fois satisfaits les intérêts des uns et des autres, chacun retournera chez soi. Bohémond d'Antioche et Baudouin d'Édesse en premier. Ils ne sont venus aux Lieux saints que pour accomplir leur vœu de pèlerinage. L'un et l'autre savent leur présence indispensable dans leur fief entouré de mécréants. Ils ne s'attarderont donc pas. Or, je suis persuadé que le prince d'Antioche n'a aucunement l'intention de s'encombrer à nouveau de notre sœur dont, cela crève les yeux, il s'est lassé. Alaïs sera bien forcée de se rendre à l'évidence.

— Si ce que vous pensez est vrai, elle va beaucoup en souffrir...

— Hélas, je le crains. Nous aurons à la consoler.

— Notre oncle, qui blâme aussi ses amours illégitimes, ne lui sera pas d'un grand secours...

— Damedieu ! je le sais bien ! De toute façon, il a l'intention de repartir sans tarder vers notre pays chartrain. Aussi ai-je songé que nous pourrions venir, Alaïs, Berthe la Petite et moi, si vous y consentez, nous installer céans, dès le départ de Bohémond. Je travaillerais à l'atelier et notre sœur trouverait auprès de vous soutien et amitié. Elle en aura besoin, la pauvrette !

— Si Dieu le veut, tout se passera ainsi, approuva Flaminia. Nous serons heureux, mon mari et moi, de vous compter comme nôtres. Avec Paschal et Basile, nous aurons là une vraie mesnie !

Ils se séparèrent contents l'un de l'autre.

Dans le mitan de ce même jour, Alaïs, à son tour, alla rendre visite à sa sœur et Andronic. Elle les revit avec plaisir mais le bonheur éclatant du couple lui fit mal. Comparer la précarité de sa propre situation à la sérénité radieuse des nouveaux époux était cruel. Elle ne s'attarda pas chez eux et les quitta avec un sentiment de secret soulagement.

Le surlendemain, ainsi que l'avait annoncé Landry, tous les hauts et puissants seigneurs partirent pour Bethléem. Ils entraînaient dans leur sillage les vingt-cinq mille pèlerins, gens d'armes ou simples particuliers qui les avaient suivis dans leur marche vers cet accomplissement. Ils y furent le soir-même, pour la Noël.

Moult regardaient volontiers la sainte crèche où le Sauveur du monde fut étendu entre les bêtes. Volontiers firent leurs oraisons dans un lieu écarté, qui est aussi comme une petite fosse où la Douce Dame qui fut vierge après son enfantement enveloppa d'un drapelet son fils et l'allaita du lait de son sein.

Puis ils s'en revinrent tous vers Jérusalem où les attendaient les difficiles questions touchant aux intérêts de la fondation franque en Palestine.

Daimbert de Pise n'eut aucun mal à prouver que l'élection d'Arnoul Malecorne, devenu patriarche de par la protection du duc de Normandie qui n'était plus là pour le défendre, était anticanonique et scandaleuse. Il le fit déposer par le clergé latin de Jérusalem réuni à cet effet. Par le titre plus ou moins officiel qui l'accréditait comme représentant du souverain pontife, l'archevêque italien se trouvait tout désigné pour accepter le poste vacant. Il se fit aussitôt élire au patriarcat de la Ville sainte à l'unanimité des suffrages. Son prédécesseur, trop discrédité pour protester, devint archidiacre du Saint-Sépulcre. Ce dont il sembla se contenter en attendant mieux.

— Sur mon salut, je ne voudrais pas passer pour une mauvaise langue, confia ce jour-là Mathieu à Reinard, alors qu'ils se rendaient tous deux, pour lui tailler la barbe, auprès de Guillaume le Charpentier, un des principaux chevaliers de l'ost, fidèle entre les fidèles, tout dévoué à Godefroi de Bouillon. Non, vraiment je ne le voudrais pas, mais il se répand d'étranges bruits au sujet de l'élection que tu sais. On dit que Bohémond d'Antioche, qui a mené avec Daimbert de Pise un siège malheureux contre le port de Laodicée avant de se diriger vers Jérusalem, serait le meilleur soutien de notre nouveau patriarche. Et ce, pour des raisons rien moins qu'honnêtes. On va, Dieu me pardonne, jusqu'à parler de sommes fort importantes qui seraient passées des mains de l'archevêque entre celles du prince, afin de soudoyer ce dernier... qui se verrait ainsi à la tête de richesses dont l'origine pourrait bien être castillane !

— Je sais, je sais, grommela Reinard. On accuse tout bonnement notre nouveau patriarche d'avoir acheté la protection, que dis-je ? l'appui total de Bohémond, à l'aide de trésors accaparés en Espagne. Mais qu'en sait-on ? Si ce marchandage est vrai, personne n'a intérêt à s'en vanter. Alors comment l'a-t-on appris ?

— Par le ventre de la Vierge ! je l'ignore. Mais je crois que notre patriarche est capable de bien des choses. Contrairement au père Ascelin qui l'admire, je me méfie de ce petit homme autoritaire, manœuvrier et ambitieux au plus haut point !

— Il nous faudra bien l'accepter, compère ! Notre sire, le duc Godefroi, s'est également rallié au choix des barons. Nous n'y pouvons rien. Même si nous pensons qu'en agissant de la sorte l'avoué du Saint-Sépulcre s'est donné un maître en la personne de Daimbert!

— Tu sais sans doute aussi qu'on chuchote que de magnifiques cadeaux, dont un bélier en or massif, admirablement ouvragé, auraient contribué à décider Godefroi de Bouillon lui-même...

— Tais-toi donc! sur mon âme, tous ces méchants bavardages ne sont que menteries. Notre duc n'est pas à vendre. Son intégrité est hors de doute.

— Allons, dit Mathieu en riant de son rire sonore, allons, ne te fâche pas. Tout comme toi, j'aime et je respecte notre seigneur duc et je veux espérer que le Pisan ne lui jouera pas trop de vilains tours!

Ils arrivaient devant la maison où les attendait Guillaume le Charpentier.

Avant d'entrer, le barbier se pencha vers son aide.

— Encore un mot, souffla-t-il. Toi qui n'es pas juge et partie comme je le suis, que penses-tu de la manière dont Alaïs se comporte envers moi? Crois-tu que j'aie une chance de lui plaire un jour?

— Attends d'abord que Bohémond s'en soit retourné dans sa chère Antioche, conseilla Reinard. D'ici là, contente-toi de soupirer pour elle et fais-la rire si tu peux. C'est un bon moyen de plaire aux femmes et la pauvre petite en aura le plus grand besoin!

9.

Le jour de la Saint-Sylvestre fut ensoleillé et froid. Au début de la matinée, un chevalier normand vint, de la part de Bohémond, chercher avec une litière Alaïs et sa fille.

— Le prince m'envoie vous quérir, dit simplement cet émissaire. J'ai ordre de vous conduire à lui.

Pleine d'espoir, la jeune femme quitta la maison au portail vert. Elle y fut ramenée en larmes vers l'heure de sixte, Berthe la Petite cramponnée à ses jupes.

Brunissen, qui venait de rentrer de l'hôpital pour le dîner familial, traversait le vestibule. Elle reçut dans ses bras une créature partagée entre déception et révolte.

— Il part demain, dit en pleurant Alaïs. Il paracheva son pèlerinage durant la vigile de l'Épiphanie en se rendant sur les bords du Jourdain afin d'y prier et de s'y baigner avec toute sa suite dans l'eau même où Jésus-Christ a été baptisé par saint Jean. Puis il repartira vers la Syrie du Nord, vers Antioche la Belle qu'il me préfère et où il ne souhaite pas que je retourne avec lui !

— Vous avez réussi à conserver de par vous votre fille, à ce que je vois, constata Brunissen. Bénissez-en le Seigneur. Bohémond aurait pu vouloir la garder et l'emmener avec lui dans sa principauté.

— Par la sainte Croix, vous le connaissez bien mal ! Si j'avais mis au monde un garçon, il s'y serait intéressé et aurait sans doute tenu à lui apprendre le métier des armes. Mais jamais il n'a daigné se soucier de Berthe ! Les pucelles ne comptent pour lui que dans la mesure où il les désire pour les mettre dans son lit. Celle-ci connaît à peine son père... Un père qui ne lui a jamais témoigné le moindre attachement.

— Eh bien, ma sœur, s'il en est ainsi, vous devriez vous féliciter de voir tomber d'elles-mêmes les chaînes qui vous attachaient à un homme si peu digne d'amour. Allons, ma douce, séchez vos pleurs ! Vous voici affranchie d'un servage où vous perdiez votre âme !

Alaïs essuya ses joues d'un geste rageur.

— Il m'a couverte de présents et de bonnes paroles, avec la certitude qu'en me donnant un coffre rempli de bijoux, de soieries et de pièces d'or, il s'acquittait haut la main de ses dettes envers moi. Il n'a pas songé un instant à la peine, à l'humiliation qu'il m'infligeait en me congédiant comme une fille follieuse qu'on renvoie après en avoir joui tout son soûl !

Dans un grand mouvement de tendresse, Brunissen posa ses mains sur les épaules de sa sœur et les serra entre ses doigts.

— Landry a des projets auxquels il compte vous associer, dit-elle en confidence. Sans tarder, vous allez connaître une vie nouvelle entre votre fille et nous tous qui vous aimons fidèlement. La juste amertume que vous éprouvez va se transformer bientôt, j'en suis certaine, en satisfaction. Vous avez échappé à un grand péril, ma sœur, celui de vous enliser dans la condition douteuse des femmes asservies au plaisir d'un homme égoïste et jouisseur. Vous voici redevenue libre de vous-même et de votre avenir... Sans parler de Berthe la Petite, qui, désormais, attendra tout de vous et de vous seule.

D'un geste traduisant l'ébauche d'un revirement dans ses pensées, Alaïs redressa avec dignité sa trop séduisante tête blonde.

— Vous avez sans doute raison, admit-elle d'une voix qui tremblait encore. Auprès du père de Berthe, je n'aurais connu que déchéance et tourment. Jamais il ne s'est considéré comme responsable de moi ni de cet enfant. Si j'ai éprouvé pour lui une grande admiration et une folle passion, je n'ai jamais été heureuse. Il m'avait envoûtée comme par un philtre magique et avait fait de moi une femme de harem !

— Allons, ma mie, venez, reprit Brunissen. Cette rupture va mettre du baume sur le cœur attristé de notre oncle. Il songe à nous quitter afin de regagner son diocèse de Chartres et en est fort malheureux sans trop vouloir se l'avouer.

Le père Ascelin, en effet, était parvenu au terme qu'il s'était lui-même fixé. Son évêque l'attendait et il ne pouvait plus se dérober davantage devant une échéance qui le navrait. Les quatre années de tribulations et d'intimité familiale qu'il venait de traverser avaient transformé le notaire épiscopal. Le clerc tourné vers les joies austères de l'esprit s'était, au long des jours, des épreuves et des chemins, mué en un père de famille plus soucieux des enfants dont la garde lui était échue que des spéculations théologiques. La nécessité de quitter ses neveux pour s'en retourner vers l'univers désincarné du scriptorium épiscopal lui était regret et nostalgie...

Ses nièces le trouvèrent dans sa chambre en train de remplir de vêtements et de rouleaux de parchemin deux grands coffres de voyage en cuir cloutés de cuivre.

— Notre Alaïs est enfin délivrée des entraves qui mettaient obstacle pour elle à tout projet d'avenir, dit Brunissen d'un ton volontairement apaisant. Dieu en soit loué, mon cher oncle ! Tout va rentrer dans l'ordre.

Le père Ascelin tourna vers les arrivantes un visage encore marqué par le chagrin qui le rongeait. Au fur et à mesure des explications qui lui étaient fournies, cette ombre se dissipa comme si on l'avait effacée avec la main.

— Le Seigneur soit béni ! dit-il ensuite avec ferveur. Je L'ai tant prié pour obtenir cette grâce insigne de Son attention ! Je partirai allégé d'un grave souci.

Il haussa les épaules d'un geste fataliste.

— Si seulement Flaminia, elle aussi, parvenait à s'arracher à son péché !

— Laissez faire le Seigneur, dit Brunissen, et venez avec nous, mon oncle. L'heure du dîner est largement dépassée.

A table, Mathieu et Reinard, qui n'avaient pas manqué

de remarquer les yeux rougis d'Alaïs, ne parlèrent, pour faire diversion, que d'un événement qui venait d'agiter avec violence les esprits du royaume latin de Judée.

En effet, à peine élu patriarche de Jérusalem, Daimbert de Pise avait tenu à s'affirmer comme unique représentant du Christ-Roi en Terre sainte. Lors d'une cérémonie officielle, Godefroi de Bouillon et Bohémond étaient venus, sur sa demande, humblement le requérir de leur accorder l'investiture de Jérusalem et d'Antioche. C'était une façon de reconnaître que le nouveau patriarche devenait le véritable détenteur du pouvoir en un pays où ils n'exerceraient tous deux dorénavant leur autorité qu'au titre de vassaux et d'administrateurs délégués.

— Une semblable capitulation de la part de ces hauts seigneurs est révoltante! affirma le barbier avec sa fougue habituelle. Je sais, messire Ascelin, que vous vouez une grande admiration à Daimbert de Pise, mais, par la vertu Dieu, il exagère! Depuis six mois que nous sommes ici, notre duc Godefroi a gouverné et défendu le royaume de Jérusalem comme un vrai souverain. Si, par modestie, il s'est contenté de l'avouerie du Saint-Sépulcre, il n'en a pas moins agi en roi. Et voilà qu'un Italien, dont on n'est même pas certain qu'il soit l'envoyé du pape, prétend régner sur lui!

— Le prince d'Antioche s'est également soumis à cet hommage, intervint Landry.

— Sans doute, mais sa principauté est assez éloignée d'ici pour qu'il s'y sente les coudées franches! rétorqua Mathieu. De toute manière, il y a aussi un patriarche à Antioche et on peut être sûr qu'il ne se laissera pas manger la laine sur le dos, celui-là! Alors que notre duc est désormais mis en tutelle!

— Je ne vois pas en quoi la soumission de nos princes croisés à un prélat qui, en dépit de vos dires, nous a bien été envoyé par le pape présente le moindre danger, déclara le père Ascelin qui avait préféré se taire jusque-là, mais se sentait obligé de prendre la défense de l'archevêque. Lors de la conquête des Lieux saints, n'avons-nous pas tous souhaité voir s'établir ici le pouvoir du vicaire de Dieu? Nos barons ont même adressé un message en ce sens au pape défunt. Il s'est vu dans l'impossibilité de se déplacer parce que sa santé était déjà trop menacée par la maladie qui devait l'emporter avant même qu'il n'ait pu apprendre notre victoire. Ce qui fut pour nous tous une grande affliction...

Chacun se signa et il y eut un moment de silence. La mort d'Urbain II, survenue deux semaines après la prise de Jérusalem, n'avait été connue que depuis peu et chacun avait déploré que l'inspirateur de la délivrance du Saint-Sépulcre ait été privé d'une telle joie. Mais on se disait que les voies de Dieu étaient impénétrables et on Le priait pour qu'Il reçût dans Son paradis ce grand successeur de Pierre...

— Je n'ai entendu personne dire que Baudouin, comte d'Édesse et frère de notre duc, ait été amené à reconnaître le patriarche pour maître et seigneur, glissa Reinard en rompant le silence. Pourquoi ne s'est-il pas soumis également à ce cérémonial ?

— Sans doute parce que Daimbert ne le lui a pas demandé, suggéra Mathieu. Son fief est loin. D'ici, il ne peut être question de lui réclamer des comptes.

— Mais Antioche aussi est hors de portée, remarqua Landry...

Le grand rire de Mathieu, triomphant et moqueur, retentit de nouveau.

— Justement ! s'écria le barbier. Justement ! Cette remarque pleine de bon sens met en évidence l'ambiguïté du rôle joué dans toute cette affaire par Bohémond qui semble s'être mis d'accord avec l'archevêque de Pise ! Durant le trajet à travers la Palestine, ils ont eu tous deux largement le temps de s'entendre sur la marche à suivre pour parvenir à leurs fins. C'est-à-dire aux fins de Daimbert, qui vient de prouver de belle façon qu'il est encore plus avide de pouvoir et d'honneur que de dinars d'or fin !

— Damedieu ! Si vous dites vrai, je ne vois pas où peut bien se trouver l'intérêt de Bohémond dans une telle machination, remarqua Landry.

— Par les cornes du diable, vous oubliez la puissante flotte pisane qui peut venir en aide fort opportunément au prince d'Antioche ! Il brûle du désir de reprendre aux Byzantins et à leur allié, le comte de Toulouse, le fameux port de Laodicée qui reste le seul débouché naturel dont sa principauté puisse disposer sur les côtes de la Méditerranée. Vous savez qu'il s'en est fallu de peu que la chose ne se soit faite à l'arrivée des Pisans, en septembre dernier. A ce que j'ai entendu dire, notre Normand de Sicile, qui ne renonce jamais aisément à ses ambitions territoriales, songerait à reprendre Laodicée à son rival, le Toulousain, vassal de l'empereur de Constantinople, que Bohémond traite à tout vent de valet du basileus !

— Vous m'en direz tant ! soupira Landry d'un air désenchanté. Ces manigances me dégoûtent et je trouve désolant que nos barons, qui partageaient au départ notre ferveur et notre enthousiasme, en soient venus à se disputer comme des chiens les parcelles de cette Terre sainte que nous avons libérée au prix de notre sang !

Alaïs éclata en sanglots, se leva de table et sortit de la salle d'un pas précipité.

Le père Ascelin, qui avait eu l'intention de prendre une deuxième fois la défense du patriarche accusé de prévarication, et contre lequel beaucoup commençaient à murmurer, préféra se taire. Un silence gêné s'installa.

Brunissen quitta à son tour sa place pour suivre sa sœur qui se dirigeait vers la chambre que Berthe la Petite partageait avec sa nourrice.

Comme la future moniale passait à proximité de la cuisine, elle en vit sortir Biétrix qui avait l'air bouleversée.

— Demoiselle ! s'écria la petite servante, demoiselle, Irène veut vous parler !

Il arrivait parfois aux deux Grecques de préférer prendre leur repas en tête à tête, dans une petite pièce proche des communs, où elles se sentaient sans doute plus à l'aise que parmi les Francs dont le langage leur demeurait incompréhensible.

— Qu'elle vienne ! Que se passe-t-il donc ? Pourquoi fais-tu si triste figure ?

Biétrix ne répondit pas. Irène venait de surgir derrière elle. L'enfant avait également un visage contracté.

— Hâlid est ici, dit-elle à voix basse. Il a quelque chose de grave à vous dire.

Brunissen sentit ses jambes faiblir et elle dut s'appuyer

à un coffre qui se trouvait là pour ne pas choir de saisissement.

— Hâlid! répéta-t-elle sans y croire. Je l'imaginais bien loin d'ici!

— Il est revenu tout exprès pour vous voir.

— Pour me voir? Dieu Seigneur! Que lui est-il donc arrivé?

— A lui rien, dit sobrement Irène. Mais venez! Venez donc!

Éperdue, Brunissen suivit la petite fille qui marchait rapidement devant elle pour lui montrer le chemin. Ce fut dans la seconde cache où s'était réfugié le blessé après la venue des nouveaux palefreniers qu'elles pénétrèrent bientôt.

Debout devant la table boiteuse qu'on avait laissée avec le lit et une chaise dans la soupente où il avait passé plusieurs semaines, Hâlid attendait. Une chape noire de moine l'enveloppait et le dissimulait aux regards. Il en avait seulement rejeté le capuchon d'où émergeait son visage buriné par le vent du désert et les tourmentes de son destin.

Brunissen s'immobilisa à quelques pas de l'homme qui s'inclinait devant elle en portant successivement sa main droite à son front, à ses lèvres et à sa poitrine.

— Dieu est grand qui me permet de vous revoir, dit-il. Cependant, sachez-le, si je suis venu jusqu'ici, c'est qu'un événement grave et qui vous touche de près s'est produit ce matin.

— De quoi s'agit-il?

— Le mari de votre sœur, qui chasse souvent dans les parages de la ferme où je me suis réfugié depuis mon départ d'ici, vient d'avoir un... accident. Il était seul avec le sloughi qui ne le quitte jamais. Son fils, qui l'accompagne parfois, était absent. Le cheval qu'il montait s'est emballé. Votre beau-frère a été désarçonné et précipité par terre avec violence. Une de ses bottes est restée coincée par malchance dans l'étrier dont il n'a pu se dégager. Le cheval, devenu fou, l'a traîné sur la pierraille... longtemps... sur une grande distance... jusqu'à ce que le fermier qui, de loin, avait vu ce qui se passait, se décide à intervenir. Il m'a appelé. Nous avons fini par arrêter la monture et le corps déchiqueté de son cavalier contre un mur. C'était un affreux spectacle... Nous sommes alors parvenus à détacher l'homme de l'étrier et nous l'avons porté dans une grange voisine. Hélas... il était dans un tel état que l'âme lui départit du corps...

Brunissen gémit « Flaminia ! » et glissa sur le sol, privée de connaissance.

Quand elle revint à elle, elle vit Biétrix qui pleurait en lui bassinant les tempes avec de l'eau de senteur. A côté d'elle, Irène se penchait, attentive, navrée... Aussitôt, elle se souvint. Elle se redressa du lit où on l'avait étendue. Puis, sans se soucier ni des larmes qui l'aveuglaient, ni des témoins de ses gestes, elle s'agenouilla au pied de l'étroite couche abandonnée qui, naguère, avait été celle de Hâlid, et, la tête enfouie entre ses mains, elle se mit à prier.

Hâlid, Irène et Biétrix respectèrent son oraison. Immobiles, ils attendirent qu'elle eût fini.

Le silence pesait sur eux quatre avec une telle densité que même la petite Grecque, si vive à l'ordinaire, demeurait figée sur place, sans esquisser un mouvement.

Brunissen se releva enfin, fort pâle. Cependant, si son regard était toujours douloureux, il n'exprimait plus l'affolement, mais la résolution.

— Où se trouve maintenant le corps de mon beau-frère ? demanda-t-elle d'une voix sourde.

— Dans une charrette... A l'intérieur de l'écurie d'une maison en ruine... Non loin de la porte se trouvant au pied de la mosquée d'Omar. Celle que vous appelez porte de Josaphat. Son chien le garde.

— Vous avez pris bien des risques, Hâlid, en nous le ramenant jusque-là, puis en pénétrant dans Jérusalem au péril de vos jours. Que Dieu vous bénisse pour tant de dévouement.

L'Égyptien s'inclina en silence.

— Demeurez ici, ami, jusqu'à ce que je revienne. Vous vous êtes déjà trop exposé. Je vais aller prévenir mon oncle et nos hôtes. Ils viendront avec moi chercher Andronic et conduire la charrette ici. Puis j'irai trouver Flaminia...

Sa voix se cassa.

— Je sais, dit Hâlid, oui, par Allah le Très-Haut, le Tout-Puissant, je sais que votre sœur et son mari étaient fort unis... C'est pour cette raison que je me suis occupé de lui. Parce que ces deux-là s'aimaient d'amour véritable...

Brunissen ferma les yeux, Biétrix se signa. Comme pour recueillir le message indicible d'un souffle mystérieux qui les aurait effleurés, les trois adultes se turent de nouveau. Irène les considérait tour à tour, avec un regard à la curiosité aiguisée par le désir de comprendre les raisons de leur émotion.

— J'ai encore une chose à vous dire, reprit Hâlid en se ressaisissant. La ferme où je loge est le lieu de passage de bien des caravanes. On y voit beaucoup de monde, on y apprend quantité de nouvelles. Or, la mère du fermier est un peu magicienne. Les femmes du désert lui ont enseigné leurs secrets, notamment au sujet du pouvoir de certaines herbes. Elle affirme que le cheval de votre beau-frère avait les yeux hallucinés de ceux qui ont absorbé une poudre tirée du suc de plantes maléfiques qu'on utilise sous les tentes bédouines et qui rend fou. On peut en administrer aux animaux. Aussi avons-nous été obligés d'abattre le coursier blanc qui demeurait dangereux. Si la fermière a vu juste, et elle se trompe rarement, le mari de votre sœur serait mort victime d'un meurtre et non d'un accident. Lui connaissiez-vous un ennemi ?

— Seigneur ! Bien sûr que non ! s'écria Brunissen.

Puis elle fronça soudain les sourcils.

— Dieu nous assiste, murmura-t-elle ensuite en secouant la tête en un geste d'incrédulité horrifiée, Dieu nous assiste...

— Allez prévenir votre oncle et vos amis, reprit Hâlid avec fermeté. En compagnie d'Irène, j'attendrai ici que vous puissiez revenir. Ne vous souciez pas de moi et qu'Allah, sans lequel il n'y a ni secours ni recours, vous vienne en aide !

Dans les moments qui suivirent, la stupeur et la consternation s'abattirent sur la maison au portail vert. Tout se déroula ainsi que l'avait dit Hâlid, que Brunissen n'avait pas nommé, se contentant de parler d'un messager.

On trouva la charrette à bras à l'endroit indiqué. Couché contre le corps rompu d'Andronic, le lévrier gardait son maître. Mathieu et Landry eurent du mal à s'en faire obéir. Il montrait les dents, grondait furieusement. Il fallut lui parler longtemps pour le calmer.

Puis, sous le froid soleil hivernal, le triste convoi fut tiré, poussé, par Mathieu, Reinard et deux serviteurs, à travers les rues sinueuses de la ville jusqu'à la remise qui jouxtait l'écurie des Chartrains.

Collé au cadavre d'Andronic, le sloughi était resté durant tout ce temps allongé, sans vouloir en descendre, sur la paille qui tapissait la voiture. Par respect envers la mort, et sans doute aussi par pitié à l'égard de celui qui venait d'en être victime, les gens de la ferme avaient recouvert le corps déchiqueté d'une épaisse couverture que personne n'avait voulu soulever. De larges taches sanglantes, qui avaient pris en séchant une teinte brunâtre, la maculaient par endroits.

— Sur mon âme, Flaminia ne doit pas le voir ainsi, dit Brunissen quand toute la maisonnée fut rassemblée dans la remise autour de la macabre charrette. Nous allons le laver, remettre autant que possible de l'ordre dans ses vêtements et allumer autour de lui des bougies en attendant de le transporter... chez eux...

Elle éclata en larmes brûlantes et se réfugia entre les bras d'Alaïs. A son exemple, chacun se laissa aller à la désolation. Lamentations, cris de douleur, sanglots s'élevaient de toutes parts.

Albérade, Biétrix, les jardiniers, les palefreniers et les autres serviteurs ou servantes gémissaient, se répandaient en doléances, soupiraient et pleuraient en signe de deuil et de compassion. La nourrice de Berthe la Petite, qui la tenait dans sa chambre, loin de cette tragédie, ne participait pas au chœur funèbre.

Livide, le père Ascelin s'était agenouillé auprès de la voiture et priait.

Il fallut s'y reprendre à plusieurs fois pour séparer le lévrier de la dépouille qu'il veillait. Aboyant, cherchant à mordre, il se refusait à quitter sa faction. Les

valets d'écurie n'y parvinrent qu'en lui apportant une
écuelle remplie de soupe odorante et réussirent ensuite à
le conduire à la cuisine où ils l'enfermèrent.

— Pendant que vous vous occuperez de ce pauvre
Andronic, dit alors Landry, nous irons, Mathieu et moi,
prévenir Flaminia. Ce n'est point à vous, Brunissen,
d'accomplir une si affreuse démarche. Il faut s'attendre à
un terrible déchaînement de la part d'une femme éprise
et passionnée comme l'est notre sœur. Nous ne serons pas
trop de deux pour lui annoncer une telle perte, lui porter
secours au besoin, puis l'amener jusqu'ici...

Aidée par Alaïs, abattue, par Albérade, tremblante
d'horreur, et par deux blanchisseuses qui venaient laver
le linge de la maisonnée mais s'occupaient aussi des
toilettes mortuaires, Brunissen dégagea avec précaution
le cadavre de la couverture. Vêtements en lambeaux,
corps brisé, cuir chevelu arraché, Andronic gisait, désar-
ticulé, sur la paille. De profondes plaies entaillaient ses
mains, son front, ses joues bleuies et labourées. On lui
avait fermé les yeux.

— Dieu! murmura la future moniale, Dieu, Seigneur,
ayez pitié de ma sœur et de lui!

Gémissant, pleurant, psalmodiant la prière des
défunts, les femmes le lavèrent, tentèrent de le rajuster,
puis déposèrent sur le corps, dont elles avaient joint les
mains, un drap blanc qui le recouvrit.

Quand tout fut terminé, Brunissen alluma des cierges
aux quatre coins de la charrette et se retira. Il lui fallait
aller libérer Hâlid et trouver avec lui un moyen pour qu'il
s'en allât le plus vite possible, sans, toutefois, le mettre en
danger.

Depuis qu'elle l'avait quittée, elle n'avait pas vu Irène
et pensait qu'elle avait rejoint le marchand de chevaux.
L'enfant y était en effet, mais pas seule. Sa sœur Anthusa,
qu'on avait un peu oubliée dans l'agitation et le chagrin
de ce jour fatal, s'y était rendue également.

Belle comme une houri, elle avait pris place sur le lit et
écoutait, en penchant un visage empreint de gravité et
d'émotion vers le visiteur assis à ses pieds, les paroles
qu'il lui disait en arabe.

En les voyant tous trois converser de manière si

amicale, Brunissen sentit comme une pointe d'amertume se greffer sur sa peine et son désarroi. Comment Hâlid, dont elle connaissait l'exigeante sensibilité, pouvait-il bavarder avec tant d'abandon sous le toit d'une maison en deuil ?

Elle se sermonna aussitôt, prit une profonde inspiration, puis se contraignit à faire un effort sur elle-même pour parler avec naturel.

— Avant que Flaminia, qu'on est allé chercher, n'arrive ici, dit-elle, je viens vous dire adieu et vous remercier au nom de tous les miens. Grâce à vous, nous avons pu ramener chez nous le corps de mon beau-frère et nous vous en avons une immense reconnaissance. Dieu seul sait ce qui serait arrivé de lui si vous ne nous aviez pas prévenus...

— Avez-vous songé à ce que je vous ai dit au sujet de son cheval ? demanda Hâlid.

— Comment aurais-je pu oublier ? J'en suis fort troublée, voyez-vous, et je crains d'avoir trouvé qui aurait eu des raisons d'agir de la sorte... Mais nous ne devons jamais accuser sans preuve. Or, nous n'en possédons aucune...

— De par mon métier, je suis habitué aux chevaux. Je sais réduire leurs fractures, pratiquer des saignées, châtrer certains d'entre eux, et je connais assez bien les trois cent vingt maladies qui peuvent les menacer. Croyez-moi, amie, jamais je n'ai vu de manifestation aussi étrange que celle dont je vous ai parlé à propos de ce coursier-là. Par Allah, il avait absorbé dans sa nourriture une poudre au terrible pouvoir !

— Vous avez sans doute raison, Hâlid, mais maintenant que mon beau-frère s'en est allé à Dieu, à quoi servirait de parler vengeance ? C'est déjà, peut-être, par mesure de représailles qu'a été commis cet acte criminel. Non, plus j'y pense, plus je suis certaine, sans avoir même à en parler à mon confesseur, qu'il faut taire nos soupçons et ne rien en dire à quiconque... Et surtout pas à ma sœur qui s'embrase comme une torche ! Elle serait capable de rechercher le meurtrier ou la meurtrière, et de le tuer à son tour... au risque d'y perdre sa part de vie éternelle !

— Chez nous, on crèverait les yeux du criminel, avant de l'exécuter, dit Anthusa de sa voix de velours.

— Est-ce ainsi qu'on pratique à Constantinople le pardon des injures ? demanda Brunissen.

Elle se tut vivement, sans pouvoir s'empêcher de rougir. Hâlid la considéra un instant en silence, baissa la tête et soupira.

— Allez rejoindre votre famille et ne vous préoccupez plus de moi, reprit-il. Je sortirai comme je suis venu, avec Irène qui est un guide innocent dont personne ne songe à se méfier. Si Allah le permet, je serai bientôt en sûreté. Qu'Il prenne soin de vous et vous garde jusqu'à notre prochaine rencontre, ô amie. Je demeure encore pour de longs mois dans les parages de Jérusalem et je continuerai à observer de loin ce que vous faites.

— Alors, vous apprendrez bientôt mon entrée au moutier Sainte-Anne où je compte prendre le voile, répondit Brunissen. J'y prierai pour vous et pour tous les hommes de bonne volonté.

Hâlid s'inclina comme il l'avait fait au début, en portant sa main droite successivement à son front, ses lèvres et sa poitrine. La future moniale ne vit pas son regard avant de le quitter.

Elle regagna la remise où se continuait la veillée mortuaire. Sans bruit, elle s'agenouilla entre son oncle et Alaïs, plongea son visage dans ses mains et se mit à prier.

La nuit venait. La lueur des cierges y posait quatre points de lumière tremblante qui éclairaient faiblement le suaire d'Andronic.

Soudain, de la cuisine où il était toujours enfermé, le sloughi se mit à hurler comme font les loups dans les forêts hivernales.

On entendit des bruits de pas sur les dalles et le martèlement du pilon de bois qui précédait Landry partout où il allait.

Brunissen, Alaïs et le père Ascelin se redressèrent, le cœur battant, en proie à une terrible angoisse.

Flaminia entra dans la grange. Elle ne vit personne, marcha vers la charrette, contempla un instant la forme allongée et s'écroula tout d'une pièce, sans un mot, sur le corps de son mari.

Derrière elle, secoué de sanglots, Paschal s'avança entre Mathieu et Landry.

— J'étais malade depuis hier et n'ai pu aller à la chasse avec lui! dit-il au milieu de ses pleurs. Je m'en voudrai toujours. Si j'avais été là, cette horrible chose ne se serait pas produite!

Brunissen ne dit rien, attira l'enfant dans ses bras et le tint un moment embrassé.

Les servantes avaient voulu se précipiter sur Flaminia pour l'arracher à son ultime étreinte. D'un geste, le père Ascelin les en avait empêchées. Ses yeux n'étaient plus que des trous noirs dans son visage blême.

— Il faut les laisser tous deux, dit-il. Ne les troublons pas...

On sortit de la remise pour se réunir dans la grande salle.

Pleurs et lamentations s'y donnèrent de nouveau libre cours.

— Dès qu'elle nous a vus, Flaminia a compris, dit Landry à son oncle et à sa sœur. Elle est devenue toute blanche, a murmuré : « Depuis tantôt, je savais qu'un malheur s'était produit... » Puis elle s'est pâmée. Nous avons eu beaucoup de mal à lui faire recouvrer ses esprits. Quand elle a repris connaissance, elle nous a dit : « Partons vers lui. » Nous l'avons suivie jusqu'ici sans qu'elle prononce un mot. Elle avançait comme une flèche attirée par un aimant...

— On aurait dit une statue de pierre en marche, ajouta Mathieu. Pas un instant elle n'a pleuré. Je n'ai jamais été aussi impressionné de ma vie.

Ce ne fut que beaucoup plus tard, alors qu'approchait l'heure des complies, que Flaminia rejoignit sa famille. Son visage décoloré, ses yeux vides, son bliaud lacéré, ses joues griffées, ses cheveux dénoués et épandus sur ses épaules la faisaient ressembler à une femme qui aurait perdu la raison...

L'assemblée qui pleurait et gémissait, autour de la cheminée où flambait un feu de bois aromatique, se tut d'un coup.

— Mon oncle, dit Flaminia, occupez-vous, je vous en prie, de le faire ensevelir. Je ne veux rien en savoir. Je n'assisterai pas à la cérémonie. Je vais partir dans le désert pour un temps.

Elle s'interrompit, ferma les yeux, demeura un moment immobile et chacun s'attendait à ce qu'elle s'écroulât.

— Attendez-moi, mon oncle, reprit-elle ensuite. Ne retournez pas à Chartres avant de m'avoir revue. Je rentrerai là-bas avec vous. Je n'ai plus rien à faire ici.

— Damedieu! s'écria Landry, vous voulez nous quitter? Que va devenir votre atelier de parcheminerie?

— Je vous le donne, mon frère. Vous pourrez vous y installer dès demain avec Alaïs et Berthe la Petite. Tout y sera à vous.

Un silence de glace tomba sur la salle.

— Que ferez-vous de moi? demanda timidement Paschal dont les larmes inondaient la tunique d'épaisse laine blanche. M'abandonnerez-vous dans ce pays où je ne connais personne?

Flaminia tressaillit et fixa des yeux son beau-fils comme elle l'aurait fait d'un revenant.

— Ne pouvez-vous regagner Constantinople avec Basile? demanda Brunissen.

— Basile n'est plus ici, répondit l'enfant. Il a disparu depuis ce matin. Nous l'avons cherché partout mais il avait quitté la maison à l'aube. Une servante l'a vu qui s'éloignait à grands pas...

Brunissen serra si violemment ses mains l'une contre l'autre que ses articulations apparurent soudain blanches. Tout devenait clair. Le précepteur, soudoyé d'une façon ou d'une autre par l'épouse jalouse, demeurée cette fois en Grèce, avait administré au cheval d'Andronic la préparation maléfique qui l'avait rendu fou. L'indisposition de Paschal, elle non plus, n'était sans doute pas fortuite. Afin que son fils n'assistât pas à l'accident conçu et provoqué par elle, Icasia avait dû demander à Basile de faire prendre à l'enfant une autre de ses potions qui le retiendrait à la chambre. Puis le meurtrier s'était enfui. La vengeance de l'épouse délaissée avait été exécutée...

— Je ne vous abandonnerai pas, lui répondit Flaminia pendant que sa sœur réfléchissait. Vous viendrez avec moi à Chartres. Il l'aurait voulu ainsi...

Elle serra les lèvres comme pour y enclore le cri qui la déchirait.

— J'emmènerai aussi le sloughi, continua-t-elle après s'être maîtrisée. Allez le chercher, je vous prie. Il viendra avec moi là où je vais...

Pendant une semaine, Flaminia marcha à travers le désert. Enveloppée dans un vaste manteau sarrasin, très ample, taillé dans une étoffe en poil de chèvre teinte en noir, couleur de deuil adoptée par tous les habitants de Syrie et de Palestine, elle avait pris la fuite. Son chien sur les talons, elle avançait dans la pierraille, tournant comme un épervier autour de la ferme où s'était produit l'accident. Nul n'avait eu besoin de lui désigner ce funeste endroit. Duc l'y aurait conduite, mais elle savait où il se trouvait. Dans un coin de son esprit, la perception monstrueuse de la mort s'était tapie, bien qu'elle n'acceptât pas de s'y attarder. Il lui arrivait, parfois, de pousser un long cri d'appel, de prononcer le nom aimé, de hurler comme une louve, de tomber à terre comme une morte, les yeux ouverts, attendant qu'il se produisît un événement surnaturel, un prodige, que la terre s'ouvrît pour l'engloutir ou pour lui rendre Andronic. Elle répétait : « Il est mort ! Il est mort ! » Mais, de tout son être, elle rejetait un tel constat et se prosternait afin de supplier Dieu de le lui rendre. Les yeux levés, elle considérait sans ciller le ciel gris qui pesait sur la Judée en cette vigile de l'Épiphanie et le fixait jusqu'à voir les nuages devenir pourpres, violets ou couleur de sang... Son cœur battait à se rompre, mais il ne se rompait pas et elle égrenait sans fin un chapelet entre ses doigts.

— Le Seigneur ne nous permet pas de nous donner la mort nous-mêmes, dit-elle un soir, tout haut. De toute façon, on ne meurt pas du désir de mourir. Pas plus qu'on ne pleure parce qu'on voudrait pleurer !

Depuis qu'un abominable pressentiment l'avait foudroyée le matin de la Saint-Sylvestre, elle n'avait pas versé une larme. Desséchée, lestée du plomb fondu qui coulait dans ses veines, elle ne ressentait qu'une brûlure sous les paupières comme si le sable du désert s'y était insinué, comme si un nuage compact et lourd d'orage avait pénétré entre sa gorge et sa poitrine pour l'étouffer.

Duc la suivait, s'arrêtait quand elle s'arrêtait, repartait dès qu'elle bougeait. Il ne manifestait ni tendresse maladroite, ni indifférence animale, ni intérêt pour le gibier rencontré. Elle avait emporté avec elle, dans une besace, du pain qu'ils se partageaient, le chien et elle, également. Il la contemplait de ses yeux de topaze, mais conservait ses distances et se contentait de monter la garde autour d'elle à tout moment. Ils buvaient ensemble aux fontaines ou aux puits rencontrés là où il y avait des points d'eau, puis reprenaient leur errance.

La nuit, elle demeurait éveillée jusqu'à l'aube. Enroulée dans son manteau, elle serrait Duc contre elle et lui parlait tout bas. Quand le chien s'endormait enfin, elle priait comme on crie, cherchant dans l'immensité étoilée du ciel d'Orient l'astre où s'était réfugiée l'âme d'Andronic... Le petit matin gris d'hiver la trouvait blottie contre le lévrier, se réchauffant à sa chaleur, écrasée par un mauvais sommeil.

Comment continuer à exister ? Elle ne supportait plus la présence d'aucun être humain auprès d'elle et s'était éloignée de tous pour que personne ne pût la toucher. Le moindre contact lui aurait été odieux. L'empreinte du corps raidi, cireux, rompu, de son mari s'était incrustée dans sa chair durant le long moment passé dans la charrette, couchée sur lui, dans un état de prostration et de douleur telles qu'elle avait espéré y laisser sa vie. Le souvenir de ces épousailles avec la mort demeurait en elle comme une lame... Quand la plaie lui faisait trop mal, elle tombait à genoux dans le sable ou sur les cailloux et priait à haute voix, appelant le Seigneur, se balançant d'avant en arrière d'un mouvement machinal, s'appuyant alternativement sur ses genoux et sur ses pieds gonflés, écorchés, à vif, mais dont elle ne ressentait plus la souffrance tant elle y portait peu d'attention. Elle psalmodiait ainsi, d'un ton monocorde, pendant des heures, et les nomades qui passaient aux alentours s'écartaient pour ne pas la troubler.

Prévenu par Brunissen qui lui avait écrit, Hâlid veillait de loin sur cette femme dont la douleur le touchait. Il n'y avait pas beaucoup de veuves pour se comporter de la sorte à la mort de leur époux. Le marchand de chevaux respectait Flaminia et la faisait respecter par tous ceux avec lesquels il entretenait des rapports, fût-ce avec ceux-là mêmes qu'il réunissait en des conciliabules dirigés contre ces Francs dont la jeune femme faisait partie... Il s'arrangeait pour adresser à Brunissen des messages où il lui décrivait les allées et venues de sa sœur, ce qui permettait aux Chartrains de suivre à distance le cheminement de celle dont ils attendaient le retour.

Godefroi de Bouillon et le nouveau patriarche venaient de regagner Jérusalem après s'être séparés avec tristesse de Bohémond d'Antioche et de Baudouin d'Édesse, repartis l'un et l'autre vers la Syrie du Nord, lorsque, suivie de Duc, et à la nuit tombante, Flaminia réapparut au domicile des siens.

Pieds sanguinolents, couverts de la poussière du désert, bliaud et manteau qu'elle n'avait pas quittés depuis huit jours salis et puants, cheveux hirsutes, mains écorchées et sales, ongles noirs ou cassés, la belle parcheminière de naguère était semblable à une mendiante sans âge et sans aveu.

— Venez, lui dit Brunissen, venez avec moi, ma sœur, je vais vous faire préparer un bain.

Mahiette, la chambrière blésoise engagée par Andronic pour servir sa femme, était venue se réfugier chez les Chartrains après l'irréparable désastre qui avait endeuillé la maison du couple. Elle souhaitait continuer à s'occuper de sa maîtresse puis repartir avec elle, le moment venu. Quand Flaminia pénétra en compagnie de Brunissen dans la chambre, une baignoire de bois poli, doublée d'un molleton et remplie d'eau fumante, l'attendait devant une sorte de brasero en bronze posé au centre d'un large plateau de cuivre. Elle tressaillit en reconnaissant Mahiette, et ses lèvres se mirent à trembler. Mais elle se reprit vite et sourit tristement à la jeune servante.

— Nous voici veuves toutes deux ! dit-elle d'une voix rauque. Il nous reste à présent à nous soutenir l'une l'autre.

Puis, avec indifférence, elle se laissa soigner, panser, laver, frotter, sécher, vêtir et coiffer par les mains adroites de sa chambrière qu'aidait Brunissen. Une fois redevenue nette, vêtue d'un bliaud de laine noire, les cheveux démêlés et nattés avec soin, elle prit place sans appétit devant une petite table apportée toute servie à son intention dans la chambre, sur les indications de sa sœur.

— Duc a-t-il été, lui aussi, lavé et nourri ? demanda-t-elle alors.

— Ne soyez pas en peine pour lui. Paschal s'en occupe. Votre lévrier a semblé heureux de le retrouver.

— Oui, Paschal..., murmura Flaminia, Paschal...

Elle demeura un moment songeuse, puis se redressa sur son siège.

— Savez-vous à quelle date il nous sera possible de quitter Jérusalem ? s'enquit-elle d'un ton plus ferme.

— Notre oncle attendait votre retour pour retenir des places sur les nefs qui relient Jaffa à l'Italie, dit Brunissen. Comme il y a maintenant un incessant va-et-vient de bateaux qui amènent ou reconduisent chez eux les pèlerins désireux de venir aux Lieux saints, il ne doit pas être difficile d'en trouver de disponibles. Certaines naves touchent même à Marseille.

— Dieu veuille que nous puissions bientôt nous embarquer ! soupira Flaminia. Je ne saurais plus vivre dans cette ville...

Brunissen posa une main fraternelle sur l'épaule de sa cadette et l'y laissa un moment appuyée.

— Landry et Alaïs, avec Berthe la Petite, se sont décidés, voici peu, à partir s'installer dans la parcheminerie dont les apprentis et les clients s'impatientaient, dit-elle. J'imagine que vous n'y retournerez pas. J'y ai fait prendre vos effets et certaines choses qui m'ont semblé devoir vous être utiles... ou précieuses. Je les ai rangées dans un coffre de voyage. Vous l'emporterez en partant.

— Rien ne m'est plus..., murmura Flaminia. Je ne tiens plus à rien...

Des aboiements les interrompirent. Paschal entra avec le sloughi qui s'élança vers sa maîtresse et vint lui lécher les mains.

— Notre oncle, Paschal et Duc seront mes compagnons de route, reprit Flaminia. Espérons que nous parviendrons à Chartres sans trop tarder.

L'adolescent vint s'asseoir près de sa belle-mère.

— Croyez-vous que je me ferai à la façon de vivre des Francs ? demanda-t-il en baissant la tête. Votre pays est si loin, si différent...

Lèvres serrées, la jeune femme le considéra un instant.

— Votre père l'aurait souhaité, dit-elle d'un ton neutre, mais si vous préférez retourner à Constantinople, vous êtes libre de le faire.

— Je suis fâché avec ma mère ! s'écria Paschal. Avant de quitter la maison, je lui ai écrit une lettre où je l'accusais de m'avoir détourné de mon père et de ne savoir quoi inventer pour envenimer la situation !

Brunissen fut sur le point de parler, mais, considérant le visage de pierre que sa sœur tournait vers le brasero, elle se ravisa.

— Ce qu'une lettre a défait, une autre lettre peut le refaire, dit-elle au bout d'un moment, durant lequel personne n'avait su quoi dire. Si vous rédigiez une nouvelle missive pour Icasia, en lui demandant de vous pardonner votre colère et en lui apprenant ce qui est arrivé ici, il se peut qu'elle change d'avis.

Flaminia se leva.

— Je vais dans la grande salle avec Duc, dit-elle brusquement. Vous m'annoncerez quand vous le voudrez ce que vous aurez décidé.

Elle sortit avec le lévrier.

— Autant je souhaitais vivre auprès de mon père, autant je redoute de me retrouver en compagnie d'une femme aussi entière, dans un pays qui doit lui ressembler, avoua Paschal.

Brunissen inclina la tête sur sa poitrine et réfléchit longuement.

— Vous avez peut-être raison, finit-elle par admettre. Il est vrai, Dieu juste, que Flaminia vit son deuil avec une intensité sans pareille et que son malheur la durcit. Essayez de la comprendre. Si elle ne se protégeait pas derrière ce bouclier, elle serait déjà morte. Son cœur aurait éclaté.

Paschal se mit à pleurer.

— La disparition de mon père est bien le pire des malheurs qui pouvaient m'arriver, gémit-il. A présent je me sens perdu !

Brunissen attira l'adolescent contre elle.

— Vous êtes bien jeune en effet pour connaître de tels tourments ! lui dit-elle en lui caressant les cheveux. Le mieux pour vous serait de rester avec mon frère et ma sœur dans leur parcheminerie. Vous pourriez y prendre le temps de réfléchir au milieu d'une ville que vous commencez à connaître et qui vous dépayse moins que ne le ferait Chartres. Ils vous accueilleront, j'en suis certaine, avec amitié. Le temps passant, vous verrez bien si vous préférez demeurer à Jérusalem ou retourner à Constantinople.

— Je crois que j'aimerais mieux revenir auprès de ma mère... le plus vite possible..., reconnut Paschal, pitoyable comme l'enfant fragile qu'il était encore.

— Eh bien, par Notre-Dame, pourquoi ne pas l'avouer tout simplement ? demanda Brunissen. Les bateaux pour Constantinople doivent être nombreux à Laodicée. Nous vous y ferons conduire avec un groupe de pèlerins grecs comme il s'en rencontre souvent à Jérusalem. En suivant la côte, le voyage est sans danger.

Elle s'interrompit un bref moment.

— Peut-être même pourrez-vous retrouver parmi eux votre précepteur, ce Basile venu avec vous avant la Noël...

— Il doit déjà être loin ! Lui non plus ne s'accoutumait guère à la privation de nos habitudes, de notre ville aux cinq cents merveilles, de notre existence si agréable... non plus qu'à l'absence de ma mère pour laquelle il éprouve une grande vénération !

Brunissen soupira.

— Je comprends, dit-elle, je comprends... Puisqu'il en est ainsi et que vous avez pris votre décision, je vais aller dire à Flaminia que vous avez choisi.

— Croyez-vous qu'elle en sera fâchée ?

— Rien ne peut l'atteindre là où elle est, assura Brunissen avec un triste sourire. Rien ne peut faire davantage souffrir son pauvre cœur crucifié...

Dans la grande pièce, le père Ascelin et sa nièce parlaient devant un kursi, table basse recouverte d'un drap de toile, de plusieurs courtines de laine et d'une sorte de couvre-pied piqué, sous lesquels on avait glissé un brasero rempli de poussières de charbon et de braises ardentes enfouies sous des cendres. Ce moyen de chauffage, employé en hiver dans toutes les régions de la Syrie et de la Palestine, dégageait une chaleur douce et durable qui permettait de traverser sans en pâtir les quelques semaines de froidure.

Il fallait un certain tour de main pour entretenir ce foyer tout en le modérant, afin d'éviter la fumée, mais les Syriens et les Arméniens avaient appris aux Francs à s'en servir. Des aiguières bien pleines avaient été déposées en cercle sous la table, autour du brasero et on entendait bouillonner doucement l'eau qu'elles contenaient.

Assis sur les sofas qui entouraient ce kursi, Flaminia et son oncle conversaient à mi-voix. Couché à leurs pieds, Duc semblait dormir. Trois lampes à huile les éclairaient de leur calme lumière.

Une surprenante impression de recueillement se dégageait de cette scène. Songeant à la possibilité d'une confession, Brunissen pensait à se retirer quand la voix de Flaminia, toujours rauque et voilée, lui parvint.

— Restez, ma sœur, restez, disait-elle. Notre oncle me parle de ce qui s'est passé en mon absence...

Les oreilles triangulaires du sloughi, attachées haut sur sa tête, se dressèrent aussitôt. D'un geste, sa maîtresse l'apaisa.

— Il repose à présent à côté de ses coreligionnaires, parmi les tombes grecques du Saint-Sépulcre, terminait le père Ascelin. Chaque jour, je fais dire des messes pour le salut de son âme...

— Soyez-en remercié, dit Flaminia. Mais sachez que jamais je n'irai là-bas.

— Comme vous voudrez, ma fille. Face à l'éternité, seules comptent nos prières...

Un silence se creusa.

— Souhaitez-vous prendre un breuvage qui vous aide à trouver le sommeil ? demanda Brunissen. Anthusa connaît les plantes et leurs propriétés.

D'un air farouche, Flaminia secoua la tête.

— Je ne tiens pas à dormir, dit-elle. Je passerai cette nuit en prière dans la remise que vous savez.

— Le froid..., protesta le père Ascelin.

— J'ai couché sept fois de suite dans le désert, mon oncle, et je n'en suis pas morte, murmura la jeune veuve. Je n'ai même pas su quelle température il y faisait.

Elle posa une main sur le dos du chien dont la robe couleur de sable frémit.

— J'ai là un compagnon qui me réchauffe quand c'est nécessaire, ajouta-t-elle. Nous nous comprenons parfaitement, lui et moi.

Elle se leva. Comme elle avait beaucoup maigri, elle semblait plus grande. Son visage sans couleur, ses yeux creusés et cernés de bistre lui composaient un masque pathétique. Son bliaud noir accentuait encore l'aspect funèbre d'un être de dix-neuf ans qui, quelque temps plus tôt, était la vie même.

— La charrette est toujours là, murmura Brunissen. Je n'ai pas voulu que nous nous en défassions.

Une sorte de clarté passa dans les prunelles ternies.

— Soyez bénie, ma sœur, pour une telle pensée, dit Flaminia. C'est sur cette paille-là que je dormirai et nulle part ailleurs. Elle sera désormais, tant que je serai ici, la seule couche qui me convienne.

Elle se tourna vers le sloughi.

— Viens, Duc, viens, appela-t-elle. Tu auras peut-être, toi, la chance d'y retrouver son odeur...

Elle s'éloigna en boitant un peu, tant ses pieds douloureux la gênaient pour marcher. Le grand lévrier la suivait d'aussi près que l'ombre noire projetée sur le sol par la lumière tremblante des lampes à huile.

Trois semaines plus tard, tous les Chartrains se retrouvèrent une dernière fois à Jaffa. La famille au complet avait tenu à accompagner le père Ascelin, Flaminia, Mahiette et Duc jusqu'à la nef pisane qui allait les emporter.

Le froid avait déjà cédé la place à une douceur printanière.

Sous un soleil redevenu tiède et bienfaisant, le grand port franc de la côte syrienne était en pleine effervescence. L'avoué du Saint-Sépulcre avait en effet décidé de renforcer ses défenses et, pour ce faire, d'agrandir, d'élargir, de rehausser les fortifications de la ville. Un grand nombre d'ouvriers travaillaient sur les murailles dans le bruit incessant des palans, des treuils, des charrois, parmi les cris des marins, les ordres des maîtres d'œuvre, le martèlement des tailleurs de pierre, le grincement des poulies, des haubans et des voiles qu'on hissait.

— Grâce à notre sire Godefroi de Bouillon, ce port est en passe de devenir le plus important de la côte, remarqua Mathieu, qui avait, ainsi que Reinard, insisté pour être présent pour cette ultime séparation. Par Dieu, à l'abri de tels remparts, les pèlerins de toute la Chrétienté débarqueront ou embarqueront en parfaite sécurité !

— Certes, lui répondit Landry. Les denrées les plus diverses y pourront également être livrées et entreposées sans risque. Que le diable m'étouffe si ce n'est pas là un coup terrible porté aux mécréants de tout poil qui fourmillent sur le reste du littoral palestinien ! Leurs dernières possessions, coupées les unes des autres, vont se trouver à la merci de nos attaques !

— Dieu soit loué, qui m'a permis de constater avant mon départ l'affermissement de ce royaume franc que nous avons vu naître ! dit le père Ascelin dont le visage était parcouru de crispations nerveuses. L'animation que je constate ici augure bien d'un avenir que je ne verrai pas, mais auquel vous participerez, mes chers neveux...

Albérade pleurait doucement en considérant d'un œil navré Flaminia qui marchait d'un pas hâtif en tête du groupe, pâle, pitoyablement amaigrie, le visage fermé, sans rien voir sur son passage... Partagée entre le désir de retourner dans son pays avec la plus infortunée de ses maîtresses ou de rester à Jérusalem en compagnie de Brunissen, de Landry et d'Alaïs, la brave femme avait longtemps hésité. Si elle avait fini par choisir de demeurer sur place, c'était sans doute à cause du grand attachement qu'elle vouait à Alaïs, la plus jeune, ainsi que de l'affection qu'elle portait à Berthe la Petite, mais aussi par crainte des dangers et des angoisses que réservait un si long chemin. L'avoir parcouru une fois lui semblait amplement suffisant.

Les jumeaux se tenaient par la main, l'un traînant son pilon, l'autre refoulant ses larmes. Biétrix et Irène, qui avaient voulu venir, marchaient auprès d'eux. Seule, Anthusa, parce qu'elle se déplaçait toujours avec quelque difficulté, était demeurée au logis.

Brunissen, au bras de laquelle s'appuyait le père Ascelin, se rappelait l'embarquement de Brindisi lors d'un printemps qui contenait tant d'espoir et l'avidité avec laquelle Flaminia, à cette époque, envisageait l'avenir...

« Dieu Seigneur, protégez-la, je vous en supplie ! Allégez le tourment qui la ronge ! »

— Tout est si pareil, murmura le père Ascelin en découvrant, parmi les autres bateaux que contenait le port, la grosse nef pisane, peinte de couleurs vives, sur laquelle ils allaient embarquer. Si pareil et pourtant si différent...

Il songeait aussi à son ami Foucher de Chartres, retourné vers Édesse avec la suite de Baudouin de Boulogne, un maître qu'il aimait et admirait. Lui non plus, il ne le reverrait jamais en ce monde...

Brunissen inclina la tête en signe d'assentiment.

— Je suis contente que Paschal ait pu trouver un groupe en partance pour Constantinople et qu'il s'en soit allé, reprit-elle au bout d'un moment. Sa présence ici, en cet instant, aurait été trop cruelle pour Flaminia.

— Je prendrai soin d'elle durant le voyage, assura à mi-voix le père Ascelin, et je ne la délaisserai point non plus, vous pouvez en être sûre, quand nous serons à Chartres...

DEUXIÈME PARTIE

Mi-carême 1100 - janvier 1101

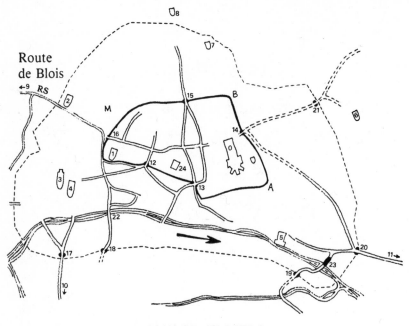

PLAN DE CHARTRES

Églises

0. Cathédrale.
1. Saint-Aignan.
2. Saint-Michel.
3. Saint-Père-en-Vallée.
4. Saint-Hilaire.
5. Saint-André.
6. Saint-Jean-en-Vallée.
7. Sainte-Foy.
8. Saint-Saturnin.
9. Saint-Martin-au-Val.
10. Saint-Barthélémy et Saint-Chéron.
11. Saint-Maurice.
A. Coin du mur de l'évêque.
B. Coin Rahier.
M. Marché.
RS. Regia strada (route de Blois).

Portes :

Enceinte primitive (IXᵉ-Xᵉ).
12. Cendreuse.
13. Evière.
14. Neuve (?).
15. Percheronne.
16. Foucher-Nivelon (poterne).

Enceinte fin XIᵉ.
17. Morard.
18. Tireveau (poterne).
19. Imbaud.
20. Drouaise.
21. Saint-Jean-en-Vallée.

Ponts :

22. Mergentis pediculi (Taillard ?).
23. Innommé (du Massacre ?).
24. Tour comtale.

(plan extrait du livre de Roger Joly, *Histoire de Chartres*.)

1.

Après une traversée maussade de la Méditerranée, pendant laquelle ils avaient été secoués par d'incessantes et rageuses bourrasques, deux ou trois dizaines de pèlerins s'étaient retrouvés et regroupés à Marseille, au temps de la mi-carême. Depuis lors, ils faisaient route ensemble vers Chartres et ses entours, d'où ils étaient partis plus de quatre années auparavant.

Chargés de coffres, de sacs, de paniers, tirés par des mulets aux pieds sûrs, plusieurs lourds chariots les suivaient.

Vêtus par-dessus leurs bliauds de la longue chape munie d'un capuchon qui les protégeait du soleil comme de la pluie, une croix de tissu rouge, signe sacré de leurs vœux de pèlerinage, cousue sur une épaule, portant en bandoulière la besace surmontée des palmes cueillies à Jéricho, le bourdon à la main, les marcheurs de Dieu progressaient avec patience et ténacité.

Pour seconder leurs pas, ils chantaient psaumes, litanies, hymnes, chansons de route, ou bien ils priaient de concert, à voix haute, afin d'éloigner les mauvais esprits.

Tout au long des chemins, voies romaines et sentiers, jalonnés de croix, d'oratoires, de chapelles, de mont-joies, de prieurés, de maisons-Dieu, qui les avaient menés, pendant deux bons mois, de la côte provençale à la plaine de Beauce, ils n'avaient pas cessé d'être l'objet de la curiosité, de l'enthousiasme, de la vénération du peuple chrétien qu'ils rencontraient.

« Des paulmiers ! Des paulmiers ! Saint-Sépulcre ! Montjoie ! Los ! Los ! Gloire à Dieu ! Jérusalem ! Jérusalem ! »

Comme une litanie toujours renaissante, ces cris les précédaient, les accueillaient, les suivaient. Dès qu'étaient aperçues les palmes rapportées à grand effort de Terre sainte, symboles de triomphe mais aussi rappels du martyre consenti pour la délivrance du tombeau sacré, les habitants des villes comme ceux du moindre hameau campagnard se précipitaient vers les pèlerins, criant de joie et les couvrant de bénédictions.

Hébergés, soignés, nourris, honorés, sujets de prévenances multiples mais également de questions sans fin, les paulmiers avaient cheminé dans une lumière printanière qui était aussi lumière d'apothéose. Ils étaient des héros, des créatures bénies du Seigneur. Le Tout-Puissant leur avait permis de libérer le Saint-Sépulcre de la souillure maudite des infidèles.

Par la vallée du Rhône, Lyon, Nevers, Saint-Benoît-sur-Loire, Orléans, ils étaient ainsi remontés du Midi vers leurs terres beauceronnes. En débarquant, ils avaient admiré le temps clair du printemps précoce qui les accueillait en Provence, puis, tout au long de leur pérégrination, ils l'avaient vu, renaissant sous leurs yeux, progresser comme eux vers le nord. Quand il pleuvait, ils s'émerveillaient de la fraîcheur de la pluie et, après l'averse ou l'orage, de l'herbe si verte, des arbres aux feuilles lustrées et neuves dont ils avaient oublié la juvénile gaieté sous l'aride climat et le soleil dévorant de Palestine.

Mais, parmi ces croisés du retour, il y en avait une que les giboulées, la belle saison, pas plus que la grosse houle du voyage en mer ne semblaient concerner. Marchant d'un pas régulier, sans jamais se plaindre de la fatigue, sans paraître rien voir des paysages traversés, Flaminia ne parlait que fort peu, mangeait ce qui était nécessaire à sa subsistance, et ne s'intéressait qu'au beau lévrier qui ne la quittait jamais.

Le père Ascelin s'était lié avec deux autres clercs du

groupe, Mahiette bavardait parmi plusieurs femmes, dont une Blésoise comme elle, mais la jeune veuve, perdue dans une sorte de rêve éveillé, ne paraissait éprouver aucun besoin d'échange avec ceux qui l'entouraient. Elle participait aux corvées collectives, soignait les malades, mettait la main aux plats communs, dormait, enroulée dans sa chape entre son chien et sa servante, sur le foin, la paille des granges ou dans les lits de fortune, suivait chaque jour la messe matinale, priait avec tous, mais ne mêlait pas sa voix aux chants de route entonnés en chœur par ses compagnons.

Le bruit de son veuvage s'étant répandu dès le premier jour passé sur la nef, on respectait son chagrin et on admettait son air absent. Cette belle femme au visage assombri par le deuil attirait la compassion, mais tout dans son attitude en écartait les témoignages. Seul, Duc parvenait à faire naître sur ses lèvres une sorte de sourire indulgent et complice. Elle le brossait chaque jour, le lavait s'il en avait besoin, entourait le fier animal de l'attention affectueuse et inquiète que les mères réservent d'ordinaire à leurs enfants. Depuis la Saint-Sylvestre, elle n'avait pas versé une larme. La source en semblait obstruée par une boule douloureuse, logée, rencognée dans sa poitrine, entre gorge et cœur, comme une masse de plomb.

Son oncle, qui l'observait avec un mélange d'anxiété et d'admiration, ne cessait de se demander pourquoi elle avait tenu à revenir à Chartres. Il avait fini par penser que sa nièce obéissait là à un instinct comparable à celui de l'oiseau migrateur qui revient toujours vers son nid ou à celui du gibier poursuivi qui se réfugie dans sa tanière.

Jamais elle ne prononçait le nom d'Andronic. Quand elle en parlait, ce qui se produisait rarement et presque uniquement dans les propos adressés à Duc, elle disait « il » ou « lui » comme s'il n'y avait eu qu'un homme sur terre dont il valût la peine qu'elle s'occupât.

Ces étrangetés mises à part, elle se comportait avec calme, réserve et une pondération tout à fait surprenante pour ceux qui la connaissaient. Pas une seule fois elle ne s'était emportée. Ses colères, ses violences, ses indignations de jadis paraissaient avoir été ensevelies avec son mari, là-bas, à Jérusalem. Comme une lame d'acier se brise sous une pesée trop forte, un élément de son être avait dû céder sous le poids excessif de la douleur, privant son âme rompue du mordant qui si longtemps l'avait caractérisée.

Un matin, alors que les pèlerins achevaient la traversée de la forêt d'Orléans, un étang aux tranquilles eaux frangées de roseaux apparut dans une clairière.

« Vive Dieu ! Allons nous laver de toute la poussière et de la crasse qui nous collent au cuir ! » lança une voix.

Ce fut une ruée. Chaque fois qu'une rivière, un ruisseau, un étang, une source s'étaient présentés sur leur chemin, les paulmiers et les paulmières s'y étaient plongés avec délice. La sueur, la boue, l'âcre odeur de corps mal lavés qui émanaient de leurs vêtements usagés et salis dégoûtaient les plus raffinés d'entre eux ou suscitaient remarques moqueuses et grasses plaisanteries de la part des autres.

De nouveau, bien peu résistèrent à l'invite de l'eau claire et transparente au fond de laquelle brillaient des cailloux blancs.

Parmi ceux qui ne se baignèrent pas en cette lumineuse matinée de mai se retrouvèrent le père Ascelin, Flaminia, une mère qui allaitait son nourrisson et deux moines d'âge mûr, trop fragiles pour risquer de prendre froid.

Mahiette s'était éloignée avec les autres baigneuses et les enfants. Selon une règle bien établie, parce que dans les étuves où ils avaient coutume de se rendre les deux sexes étaient séparés, hommes et femmes se quittaient alors, les uns allant à droite, les autres à gauche. On se déshabillait derrière les buissons et les commères tendaient des draps autour des endroits trop découverts où les demoiselles du groupe ôtaient leurs bliauds avant de se glisser dans l'eau, nues en chemise. Les hommes, eux, s'élançaient et plongeaient dans l'étang sans aucun costume. De grands rires, des jeux bruyants, les cris de certaines filles saisies par la fraîcheur ou rejointes sous l'eau par les plus entreprenants des garçons accompagnèrent, selon l'habitude, le bain improvisé.

Abrités par les basses branches des chênes ou des hêtres aux feuilles encore fragiles et tendres, les mulets du convoi, heureux eux aussi de souffler, broutaient le feuillage nouveau ainsi que l'herbe drue.

— Vous ne lavez pas Duc? demanda le père Ascelin à sa nièce, assise à ses côtés.

Couché auprès d'elle, le sloughi avait posé sa tête sur les genoux de sa maîtresse et gardait les yeux clos.

— Ma foi non. J'en ai eu l'occasion hier dans la maison-Dieu où nous avons dormi et je sais qu'il n'est pas bon pour lui d'être trop souvent mouillé.

Il y eut un silence. Dans l'étang, les rires, les éclaboussures, les bousculades joyeuses continuaient. Comme son lévrier, Flaminia ferma les paupières. Ces baignades lui étaient toujours un supplice. Andronic aimait l'eau. Il nageait parfaitement et parlait avec nostalgie du temps où il plongeait dans les ondes bleues du Bosphore... ce Bosphore qui avait la couleur de ses prunelles...

La jeune femme se leva.

— Viens, Duc, viens boire, tu as peut-être soif...

Son oncle la suivit des yeux et soupira. Il fallait attendre. La distance, le temps, le retour au pays viendraient-ils un jour à bout de ce deuil sans concession? Pour le moment, on ne pouvait songer à secourir Flaminia que par l'oraison. Aussi priait-il pour elle sans cesse, dans la double intention d'obtenir l'apaisement de sa souffrance et le pardon des fautes qui étaient à l'origine d'un aussi dur malheur.

Une question tourmentait le père Ascelin : sa nièce se repentait-elle d'avoir détourné de son devoir un homme marié, durant l'accomplissement d'un vœu de pèlerinage qui aurait dû être sacré pour elle? Se jugeait-elle coupable d'avoir commis avec lui le péché d'adultère en Terre sainte, héritage du Christ qui y avait vécu et l'avait sanctifiée de son propre sang? Depuis que Brunissen lui avait appris la malemort d'Andronic, il ne cessait de tourner et de retourner au creux de son âme cette interrogation essentielle. Se dire que le prétendu mari de Flaminia avait rendu l'esprit en état de péché mortel était déjà terrible, mais songer qu'elle-même demeurait peut-être fermée à tout mouvement de repentance ne lui laissait pas de repos. Cependant il ne s'était pas senti le droit de lui en parler. Promène-t-on une écorchée vive au milieu des ronciers ?

En regardant les pèlerins, ses compagnons, qui se frottaient allègrement pour se débarrasser de leur malpropreté, de leur sueur, des odeurs fétides qui leur collaient à la peau, il pensait que l'effort pour se laver du péché est, en certaines occurrences, autrement plus astreignant qu'un simple décrassage du corps...

Après avoir quitté les bords de l'étang et la forêt grouillante d'animaux sauvages aussi bien que de troupeaux de porcs farouches qui fouissaient avec gloutonnerie le sous-bois, sous la garde de porchers presque aussi grossiers qu'eux, on parvint à l'orée de la sylve. On avait croisé en chemin des sabotiers venus chercher leurs fûts, des vanniers en quête de leurs coudres, des corroyeurs amateurs d'écorces et des paysans ramassant du bois mort pour la cuisine ou le chauffage de leurs chaumières. Avec tous, on avait fait un bout de route et parlé du pays. On avait appris que Chartres était en pleine extension, à l'est, vers la vallée de l'Eure, et à l'ouest, vers la plaine. Les unes après les autres, les vignes disparaissaient au profit des jardins et, à en croire ces compagnons de rencontre, bien des Chartrains se risquaient à présent à bâtir des maisons chaque jour plus nombreuses hors de la vieille enceinte fortifiée.

— Les abbayes et les monastères concèdent des terrains sans redevance aux nouveaux venus souvent dénués de ressources, expliqua au père Ascelin un moine abordé près d'un ermitage dont il allait visiter l'occupant. Ces gens s'engagent à y construire leur logis sous la réserve qu'à leur mort la terre et la bâtisse reviendront à l'établissement religieux, à moins que leurs héritiers ne puissent racheter les deux. Chacun y trouve son compte !

On traversait à présent des landes, des boqueteaux, des essarts, des clairières de plus en plus nombreuses, des hameaux, des villages jadis abandonnés durant les grandes invasions et saisis en ce début de siècle d'une fièvre de reconstruction. On arriva enfin en vue de la plaine cultivée sur le plateau de Beauce. Les blés d'hiver, froment et seigle, semés à l'automne, y étaient déjà hauts et d'un vert tendre qui émouvait les pèlerins.

— La moisson promet d'être abondante cette année. Dieu en soit loué ! s'écria un homme.

Des voix approuvèrent et on se mit une fois encore à entonner des psaumes d'actions de grâces.

Par les villages d'Allaines et d'Allonnes, on progressait vers Chartres. On longeait des exploitations agricoles encloses entre des murs de terre ou de pierre, souvent cernées de fossés plein d'eau et qui donnaient sur la campagne par un grand portail fortifié. En passant devant certains d'entre eux, ouverts pour laisser passer un charroi ou un troupeau, on apercevait une maison d'habitation, des granges, des étables, des appentis, un pressoir, un four, de temps en temps un colombier.

Tout autour, la plaine s'étendait, tranquille, aménagée. Issue de la forêt primordiale, défrichée, essartée, cultivée, elle déroulait au loin ses champs tout en longueur, comme tracés avec les dents d'un peigne géant. Ils alternaient, en d'étroites parcelles étirées, imposées par les mouvements des charrues, avec des cultures maraîchères et les jachères indispensables.

Il faisait beau et chaud. Le printemps était allégresse. Enfin, vers l'heure de sixte, un jour d'entre les jours, un pèlerin aux yeux de gerfaut cria qu'il distinguait au loin, dans la brume de chaleur, les tours et les remparts de Chartres.

On s'assembla autour de lui et, sur ses indications, en plissant les yeux et en se protégeant avec la main des rayons du soleil, on découvrit peu à peu les murailles de la ville, ses clochers et ses toits.

— Nous voici donc arrivés, dit le père Ascelin en se tournant vers sa nièce qui marchait à ses côtés. Arrivés chez nous, ma chère fille !

Il s'aperçut alors que Flaminia pleurait. Des larmes pressées perlaient de ses yeux fixes et dilatés. Un spasme la jeta à genoux. Elle pencha vers la poussière de la route sa tête encapuchonnée et s'abandonna, sans rien tenter pour la dissimuler, à la marée soudaine qui rompait d'un coup avec cinq mois de dessèchement et de retenue. Sans cri, sans geste, ployant sous le poids du lourd nuage compact, menaçant, qui depuis des mois l'étouffait, elle sentait des ondes successives monter de sa nuque, raidir

ses mâchoires, agiter tout son corps de vibrations nerveuses, et comme un déchirement se produire dans sa
poitrine enfin libérée... Une mélopée plaintive, rauque,
monocorde, s'échappait de sa bouche, tandis que les
pleurs ruisselaient sur son visage. Fontaine tragique
répandant son flot douloureux, ses longues nattes rousses
balayant les cailloux du chemin, Flaminia cédait enfin au
flux amer si longtemps bloqué au plus profond d'elle-
même, et pleurait tout son soûl.

Dans l'agitation qui s'était emparée des pèlerins à la
vue de leur ville, parmi la confusion et l'émoi suscités par
la certitude des retrouvailles tant espérées mais toujours
demeurées incertaines, le bouleversement de la jeune
veuve passa presque inaperçu. Seuls son oncle, sa servante et son chien, saisis, décontenancés, ne sachant
comment lui manifester leur compassion, s'intéressèrent
à elle.

Comme Duc lui léchait les joues tout en poussant de
doux gémissements, Flaminia le saisit par le cou, enfouit
son visage au creux de l'épaule soyeuse et, ainsi soutenue,
s'abandonna à sa désolation sans se soucier de rien
d'autre. Quand on repartit, elle se releva et suivit ses
compagnons sans cesser de pleurer.

Il fallut encore marcher jusqu'à l'heure de none, à
travers champs et vignobles, avant de parvenir devant la
porte fortifiée qui fermait la cité au sud. Mais, postés sur
le chemin de ronde des remparts, si solidement bâtis
qu'on nommait Chartres la ville de pierre, des guetteurs
avaient aperçu les pèlerins et ils avaient eu le temps
d'alerter les habitants. Aussi, quand le convoi atteignit le
pont-levis, une délégation envoyée par l'évêque vint-elle
au-devant des paulmiers, parmi lesquels on savait que
figurait le notaire épiscopal dont plusieurs messages
avaient annoncé le retour.

Prêtres et clercs, suivis d'une foule de Chartrains aussi
fiers qu'excités, se tenaient devant la herse relevée.
Pendant que les membres du clergé bénissaient les
arrivants, leurs compatriotes les acclamaient à qui mieux
mieux.

Il fallut alors que le père Ascelin quittât sa nièce dont le
voile, tiré sur le visage, dissimulait les traits gonflés et les

yeux rougis. Les devoirs de sa charge l'appelaient auprès de l'illustre évêque Yves de Chartres dont il était séparé depuis bientôt quatre années et auquel il devait rendre compte de la mission qui lui avait été confiée.

Dans la joyeuse cohue qui saluait les pèlerins, se trouvaient également Anseau le Bel, l'ancien fiancé de Brunissen, revenu depuis des mois de Terre sainte, avec sa mère, le second mari de celle-ci et les cinq sœurs d'Anseau.

Quand Flaminia les reconnut au milieu de la presse, il était déjà trop tard pour les fuir. Le mouvement qui s'était produit autour du notaire épiscopal avait attiré l'attention de tous sur le petit groupe et cette jeune femme rousse, voilée, vêtue de noir, tranchait trop sur ses voisins pour passer inaperçue. Se doutant bien, d'ailleurs, qu'elle n'échapperait pas à une telle confrontation, elle s'y était préparée.

Anseau, qui avait quitté Jérusalem dès la conquête de la Ville sainte, n'avait rien su du mariage grec. Flaminia se pencha vers Mahiette.

— Vois-tu ce beau garçon blond, entouré de cinq jeunes demoiselles, d'une femme d'un certain âge vêtue d'un bliaud vert, et d'un gros homme mûr qui porte un chaperon violet ? Va les trouver. Parle-leur de mon deuil et, sur mon salut, obtiens d'eux la promesse qu'ils ne m'en disent pas un mot.

Mahiette inclina la tête et se mit en devoir de fendre la foule agitée de cris, d'interpellations, d'accolades et de bruyants remous. On voulait embrasser les libérateurs de Jérusalem. Les mères tendaient vers eux leurs enfants pour leur faire toucher les vêtements, les croix, les palmes des bienheureux marcheurs de Dieu, auréolés de gloire et de sainteté...

En compagnie de Duc, Flaminia retourna vers les chariots qui arrivaient pesamment à la suite des pèlerins. Elle s'assit dans l'herbe, non loin de celui qui contenait ses coffres, attira le sloughi contre elle et attendit. Il lui avait fallu faire un grand effort sur elle-même pour cesser de pleurer, mais elle savait qu'à présent la source de ses larmes était de nouveau descellée et elle attendait d'être seule, dans le secret d'une chambre, pour les laisser couler sans retenue.

Quand Mahiette revint vers sa maîtresse, elle était seule. Interrogée du regard, elle expliqua que la famille d'Anseau le Bel, confondue par une aussi triste nouvelle, avait préféré repartir sans importuner Flaminia.

— Par les saints anges, ce sont là de bonnes gens! continua la servante. Ils ne savaient comment me dire leur pitié et se lamentaient d'une seule voix! Partagés entre la joie de vous retrouver et la tristesse de vous savoir en peine, ils cherchaient leurs mots, mais je voyais leurs sentiments dans leurs yeux.

— Tu dis vrai, Mahiette, Anseau était un honnête fiancé pour ma sœur. Si le Seigneur ne l'avait pas choisie, elle aurait pu être heureuse avec un pareil mari.

— Elle est plus heureuse au moutier de Jérusalem! s'écria la chambrière. J'y serais bien entrée moi aussi!

Flaminia la considéra avec surprise.

— Toi? Sur mon âme, je l'ignorais.

Mahiette rougit.

— N'en parlons plus, balbutia-t-elle, j'ai préféré vous suivre et ne m'en dédis pas... Il me reste à vous convier au Te Deum solennel que Monseigneur Yves de Chartres a décidé de présider lui-même. Il veut remercier Dieu, notre sire, du retour de ses ouailles. L'office est fixé à l'heure des vêpres. Nous n'avons que le temps de nous rendre auparavant chez votre oncle où les portefaix vont transporter nos coffres.

C'était sur le bateau les ramenant de Jaffa à Marseille que le père Ascelin avait proposé à sa nièce de la loger provisoirement. Il pensait que sa maison, sise rue des Vavasseurs, au nord-ouest de Notre-Dame, dans un quartier calme et aéré, loin de l'activité environnant le château des comtes, était plus indiquée pour servir d'asile temporaire à un veuvage que la demeure familiale de Garin où Anseau le Bel, qui avait repris la parcheminerie, vivait au milieu de l'agitation causée par sa famille et ses serviteurs.

Partie parce qu'elle ne supportait pas l'idée de rester à Jérusalem sans Andronic, Flaminia n'avait pas un instant envisagé les conditions de son retour. Elle avait souscrit à l'invitation du notaire épiscopal, sans même y arrêter sa pensée.

— Nous verrons plus tard ce que vous voudrez faire et comment nous arranger avec Anseau, avait conclu le père Ascelin devant sa nièce, indifférente. En temps voulu, nous aviserons.

Or, voici que, soudain placée devant la nécessité de se rendre au domicile si paternellement offert, Flaminia songeait qu'elle aurait préféré retrouver dès à présent la chambre familière où elle avait dormi, nuit après nuit, durant son enfance et sa jeunesse, dans le grand lit à courtines qu'elle partageait avec Brunissen et Alaïs.

Elle s'en voulut aussitôt d'un regret tellement étranger à l'unique chagrin qu'elle admît dans son cœur et haussa les épaules en un geste d'acceptation fataliste.

— Allons, dit-elle à Mahiette, allons donc. Là ou ailleurs, que m'importe ?

Située non loin de l'église cathédrale édifiée par Fulbert, célèbre évêque de Chartres, quelque quatre-vingts ans plus tôt, après l'effondrement de la précédente, la maison du notaire épiscopal avait belle apparence. En pierre blanche du pays, sa façade comportait trois fenêtres de plein cintre, soutenues par des colonnes surmontées de chapiteaux richement sculptés de feuillages ou de scènes champêtres. Une porte pleine, cintrée elle aussi, et munie de deux battants renforcés de lourdes ferrures, y donnait accès au haut de plusieurs marches. Une petite ouverture avait été aménagée dans le mur, contre l'huis, afin de pouvoir reconnaître les personnes frappant du heurtoir.

Au temps de leur enfance ou de leur jeunesse, le neveu et les nièces du père Ascelin éprouvaient toujours une certaine déférence teintée d'admiration quand ils se rendaient chez leur oncle. En se retrouvant devant la façade inchangée du logis qui allait l'accueillir pour une durée qu'elle se refusait à fixer, Flaminia fut surprise de constater que en dépit des quatre années qui avaient été pour elle et pour tant d'autres si remplies d'événements, de joies et de souffrances, l'aspect de cette demeure et celui de cette rue étaient restés les mêmes. Son étonnement se nuançait de réprobation, comme si elle en voulait à la paix de ce lieu de ne point refléter les tribulations vécues outre-mer par tant de destinées issues de son sol.

L'intendante qui régnait sur les serviteurs du notaire épiscopal et qui avait tenu sa maison durant sa longue absence était une femme proche de la cinquantaine, petite, mince, souple, avec un visage triangulaire, fané, mais éclairé par d'étranges prunelles vertes comme la feuille du cresson. En l'apercevant sur le seuil, Mahiette songea qu'elle ressemblait à un chat égyptien, mais Flaminia savait qu'il ne fallait pas se laisser abuser par la façon qu'avait Richilde de se déplacer sans bruit, de veiller à tout, et de fermer souvent à demi les paupières d'un air tranquille et détaché. Pour l'avoir constaté plusieurs fois, jadis, elle n'ignorait pas que ce calme dissimulait d'imprévisibles réactions de susceptibilité et d'ombrageuse intransigeance.

Richilde accueillit Flaminia avec une sympathie discrète et sut éviter les démonstrations excessives que tant de gens se croyaient obligés de manifester à l'égard des deuils. Elle n'eut pas l'air surprise non plus de la présence du sloughi qui suivait pas à pas sa maîtresse.

A sa manière digne et feutrée, elle conduisit ensuite la jeune veuve de la salle, où l'on pénétrait de plain-pied, au logis que le père Ascelin avait attribué à sa nièce.

Il s'agissait d'une tour carrée, construite au-dessus du porche que devaient franchir attelages, chevaux ou mulets, pour gagner la cour intérieure où se trouvaient le puits, les écuries et les remises. Composée de deux pièces superposées, cette tour était indépendante du corps de logis central. Aussi ne servait-elle d'ordinaire qu'à recevoir les rares hôtes de passage venus rendre visite au maître du lieu.

— Le premier sera réservé à vos servantes, précisa Richilde, car en plus de votre chambrière, votre oncle m'a écrit de retenir une petite aide. Vous vous installerez vous-même dans la chambre haute d'où l'on a une belle vue sur le carrefour et, plus loin, sur Notre-Dame.

Suivies de Mahiette, les deux femmes gravirent les marches de l'escalier en colimaçon qui menait aux appartements. Dans leur sillage, Duc grimpait avec souplesse en humant les étranges odeurs inconnues qui l'assaillaient de toutes parts.

Enfant, Flaminia était fort peu venue dans la grande pièce où elle pénétra à la suite de l'intendante. Aussi n'en gardait-elle qu'un souvenir imprécis.

Un large lit de bois tourné, décoré d'incrustations d'ivoire, trônait au centre du mur qui faisait face à la fenêtre. Cintrée, pourvue de deux petite banquettes de pierre et divisée en trois arcades lobées soutenues par de fines colonnes, celle-ci donnait sur la rue. A côté du lit, un marchepied de bois ciré pour monter plus aisément sur le matelas orné de galons et de couvertures brodées et, au-dessus, des courtines de tapisseries attachées à des poutres parallèles encadraient la vaste couche. Deux escabeaux triangulaires, une torchère en fer forgé, une chaire également en bois tourné, agrémentée de coussins brodés, une table poussée devant la cheminée d'angle, éteinte en ce beau jour de mai, et de nombreux et volumineux coussins de peau, disséminés un peu partout, complétaient l'ameublement de la chambre. Épandues sur le sol, des brassées de joncs aromatiques embaumaient.

— Vos coffres ne vont pas tarder à être apportés céans, dit Richilde. Si vous souhaitez vous baigner en les attendant, il y a un cuveau de bois et un molleton dans le petit cabinet situé derrière la portière que vous voyez là. Vous n'avez qu'à parler : les valets vous apporteront l'eau chaude qui est tenue prête à la cuisine.

Flaminia acquiesça. Elle se sentait couverte de toutes les poussières soulevées durant la route.

Un moment plus tard, un linge blanc noué sur ses cheveux relevés, elle se plongea dans le bain apaisant. Mahiette, croyant bien faire, y avait versé le contenu d'un flacon de parfum rapporté de Jérusalem. Mais ce trop doux arôme, qui lui rappelait les matinées heureuses où Andronic et elle-même se lavaient mutuellement en utilisant des eaux de senteurs comparables à celle-ci, fit monter aux yeux de Flaminia un flot de larmes qu'elle ne chercha plus à retenir. Devant sa servante désemparée, elle s'abandonna à un chagrin qui montait en elle par vagues successives comme une marée irrépressible.

Duc, qui, le nez au sol, avait accompli un scrupuleux tour de la chambre, vint vers le cuvier, s'assit d'un air attentif sur les joncs, près de sa maîtresse, la regardant avec gravité et amour.

Agenouillée de l'autre côté du baquet où le beau corps secoué de sanglots gisait, inerte, les yeux noyés, la nuque appuyée au rebord molletonné, Mahiette joignit les mains.

— Je vous en supplie, je vous en supplie, calmez-vous, répétait-elle comme une litanie. Je vous en supplie, par la tunique sacrée de Notre-Dame. La sainte tunique que la Vierge a portée le jour de l'Annonciation et que tant de pèlerins viennent adorer ici même, dans notre église cathédrale, je vous en supplie, ne pleurez plus !

Le rappel de la relique vénérée par des foules qui, d'âge en âge, depuis qu'un roi, petit-fils de Charlemagne, en avait fait don à l'église de Chartres, défilaient devant elle dans un sentiment de tendre et ardente dévotion, fit resurgir dans l'esprit de Flaminia les souvenirs d'une enfance passée à l'ombre de Marie. Peu à peu, ses larmes se raréfièrent.

Constatant le résultat de son invocation, la chambrière se mit à savonner avec précaution la peau blanche que la chaleur rosissait.

— Vous me l'avez dit un jour, reprit Mahiette, nous sommes veuves toutes deux et nous devons nous soutenir. Moi aussi, j'ai cru, quand mon doux ami m'a laissée seule après que les Turcs, maudits soient-ils, l'eurent occis de leurs flèches damnées, oui, j'ai bien cru que je ne lui survivrais pas. Il me manque toujours, Dieu le sait, mais je peux à présent penser à lui sans trop souffrir. Vous verrez, le temps amenuise la peine...

— Je ne veux pas que ma peine s'affadisse ! protesta vivement Flaminia. Je veux conserver cette plaie ouverte au cœur... jusqu'à ce que je m'en aille à mon tour !

— On ne peut pas passer sa vie dans le deuil, murmura Mahiette en secouant la tête d'un air résigné. Surtout à votre âge !

— L'âge ne fait rien à l'affaire ! trancha la jeune femme. On peut être fidèle à un souvenir sa vie durant et quel qu'en soit le cours. Je n'ai plus de goût à rien. Je ne demande au Seigneur qu'une chose, qu'Il me permette d'aller sans tarder retrouver celui que j'ai perdu. Si, par malheur, je devais lui survivre encore longtemps, sois sûre, Mahiette, sois bien sûre, que jamais, j'en fais serment, jamais personne d'autre n'effacera sa mémoire de mon âme. Il vit en moi comme je vis en lui. Nous sommes liés pour toujours et nous redeviendrons au royaume de Dieu ce que nous n'avons cessé que pour un temps d'être ici-bas, des compagnons d'éternité, ainsi que nous l'a dit Mathieu le jour de nos noces !

Elle se redressa.

— Essuie-moi à présent, je te prie, et habille-moi. Tu partiras ensuite pour la messe du Te Deum. Seule. Je n'irai pas avec toi. Je demeurerai ici à prier de loin avec vous tous. Comprends-moi, Mahiette, retrouver Anseau et sa famille, sans parler de ceux que je risque aussi de rencontrer dans cette ville où je suis née, où je connais tout le monde, est au-dessus de mes forces. Je ne souhaite pour l'instant voir aucun de mes semblables. Dis-le à mon oncle ; excuse-moi auprès de lui.

Elle se pencha vers le sloughi et lui caressa la tête avec sollicitude.

— Vois-tu, continua-t-elle, la présence de Duc me suffit. Il est le témoin des derniers moments de celui qui m'a été repris. Il était également son plus fidèle compagnon durant les chasses auxquelles ils se rendaient ensemble. Je le garderai près de moi tant qu'il aura un souffle de vie... Mon oncle, toi et ce bel animal, voici, désormais, l'unique entourage qui me convienne.

Une fois sa chambrière sortie, Flaminia s'assit sur le lit et appela le lévrier près d'elle. Il s'allongea avec soin parmi les coussins de tapisserie, posa son museau sur ses longues pattes fines et ferma les yeux. Très droite, les mains jointes sur ses genoux, la jeune femme essaya de prier. Mais, une fois encore, elle constata que son âme était aride comme le désert et que les mots qu'elle prononçait n'éveillaient plus en elle aucun écho.

Elle n'avait voulu s'en ouvrir à personne, mais, depuis la disparition d'Andronic, elle ne tenait bon que par volonté, par respect de soi et par là uniquement. Lui servant de tuteur, une sorte d'énergie farouche, puisée aux forces vives de sa nature obstinée, la maintenait seule debout. Sa foi, naguère absolue, constante, s'était dissoute dans un océan de douleurs comme le corps de son père avait dû se désagréger dans la mer où il avait été, lui aussi, naguère, enseveli...

Elle accomplissait les gestes qu'on attendait d'elle, pouvait joindre sa voix à celles qui priaient en chœur, se comportait ainsi que le devait une chrétienne et, qui plus est, une croisée, mais aucune résonance, aucune réponse ne parvenait au sein de son être foudroyé. Elle se comparait au figuier stérile de l'Évangile et en souffrait. Mais comment renouer des liens disparus ? Comment ranimer un tas de cendres froides ? Le douloureux désir d'y arriver ne suffisait pas...

« Aidez-moi, Seigneur, à Vous retrouver ! implora-t-elle en glissant à genoux contre le lit où dormait à présent le sloughi. Venez à mon secours ! Ne me laissez pas seule, dans le vide et l'absence. N'acceptez pas que je reste ainsi séparée de Vous ! »

Elle aurait eu besoin d'une main tendue, d'une oreille prête à recevoir l'aveu de sa misère, d'une âme proche et attentive au désarroi qui l'épouvantait. C'est alors qu'elle se souvint de la femme du prêtre de son ancienne paroisse Saint-Nicolas. Les quatre années qu'elle venait de traverser avaient fait pâlir le souvenir d'une personne dont Garin le Parcheminier et Berthe la Hardie recherchaient jadis la compagnie, mais que Flaminia, beaucoup plus jeune, ne connaissait que par l'excellence de ses pâtes de coings et par l'impression de joyeux équilibre que dégageait son sourire.

« J'irai la voir dès que je m'en sentirai le courage, se dit-elle. Peut-être acceptera-t-elle de m'écouter... »

Quand le père Ascelin rentra après le long entretien que lui avait accordé son évêque et qui avait été suivi de l'office d'action de grâces prévu, il fut reçu par Richilde et ses serviteurs agenouillés dans la salle, qui lui demandèrent sa bénédiction. Il la leur donna avec émotion et s'informa de la marche de sa maison durant son absence. Rassuré par les explications qui lui furent fournies, il leur distribua de menus objets de piété rapportés des Lieux saints à leur intention, s'enquit de leur santé, de leur famille, puis voulut savoir si sa nièce avait pu s'installer selon les directives qu'il avait adressées à Richilde lors de la dernière étape du voyage.

— Elle a gagné sa chambre et pris un bain, mais s'est sentie trop lasse pour assister ensuite à la messe de Te Deum, répondit l'intendante. Elle a beaucoup changé. D'après ce que m'a dit sa chambrière, elle pleure et ne s'est même pas souciée du contenu de ses coffres qui ont été apportés céans en même temps que les vôtres. Son deuil fait peine.

— Ce pèlerinage si long, si difficile, a transformé beaucoup de choses et beaucoup de gens, Richilde, constata avec un soupir le notaire épiscopal. Plus rien n'est pareil. Nous en avons tant vu, tant supporté, tant appris... Ceux qui en sont revenus ne pourront plus jamais vivre comme avant. Quant à Flaminia, sa détresse est telle que je ne sais ce qu'elle va devenir... J'ai prié pour elle durant tout l'office afin que le Seigneur lui vienne en aide.

Il y eut un silence.

— Allons, reprit le père Ascelin, faisons confiance au Tout-Puissant. Il connaît nos besoins et ne manquera pas de nous accorder ce qui nous est nécessaire. Il en sera ainsi pour ma nièce. De notre côté, efforçons-nous d'apporter à cette pauvre enfant les soins et l'affection qu'elle est en droit d'espérer de notre part à tous.

Un murmure d'assentiment s'éleva et les serviteurs se dispersèrent.

Richilde demeura seule auprès de son maître.

— Je suis las et vieilli, reprit alors le père Ascelin. Vous ne pouvez imaginer ce que fut ce pèlerinage ni la somme de nos méchefs. Tant des nôtres sont morts dans des circonstances terribles...

— Ceux qui sont déjà revenus nous ont conté de si abominables histoires qu'on hésite à les croire, dit l'intendante.

— Hélas, ils sont sans doute encore loin de la vérité, murmura le prêtre. Il faut avoir vécu de telles choses pour savoir ce qu'il en a été.

— Mais Jérusalem est délivrée ! s'écria l'intendante.

— Il est vrai. C'est vous qui avez raison, Richilde. Le

merveilleux résultat importe seul. Je suis un vieux rabâcheur. N'écoutez pas ce que je vous dis sous l'effet de la fatigue.

— Nous vous avons préparé un souper comme vous les aimez, annonça Richilde. Quand vous aurez mangé, vous vous sentirez mieux. Une bonne nuit ensuite, chez vous, dans votre lit, et vous retrouverez votre vaillance habituelle.

— Allez chercher Flaminia, dit doucement le père Ascelin. Dites-lui que je souhaite beaucoup qu'elle descende me rejoindre, et que je serais fort malheureux de souper sans elle.

Les jours qui suivirent s'écoulèrent dans une paix apparente. Flaminia prenait ses repas avec son oncle, se rendait quotidiennement avec lui à la messe de l'aube en l'église cathédrale, gagnait un peu plus tard dans la matinée la campagne hors les murs afin d'y promener Duc qui avait besoin de courir et de se dépenser, consacrait le reste de son temps à filer sa quenouille ou à broder. En compagnie de Mahiette, il lui arrivait aussi de passer des heures à ranger le contenu des coffres ramenés de Terre sainte et remplis à son intention par Brunissen. Mais, en réveillant des souvenirs trop cruels, trop brûlants, chaque objet faisait jaillir en elle de douloureuses et cuisantes étincelles...

Il n'y avait rien qui ne lui fût blessure ou morne ennui. Elle avait le sentiment de se mouvoir dans une brume ténébreuse où l'existence n'avait plus que goût de cendres. Les nuits lui étaient torture. Elle dormait peu et mal d'un mauvais sommeil haché de cauchemars d'où elle émergeait en larmes...

N'ayant envie de rencontrer âme qui vive, elle n'était pas retournée à l'atelier de parcheminerie et n'avait pas revu Anseau le Bel.

Au bout d'une semaine, cependant, elle se décida à aller rendre visite à la femme du prêtre de son ancienne paroisse. En dépit du discrédit qui pesait en ce début du xiie siècle, où tant de changements intervenaient, sur les prêtres mariés et leurs épouses, cette vaillante et active mère de famille faisait front. En effet, depuis que la papauté avait, à plusieurs reprises, condamné le mariage ou le concubinage des clercs, bien que les ordres sacrés n'aient pas constitué jusque-là un empêchement canonique susceptible d'invalider un engagement matrimonial, on ne les considérait plus comme autrefois. Or, beaucoup de prêtres, dans toute la Chrétienté, s'étaient liés par des unions durables. L'opinion populaire leur avait été longtemps favorable mais, influencées par des papes réformateurs qui insistaient sur les exigences de la vie apostolique, les mentalités des fidèles avaient changé elles aussi. Malgré les protestations soulevées chez ceux qui étaient concernés ainsi que parmi certains chrétiens attachés au passé, la réforme imposée par Grégoire VII et ses successeurs avait entraîné l'assentiment du plus grand nombre. D'où un malaise autour des couples anciennement unis et chargés d'enfants. Si on ne pouvait songer à les séparer, on ne les acceptait plus avec la même bonhomie qu'autrefois. Selon le caractère de chacun, on manifestait aux prêtres mariés défiance, mépris, indifférence ou simple compassion.

C'était peut-être à cause de cette mise à l'écart que Flaminia avait senti s'éveiller en elle un intérêt subit pour une femme tenue pour une brebis noire dans le troupeau, comme elle l'avait été elle-même après son mariage avec un fidèle de l'Église d'Orient. En outre, elle se souvenait de l'estime et de l'amitié que vouaient au prêtre et à son épouse son père ainsi que son aïeule. Berthe la Hardie et Garin avaient toujours parlé d'Énide l'Acorée en rappelant qu'on lui avait attribué ce surnom parce qu'elle ne manquait pas de cœur et savait en redonner à ceux auxquels il faisait défaut.

Flaminia quitta donc un matin les abords de Notre-Dame et les rues paisibles où logeaient les clercs, pour franchir la porte Évière. Percée dans la vieille enceinte, celle-ci permettait de gagner les ruelles et les degrés qui descendaient de l'éperon rocheux, sur lequel s'élevaient le château des comtes et l'église cathédrale, vers la ville basse, le cours de l'Eure, ses moulins, ses lavoirs et ses métiers de la rivère : drapiers, foulons, sergers, cardeurs, feutriers, laveurs de laine, tanneurs, mégissiers, teinturiers ou corroyeurs et tous les artisanats utilisant l'eau qui leur était indispensable.

N'empruntant que d'étroites venelles qui sinuaient tout au long de la pente creusée dans le roc par le cours de l'Eure, parmi des maisons en pisé ou en torchis enserrées les unes contre les autres comme les écailles d'une pomme de pin, Flaminia cheminait. Elle côtoyait des logis grouillant de tout un menu peuple affairé. D'humbles jardinets étagés en terrasses les prolongeaient le plus souvent. Des porcs errants dévoraient dans des recoins les détritus qui y étaient abandonnés et, accrochées à certaines fenêtres, des cages contenaient des oiseaux siffleurs. L'odeur des peaux tannées dans la rivière toute proche flottait alentour et intriguait Duc que sa maîtresse tenait étroitement en laisse.

Tout en se dirigeant vers l'église Saint-Nicolas, accolée par-delà un cimetière au flanc de l'abbaye Saint-André et bâtie au-dessus de l'unique source de Chartres, Flaminia renouait avec toute une partie de la ville où son enfance s'était écoulée. Elle y retrouvait les odeurs puissantes et parfois nauséabondes que les boues et les cloaques, qui stagnaient dans le fond de la vallée, dégageaient quand le vent venait de l'est. Elle y coudoyait aussi toute une population familière : femmes remontant du lavoir avec une corbeille de linge sur la tête et marmots accrochés à leurs cottes, porteurs d'eau revenant de la source Saint-Nicolas, mendiants, tanneurs charriant leurs peaux fraîchement écorchées et ruisselantes encore, laveurs de laine portant sur l'épaule des écheveaux multicolores qu'ils allaient plonger dans le courant. Le métier de parcheminier, qu'exerçait sa famille depuis plusieurs générations, avait amené Garin et les siens à vivre non loin de l'Eure dans la rue Saint-Nicolas, pentue comme toutes les autres du voisinage. Flaminia, son frère et ses sœurs y avaient beaucoup couru jusqu'à l'abbaye Saint-Père, son enceinte fortifiée et les belles vignes soignées par les moines, dont les rangs alignés avec soin couvraient les flancs du coteau après la porte Cendreuse.

On bâtissait moins de ce côté de Chartres, peuplé depuis plus longtemps, que de celui de la plaine par où les pèlerins étaient arrivés et où tant de chantiers de construction s'étaient ouverts récemment. Déjà, avant le départ pour Jérusalem, sous l'impulsion donnée par le comte et la comtesse de Champagne, Blois et Chartres, couple respecté de ses sujets, la cité chartraine était entreprenante et prospère. Il semblait à présent à Flaminia que son activité s'était encore accrue en dépit de la grave perte de prestige et de considération qui frappait le comte Étienne depuis qu'il s'en était revenu de Terre sainte après avoir abandonné la gent Notre-Seigneur à Antioche, au pire moment du siège, mettant en péril par cette fuite la survie même de l'armée dont il était le chef.

Tout en continuant sa marche et en contenant Duc qu'énervait la vue des porcs qui vaquaient librement au nettoyage de la voirie, Flaminia se rappelait la stupeur et l'indignation des pèlerins et des soldats quand ils avaient su le départ honteux du comte. On l'avait hautement accusé de désertion malgré l'excuse invoquée qui parlait d'une maladie subite, et on ne s'était pas gêné pour le traiter de félon ! Comment sa femme, la comtesse Adèle, la propre fille de Guillaume de Conquérant, avait-elle pu supporter une semblable couardise ? Cette princesse, dont le caractère, à l'image de celui de son père, était fortement trempé, avait dû souffrir mille morts au retour en son fief d'un époux déshonoré au vu et au su de l'ost tout entier...

La jeune femme projeta d'en parler à Énide l'Acorée devant le domicile de laquelle elle parvenait justement.

Toute proche de l'église Saint-Nicolas et du premier cimetière de la collégiale Saint-André, la cure était une modeste bâtisse comportant un rez-de-chaussée en brique et un premier étage de guingois, débordant, à pans de bois. Autour de la maison du prêtre, quelques belles demeures de bois ou de pierre s'élevaient. Mais le voisinage de ces habitations plus opulentes, occupées par de riches drapiers ou des tanneurs florissants, accusait encore davantage l'humilité du lieu.

Au moment même où Flaminia s'avançait vers la porte de la cure, celle-ci s'ouvrit et deux jeunes garçons costumés en surgirent. L'un était déguisé en croisé, une croix de tissu cousue sur une de ses épaules, l'autre en Sarrasin, enturbanné d'une étoffe verte enroulée autour de son front. Ils se battaient avec des épées de bois et poussaient des cris furieux.

— Jérusalem! Jérusalem! hurlait l'un.

— Tue! Tue! répondait l'autre, en faisant d'affreuses grimaces.

En entendant ces enfants, l'écho des combats qui déchiraient la Terre sainte retentit aux oreilles de la visiteuse. Elle pénétra dans la salle, suivie de Duc que tant de nouveautés semblaient déconcerter.

— Par la Bonne Dame! Voici notre Flaminia! Bénis soient les pèlerins de Dieu!

Une femme d'environ trente-cinq ans, brune, preste en dépit de ses formes rondes et drues, portant un enfançon sur les bras, accueillait l'arrivante avec un sourire attentif et chaleureux.

— On m'avait dit que vous étiez revenue en même temps que votre oncle, reprenait-elle en débarrassant d'une main à la hâte le fouillis qui recouvrait une des deux banquettes creusées dans l'embrasure de la fenêtre ouverte sur la rue. Tout se sait ici!

La salle où venait de pénétrer la visiteuse était pauvrement meublée. Un grand lit, un berceau, une lampe à huile, une huche de vastes proportions, plusieurs bancs de bois faisant coffres s'y entassaient dans une odeur de lessive, de laitage et de choux.

Sur les tisons d'un foyer situé sous le trou à fumée, une marmite dont le couvercle tressaillait devait contenir le souper de toute la famille.

— J'avais envie de vous revoir, dit Flaminia en s'installant sur le vieux coussin élimé et bourré de paille qui recouvrait le siège de pierre polie par le temps qu'Énide l'Acorée venait de lui offrir d'un geste.

Sur un signe de sa main, Duc s'était assis à côté de sa maîtresse, mais il tournait la tête en tous sens, oreilles dressées, narines ouvertes et frémissantes.

— Je vais remettre Thibault, qui est repu, dans sa berce; ainsi, je serai tranquille, dit la femme du prêtre. Et nous pourrons parler en paix.

Elle alla coucher le nourrisson dans le petit berceau en chêne posé sur deux patins de bois courbes qui permettaient de le balancer, l'actionna un bref moment en chantonnant à bouche fermée, et revint prendre place vis-à-vis de Flaminia, sur la banquette qui lui faisait face, de l'autre côté de la fenêtre.

— Le reste de ma nichée doit jouer près de la rivière, dit-elle. Ils ont des amis parmi les enfants des tanneurs et des foulons. Ils passent leurs journées dehors.

— Combien en avez-vous à présent ? demanda la visiteuse.

— Cinq, mais j'en ai déjà perdu trois. C'est le lot de toutes les mères hélas ! soupira-t-elle. Nous nous consolons en pensant qu'ils sont maintenant des anges du Seigneur.

Il y avait dans son ton une soumission modeste à son mode d'existence. Elle semblait s'en accommoder avec naturel, comme de la pauvreté d'un logis que, de toute évidence, elle ne remarquait même plus.

Flaminia songeait aux belles maisons de Constantinople, d'Antioche ou de Jérusalem qu'elle avait vues ou habitées, et se disait que ceux qui avaient découvert en Terre sainte une si différente et si séduisante manière de vivre ne pourraient plus jamais se satisfaire de tant de médiocrité. Construire comme on le faisait à peu près partout où elle était passée lors de son retour était bien, mais des temps nouveaux s'annonçaient. L'acquis, issu de tant de découvertes et de tant d'expériences, ne pouvait être perdu. Il faudrait tenir compte à l'avenir d'aspirations que les générations précédentes n'avaient pu seulement imaginer...

— J'ai beaucoup de mal à me réhabituer à la vie qu'on mène ici, constata-t-elle simplement.

Énide la considéra avec gravité.

— Que Dieu vous seconde, dit-elle en se penchant vers la jeune veuve avec une chaude lumière dans ses yeux noisette. Vous devez en avoir bien besoin. Je sais vos souffrances...

Flaminia leva la main.

— Ne parlons pas du passé, voulez-vous, chère dame, pria-t-elle, mais plutôt de la façon dont je pourrais employer mon temps présent. Depuis mon retour, je me sens si étrangère dans ce pays qui est le mien. Je ne sais que faire de moi...

— N'avez-vous pas pensé à reprendre le métier de votre père ?

— Si fait. Mais je dois vous avouer que j'éprouve une profonde répugnance à me retrouver entre des murs où demeurent tant de souvenirs... Et puis, par tous les saints, comment pourrais-je faire de nouveau les gestes accomplis à Jérusalem durant des mois bénis et maudits à la fois, où je croyais que l'avenir m'appartenait ?

Il y eut un silence. On entendait seulement le caquetage des poules qui devaient gratter le sol caillouteux de l'arrière-cour.

La femme du prêtre se pencha vers sa visiteuse.

— Me permettez-vous de vous parler comme à une amie ?

— Sans doute.

— Au lieu de vous enfermer dans votre douleur ainsi que dans un donjon bien défendu, il me semble qu'à votre place je chercherais à aller vers les autres. C'est par le don de soi qu'on parvient à se libérer. Ne restez pas désœuvrée à remâcher sans fin votre chagrin. Travaillez, travaillez durement. Soit en reprenant la fabrication du parchemin, soit en allant à l'hôpital vous occuper des pauvres malades qui ont tant besoin de soins et d'attentions.

Flaminia baissa la tête. C'était exactement ce genre de conseil qu'on devait s'attendre à ouïr de la part d'une telle hôtesse, et cependant, en l'entendant formuler, tout en elle protestait. Non pas qu'elle jugeât mauvaise l'idée de besogner d'une façon ou d'une autre. Elle savait qu'il y avait là un moyen d'échapper à ses brumes peineuses et l'ouvrage ne lui faisait pas peur, mais elle ne pouvait concevoir l'abandon d'un isolement tout entier voué à son deuil. En perdant ses jours dans l'inaction et l'anéantissement, il lui semblait rendre un hommage plus absolu à son amour détruit. Elle redoutait, comme une trahison envers Andronic, toute reprise en elle d'un mouvement de vie. Se sachant incapable d'agir sans se donner avec élan à l'activité choisie, elle se condamnait à l'enlisement par esprit de mortification, afin de ne pas recommencer à sentir battre en elle le sang rouge d'un cœur qui n'éveillerait plus jamais d'écho dans une autre poitrine... glacée...

— Sur mon âme, je savais que vous me parleriez ainsi, dit-elle en relevant le front. Mais, voyez-vous, je ne suis pas encore prête à répondre à votre attente. Je suis sans courage et ne tiens pas, Dieu me pardonne, à retrouver de sitôt mon énergie d'antan. Mes forces vives gisent sous la dalle qui recouvre le corps rompu de mon époux.

— Mais votre mari n'est pas étendu sous cette dalle ! Il est ailleurs, à la source même de la lumière !

— Je l'espère, murmura Flaminia.

— Par le Fils de Marie, chère dame, vous ne paraissez pas en être sûre !

L'accent d'Énide traduisait l'incrédulité d'un cœur sans détour mais, peut-être aussi, une once de blâme.

— Il avait quitté pour moi femme et enfants. Comment le Seigneur l'aura-t-il jugé ?

— L'amour du Créateur est infiniment plus grand que les fautes de ses créatures ! Quelle qu'en soit l'étendue. Nous n'avons pas le droit d'en douter. C'est là notre foi !

— Je ne sais plus, avoua Flaminia, je ne sais plus...

Le regard loyal d'Énide plongea dans les prunelles assombries de son interlocutrice.

— Le mal est plus profond que je ne le craignais, constata-t-elle. Il va nous falloir vous en délivrer.

On entendit soudain des coups répétés frappés contre le plancher du premier étage.

— Ma belle-mère loge avec nous, dit la femme du prêtre. Elle est paralysée à la suite d'une mauvaise chute qu'elle a faite chez elle, aussi l'avons-nous prise céans. Quand elle veut me demander quelque chose, elle tape avec un bâton pour m'alerter. Elle doit avoir besoin de moi. Il faut que je monte.

— Je vous suis, dit Flaminia. Je me souviens que ma grand-mère l'estimait grandement.

Au premier étage, dans la chambre exiguë de l'impotente, et en dépit de la fenêtre ouverte, une odeur d'urine, de suri, de vieillesse, sourdait de partout. Des relents de médicaments et d'onguents s'y mêlaient, évoquant aussi l'hôpital.

Quand les deux jeunes femmes entrèrent, l'aïeule gisait sur le sol. Tombée sur le côté en cherchant sans doute à prendre quelque objet sur l'humble coffre de bois placé à côté de son lit, elle leva vers les arrivantes un regard d'un bleu de pervenche, doux et usé, tout en souriant d'un air piteux.

— Elle parle avec difficulté depuis son accident, expliqua Énide. On ne la comprend pas toujours.

Le sloughi, qui avait suivi Flaminia, s'approcha de la vieille femme étendue sur le parquet mal raboté, puis flaira longuement le bâton qu'elle serrait dans sa main maigre et tavelée.

Relevée, recouchée, la mère du prêtre prononça ensuite quelques phrases brouillées pour remercier sa bru et la visiteuse.

— Je suis la seconde fille de Garin le Parcheminier, dit alors Flaminia en se penchant avec compassion et respect vers la paralytique. Grand-mère nous parlait de vous avec amitié. Vous la rappelez-vous ? On la nommait Berthe la Hardie...

Un hochement de tête, un sourire étonnamment lumineux accompagnèrent des mots d'assentiment qu'en dépit de leur maladresse on devinait cordiaux et porteurs de souvenirs.

Dans les prunelles bleues, fixées sur elle, la jeune veuve retrouva, l'espace d'une fulgurance, la nuance, l'expression même de tendresse et de complicité qu'elle avait lue dans les yeux de sa grand-mère mourante.

— Je m'occuperai des vieillards de l'hôtel-Dieu, dit-elle en se redressant. Oui, par la sainte tunique de Notre-Dame, je sais à présent où est mon devoir et ce qui me reste à faire !

2.

On était au début du mois de juin. Ce deuxième printemps de la conquête avait encore une fois déployé sa chape brûlante sur la Judée.

— Par l'enfer, voici un siècle tout neuf qui promet d'être aussi chaud que son défunt prédécesseur ! remarqua Mathieu en faisant la grimace. Feu le onzième nous a laissé en héritage le feu du douzième !

Alaïs sourit. Le barbier venait fort souvent rendre visite à Landry et à sa jumelle qui logeaient depuis janvier dans la maison où était installée la parcheminerie dont ils vivaient tous deux. Ils y avaient pris la suite de Flaminia et d'Andronic, ainsi que leur sœur le leur avait offert, et s'ingéniaient à faire prospérer l'entreprise où ils travaillaient avec les apprentis engagés par le couple du temps de son trop court bonheur.

— Le soir venant, on aurait pu espérer un peu de répit, soupira Alaïs, mais il n'en est rien.

Berthe la Petite entra en courant dans la salle tapissée de feutre imbibé d'eau, selon une coutume adoptée par les habitants du pays qui luttaient ainsi contre la chaleur sans merci des jours et des nuits estivaux. Ils couvraient les murs d'une épaisse tenture feutrée au-dessus de laquelle était fixé un tuyau de plomb percé d'une myriade de menus trous d'où suintait sans cesse l'eau qui imbibait le tissu spongieux. L'évaporation ainsi provoquée rafraîchissait la pièce appelée familièrement l' « alcôve mouillée » et qui était toujours située au sous-sol.

L'enfant se jeta dans les bras blancs qui émergeaient du bliaud à manches décousues porté par Alaïs afin de mieux profiter de l'humide fraîcheur.

Albérade, qui s'était instituée berceuse et nourrice sèche de la petite fille dont elle était assotée, la suivait de près.

— Ma colombe, ma vie, ma perle blanche, venez prendre un bain, je vous en prie. Il se fait déjà tard, implora-t-elle.

— Si vous parlez de ce ton à cette enfant, vous n'obtiendrez rien d'elle, assura Landry. C'est une forte nature. Elle méprise la faiblesse et n'obéit qu'à ceux qu'elle respecte.

— Et elle ne respecte que ceux qui ont de la poigne ! conclut Mathieu en se levant pour aller prendre Berthe sur les genoux de sa mère. Par les cornes du diable, vous allez voir ce que vous allez voir !

Tout en roulant des yeux furibonds, il s'empara du petit corps accroché au cou d'Alaïs et le fit sauter plusieurs fois en l'air. Il le rattrapait à chaque fois dans ses grandes mains habiles et les cris de frayeur se transformèrent sans tarder en hurlements de joie.

— Depuis que notre Berthe est guérie, la gaieté est revenue dans cette maison, remarqua Brunissen, rentrée depuis peu de l'hôpital où elle soignait toujours malades et blessés. A présent que, grâce à Dieu, la voici rétablie, je vais bientôt vous quitter et prendre le voile comme je le souhaite depuis longtemps.

Peu de jours après le départ du père Ascelin et de Flaminia, la fille d'Alaïs était tombée gravement malade. Pendant plusieurs semaines, elle avait souffert du ventre et subi de forts accès de fièvre. Remise une première fois, elle avait eu une rechute quelque temps après Pâques et de nouveau sa mère et son oncle avaient vécu dans l'angoisse constante de la voir s'en aller au cours des crises qui la tordaient de douleur, lui arrachaient des cris de supplicié et la laissaient brisée, sanglotante et brûlante de fièvre. Sans vouloir en parler à sa mère, chacun craignait autour d'elle que ce mal ne fût la colique du « miserere ».

Sur la demande d'Alaïs éperdue, Brunissen était restée avec sa sœur et son frère durant ces mois d'épreuve. Elle continuait à se rendre à l'hôpital, mais en revenait chaque jour dès qu'elle le pouvait pour participer aux soins que différents médecins arméniens, syriens ou francs prescrivaient tour à tour à la petite malade. Les élixirs et les baumes, les bains de plantes et les sirops adoucissants, les enveloppements à la moutarde ou les boissons à base de simples avaient tous échoué. Ce n'était qu'après avoir été déposée une nuit devant le Saint-Sépulcre que Berthe la Petite avait vu venir la fin de ses douleurs. Durant cette nuit d'oraisons, Alaïs, Landry et Brunissen étaient demeurés à genoux auprès de l'enfant qui se plaignait doucement jusqu'à l'instant où le prêtre qui disait à son intention la messe de l'aube dans la chapelle nommée martyrium avait présenté l'hostie dans la première lumière du soleil levant... Le gémissement qui déchirait sa famille priant à ses côtés s'était aussitôt interrompu et Berthe s'était sans tarder assoupie...

Ramenée à la maison dans les bras de sa mère, elle avait continué à dormir pendant la journée et la nuit suivante, pour se réveiller sans plus souffrir le matin d'après.

Dans l'entourage des parcheminiers, on avait salué ce nouveau miracle avec l'allégresse familière de ceux qui sont sans cesse confrontés au prodige. Voisins et amis s'étaient émerveillés, une fois de plus, d'une preuve parmi tant d'autres de la grande attention de Dieu envers Ses pèlerins.

Alaïs, Landry et Brunissen avaient fait dire une messe d'action de grâces pour une guérison qui témoignait de façon éclatante du pardon accordé aux fautes passées de la jeune amie de Bohémond, puis la santé de l'enfant s'était peu à peu rétablie.

Mathieu, Reinard, Anthusa et Irène étaient restés les seuls occupants de la maison au portail vert que le père Ascelin leur avait léguée avant de s'en aller sans esprit de retour. Ils y recevaient force pèlerins de passage, et la vaste demeure était devenue un havre d'accueil. Anthusa et Irène savaient s'y montrer des hôtesses attentives, mais Mathieu disait à ses amis parcheminiers qu'elles devaient aussi connaître des caches où dissimuler certains visiteurs clandestins. Landry, que la belle Grecque avait subjugué depuis son arrivée à Jérusalem, prenait alors sa défense et protestait hautement d'une loyauté à la cause franque qu'il n'acceptait pas de voir mise en doute.

— Maintenant que notre sire Godefroi de Bouillon a battu une fois encore ces chiens de Sarrasins au Sawâd, à l'est du lac de Tibériade, et que le vassal du roi de Damas, cet émir que nous appelons le Gros Rustre, s'est vu contraint de faire sa soumission au noble Tancrède, nous pouvons souffler un peu, dit Mathieu.

Il confia à Albérade Berthe qu'il n'avait cessé de faire sauter tout ce temps en l'air. La servante emmena aussitôt la petite fille afin de la laver, mais elle prit cependant le temps de témoigner par un air pincé la réprobation que lui avait inspirée cet exercice de voltige.

— La capitulation d'Arsûf, continua le barbier, a consacré dans la Judée tout entière la fin de l'influence fâtimide sur les côtes de ce pays. Les émirs d'Ascalon, de Césarée et d'Acre, qui savaient ne pas pouvoir compter sur les Égyptiens, ont bien été forcés de s'incliner à leur tour devant notre puissance. L'accord conclu avec eux est tout bénéfice pour nous. Il les laisse commercer en paix contre un tribut annuel en chevaux, mulets et aussi en blé, vin, orge, ou huile, sans compter le versement régulier de cinq mille besants.

— Damedieu! Ces émirs n'ont pas été les seuls à souhaiter établir avec nous des traités commerciaux! s'écria Landry non sans jubilation. Plusieurs autres princes arabes, poussés aux reins par leur exemple, ont manifesté l'intention de nouer des relations du même ordre.

Il se mit à rire et reprit :

— Grâce à notre réputation de courage et à la peur que nous inspirons, tous ces mécréants nous ont livré, bon gré mal gré, et au plus juste prix, force troupeaux de bœufs, de moutons, de brebis, ainsi que de magnifiques coursiers, des étoffes rares et le ravitaillement qui nous faisait défaut! En outre, craignant comme le feu de se faire désentripailler par nos gens d'armes, ils nous ont cédé toutes ces choses sans même chercher à en tirer profit !

Alaïs s'éventait à présent avec un éventail fait de feuilles de palmier tressées et coloriées montées sur un manche en bois d'oranger ouvragé, que son frère avait acheté pour elle à un marchand ambulant.

— Il faut dire que notre duc Godefroi a su se montrer très habile durant ses pourparlers, reconnut-elle d'un air déférent. En dépit de l'accord qu'il a fini par accepter en faveur de notre insatiable patriarche, le duc se veut de toute évidence l'unique et seul responsable du Saint-Sépulcre. Il a agi comme il convenait pour s'imposer. Je crois qu'il lui a paru préférable de négocier plutôt que de batailler à tort et à travers. Avez-vous remarqué, Mathieu, qu'il évite de se lancer dans des expéditions aventureuses et qu'il ne prend d'initiatives guerrières que lorsque la victoire est assurée ?

— Dieu le bénisse ! s'écria le barbier. Vous avez raison, amie, Godefroi de Bouillon est un prud'homme. Il a choisi une fois pour toutes de favoriser les accords assurant la sécurité en Terre sainte et traite avec les émirs voisins sans jamais renoncer pour autant à sa dignité de vainqueur. On dit qu'il a toujours réussi à sauvegarder, durant les tractations les plus épineuses, le respect que lui portent les seigneurs sarrasins. Il faut l'avoir vu recevoir l'hommage de ses anciens ennemis devenus ses nouveaux vassaux ou accepter les tributs des émirs pour estimer à sa juste valeur l'attitude sans concession dont il ne se départ jamais, malgré son affabilité bien connue.

— J'ai entendu dire qu'il a subjugué le Gros Rustre en tranchant devant lui et sur sa demande, d'un seul coup d'épée, le col musculeux et coriace d'un chameau ! lança Landry en s'esclaffant.

— Il en aurait même décapité un second, que ce même Gros Rustre, narquois, le mettait au défi de décoller avec son propre cimeterre ! compléta Mathieu, réjoui.

Brunissen secoua la tête.

— Par la croix de Dieu, il n'y a pas que des histoires de ce genre qui courent sur lui ! s'exclama-t-elle. Ne conte-t-on pas aussi que les chefs des communautés de Samarie, poussés par la nécessité, sont descendus de leurs montagnes pour lui faire présent de pain, de vin, de figues, d'olives et de raisins secs, tout en imaginant trouver devant eux un riche seigneur vivant dans la pourpre et l'or, alors qu'ils ont découvert l'avoué du Saint-Sépulcre assis au fond d'une simple tente sur un sac rempli de paille ? Stupéfaits, ils ont jugé entre eux qu'une telle simplicité convenait mal au puissant prince qui avait changé le cours des choses en Orient : « Eh quoi, aucun signe qui le distinguât des gens de sa suite, pas de tapis, aucune tenture de soie autour de lui comme il sied à un roi, pas de gardes du corps pour assurer sa protection ? » Après s'être fait expliquer la cause de leur étonnement, Godefroi aurait répondu : « La terre n'est-elle pas un siège suffisant pour un homme dont elle doit être, après sa mort, la demeure éternelle ? » Et on rapporte que les chefs arabes, frappés par tant de sagesse, n'en ont éprouvé que davantage d'estime pour un seigneur qui jugeait si sainement du néant de la vie terrestre...

Mathieu fit la grimace.

— Je préfère l'histoire du chameau, dit-il gaiement. Elle est plus drôle et a tout autant impressionné les enfants de Satan qui nous entourent que la vôtre, Brunissen, et puis elle fait rire les dames !

Il s'était tourné vers Alaïs avec tant de spontanéité dans son geste, une quête si attentive au fond de ses prunelles claires, un tel désir de l'égayer en détournant son esprit du cercle morose où elle s'enfermait, que la jeune femme, une fois encore, se sentit touchée. Les attentions multiples du barbier à son égard, la cour discrète et charmante dont il l'entourait lui redonnaient confiance en elle, en son charme, en son pouvoir sur le cœur des hommes, effaçaient l'affront infligé par Bohémond.

Ce beau garçon libre et joyeux, auquel son métier et son entregent ouvraient tant de portes, plaisait aux femmes et ne cherchait pas à dissimuler les aventures qui jalonnaient son existence... Il ne s'en cachait ni ne les étalait, mais avait su laisser entendre à Alaïs que, depuis leur première rencontre à Brindisi, elle demeurait pour lui, en dépit des conquêtes passagères qu'il avait pu faire de son côté et des ravages causés par Bohémond dans sa vie à elle, l'unique objet d'un attachement profond, patient, solidement enraciné. Il attendait son heure. La jeune mère le savait et les rapports enjoués qui s'étaient établis entre eux au fil des jours ne lui déplaisaient pas. Elle appréciait même Mathieu de plus en plus. Mais, au sortir d'une passion violente qui l'avait meurtrie et humiliée, elle éprouvait le besoin de retrouver un nouvel équilibre avant de s'engager derechef. Par ailleurs, elle goûtait un certain plaisir à se voir traitée avec tant de courtoisie par son galant compagnon et n'était nullement pressée de mettre un terme à une situation ambiguë, certes, mais porteuse de tous les troubles, de tous les émois, qui s'attachent aux prémices.

La fin du printemps s'écoula dans une touffeur égalant l'haleine embrasée d'un four, au milieu des échos multiples de l'extension du royaume naissant de Jérusalem. Le temps des vicissitudes paraissait révolu. La situation des Francs était à tel point affermie par les armes ou par les accords commerciaux conclus grâce aux succès guerriers que l'avenir semblait moins inquiétant à tous et qu'on pouvait enfin, croyait-on, se laisser aller à songer à des rêves de bonheur...

Ce fut donc dans un ciel rasséréné qu'à la mi-juin une nouvelle, brutale comme un coup de tonnerre, parvint à la Cité sainte.

Alors que Godefroi de Bouillon revenait du Sawâd, après avoir définitivement soumis et de la plus énergique façon cette terre de Suète, il avait été frappé d'un mal aussi soudain qu'inquiétant.

— On parle de la peste, expliqua Mathieu accouru à la parcheminerie pour annoncer la nouvelle. Dieu ait pitié ! Si notre sire est réellement atteint de ce fléau, toutes nos belles espérances vont se voir remises en question...

— Il est d'autres maux que la peste ! protesta Alaïs. Dès qu'une maladie sérieuse touche un haut baron, on pense au pire. Le duc peut souffrir de bien des choses, sans que ce soit pour autant de cette calamité ! On bavarde, on bavarde, sans savoir ! Il faudrait d'abord connaître la nature de sa maladie, comment il l'a attrapée, et la manière dont elle se manifeste...

— On prétend que c'est après avoir quitté Naplouse et alors qu'il suivait la route côtière, non loin de Césarée, qu'il ne s'est point senti bien. L'émir de ce port fait partie des princes arabes ayant passé avec nous le fameux accord commercial dont nous parlions l'autre jour. Il est venu à la rencontre de l'avoué du Saint-Sépulcre, l'a salué avec cordialité et l'a prié à souper. Mais Godefroi devait déjà être en proie à certains malaises, car il a décliné l'invitation, tout en sachant qu'un tel refus risquait d'offenser son hôte. Il se serait contenté de sucer le jus d'un cédrat, pour ne pas tout repousser et pour étancher sa soif qui, dit-on, était dévorante. Toujours est-il qu'il a décidé de revenir vers Jérusalem en toute hâte.

— Sur mon âme! Il a bien fait! s'écria Alaïs. Nous le soignerons ici mieux que nulle part ailleurs et nous aurons bientôt fait de le remettre sur pied.

— Dieu vous entende, murmura Mathieu qui ne voulait en aucune façon contrarier la jeune femme. Dieu vous entende. Si notre duc guérit, l'avenir est à nous, mais si le mal qui le tient s'aggrave, qu'adviendra-t-il de cette ville et de ses habitants?

— Vous êtes d'ordinaire plus joyeux compagnon, remarqua Alaïs avec une moue déçue. Voici peu, vous disiez préférer les histoires gaies à celles qui ne le sont pas. C'est le moment de le prouver.

Mathieu prit une des mains aux doigts encore blanchis de craie par le saupoudrage d'une peau de gazelle des plus délicates, la baisa et quitta l'atelier pour retourner vers les clients qui attendaient ses soins. Mais son cœur demeurait soucieux...

Il n'avait pas tort de s'alarmer.

De retour à Jérusalem dans son palais du Templum Salomonis, Godefroi de Bouillon vit son état de santé empirer de façon alarmante. Mais, pour un homme aussi pénétré que lui des devoirs imposés par sa charge, il n'est pas de répit. A peine revenu, il apprit qu'une imposante flotte vénitienne avait abordé à Jaffa. Pèlerinage sans doute, mais aussi expédition politique et commerciale, comme les républiques maritimes de l'Italie en avaient coutume. Averti que le doge et l'évêque de Venise s'étaient déplacés en personne afin de le voir, l'avoué du

Saint-Sépulcre décida de se porter à leur rencontre. Ce fut un malade grelottant de fièvre qui arriva à Jaffa. Il avait voulu descendre dans une demeure qu'il avait fait bâtir depuis peu, en profitant de la réfection des murailles de la ville, et qu'il affectionnait comme un abri discret et sûr. Il n'y parvint que pour s'aliter.

Quatre de ses parents l'assistaient. Les uns lui réchauffaient les pieds, les autres l'aidaient à appuyer sa tête sur leurs poitrines. Navrés de le voir tant souffrir, ils ne pouvaient retenir leurs larmes et redoutaient de perdre ce prince illustre dans un exil si lointain.

Les Vénitiens se désolaient d'une telle situation. Non pas tant par sympathie que parce qu'ils désiraient ardemment dresser avec ce haut baron, vainqueur des infidèles, un plan de campagne militaire auquel leurs nefs apporteraient l'appui de forces navales qui faisaient sans cesse défaut aux Francs. Par la même occasion, ils souhaitaient contrer les Pisans déjà implantés dans les principales villes soumises de Terre sainte.

Malgré son épuisement, Godefroi les reçut dans sa chambre. Le doge, l'évêque et quelques seigneurs vénitiens avaient tenu à lui apporter des présents de grand prix : vases d'argent et d'or, tissus de pourpre et somptueux vêtements.

Avec sa courtoisie habituelle et alors même qu'il n'était pas dupe d'un tel déploiement de richesses, l'avoué du Saint-Sépulcre les remercia de leurs dons mais ne put les garder davantage auprès de lui. Son état empirait. En dépit du désir qu'il avait de mener à bien cette importante affaire, il lui fut impossible de se rendre à l'invitation qui lui avait été faite et de visiter les nefs vénitiennes pour envisager avec ses hôtes les conditions de leur établissement en Terre sainte.

Le mal qui le tenait faisait d'affreux progrès. Épuisé, ne supportant plus le bruit et l'activité qui montaient du port de Jaffa, le duc demanda qu'on le reconduisît à Jérusalem.

Alerté, Tancrède ne tarda pas à l'y rejoindre ainsi que les nobles Vénitiens qui souhaitaient accomplir par la même occasion leur pèlerinage sur le tombeau du Christ.

— Damedieu ! Faut-il qu'il se sente à bout de forces

pour confier à Tancrède et à ses autres barons le soin d'examiner les offres qui lui sont faites par les Vénitiens, fit remarquer Landry à sa sœur. Y consentir est pour notre duc une capitulation devant la maladie. Quand on connaît son courage, c'est là un signe qui ne me dit rien qui vaille !

Comme toujours, Mathieu, au courant de ce qui se passait, venait fidèlement en rendre compte à ses amis.

— La Ville sainte tout entière tremble pour son chef, leur confia-t-il d'un air soucieux. Nous sommes à présent suspendus au souffle d'un malade qui lutte avec la mort en un dernier combat. Fasse le Seigneur qu'il en sorte victorieux !

On priait dans les oratoires, les chapelles, les églises et au Saint-Sépulcre. Les oraisons de tant d'âmes anxieuses s'élevaient vers Dieu comme une buée implorante.

Cependant les négociations se poursuivaient sans Godefroi, entre les Vénitiens obstinés et les Francs forcés de composer pour bénéficier des renforts providentiels qui leur étaient offerts. La flotte italienne ne voulait s'engager à combattre avec eux que durant sept semaines, du 25 juin, jour de la Saint-Prosper, au 15 août, fête de la Dormition de la Vierge.

— Ces Vénitiens sont insatiables, commentait Mathieu, ils réclament le tiers des villes conquises avec leur aide, et exigent d'obtenir des immunités et des privilèges commerciaux très importants pour prendre l'avantage sur les marchands de Pise, leurs rivaux ! En outre, ils demandent à jouir d'une franchise totale des impôts sur l'ensemble des pays soumis par nous.

— Hélas ! soupira Alaïs, il nous faudra bien accepter d'en passer par où ils veulent. Si notre sire Godefroi n'était point malade, il aurait pu, lui, le preux parmi les preux, imposer sa loi aux Vénitiens. Ses remplaçants n'en ont ni les moyens ni le prestige !

— Il semble encore avoir trouvé la force de signer l'accord conclu à Jaffa par nos barons, qui sont retournés là-bas avec les Vénitiens, dit Mathieu. Espérons que c'est là un signe annonciateur d'une guérison prochaine.

Ce fut, en réalité, le dernier geste accompli par l'avoué du Saint-Sépulcre en tant que chef des croisés.

A la mi-juillet, chacun comprit qu'il était perdu. Les forces de cet homme puissant n'avaient cessé de décliner et si son énergie morale subsistait, il l'appliquait tout entière désormais à mourir d'une bonne mort.

Il confessa ses péchés avec une véritable contrition et en versant des larmes, reçut la communion au corps et au sang de Notre-Seigneur, puis, couvert de ce bouclier spirituel, il fut enlevé à la lumière de ce monde.

Tous les Francs de Terre sainte eurent l'impression, quand ils l'apprirent, qu'un voile funèbre, une chape de deuil s'étaient abattus sur le pays. La perte n'était comparable à aucune autre et, à sa mesure, le chagrin et l'angoisse ne l'étaient pas non plus. Les croisés se sentaient orphelins.

Brunissen, qui avait tant prié durant les dernières semaines pour que le Seigneur éloignât de Ses enfants de Judée cette coupe d'amertume, se trouvait chez Anthusa et Irène quand les trompes retentirent soudain à travers Jérusalem pour annoncer au peuple chrétien le trépas de l'avoué du Saint-Sépulcre. Depuis plusieurs mois, elle avait accepté de donner en fin de journée des leçons de langue franque à Irène, qui désirait, avec sa fougue habituelle, apprendre le langage de ses amis. La petite fille assurait souffrir de ne rien comprendre aux propos des Chartrains, chez lesquels elle se rendait souvent, ou qui venaient dans la maison au portail vert d'autant plus volontiers que Landry se languissait d'amour pour la belle Grecque, sans oser néanmoins s'en ouvrir à quiconque... et à l'intéressée moins qu'à toute autre.

Le fracas des trompes fit voler en éclats la paisible leçon donnée sous les arcades de la galerie circulaire où se tenaient, pour profiter d'un semblant de fraîcheur vespérale, les femmes et l'enfant qui faisait de notables progrès.

Brunissen se dressa d'un coup, poussa un gémissement et s'affaissa sur son siège, privée de connaissance... Quand elle revint à elle, elle se mit à pleurer sans bruit, et presque avec douceur, comme le sang perle parfois aux lèvres de certaines blessures... Ce fut au tour des deux sœurs, penchées sur elle, de chercher à la consoler d'une peine que, de toute évidence, elles ne partageaient point.

— Pauvre amie, pauvre amie, répétait Anthusa pendant qu'Irène embrassait avec passion les mains abandonnées de la future moniale.

— Dieu Seigneur, que va-t-il nous arriver maintenant que notre défenseur s'en est allé ? disait Brunissen. Nous voici livrés aux appétits et aux intrigues du patriarche dont chacun connaît l'ambition. A l'occasion de la dernière Chandeleur, n'a-t-il pas obtenu que le duc lui promette par testament le quart du beau port de Jaffa, vital pour ses Pisans ? Et notre sire Godefroi, comme saisi du pressentiment de sa fin prochaine, ne lui a-t-il pas aussi cédé, le saint jour de Pâques, devant la foule assemblée pour cette fête, la cité de Jérusalem elle-même et la tour de David, la forteresse pour laquelle nous nous sommes tant battus ?

— J'ai ouï dire que le duc de Bouillon n'avait fait cette promesse qu'à condition de conquérir, en compensation, deux autres villes sur les infidèles, remarqua Anthusa. En attendant, le statu quo est maintenu.

— Sans doute, sans doute, mais, sur mon âme, quelle ville pourra jamais compenser la perte de Jérusalem la Sainte ? s'écria Brunissen. Et comme maintenant le duc vient de mourir sans enfant, Jérusalem reviendra au patriarche ! Cette clause dépouillera le futur roi au profit de Daimbert et a déjà fait de Godefroi, vainqueur des Sarrasins, l'homme lige d'un prélat italien !

— Cessez donc de vous tourmenter, amie, déclara avec sérénité Anthusa. Et puis, si je suis bien informée, le patriarche vient de partir pour Jaffa, en compagnie de Tancrède. Ils projettent d'attaquer, avec l'aide de la flotte vénitienne, le grand port d'Acre. Ce siège les tiendra un moment éloignés de Jérusalem. Qui sait ce qui se produira par la suite ?... L'avenir est fait de tant de surprises...

Dans le regard, dans le ton de la jeune femme frémissait on ne savait quel enjouement, comme si tous les événements qui préoccupaient sa visiteuse ne la concernaient pas.

Déconcertée par cette attitude incompréhensible, Brunissen soupira.

— Il est vrai que nous devons, comme toujours, faire

confiance à Dieu, reprit-elle. Vous avez raison, Anthusa, je me soucie de choses qui ne dépendent pas de moi et sur lesquelles je ne puis rien. C'est un manque de sagesse dont il faudra que je m'accuse. Mais vous ne m'empêcherez pas de déplorer la disparition de notre sire...

Une fois la leçon achevée, Brunissen quitta ses amies grecques avec une étrange sensation de malaise. Le chagrin que lui inspiraient la mort de l'avoué du Saint-Sépulcre et l'incertitude du destin promis au fragile royaume franc n'en était pas la seule cause. Elle éprouvait en plus la désagréable impression qu'Anthusa et Irène lui avaient celé quelque chose qui les concernait, les agitait et les avait empêchées de participer au deuil qui obscurcissait si cruellement l'avenir du peuple de Dieu en Terre sainte.

Alaïs, quant à elle, ponçait méticuleusement une peau d'agneau tendue sur une herse de bois posée devant elle dans l'atelier, quand le son rauque des trompes avertit les habitants de Jérusalem de leur malheur. Au même instant, Mathieu entra dans la vaste pièce dont le soleil déclinant teintait les murs d'ocre fauve. La jeune femme s'y tenait seule. Son frère se trouvait avec les apprentis dans la seconde salle de la parcheminerie, et Albérade s'occupait comme à l'accoutumée de Berthe la Petite.

— Par le sang du Christ, je souhaitais vous annoncer moi-même la fin de notre sire ! Je ne voulais pas que vous l'appreniez par ces maudites trompes. Le duc Godefroi n'est plus ! s'écria le barbier en s'élançant vers Alaïs.

Toute pâle, les yeux élargis, les mains pressées l'une contre l'autre, la jeune femme éclata en sanglots et se laissa tomber sur la poitrine de Mathieu qui l'enveloppa de ses bras. Ils demeurèrent un moment ainsi... Ce rapprochement tant espéré, tant attendu par l'un, toujours différé par l'autre, survenait alors que le destin frappait à la tête le nouveau royaume. Leur étreinte s'en voyait transformée, mêlée de gravité et de dolente peine. Ce fut les yeux fermés et le visage ruisselant de pleurs qu'Alaïs accorda à son ami un premier baiser. Ses lèvres tremblantes le reçurent d'abord en restant closes, mais l'amour si longtemps contenu de Mathieu en força bientôt la défense.

Elle avait eu un fier amant et lui de nombreuses conquêtes. Leur expérience, leur jeunesse, le violent émoi qui les avait jetés dans les bras l'un de l'autre, l'attente enfin se liguèrent sans peine pour exacerber leur faim amoureuse. Enlacés, oppressés, affolés, ils se caressaient à travers leurs vêtements légers et formaient un couple chancelant, ivre de promesses, quand des bruits de pas, des cris, des lamentations, des prières, venus de la pièce voisine, les rappelèrent aux sombres réalités de l'heure.

— Dieu! murmura Mathieu, soudain arraché à son vertige et se passant une main incertaine sur le visage, Dieu Sauveur, ayez pitié!

Alaïs s'écartait de lui, rajustait son bliaud, son voile qui avait glissé sur ses épaules, libérant les nattes blondes qui lui tombaient jusqu'aux hanches. Tous deux se regardaient, tremblants, le souffle saccadé, trop secoués encore par le désir pour retomber dans un chagrin qui ne les affectait plus autant qu'il l'aurait dû. Éblouis par la frénésie qu'ils venaient de pressentir, ils n'étaient plus qu'impatience et soif de capture...

— Je serai ce soir dans le jardin de la première cour, au mitan de la nuit, eut le temps de souffler Alaïs avant que ne s'ouvrît la porte de l'atelier. Je t'y attendrai.

Ensuite, les larmes, les doléances, les cris de douleur emplirent la maison d'un tumulte funèbre dont la ville entière allait retentir durant plusieurs jours et plusieurs nuits...

Mais les déplorations de toute une cité endeuillée n'empêchèrent point Alaïs et Mathieu de se retrouver vers l'heure de matines, dans l'étroit jardin où était fixé le rendez-vous. Ce fut cette fois la jeune femme qui se montra impatiente de se livrer à l'amour et son ami qui préféra en repousser l'échéance.

— Non, non, ma gente, ma colombe, ma belle dame, dit-il après qu'elle se fut jetée dans ses bras, je ne veux point abuser de votre faiblesse due aux circonstances que nous traversons. J'ai eu le temps de me ressaisir, de raisonner, depuis que nous nous sommes quittés. Je n'entends pas vous prendre ainsi, comme un croquant, en profitant d'une occasion furtive. Je tiens à vous posséder devant Dieu et devant les hommes. Bref, amie, je suis décidé à vous épouser. M'accorderez-vous votre douce main ?

Alaïs en avait assez de lutter contre elle-même et de se refuser à un nouvel attachement, assez de la continence à laquelle l'abandon de Bohémond l'avait condamnée, assez d'une solitude qui ressemblait à un veuvage. Elle désirait retrouver un corps viril dans son lit et les jeux de l'amour qui lui manquaient tant... Mathieu avait rallumé dans son sang des feux qui ardaient de nouveau pour la consumer comme braise, et puis son cœur était, cette fois-ci, en accord avec ses sens.

— Marions-nous vite alors, implora-t-elle en se suspendant à son cou, j'ai hâte de devenir votre femme !

Il la souleva de terre avec un grand rire conquérant et, comme il était bien plus grand qu'elle, les pieds d'Alaïs battaient l'air.

— Depuis que je vous ai vue sur la nave, à Brindisi, je n'ai cessé d'attendre ces mots-là, dit-il en la serrant avec emportement contre lui. Soyez sans crainte, mon cher amour, tout comme vous je me languis de ne point encore pouvoir vous aimer, mais il n'y en a plus pour longtemps. Par tous les saints du ciel, je vais m'activer de belle manière et je puis vous garantir que nos noces vont être rondement menées !

Dans la nuit d'été où chaque pierre de la ville restituait dans l'ombre la chaleur solaire emmagasinée durant la journée, ils s'étreignirent impétueusement et se séparèrent pour ne pas tenter davantage le Diable...

Mais Satan avait mieux à faire après la fin de Godefroi de Bouillon que d'entraver un simple projet matrimonial ! La succession de l'avoué du Saint-Sépulcre lui fournissait l'occasion de se manifester de la plus tumultueuse façon !

Partis la veille de ce 18 juillet funeste où le prince devait rendre l'esprit, Daimbert et Tancrède allaient de compagnie sur la route de la côte conduisant de Jaffa vers Acre, quand un chevaucheur leur apporta la fatale nouvelle. Dans l'ost qu'ils commandaient, la douleur fut grande et sincère. Le patriarche et le neveu de Bohémond firent aussitôt demi-tour et, suivis par l'armée en deuil, regagnèrent Jérusalem à marche forcée. Daimbert savourait en secret la réussite de ses plans. Selon la donation solennelle qu'il avait extorquée, au printemps, à Godefroi, la Ville sainte glissait entre les mains de l'Église, c'est-à-dire entre les siennes. Il triomphait et se voyait déjà seul maître après Dieu de toute la Judée !

Mais les parents du défunt et les barons lotharingiens, qui avaient entouré leur seigneur durant ses derniers jours, ne l'entendaient pas de cette oreille. Ils s'opposèrent fermement à des projets ecclésiastiques qui allaient à l'encontre des sentiments de loyalisme qu'ils vouaient à la maison de Boulogne.

Pendant quatre jours, cependant, on fit taire rivalités et ressentiments, et on ne s'occupa que de choisir le lieu où il convenait d'ensevelir le premier prince latin de Jérusalem.

— Bien entendu, on a élu le Saint-Sépulcre comme seul endroit digne de receler le corps de notre sire, dit Mathieu à Landry et à Alaïs qu'il visitait à présent chaque jour. Cette cérémonie va repousser nos noces de quelque temps, ma douce amie, mais, dès le lendemain, nous pourrons nous marier. J'en ai obtenu l'assurance de la bouche même du prêtre qui doit nous unir.

Landry n'était guère ravi des futures épousailles de sa jumelle avec un homme qui n'exerçait pas le métier de parcheminier. Mais Alaïs lui avait promis qu'elle continuerait à venir travailler à ses côtés, même une fois installée avec son mari dans la maison au portail vert. Ainsi, les enfants de Garin quittaient puis retournaient à tour de rôle dans cette première demeure trouvée par Brunissen, comme si leur destin les y attendait. La perspective d'avoir à s'y rendre plus souvent après le mariage de sa sœur avait d'ailleurs été une chaude consolation pour Landry, sensible aux possibilités qui lui seraient alors offertes de rencontrer Anthusa à tout bout de champ... Peut-être accepterait-elle peu à peu de s'intéresser au sort d'un garçon qui, lui aussi, était marqué dans sa chair par la guerre livrée aux Sarrasins. Peut-être s'apercevrait-elle enfin de l'ardente admiration qu'il lui vouait ? Peut-être y répondrait-elle... Landry rêvait...

Quatre jours après la mort de Godefroi de Bouillon, au

cours d'une cérémonie noyée de larmes et d'encens, on déposa son corps, cousu en un sac de cuir, à l'intérieur d'un sarcophage qui fut ensuite placé sous le lieu sacré du Calvaire, dans la chapelle d'Adam, passage obligé vers le Golgotha.

Une foule éplorée conduisit jusqu'à sa sépulture la dépouille de cet homme de quarante et un ans qu'un mal soudain avait arraché à une destinée glorieuse, mais aussi à une existence austère, consacrée à un célibat quasi monastique, tissée de renoncements et de sacrifices.

On racontait que le Seigneur l'avait choisi depuis toujours pour mener le grand pèlerinage armé jusqu'à la victoire sur les infidèles, jusqu'à la conquête de Jérusalem et à la délivrance du Saint-Sépulcre devenu, par un juste retour des choses, son propre tombeau.

Des scènes de désolation se déroulèrent toute la journée autour de la dalle funéraire.

On pleurait, on sanglotait, on se pâmait. On criait peine et désarroi ; certains battaient leur coulpe, d'autres s'arrachaient barbe ou cheveux, s'égratignaient les joues, se tordaient les mains, baisaient la pierre froide et l'arrosaient de leurs larmes...

Au milieu des soupirs et des gémissements, Brunissen, à genoux dans un coin d'ombre, priait de toute son âme pour ce prince valeureux auquel, dans le secret de son cœur, elle accordait le titre de confesseur de Jésus-Christ. Immergée dans son oraison, elle avait oublié l'écoulement du temps. Soudain, une main se posa sur son épaule et la pressa avec insistance. Penchée vers elle, Biétrix la tira de son recueillement.

— Je vous ai cherchée partout, dit la jeune chambrière quand elle vit s'animer le regard de Brunissen que voilait jusqu'alors la forte contention de son esprit. Par la sainte croix du Sauveur, vous n'étiez pas aisée à dénicher parmi tant de monde !

— Que me veux-tu ?

— Une servante d'Anthusa est venue tantôt à la parcheminerie pour vous demander de passer la voir dès que possible. Il semble que c'est urgent.

— J'y vais tout de suite, dit Brunissen. Je reviendrai

prier pour notre défunt sire quand il y aura moins d'agitation autour de son tombeau.

Dehors, le soleil flamboyait.

« Le duc très chrétien a été soustrait à la lumière de ce monde, songea la future moniale, mais il participe à présent à la lumière incréée. Béni soit-il ! »

Puis, à travers les rues soudain moroses de Jérusalem, elle se hâta vers la maison au portail vert.

Quand elle pénétra dans le large vestibule, elle se dit que les mois passés sous ce toit demeureraient sans doute dans son souvenir comme les moments les plus étranges de toute son existence. Mais elle préférait ne pas avoir à s'interroger sur les sentiments qui y avaient agité son âme et se dirigea d'un pas ferme vers la grande salle où elle avait, un an plus tôt, découvert Irène.

Justement la petite fille et Anthusa s'y trouvaient. Elles semblaient toutes deux fort occupées à remplir d'objets divers un grand coffre en bois de cèdre dont le couvercle, rejeté en arrière, bâillait comme une mâchoire.

— Dieu juste, que se passe-t-il ? demanda l'arrivante. Songeriez-vous à entreprendre un voyage hors nos murs ?

Anthusa se retourna vivement. Ses yeux brillaient d'excitation. Fardée de rose par un émoi dont Brunissen ne discernait pas le motif, elle lui parut plus jolie que jamais. Éclatante.

— Ô mon amie, dit-elle en joignant les mains, ô mon ange, il nous arrive un grand bonheur et il me tardait de vous l'apprendre !

Elle prit la visiteuse par la main et, tout en boitant un peu d'une manière qui aurait pu nuire à une créature moins séduisante qu'elle, la belle Grecque entraîna sa visiteuse vers un des sofas de la salle.

— Asseyez-vous et écoutez-moi, reprit-elle avec un entrain bien surprenant chez elle. J'ai une nouvelle d'importance à vous annoncer !

Irène vint se blottir aux pieds de Brunissen qu'elle considérait soudain avec une interrogation discrète au fond des yeux.

— Voici, continua Anthusa. Vous avez sans doute remarqué, il y a quatre jours, quand vous êtes venue donner à ma sœur sa leçon habituelle, que nous étions distraites et que nous ne partagions pas votre tristesse et vos soucis.

— En effet, reconnut la visiteuse. Mais, sur mon salut, je ne vous en ai nullement voulu. J'ai seulement été intriguée par votre indifférence.

— Ce n'était pas de l'indifférence! C'est que nous nous trouvions sous le coup d'une très forte émotion causée par un visiteur qui sortait à peine d'ici quand vous y êtes arrivée.

Elle s'interrompit un instant.

— Il venait de me demander en mariage et j'y avais consenti.

— Dieu Seigneur! Voici en effet une bonne nouvelle!

— La disparition, alors imminente, de l'avoué du Saint-Sépulcre avait inspiré sa démarche. A la suite de cette mort, de profonds bouleversements sont à prévoir. Aussi Hâlid a-t-il pensé que le moment était venu pour nous de quitter Jérusalem.

— Hâlid! Que vient faire Hâlid dans tout ceci!

Le cri, qui était de protestation et non pas d'interrogation, avait jailli alors même que la pensée, plus rapide que lui, avait déjà saisi de quoi il s'agissait. Une idée s'imposa : « J'ai toujours su que cette trop belle femme apporterait avec elle la souffrance! » Mais il ne fallait pas trahir une telle opinion, il ne fallait pas se trahir!

Brunissen enfonça ses ongles dans ses paumes et se força à sourire tout en écoutant la réponse qu'elle connaissait avant même de l'avoir entendue.

— Par le Christ pantocrator, c'est Hâlid que je vais épouser!

— Bien sûr, bien sûr. Où avais-je la tête? Il est vrai que vous le connaissez depuis longtemps.

— Du temps de mon esclavage, à son insu j'avais remarqué cet homme. Je n'étais pas libre de le lui laisser voir mais mon cœur s'intéressait déjà à lui.

— Eh bien, voilà qui est parfait. Où et quand auront lieu vos noces?

— Nous ne savons pas encore. Cependant, les événements funèbres qui viennent de se produire vont entraîner de tels changements qu'il semble opportun de profiter de cette période de transition pour quitter la ville. Il n'y a pas de place ici pour l'épouse d'un Sarrasin.

Brunissen se pencha vers Anthusa.

— Vous comptez donc vous convertir à une religion si hostile aux nôtres ? Est-ce Dieu possible qu'une chrétienne, même de rite oriental, puisse imaginer de renoncer au Christ pour adorer Allah ?

— Et pourquoi donc serait-ce un crime ? Ne savez-vous pas, depuis que vous vivez en Judée, que bien des chrétiens en sont déjà passés par là ?

Hâlid pénétrait dans la pièce. Il avait dû rester caché non loin de là en attendant que son amie ait mis la visiteuse au courant de leurs intentions.

Brunissen en ressentit tout d'abord une grande amertume, mais il s'avançait vers elle, le regard plein d'étincelles, le visage animé. Comme toujours, elle sentit s'émouvoir en elle une fibre singulière et souhaita de toutes ses forces ne pas se séparer de lui sur un esclandre.

En dépit de tant d'obstacles, ils étaient parvenus jusque-là à maintenir entre eux une entente, délicate et précieuse. Elle désirait ardemment préserver une si rare amitié.

— Dieu vous garde, dit-elle. Il est vrai que des chrétiens se sont déjà convertis à l'islam, mais ce fut souvent, vous ne l'ignorez pas, sous l'empire de la peur ou de l'intérêt...

— Pourquoi ne serait-ce point sous l'empire de l'amour ?

Il la défiait du regard. Elle se pencha pour caresser avec des doigts tremblants les cheveux fins d'Irène.

— Vous savez bien que je n'entends rien à l'amour humain, dit-elle en se redressant. Mes aspirations sont tout autres.

Il s'adoucit et s'inclina.

— Pardonnez-moi, reprit-il, mais nous aurons, de la part de mes proches comme des relations d'Anthusa, tant d'oppositions à combattre qu'à l'avance je m'insurge contre toute espèce de préjugé...

— Je vous souhaite, quant à moi, de parvenir à être heureux ensemble. Soyez sûrs que je ne vous veux que du bien. Mais il me paraît que ce ne sera facile ni pour l'un ni pour l'autre.

La voix de Brunissen n'était pas encore affermie, mais son regard était redevenu, ainsi que Hâlid l'avait toujours connu, attentif et bienveillant.

— Vous faites partie des chrétiens qui peuvent comprendre qu'un attachement entre deux êtres cherche à dépasser les conventions du monde dans lequel ils vivent, reprit-il de son ton guttural. Et, tenez, pour rendre hommage à votre esprit de conciliation, je veux vous mettre sans plus tarder au courant de nos projets.

— Je vous en prie...

Elle tendait la main vers lui comme pour repousser des confidences qu'elle préférait ne pas connaître. Il n'en tint aucun compte et continua :

— En profitant de l'agitation que la mort de votre seigneur duc à causée dans cette ville, je suis venu chercher Anthusa et Irène pour les emmener loin d'ici. En un premier temps, nous nous installerons dans la ferme où j'ai des amis sûrs, ceux-là mêmes qui m'ont recueilli quand je m'en suis allé après avoir été guéri par vos soins, l'an dernier. Ceux qui m'ont également aidé à vous ramener le mari de votre sœur, après son... accident.

Brunissen inclina la tête en silence.

— Nous y attendrons de voir comment vont tourner les événements. Selon le cas, nous y demeurerons un mois, deux mois... un an... Mais le but que je me suis fixé à une date plus ou moins lointaine, le but de tous mes efforts et de tous mes souhaits, est de parvenir un jour à conduire ma future épouse dans ce pays mystérieux traversé, dit-on, par un fleuve sacré, le Gange...

Ses yeux sombres brillaient de nouveau, mais, cette fois-ci, ce n'était plus la contestation. Une fantasmagorie radieuse les éclairait.

— Partir pour les Indes..., soupira Anthusa. N'est-ce pas trop beau, ami ?

Il se tourna vers elle et la considéra avec tant d'intensité que devant la révélation d'une passion dont, de toute évidence, elle était exclue, Brunissen comprit que tout était bien. Elle avait, de son côté, répondu à un autre amour, d'une forme plus haute, et la douteuse séduction, l'attirance inavouable que le Démon avait fait surgir pour elle d'une bonne action transformée en piège n'étaient que nuées, songes, tentations... En perdant une illusion sur laquelle elle se fondait depuis plusieurs mois, elle éprouvait, certes, une pénible sensation de dépouillement, mais en même temps, elle se savait débarrassée d'un poids fort lourd, d'un malaise qui tourmentait son âme et la blessait. Allégée, épurée, elle découvrait les causes de ses atermoiements et se sentait enfin libre de poursuivre sa route...

— Je prierai pour que vous atteigniez tous trois les rives de ce fleuve au nom mystérieux qui vous attire tant, reprit-elle avec le premier sourire qui lui venait aux lèvres depuis qu'elle était là. Votre départ va coïncider avec le retour ici de ma sœur cadette qui se marie avec Mathieu, un de nos amis. Il doit être écrit quelque part, comme vous diriez, Hâlid, que cette maison sera toujours le centre de nos allées et venues !

Irène vint se blottir contre le bliaud de toile blanche porté par Brunissen.

— Je vous regretterai... et pas seulement à cause de vos leçons, dit-elle en levant vers son amie un petit visage où l'inquiétude faisait place à une douce mélancolie, plus aisée à manifester. Vous allez bien me manquer !

Elle soupira. Brunissen l'embrassa.

— Adieu donc, dit-elle. Il me faut rentrer. Alaïs et Landry doivent m'attendre. Je vais leur faire part de votre mariage, mais, sur mon salut, je ne révélerai pas votre nom, Hâlid, et ne soufflerai mot de votre grande entreprise.

Elle donna l'accolade à Anthusa, sourit à Hâlid qui s'inclina devant elle en portant successivement, comme il le faisait toujours, une main à son front, à ses lèvres et à sa poitrine, puis elle les quitta.

« Plus rien ne me sépare de Vous, Seigneur, si tant est qu'il y ait jamais eu autre chose que des rêveries indignes de Votre servante. Prenez pitié et aidez-moi, je Vous en prie, à me montrer plus digne du choix que Vous avez daigné faire de la pauvre fille que je suis ! »

L'âme libérée et allègre, Brunissen franchit le seuil de la maison au portail vert où elle laissait derrière elle,

ainsi que certaines couleuvres observées par elle autrefois à Chartres, l'enveloppe haillonneuse d'une peau
devenue trop étroite pour elle.

A la parcheminerie, elle trouva Alaïs, Mathieu et
Landry rassemblés dans l'alcôve mouillée où il faisait
relativement frais. Ils y buvaient de l'hydromel acidulé,
tout en conversant de façon très animée. Leur préoccupation semblait fort éloignée de celle qui troublait Brunissen. Elle les vit agités et inquiets.

— A peine notre sire le duc est-il enseveli, lui lança son
frère d'un air indigné, qu'on parle déjà de sa succession !
Les barons fidèles de sa suite, loyaux envers la maison de
Boulogne, ont dû avoir vent de certaines manœuvres
imaginées par le patriarche Daimbert que soutient toujours Tancrède. Ce qui est sûr, c'est que Garnier de Gray,
cousin et meilleur compagnon de Godefroi, s'est saisi en
grande hâte de la tour de David. Il a entrepris d'en
renforcer les défenses pour s'opposer de tout son pouvoir
aux visées séniles et menaçantes de l'ancien archevêque
de Pise. Il n'est pas seul, loin de là, à suspecter ce maudit
vieillard. Des familiers de l'avoué du Saint-Sépulcre,
regroupés autour des représentants de la mesnie ducale,
l'accompagnent et le soutiennent. Le camérier ainsi que
l'écuyer de Godefroi, l'évêque de Ramla, et bien entendu
l'ancien patriarche, Arnoul Malecorne, destitué par des
clercs trop dociles, et qui attendait dans l'ombre l'heure
de sa revanche, se sont joints à cet intrépide chevalier. Ils
récusent d'une même voix le malencontreux testament
qui léguait au patriarche Jérusalem ainsi que sa citadelle.

— On dit même, ajouta Mathieu un bras posé sur les
épaules d'Alaïs, que ces seigneurs ont déjà adressé en
secret un message pressant au frère de notre duc, Baudouin de Boulogne, comte d'Édesse. Il est à leurs yeux
l'unique héritier légitime du royaume franc. Ils lui
auraient mandé de venir les rejoindre toutes affaires
cessantes dans la Cité sainte, afin d'en devenir le souverain couronné.

— Ce qui évincerait de façon définitive notre gour-
mand patriarche ! conclut Landry d'un air vindicatif.

Brunissen s'assit auprès de son frère.

— Par tous les saints, je boirais bien un peu de résiné étendu d'eau fraîche, soupira-t-elle en s'éventant avec un pan de son voile de tête.

— Biétrix va vous en apporter, ma sœur, dit Alaïs. Mais que dites-vous de tout cela ?

— Il me semble que Daimbert et Tancrède, qui sont déjà repartis assiéger le port d'Acre, ne se soucient pour l'instant que de faire de nouvelles conquêtes, en compagnie des nefs vénitiennes qui les secondent, répondit la future moniale. Laissons agir ceux qui sont mieux placés que nous pour cela et attendons avec confiance la suite d'événements auxquels nous ne pouvons rien.

— Vous voici bien sereine tout à coup, ma mie, remarqua Landry.

— Sans doute. A quoi bon nous démener comme des forcenés contre les suites du malheur qui vient de nous frapper ? Contentons-nous, modestement, d'attendre que se dévoilent à nous les projets du Seigneur sur ce royaume qu'Il nous a permis de conquérir non pas pour que nous nous le disputions, mais pour Sa plus grande gloire !

— Encore faudrait-il, par la vertu de Dieu, que nous sachions maintenant à quel saint nous vouer ! s'écria Mathieu. N'êtes-vous pas curieuse, vous aussi, d'apprendre à quelle sauce nous allons être mangés ?

Brunissen sourit.

— Nos vies ne se présentent pas comme des repas bien ordonnés, dit-elle doucement. Il me semble que tout le monde doit en être avisé ici. Les mangeurs et les mangés ne sont pas toujours ceux qu'on croit.

Mathieu partit de son grand rire.

— Je m'incline ! Je m'incline, dit-il. Votre sagesse est d'un autre ordre que la mienne. Vous semblez ignorer ou repousser, je ne sais, les folies qui nous mènent.

Il prit une des mains d'Alaïs dont il baisa, un à un, les doigts blancs.

— A propos des folies dont vous parlez, reprit Brunissen, j'ai une nouvelle à vous apprendre. Pendant que je faisais oraison, tantôt, au Saint-Sépulcre, auprès du tombeau de notre duc, après que vous vous étiez retirés, Anthusa m'a fait demander de passer la voir sans tarder.

J'y suis allée aussitôt et je l'ai trouvée en compagnie d'Irène, occupée à remplir un grand coffre.

— Pourquoi donc?

Landry avait posé la question d'une voix brève.

— Parce qu'elles vont partir toutes deux.

— Partir! s'exclama Alaïs, mais pourquoi? Où vont-elles?

— Je ne sais où elles iront, mais ce que je sais, en revanche, c'est que notre belle Grecque va se marier très prochainement.

— Damedieu!

Le gobelet d'étain que Landry tenait à la main tomba et roula sur le dallage. Le bruit du métal fut tout de suite suivi du martèlement du pilon de bois qui s'éloignait. Aussi vite que son amputation le lui permettait, le parcheminier quittait la pièce, se sauvait loin des regards qui l'interrogeaient.

— Laissez-moi faire, dit alors Alaïs en se dégageant avec douceur de l'étreinte qui l'enlaçait. Laissez-moi faire. J'ai l'habitude de soigner ses blessures...

Elle se leva et accompagna son frère. Mais elle ne fut pas la seule. Biétrix, qui apportait au même moment un plateau chargé des boissons réclamées, le déposa devant Brunissen et s'en retourna aussitôt en suivant les jumeaux.

Réfugié dans le principal atelier de parcheminerie, vide en ce jour de deuil, Landry s'était laissé tomber sur un escabeau, devant une large table où s'empilaient des peaux prêtes à l'emploi. La tête sur ses avant-bras, il pleurait quand sa sœur entra dans la pièce. Elle s'approcha et, debout derrière lui, posa ses mains sur les épaules agitées de soubresauts. Un long moment, elle resta ainsi, sans prononcer un mot, puis, se penchant, elle appuya sa joue contre celle du garçon accablé, dont les larmes mouillaient la barbe blonde.

— Vous l'aimiez donc tant que cela? demanda-t-elle tout bas.

Une main tâtonnante vint se poser sur une des siennes et la serra.

— Vous auriez dû m'en parler, reprit Alaïs. Je croyais que vous me disiez tout.

— Tout, sauf cette folie, murmura la voix brisée de Landry. C'est à peine si j'osais me l'avouer à moi-même. Je savais bien que je n'avais aucune chance de plaire à une femme si belle, mais comme elle était, elle aussi, devenue infirme, je me prenais parfois à rêver que notre commun malheur nous permettrait un jour de nous rejoindre...

— Elle voyait beaucoup de Syriens et d'Arméniens à Jérusalem. Ce doit être l'un d'eux qui l'aura séduite, murmura rêveusement Alaïs. Mais pour être tout à fait franche avec vous, comme nous nous sommes toujours promis de l'être l'un envers l'autre, laissez-moi vous avouer que si vous m'aviez confié votre désir, je vous aurais dit que cette trop séduisante Grecque n'était pas une épouse selon les vœux que je forme pour vous. Elle a fait partie du harem d'un Sarrasin et vous n'ignorez pas plus que moi que ce n'est pas là une référence pour une future femme de croisé. Non, sur ma foi, Anthusa ne vous aurait pas rendu heureux. Vous êtes trop sincère, trop entier, trop jaloux aussi de ceux que vous aimez. Vous n'auriez pas longtemps accepté un passé où vous auriez découvert mille sujets de soupçons et de souffrances.

Landry releva une face souillée de larmes.

— Par le Dieu de vérité, nous n'avons guère de chance, dans la famille, avec nos amours ! dit-il non sans acrimonie. La mort, l'abandon, le mépris, voilà notre lot à tous ! Il n'y a que Brunissen qui ne se soit pas trompée... Et encore, elle avait commencé par se fiancer à Anseau le Bel !

— C'est sans doute que nous avons d'abord mal choisi, soupira Alaïs. Anseau, Bohémond, Anthusa n'étaient pas ceux qui nous convenaient. Voilà tout. Ayons le courage de le dire ! Depuis que Mathieu s'est déclaré, je découvre que l'amour peut être tout autre chose que violente jouissance et perpétuel combat. Notre inexpérience, notre jeune âge, et des événements hors du commun nous ont lancés dans des aventures pleines de tumulte et de démence. Vous ne me direz pas, mon ami, mon frère bien-aimé, que vous ne le saviez pas. Si vous n'osiez même pas ouïr, au plus secret de vous, la voix de la passion qui vous poussait vers Anthusa, c'est que vous la reconnaissiez pour ce qu'elle était en vérité, peu raisonnable et sans avenir.

— Mais l'amour n'est jamais raisonnable! protesta Landry.

Alaïs sourit.

— Tout dépend de ce qu'on appelle ainsi, admit-elle avec une expression entendue. Il y a amour et amour. Ni vous ni moi, me semble-t-il, n'avons su voir au début de nos vies de quoi il s'agissait. Allons, reconnaissons-le, nous nous sommes trompés tous deux. Ceux que nous avions élus parce que les circonstances nous avaient mis sur leurs chemins n'étaient pas les bons.

Elle se pencha de nouveau vers son jumeau. Ses nattes soyeuses frôlèrent une fois encore la barbe taillée avec soin.

— Ce n'est pas parce que nous avons commis une première erreur que nous devons perdre espoir, ajouta-t-elle. Regardez-moi. Ne suis-je pas enfin devenue une femme heureuse?

— Si fait, reconnut Landry dont les larmes se tarissaient. Si fait, mais vous avez eu la chance, vous, au sortir d'une malencontre, de retrouver un ami qui attendait fidèlement, et sans en faire mystère, que vous vous donniez à lui! Voilà où nos sorts diffèrent. C'est que personne ne se languit pour moi dans l'ombre en espérant que j'irai l'y quérir!

— Qu'en savez-vous! demanda vivement Alaïs. Oui, par le Christ, qu'en savez-vous?

Elle contemplait à présent son frère avec l'air amusé et énigmatique de quelqu'un qui détient une information mais se refuse à la fournir.

— Allons, reprit-elle, il est trop tôt pour que je vous parle d'une idée qui m'est déjà venue depuis un certain temps. Elle concerne une personne qui, à ce que je crois, s'intéresse à vous bien plus que vous ne le pensez. Nous en reparlerons quand vous serez guéri d'un chagrin qui n'existe que dans ce rêve éveillé qui vous occupe depuis notre arrivée à Jérusalem. Décidément, cette cité détient un bien étrange pouvoir: celui de faire naître des espérances sans commune mesure avec la réalité! Certains des croisés ne s'imaginaient-ils pas, en s'emparant de la

Ville sainte, que la fin des temps était venue et que nous allions vivre, sous le regard de Dieu, le début d'une ère nouvelle qui aurait goût de Paradis ?

Landry haussa les épaules.

— Vous avez sans doute raison, ma mie. Le Paradis n'est pas pour demain, et avoir conquis Jérusalem n'a pas suffi à transformer nos cœurs, qui sont entachés de péchés et de sottises !

Alaïs prit son frère par la main pour le forcer à se lever et à la suivre.

— Ne devenez pas amer comme fiel, vous que j'ai connu si confiant et si gai, dit-elle avec tendresse. Vos épreuves ont été très dures, Dieu le sait, et j'en ai souffert de toute mon âme pour vous. A présent, vous en voici sorti. Vous avez un bon métier, une maison qui vous plaît, une famille qui vous aime...

— Et un pilon de bois ! lança Landry.

Alaïs l'embrassa spontanément sur une joue.

— Pourquoi toujours y revenir ? dit-elle sur un ton de doux reproche. Oubliez-le puisqu'il est impossible que vous vous en passiez, mais dites-vous bien que ce n'est pas cette malheureuse jambe perdue qui empêchera un cœur loyal de s'intéresser à vous.

Au bras l'un de l'autre, ils quittèrent le grand atelier. Dans le second, ils découvrirent Biétrix, affairée à ranger et à épousseter des tablettes de cire et des stylets. Comment pouvait-elle être occupée par les soins du ménage un jour comme celui-ci ?

Les pensées de Landry furent bientôt détournées de cette remarque par un autre sujet.

En effet, contrairement à son habitude, Brunissen se tenait dans la cour du jet d'eau.

Un sac de toile grossière déposé à ses pieds, elle était assise sur la margelle du bassin.

— Vous voici donc, dit-elle. Je vous attendais.

Elle se leva et s'avança vers les jumeaux.

— Il m'est apparu que je ne pouvais dorénavant vous servir tous que par la prière, reprit-elle en scrutant le visage tourmenté de Landry. Je ne peux plus résister davantage à l'appel que j'ai reçu sous les murs de Tripoli. Ce jour d'hui, un ultime avertissement m'a enfin fait tomber les écailles des yeux. Je voulais vous annoncer que je quitte cette maison pour me rendre au moutier Sainte-Anne où je suis annoncée depuis longtemps déjà...

L'air apaisé, elle donnait le sentiment d'être en plein accord avec elle-même.

— Voyez-vous, dit-elle en posant une main ferme sur le bras de son frère, voyez-vous, moi aussi j'ai été abusée par le Démon tentateur qui a fait miroiter devant moi de séduisantes chimères. Elles n'étaient pas assez puissantes pour entraîner ma chute, mais suffisantes pour me désorienter. Dieu merci, si j'ai vacillé, je ne suis pas tombée dans le piège tendu, mais à présent je frémis en voyant auprès de quelle chausse-trape je suis passée... Vous ferez comme moi, mon frère, vous vous ressaisirez et votre illusion s'anéantira comme un cauchemar. Vous en ressortirez plus fort et plus vaillant.

Elle sourit.

— J'ai découvert que tout est possible, parce que Dieu aide, conclut-elle avec élan. Aussi ai-je l'intention de consacrer mes jours et mes nuits à prier, afin d'obtenir de Lui la paix du cœur pour chacun de vous, et aussi pour Flaminia et notre oncle, dont nous ne savons plus rien...

Elle hocha la tête d'un air joyeux.

— Il est urgent que je m'entremette sérieusement, me semble-t-il. C'est ce que je vais faire de ce pas. Je m'occuperai sans cesse de vous tous en la meilleure des compagnies. Que Dieu vous garde !

Elle empoigna son sac de rude toile et s'éloigna d'une démarche assurée.

3.

Chaque matin, qu'il pleuve ou non, après la messe quotidienne, Flaminia sortait de Chartres par la porte Percheronne et se dirigeait vers la chapelle Sainte-Foy, encore proche des murailles, mais suffisamment paisible cependant, parmi les prés et les vignes, pour offrir un lieu de promenade agréable à Duc. On n'y rencontrait guère que des clercs de la célèbre école épiscopale de Chartres qui y venaient, quand il faisait beau, pour prier, converser, écrire en paix.

Après une heure ou deux d'allées et venues, la jeune veuve et son lévrier passaient le plus souvent un moment chez Énide l'Acorée, devenue, le temps aidant, une amie attentive et fidèle. Flaminia racontait l'Orient, la longue pérégrination, ses épreuves et ses émerveillements ; Constantinople la Magnifique, Antioche la Belle, puis les flèches turques, les sacrilèges perpétrés par les Sarrasins, mais aussi la découverte des roseaux miellés et des éclairages nocturnes dans les villes. Les épouvantes et les prodiges, la sainte lance et le siège de Jérusalem, la vie du camp, la trame des jours enfin, tissant trois années de peines et de victoires, de larmes et de miracles. Énide parlait de ses enfants, des malades et des pauvres de l'hôpital, du comte Étienne et de la comtesse Adèle qui préféraient vivre à Blois plutôt qu'à Chartres...

Flaminia rentrait ensuite dîner avec son oncle. Dès le repas terminé, elle se rendait à l'hôtel-Dieu où elle se consacrait durant le reste de la journée, sans lassitude apparente, à des vieillards impotents ou grabataires qui réclamaient soins et sympathie.

L'été s'écoulait. Le mois d'août, qui avait été incertain, traversé de lourds orages, touchait à sa fin entre pluie et grisaille.

— Ma nièce, dit un soir à Flaminia le père Ascelin, dès son retour de l'évêché où il travaillait chaque jour auprès d'Yves de Chartres, ma nièce, c'en est fait : le comte Étienne va reprendre la croix et s'en aller une seconde fois vers la Terre sainte ! Il en a officiellement fait part à notre évêque.

Revenue depuis peu de l'hôtel-Dieu, Flaminia était occupée, en attendant l'heure du souper, à broder en compagnie de Richilde et de Mahiette. Assises sur de gros coussins de cuir, les trois femmes se tenaient en cercle devant la cheminée de la salle où brûlait un feu vif, allumé pour combattre l'humidité. Frileusement enroulé sur une natte de paille tressée aux pieds de sa maîtresse, Duc contemplait avec un intérêt jamais lassé les flammes dont les lueurs se reflétaient dans ses prunelles ambrées. Le sloughi n'avait jamais vu de feu brûlant librement dans l'âtre avant de parvenir à Chartres. D'abord effrayé, il demeurait, malgré l'accoutumance, toujours captivé par un phénomène aussi mystérieux.

— La Terre sainte, soupira Flaminia, le comte va repartir pour la Terre sainte...

Une fois encore, le notaire épiscopal pensa que, pas plus que son chien, sa nièce ne s'était résignée à sa vie de Chartraine. Si, depuis quelque temps, elle manifestait moins tragiquement les ravages causés par la mort d'Andronic dans son âme endeuillée, elle n'en restait pas moins étrangère aux événements de la vie de chaque jour. Sans doute se prêtait-elle avec bonne volonté aux habitudes de la maison et de la ville où elle s'était réfugiée, mais il sentait bien, lui qui la connaissait depuis toujours, qu'elle ne participait à son existence et à celle de son entourage que de manière superficielle et sans élan. Son zèle d'autrefois, l'ardeur qu'elle apportait naguère à tout ce qu'elle entreprenait semblaient anéantis. Comme certaines tapisseries délavées, la deuxième fille de Garin avait perdu ses chaudes couleurs.

Pendant que le père Ascelin songeait, Richilde, de son côté, intervenait.

— Par la chemise de Notre-Dame! disait l'intendante, je ne suis pas le moins du monde surprise d'apprendre le départ du comte Étienne! On parle tant ici de l'affreuse déconvenue éprouvée par la comtesse Adèle depuis le honteux retour du mari qu'elle révérait auparavant comme un preux! Il s'est déconsidéré à tel point qu'il ne pouvait se réhabiliter qu'en retournant là-bas. Il faut même dire que, dans sa comté, tout le monde priait pour qu'il se ravise et que chacun espérait ce geste.

— Il paraît, renchérit Mahiette, que la comtesse ne lui a ménagé ni remontrances ni exhortations et qu'elle n'a cessé de le pousser à se croiser encore une fois.

— Ce n'est pas pour rien que notre Adèle est la fille du Conquérant! remarqua le père Ascelin, tiré de ses rêveries par tous ces commérages.

— On dit qu'en dépit de l'attachement qu'elle n'a jamais cessé de témoigner au comte, leur union a été fort ébranlée par la trahison d'un homme qu'elle admirait autrefois autant qu'elle l'aimait. Chez une femme comme elle, amour et admiration vont toujours de pair, ajouta Richilde dont les yeux verts scintillaient d'excitation.

— Par tous les saints, je vois que les langues marchent bon train céans, remarqua, mi-étonné, mi-critique, le notaire épiscopal.

— Le sort du comte et de la comtesse, bien qu'ils résident si rarement à Chartres, n'en est pas moins un des sujets de conversation favoris des habitants de cette ville, constata Flaminia qui faisait un effort visible pour mêler sa voix aux autres. Que voulez-vous, mon oncle, l'exemple donné par de si hauts et puissants seigneurs ne peut qu'impressionner le menu peuple d'ici.

— Sans doute, sans doute, ma fille, concéda le père Ascelin, mais, de mon côté, je suis plus soucieux de la querelle qui oppose notre illustre évêque au roi de France, Philippe Ier, condamné par deux fois pour adultère et excommunié depuis, que des sujets d'affrontement entre le comte et la comtesse.

— Parlons-en du roi Philippe ! s'écria de nouveau Richilde, sans chercher à dissimuler son mépris. Voici encore un triste sire que nous avons là ! Répudier sa femme, la reine Berthe, pour épouser cette Bertrade de Montfort, épouse légitime du comte d'Anjou, après l'avoir enlevée à son vassal et s'être fait excommunier par le pape en personne, est une infamie ! Les conséquences de ce honteux péché n'ont pas fini de nous avilir tous ! Depuis plus de cinq ans, la sentence papale a fait tomber sur le royaume un lourd opprobre. C'est à cause de cette faute que le roi a été empêché de prendre part au pèlerinage d'outre-mer pour la délivrance de Jérusalem. Il s'est vu contraint d'y envoyer à sa place son frère, Hugues le Maisné, qui ne s'y est d'ailleurs, par ma foi, pas couvert de gloire, lui non plus !

On sentait bouillonner la rancune qui animait Richilde. Le père Ascelin n'était pas sans savoir combien les habitants du royaume, tout comme l'intendante, s'étaient détournés de lui après cette scandaleuse histoire.

— Le nouveau pape, Pascal II, parviendra-t-il à amener un souverain aux mœurs relâchées à se soumettre, afin d'obtenir une absolution qui paraît indispensable à tout le monde, sauf sans doute au principal intéressé ? soupira-t-il.

— Ne blâmons pas à l'aveuglette ces seigneurs et ces rois, conseilla Flaminia. Ils connaissent les mêmes attirances ou répulsions que les derniers de leurs manants. Puisqu'il est prince de ce monde, le Mal se glisse à son aise dans toutes les consciences. En Syrie et en Judée n'avons-nous pas assisté à de sordides querelles entre les hauts barons ? Les émirs turcs ou arabes ne se haïssaient-ils pas également les uns les autres ? N'en est-il pas partout et toujours ainsi ?

Il y avait un profond désenchantement et une grande lassitude dans cette constatation. Le père Ascelin considéra sa nièce d'un air soucieux et vint s'asseoir près d'elle sur un escabeau qui se trouvait là.

— Il ne faut pas désespérer des hommes, dit-il doucement. Jamais. Vous le savez bien. L'espérance doit être la plus forte. Elle est capable de triompher de tout.

— L'espérance, murmura Flaminia, l'espérance... Je ne sais plus, mon oncle, non vraiment je ne sais plus à quoi elle ressemble...

Richilde mit une bûche dans le feu et se retira. Mahiette la suivit.

— Je ne veux pas vous entendre parler de la sorte, ma petite fille, reprit le vieil homme. Vous n'en avez pas le droit. Se refuser à l'espérance, c'est mettre en doute l'amour de Dieu et c'est le plus grave des manquements dont nous puissions nous rendre coupables à Son égard. Ne me dites pas que vous en êtes arrivée là, ce serait affreux.

— Je ne suis arrivée nulle part, mon oncle... J'erre comme une âme en peine car je suis une âme en peine, voyez-vous, rien d'autre...

— Par le Christ, taisez-vous ! Reprenez-vous, je vous en conjure ! Depuis cette fatale Saint-Sylvestre qui vous a privée de votre mari, vous n'êtes plus la femme intrépide que nous tous, dans votre famille, avions connue et aimée. Votre énergie s'en est allée...

— Elle s'en est allée avec lui.

— Mais enfin, mon enfant, vous viviez avant de le connaître ! Vous aviez même un caractère presque aussi indomptable que celui de Berthe la Hardie... Vous ne pouvez pas avoir changé à ce point ! Je pensais que le temps calmerait votre douleur. Il semble hélas qu'il n'en est rien. Vous vous enfoncez, avec une sorte d'acharnement qui me navre, dans un deuil dont rien ne parvient à vous détourner. Quand vous m'avez annoncé que vous aviez décidé de vous occuper des pauvres vieillards de l'hôtel-Dieu, j'ai cru que cette activité charitable vous arracherait à votre obsession. Côtoyer tant de détresses, tout en tentant de les alléger, me paraissait prometteur d'un renouveau de vaillance. Mais, pas davantage que votre amitié pour Énide l'Acorée, qui m'avait aussi, au début, donné espoir, ce service prodigué à des créatures qui en ont tant besoin n'a apporté d'amélioration à votre état. Que vous faut-il donc pour redevenir vous-même ?

Tête baissée, Flaminia avait écouté son oncle passivement. Elle se redressa quand il eut fini, se tourna vers lui, le regarda bien en face.

— Je ne redeviendrai jamais ce que vous appelez moi-même, dit-elle avec fermeté. Jamais plus. Je suis brisée ! brisée, mon oncle, comme une branche d'arbre après le passage de la tempête. Sans que quiconque puisse un jour avoir une chance de me réparer. C'est tout. Il fallait que vous le sachiez. Je ne suis plus Flaminia, je suis la veuve d'Andronic et ne veux point d'autre destin.

— Sur mon âme, c'est là déraison !

— Peut-être. L'énergie dont vous parliez il y a peu s'est, voyez-vous, tout entière réfugiée dans la volonté obstinée que je porte en moi à la place de l'enfant que je n'ai pas eu de mon époux. La volonté de ne vivre que pour son souvenir.

Sur ses traits durcis glissa le reflet des emportements sans frein qui la secouaient jadis ainsi que de brusques rafales.

Le père Ascelin baissa un front assombri. Duc se leva et vint poser sa tête fine et sensible sur les genoux de sa maîtresse.

Un temps s'écoula, où on n'entendait que les craquements des bûches que consumaient les flammes. Puis, passant une main sur son visage creusé de rides, l'oncle de Flaminia soupira et, s'adressant de nouveau à la jeune femme raidie qui caressait le lévrier du désert, il renoua le dialogue.

— Je vois bien que je ne vous amènerai pas à davantage de modération, constata-t-il tristement. Je le regrette, mais je m'incline. Je viens de comprendre une chose, ma chère fille, c'est qu'en réalité votre force d'antan n'est point disparue. Elle s'est transformée en refus. Et ce refus est votre unique soutien.

Il quitta l'escabeau pour se rapprocher de la cheminée sous la hotte de laquelle il s'assit sur un banc tourné vers le foyer et recouvert d'un coussin de peau.

— Puisqu'il en est ainsi, reprit-il après avoir tendu vers le feu ses mains où saillaient de grosses veines violettes, oui, puisque rien ne peut vous faire changer d'attitude, parlons d'autre chose, raisonnablement, comme les bons amis que nous sommes et resterons toujours quoi qu'il advienne.

Flaminia inclina la tête en un geste d'assentiment.

— Je voulais tantôt vous entretenir aussi d'une rencontre que j'ai faite ce matin même. Il s'agit d'Anseau le Bel. C'est un bon et brave garçon. Il l'a prouvé en risquant sa vie pour venir nous rejoindre en Terre sainte. Il l'a confirmé en acceptant sans colère ni rancœur, et en dépit de la solennité de leurs engagements antérieurs, la rupture de ses fiançailles si soudainement décidée par Brunissen.

— Pour ce qui est de son voyage et des dangers encourus, je suis en plein accord avec vous, mon oncle. Permettez-moi de ne plus l'être en ce qui concerne les sentiments manifestés à ma sœur lors de cette séparation.

— Par le Dieu de vérité, après une disgrâce imposée en de telles conditions, il y a peu de fiancés qui se seraient comportés avec tant de soumission !

— Ou tant d'indifférence !

— Ne soyez pas injuste, ma chère nièce. Anseau était très attaché à Brunissen et reste fort soucieux des liens d'amitié qui nous unissent encore.

— Si vous dites vrai, il doit être bien surpris de ne pas avoir reçu de moi, depuis bientôt trois mois, le moindre signe ni la moindre visite.

— Justement. Il m'en a parlé et ne comprend pas votre manque d'intérêt pour une entreprise familiale à laquelle votre père tenait tant.

Flaminia secoua la tête.

— Il me semble que c'était dans une autre vie ! soupira-t-elle d'un air las.

— Comme j'ai pensé qu'il vous serait pénible de retourner dans une maison où persistent pour vous de si nombreux souvenirs, je me suis décidé à le convier ici à souper, demain, en compagnie de sa mère et de son beau-père. Durant le repas, nous pourrons aborder et régler la question toujours pendante de la succession de Garin et du sort que vous pensez réserver à la parcheminerie.

— Mais je la laisse à Anseau ! s'écria la jeune femme. Je sais à présent que je n'y travaillerai plus. Quant à Landry, il ne reviendra jamais à Chartres. Il possède, depuis mon départ, l'entreprise que nous avions créée à

Jérusalem. Tel que je le connais, il a dû la faire prospérer. Celle-ci ne nous est plus utile en rien, alors qu'elle l'est sans doute extrêmement pour Anseau et les siens.

— Sans doute, ma nièce. Je ne peux qu'approuver votre désintéressement et votre générosité. Mais, afin que cette affaire soit légalement traitée, il convient que vous fassiez un don en bonne et due forme à votre successeur, en présence de quelques témoins honorables.

— Je m'en remets à vous, mon oncle. Vous êtes trop bien placé pour ne pas décider de tout cela vous-même. Je n'y entends rien et n'éprouve aucun désir de m'en mêler.

Le notaire épiscopal n'insista pas davantage. Il se désolait en son for intérieur du peu d'intérêt porté par Flaminia à une affaire si chère à ses parents, mais l'entretien qu'il venait d'avoir avec elle l'avait éclairé, une fois encore, sur son état d'esprit.

Le lendemain soir, Anseau le Bel, sa mère et son beau-père se trouvaient réunis dans la salle autour de leurs hôtes.

Le ciel s'était un peu dégagé au cours de la journée. Il ne pleuvait plus. Cependant une fraîcheur humide qui n'était pas de saison persistait toujours. Aussi avait-on continué à faire du feu dans la cheminée de pierre.

Si Anseau paraissait à l'aise parmi les membres d'une famille qui aurait dû être la sienne, sa mère, Eremburge, et le brave Gilduin, second époux de celle-ci, étaient fort intimidés. La situation du père Ascelin auprès du grand évêque dont la renommée dépassait de beaucoup le pays chartrain, ainsi que le si farouche veuvage de Flaminia les impressionnaient au point de les rendre muets l'un et l'autre.

Quand les serviteurs de la maison vinrent dresser les tréteaux, puis posèrent dessus les longues planches ajustées qui formaient la table du repas, le couple n'avait toujours pas ouvert la bouche. Il fallut que fût mise sur la table une large nappe blanche, tombant jusqu'au sol jonché d'herbes fraîchement coupées sentant bon la menthe sauvage et les joncs odorants, pour qu'Eremburge trouvât le courage d'adresser un sourire à la jeune veuve. Mais ce ne fut qu'après le début du repas, une fois les doigts lavés dans des bassines d'étain contenant une eau claire versée par Mahiette au moyen de hautes aiguières, et le Benedicite récité par tous, que Gilduin et son opulente épouse commencèrent à parler.

Ils louèrent l'excellence de la fromentée, des rissoles, des pâtés d'anguilles et du porcelet farci. La large figure congestionnée du mari et le sourire sans malice de la femme ne cessaient de se décrisper au fur et à mesure du déroulement d'un repas où, sans vergogne, ils s'abandonnaient au plaisir de la bonne chère.

Pendant ce temps, Anseau tentait d'intéresser Flaminia aux transformations qu'il avait apportées à la parchemi-nerie.

— Par les Saints-Forts, disait-il, je crois pouvoir vous affirmer que vous serez satisfaite de ce que nous en avons fait ! Nous avons agrandi l'atelier qui ouvre sur la rue en abattant une cloison qui le séparait de la pièce du fond. L'ensemble y a gagné en espace et en clarté. Je ne comprends pas que vous ne soyez pas venue, dès votre arrivée à Chartres, chercher vos souvenirs d'enfance entre nos murs. Vous y auriez été reçue comme une reine et vous y auriez retrouvé les traces d'un passé qui doit vous être doux, pourtant, chère dame, me semble-t-il.

— J'étais une autre en ce temps-là, répondit Flaminia d'un air lointain. Nous n'avons plus grand-chose de commun, mon enfance et moi, maintenant.

— Si l'adolescente que vous étiez jadis ne vous est plus rien, dites-vous bien que certains conservent d'elle une image toujours présente. Vous étiez si passionnée, si entière, quand je me suis fiancé à votre sœur, que vous aviez, sans le savoir, produit une très forte impression sur moi. Depuis ce temps, je n'ai eu garde de vous oublier !

— J'étais, Dieu le sait, une jeune pouliche piaffant et refusant le mors. La vie est parvenue finalement à me l'imposer... à grands coups d'étrivières !

— Par Notre-Seigneur, vous avez tort de dire finale-ment, car rien n'est fini pour vous, ma dame ! N'êtes-vous pas en pleine jeunesse ? Vous avez de longues années devant vous !

Flaminia fixa son regard, qu'à Constantinople on avait comparé aux mosaïques byzantines, sur les traits régu-liers et un peu fades de son voisin.

— Longues ou pas, dit-elle, les années qui me restent à vivre seront consacrées au souvenir d'un seul. Nul autre ne saurait compter pour moi désormais.

A l'expression d'Anseau, elle comprit qu'il ne la croyait pas et mettait ses paroles sur le compte d'une peine encore récente qu'il pensait voir se dissiper un jour, sans doute à son profit. Elle en ressentit un certain mépris pour un être incapable de concevoir, et seulement d'imaginer, l'étendue d'une détresse en laquelle l'âme s'enfonçait sans possibilité de retour, ainsi que dans des sables mouvants.

Cessant alors de faire mine de s'intéresser à ce que lui disait Anseau, elle se tourna vers son oncle et ne s'adressa plus qu'à lui jusqu'à la fin du repas.

Mais l'ancien fiancé de Brunissen n'était pas homme à se décourager si aisément. Tenace et sans doute persuadé des chances qu'il avait de parvenir à ses fins, à cause aussi peut-être de la donation qui lui avait été consentie par indifférence, alors qu'il y voyait une intention, il devint un familier de la rue des Vavasseurs. Sous couleur de renseignements à demander ou de précisions à obtenir au sujet de la cession qui lui avait été signifiée par Flaminia, il arrivait de plus en plus souvent, en fin de journée, seul, chez le père Ascelin. Il savait la jeune femme au logis à cette heure vespérale. Afin de lui témoigner une reconnaissance dont elle n'avait cure, mais dont il ne se lassait pas de lui prodiguer mille témoignages, il l'accablait de présents. Ce n'était qu'envois de gibier, de fruits, de fleurs et, surtout, de magnifiques parchemins teints en pourpre ou de vélins lisses et doux comme des peaux d'enfants...

Non content de l'assiéger chez elle, il s'arrangeait aussi pour se trouver sur le chemin de Flaminia quand elle allait à la messe du matin avec son oncle et il les y accompagnait, ou quand elle promenait Duc dans la campagne au-delà des remparts, ou bien encore quand elle se rendait chez Énide l'Acorée.

— Sur mon salut, cet Anseau commence à me devenir insupportable ! s'écria un matin la jeune veuve en pénétrant, suivie de son lévrier, dans la pauvre salle où Énide allaitait le petit Thibault. Je le rencontre partout sur mon chemin, et sa gratitude, à moins que ce ne soit ses espérances absurdes, ne me laisse plus de répit !

Énide eut un sourire amusé.

— Que voulez-vous amie, belle amie, votre clair visage et votre taille fine ont dû ravir le cœur de ce pauvre garçon. Comment l'en blâmer ?

— Mais cependant, dès le premier soir, je lui ai dit avec la plus grande netteté qu'aucun homme n'avait la moindre chance désormais de retenir mon attention.

— Il ne vous aura pas crue !

— Alors, que faire ? comment m'en débarrasser ?

Énide venait de retirer de son sein droit le nourrisson dont les langes étaient maintenus par des bandelettes étroitement croisées, et, en attendant de le mettre de l'autre côté, lui tapotait le dos avec douceur pour provoquer un rot. Assis en face de la mère et de l'enfant, le sloughi les considérait avec une bienveillance familière.

— Votre parcheminier a dû être mortifié par une rupture à laquelle il s'attendait d'autant moins que son voyage vers la Terre sainte fut à la fois, à ce qu'on raconte, plein de mérite et semé d'embûches. Après s'être donné tant de mal pour rejoindre votre sœur, il est évident qu'il attendait d'elle tout autre chose qu'un congé. De retour ici, il s'est dignement comporté, il est vrai, mais j'imagine qu'il éprouve une satisfaction toute spéciale à vous courtiser. Son penchant pour vous, qui est sans doute sincère, doit, en outre, lui apporter un bien agréable goût de revanche. C'est pourquoi, d'après moi, vous allez avoir beaucoup de difficultés à lui faire lâcher prise.

— Mais il ne tient rien que du vent ! protesta Flaminia. Je n'ai dans le passé ressenti à son égard, ne ressens à présent et ne ressentirai jamais pour ce garçon la moindre attirance ! Le seul sentiment qu'il m'ait jamais inspiré est le plus absolu détachement.

Énide, qui venait d'offrir son sein gauche à Thibault, ne put s'empêcher de rire.

— S'il vous entendait, il en serait fort marri, le pauvre homme ! Il doit se flatter d'avoir commencé à vous appâter et, si je ne me trompe, ses rêves le portent déjà à imaginer qu'il parviendra, d'ici un temps plus ou moins long, à vous épouser en lieu et place de Brunissen !

304 Les Compagnons d'éternité

— Eh bien ! Je vais lui dire ce que je pense d'une telle folie !

La jeune veuve s'était dressée, les joues rougies, les yeux brillants, comme si l'avait insultée et qu'elle eût à venger un outrage.

Inquiété par la vivacité de son mouvement, Duc se leva et vint se placer près d'elle.

Énide tendit sa main libre vers son amie.

— Votre colère ne fera qu'exciter son désir de vous attirer dans ses filets, dit-elle. Plutôt que de le prendre à partie, il serait plus adroit de l'amener à rencontrer une jeune pucelle susceptible de le séduire et d'être charmée par un garçon qui doit plaire à plus d'une.

— Croyez-vous vraiment qu'une telle feinte ait des chances d'aboutir ?

— Pourquoi pas ? Sur mon âme, ce ne serait pas la première fois qu'on détournerait sur une autre les sentiments déplacés dont un importun poursuit une dame. Sans compter que nous ferons peut-être ainsi deux heureux et rien ne nous interdit de penser qu'ils finiront en justes noces... Pour leur plus grand bien !

Flaminia leva les sourcils.

— Je ne soupçonnais pas en vous de tels talents de marieuse, remarqua-t-elle d'un air étonné. Mais votre machination, pour ingénieuse qu'elle m'apparaisse, se heurte tout de suite à un écueil : je ne connais plus à Chartres la moindre adolescente.

— Qu'à cela ne tienne ! Par les saints Évangiles, nous en connaissons, nous autres, des quantités... Et, dans le nombre, il y en a de gentes et de belles, vous pouvez m'en croire !

L'enfançon s'était endormi d'aise en tétant. Énide le détacha doucement de son sein et le berça un moment entre ses bras.

— Laissez-moi y songer, reprit-elle à mi-voix pour ne pas troubler le sommeil de Thibault. J'en parlerai à mon mari. Nous avons parfois provoqué des rencontres de ce genre qui ont fort bien tourné et ont débouché sur de solides unions. Le tout est de bien appareiller les futurs époux. Là, il s'agit de ne pas se tromper !

Il y avait dans le comportement de cette femme une

vitalité contagieuse, doublée d'une assurance tranquille qui inspirait une confiance immédiate.

— Que le Seigneur vous inspire! dit Flaminia. Je reviendrai vous voir demain comme de coutume, après la promenade de Duc hors les murs de la ville.

Le lendemain matin, Énide pétrissait la pâte d'une fournée de fouaces garnies de grattons qu'elle allait porter ensuite au four banal de l'évêque, quand son amie, toujours accompagnée de son chien, pénétra dans la salle. Le temps maussade avait cédé le pas à un franc soleil qui paraissait heureux de briller à nouveau. Les enfants étaient tous dehors et Thibault dormait dans son berceau.

— J'ai beaucoup réfléchi à votre proposition d'hier, dit Flaminia, après avoir salué l'épouse du prêtre. Je ne sais pas s'il serait bien honnête de donner une pucelle en appât à notre entreprenant parcheminier.

Sans doute mis en appétit par l'odeur des petits morceaux de viande restant au fond de la marmite où Énide avait fait fondre la graisse d'un porc pour obtenir du saindoux, Duc tournait fébrilement autour de la table enfarinée.

— Paix! lui intima sa maîtresse. Paix! Couche-toi ici et ne bouge plus.

Après avoir lancé un regard désolé à la marmite d'où s'échappait un si succulent fumet, le lévrier vint s'allonger en soupirant auprès de la jeune femme qui ne s'occupait pas de lui autant qu'à l'accoutumée.

— Je crains que votre idée ne soit contraire à la charité, reprit Flaminia. Il peut être dangereux de jeter une jeune Chartraine dans une aventure dont nous ne pouvons pas être certaines qu'elle tourne à son avantage.

Énide malaxait avec entrain la pâte souple entre ses doigts.

— Et pourquoi donc n'y tournerait-elle pas? demanda-t-elle sans se démonter. En quoi un bon mari a-t-il jamais été un danger pour une pucelle? Sur mon salut, j'ai été présentée à mon époux par une amie de ma défunte mère, que Dieu ait son âme! et je puis vous affirmer l'avoir souventes fois bénie pour cette bonne action.

— Je me demande si Anseau le Bel sera un compagnon sûr et solide pour la demoiselle que nous lui ferons connaître et qui deviendra sa femme de si curieuse manière, enchaîna Flaminia en insistant. Cette pensée n'a cessé de me tourmenter pendant la nuit.

— Dieu Seigneur ! Vous avez eu bien tort de ne point vous reposer quand l'heure en était sonnée, déclara Énide. Anseau est un parti des plus honorables. Comme tous ceux qui sont revenus de Terre sainte, il bénéficie de l'admiration et de la reconnaissance de chacun. Au surplus, il est agréable à voir, d'humeur joyeuse, bon artisan et il plaît aux femmes. Que souhaiter de mieux ? Il n'y a pas tant de jouvenceaux à marier et qui réunissent toutes ces qualités, je vous assure. Par ailleurs, le grand pèlerinage outre-mer a singulièrement éclairci les rangs de nos jeunes gens, et bien des filles se désolent de leur absence. Si, à Jérusalem, il y a davantage d'hommes que de femmes, ici c'est tout le contraire et nous manquons de prétendants ! Ce n'est pas, mon amie, parce qu'il n'a pas eu l'heur de vous convenir qu'Anseau cessera pour autant d'en attirer d'autres. La pucelle que nous aurons élue à son intention sera parfaitement libre de l'accepter ou de le refuser. Et, par Notre-Dame, je parierais bien ma part de paradis qu'il n'y en aura pas beaucoup pour refuser votre parcheminier !

— Il faudra aussi qu'elle soit à son goût.

— Certes, et ce ne sera pas le plus aisé. Il semble si épris de vous qu'une forte résistance est à prévoir. J'en ai parlé avec mon mari. Il pense que vous serez obligée de signifier clairement à votre soupirant qu'il n'a pas la moindre chance de vous obtenir. Après seulement, nous nous arrangerons pour qu'il rencontre l'adolescente sur laquelle nous aurons jeté notre dévolu.

Elle égalisait à présent la pâte pétrie avec soin, puis roulait dessus une petite bûche écorcée et parfaitement lisse.

— Pour tout vous avouer, reprit-elle quand elle eut étalé sa préparation et avant de la découper en ronds à l'aide d'une pointe de couteau, sachez que nous avons peut-être déjà une idée à ce sujet.

— Dieu tout-puissant ! Avez-vous si vite trouvé la

jeune fille apte à détourner de moi les transports d'Anseau ?

Les deux femmes se dévisageaient avec amusement et une connivence à laquelle l'une et l'autre se complaisaient.

— Commencez par vous expliquer avec lui, dit Énide. Nous verrons après ce que nous pourrons faire.

En quittant son amie ce matin-là, Flaminia était portée par un grand désir de s'affranchir d'assiduités qui l'importunaient. Néanmoins, elle ne souhaitait pas blesser un ancien compagnon de son père, qui avait eu comme unique tort de s'amouracher à quelques années d'intervalle de deux sœurs ne pouvant plus disposer de leur cœur. Aussi se demandait-elle avec perplexité comment, sans le faire souffrir ni le mortifier, le convaincre de l'inutilité de ses tentatives.

Le soir même, comme elle revenait de l'hôtel-Dieu, elle rencontra le parcheminier au pied des marches qui conduisaient au portail de sa demeure. Elle en ressentit une sourde irritation qui dissipa sur-le-champ ses bonnes intentions.

— Encore vous ! jeta-t-elle avec impatience. Où que j'aille, il me faudra donc toujours vous trouver sur ma route !

Anseau opina d'un air entendu. ·

— Si Dieu le veut, il n'est pas impossible que ce soit pour nous le début d'un bien plus long cheminement, dit-il en s'inclinant devant la jeune femme, dont le regard se durcit aussitôt.

— C'en est trop ! Sur mon âme, il faut que je vous parle ! reprit-elle brusquement. Entrez céans. Nous devons nous expliquer, vous et moi !

Passant devant son interlocuteur décontenancé, elle pénétra dans la salle où Duc, qui ne pouvait pas la suivre à l'hôtel-Dieu, attendait sa maîtresse en sommeillant sur un coussin. Il s'élança vers elle en jappant pour témoigner sa joie et fut surpris de ne recevoir qu'une caresse hâtive, alors que d'ordinaire il avait droit à de grandes démonstrations de tendresse.

— Prenez place, dit ensuite Flaminia en indiquant à son visiteur un siège dont les accoudoirs croisés étaient terminés par des boules de cuivre où s'accrochaient les derniers rayons du soleil couchant.

Elle-même s'assit sur une longue banquette ornée de tapisserie.

— Causons, continua-t-elle, bien décidée à mener le jeu, mais cependant un peu adoucie par l'air penaud du jeune homme.

— Je ne comprends pas, commença-t-il, non, par les Saints-Forts, je ne comprends pas votre mauvaise humeur. Que vous ai-je donc fait, ce tantôt, chère dame, pour avoir eu le malheur de vous déplaire ?

— Rien d'autre que votre maladroite et insistante façon de me poursuivre, reconnut-elle avec un soupir. Mais cette fois, je n'en puis plus. Je vous dois la vérité. Une vérité qui risque de vous décevoir, mon ami, je le crains bien.

Elle se pencha vers lui.

— Sans que vous ayez eu besoin de m'en faire l'aveu, il ne m'a pas été difficile de voir où vous vouliez en venir. Les attentions dont vous m'entourez, les présents que vous ne cessez de m'offrir, toute votre conduite enfin, parlent pour vous.

Duc alla se recoucher sur son coussin d'un air résigné et Flaminia le suivit des yeux avant de reprendre.

— Je ne voudrais pas vous causer de peine, mais je tiens avant tout à ce qu'il n'y ait pas de malentendu entre nous. Je me vois donc forcée de vous tenir un langage clair et que je souhaite définitif. Anseau, je ne vous aime pas. Je ne vous aimerai jamais. Non pas pour des raisons ayant trait à votre personne, mais parce que mon cœur a été détruit par la disparition du seul homme qui ait jamais compté pour moi. Vous le savez. Je vous l'ai déjà dit, mais je vois que vous ne me croyez pas. C'est pourquoi je vous le répète avec la plus extrême fermeté. Ne perdez pas votre temps à me courtiser. Je ne suis pas pour vous. Je ne suis plus pour personne.

Le jeune homme se leva d'un bond.

— Avouez plutôt que je vous déplais ! cria-t-il en venant vers elle avec une expression de violent dépit. Il ne peut pas y avoir d'autre véritable raison à votre froideur. Ayez au moins le courage de me le dire ! J'en ai l'habitude ! Votre sœur ne m'a-t-elle pas déjà congédié comme un mauvais serviteur, sous le prétexte que Dieu l'avait choisie !

Un rictus de rage déformait les traits, d'ordinaire un peu trop aimables, du parcheminier.

— Il faut apparemment aux trois filles de Garin bien autre chose que les simples habitants de Chartres ! Le Seigneur en personne, un prince normand ou un maître parfumeur de la cour impériale ! Rien de moins !

Tout en ricanant d'un air mauvais, il se rapprochait de la banquette sur laquelle Flaminia, toujours assise, le considérait avec un regard assombri où montait l'orage. Mais, trop égaré par la rancune et la somme des griefs qu'il ressassait depuis si longtemps pour y prendre garde, Anseau se jeta sur elle et voulut l'enlacer de force. Une gifle claqua qui déchaîna la vindicte de l'homme. Il resserra son étreinte et chercha à renverser la jeune femme sur les coussins de la banquette. Mais Duc intervint. D'un bond, il fut sur l'agresseur et lui planta dans l'épaule ses crocs de chasseur du désert. Cris, grondements, ordres brefs se succédèrent alors en un tourbillon de souffrances et d'imprécations.

Dans ses efforts pour se dégager, Anseau, qui hurlait de colère et de douleur, ne parvenait qu'à exciter davantage le lévrier, tandis que Flaminia tentait de son côté, mais en vain, de protéger son assaillant de la fureur du sloughi que rien ne semblait pouvoir apaiser.

Attirée par le bruit, Richilde entra précipitamment dans la pièce et aida la jeune femme à soustraire le parcheminier aux mâchoires de fer qui s'étaient refermées sur lui. Un sang vif et abondant giclait de la chair déchirée, que le bliaud en lambeaux laissait voir aux yeux horrifiés des deux femmes.

Toujours grondant, mais enfin maintenu par Flaminia à distance de sa victime, Duc, tremblant de fureur, le poil hérissé, montrait encore les dents.

— Je ne l'ai jamais vu ainsi, assura la nièce du père Ascelin. Jamais. Il est vrai que personne ne lui avait encore donné l'occasion de me défendre.

— La blessure est profonde, dit Richilde sans faire de commentaires, mais en s'efforçant d'arrêter le sang avec le tissu lacéré du vêtement de toile. Nous ne pouvons pas la soigner nous-mêmes. Il faudrait conduire messire Anseau au Lieu-Fort. L'eau du puits miraculeux l'apaisera et le guérira mieux que toute autre médecine.

L'intéressé approuva du chef, tout en serrant les dents pour ne pas laisser échapper de plaintes.

— J'y vais, décida aussitôt Flaminia. Pouvez-vous marcher, Anseau, ou voulez-vous qu'on vous y porte sur une civière ?

— J'irai à pied, répondit le blessé en relevant la tête, geste qui lui arracha une grimace douloureuse.

Avant de sortir, il prit le temps de lancer un regard rancunier au chien toujours grondant.

Le chemin n'était pas long jusqu'à la cathédrale, rebâtie au siècle précédent sur l'emplacement de trois autres églises qui s'y étaient élevées tour à tour depuis le temps des premiers apôtres. Chaque pas cependant provoquait de douloureux élancements dans l'épaule lacérée par le sloughi furieux que Richilde, afin de le calmer, nourrissait de son côté à la cuisine au milieu des serviteurs en pleine effervescence.

Dans la crypte, située sous l'église cathédrale, se trouvait un puits, appelé puits des Saints-Forts, dont l'eau passait déjà pour curative et bénéfique à l'époque lointaine du paganisme. Associé depuis des époques immémoriales au culte de la Vierge devant enfanter, il avait été creusé bien avant le christianisme, à l'intérieur d'un oppidum carnute. Était venu le temps des chrétiens. Un grand nombre de martyrs y avaient alors été précipités par des pirates normands durant leurs incursions dans le pays chartrain. Sanctifiée grâce au sacrifice consenti par ces premiers confesseurs de la foi, l'eau ne cessait depuis lors de susciter guérisons et miracles, attirant des foules de pèlerins et de malades vers Notre-Dame.

Pour eux avait été créé et aménagé, sous les voûtes vénérables, un petit hôpital à proximité de la margelle sacrée. Des religieuses ainsi que de pieuses femmes y prodiguaient réconfort, secours, soins et remèdes aux maux les plus divers, qui pouvaient aller des blessures de toutes sortes aux douleurs d'entrailles ou au mal des ardents.

Les degrés conduisant à la crypte étaient nombreux et mal éclairés par des torches fichées au mur par des anneaux de fer. Obligée de soutenir Anseau durant leur descente, Flaminia songea aux privautés qu'il se serait sans doute permises s'il avait eu à effectuer un semblable parcours avant la vigoureuse intervention de Duc.

Mais le parcheminier avait à présent bien d'autres préoccupations. Il se cramponnait au bras de la jeune femme de si dolente façon qu'elle en ressentit à son égard compassion et indulgence. N'était-ce pas par dépit amoureux qu'il s'était conduit comme il l'avait fait ? Pouvait-elle lui en vouloir de s'être malencontreusement épris d'elle ? Une femme songe-t-elle jamais à reprocher à un homme de l'avoir distinguée parmi toutes les autres ?

Ils parvenaient au bas des marches.

La crypte de l'église cathédrale était extrêmement vaste. Pourvue de trois chapelles rayonnantes situées sous le chœur de l'édifice élevé par saint Fulbert au début du xie siècle, elle comprenait, en outre, un large déambulatoire qui conduisait au puits des Saints-Forts. Des torchères et des candélabres l'éclairaient, ainsi que les cierges et les arbres de cire qui brûlaient au cœur de la nuit des pierres, devant la Vierge-sous-Terre.

L'hôpital se trouvait à proximité du puits dont l'eau guérissait tant de maux. Durant les jours chauds de l'été, une fraîcheur bienfaisante se maintenait sous les voûtes en plein cintre et l'hiver on y installait des braseros.

Une animation constante régnait parmi les rangées de lits alignés le long des murs. Flaminia fut frappée par l'impression de propreté qui émanait du sol nettoyé matin et soir, ainsi que de la literie et des pansements souvent changés et soigneusement lavés dans l'eau de la rivière, puis blanchis sur l'herbe des prés de la vallée.

Comme Anseau et la jeune veuve parvenaient non loin du puits aux martyrs, une femme qui venait d'en tirer de l'eau se retourna vers eux, son seau à la main. C'était Énide l'Acorée.

— Flaminia ! s'écria-t-elle. Par Notre-Dame, que faites-vous céans ?

L'arrivante, qui savait qu'Énide consacrait deux jours par semaine à soigner blessés et malades de l'hôpital, se félicita de ce que sa venue coïncidât avec la présence de la prêtresse, comme on disait encore à la campagne.

Mise au courant de ce qui venait de se produire, Énide échangea un regard de complice avec son amie, plaignit le blessé dont l'entreprise galante avait été passée sous silence, mais qu'elle pouvait aisément imaginer après les conversations des jours précédents, déplora la férocité soudaine d'un chien qu'elle n'avait jamais vu que pacifique, et conduisit sans plus tarder Anseau vers un groupe de nonnes et de femmes avec lesquelles elle travaillait.

Remis entre les mains de deux jeunes filles souriantes, le parcheminier fut conduit à un lit où se trouvait déjà un autre blessé.

— Vous pouvez nous le laisser, dit alors Énide à son amie. Il va devoir rester ici un moment. Soyez sans crainte. Il sera bien soigné et bien traité. Si tout se passe sans complication, comme je le pense, il pourra retourner chez lui dans peu de temps.

— Il faudra prévenir sa mère, dit Flaminia. Je vais m'en occuper.

Mais avant qu'elle s'en allât, Énide lui prit la main et l'entraîna à quelques pas du lit.

— Dieu aide, dit-elle en souriant. Une des deux pucelles qui s'occupent de lui fait justement partie du petit groupe de celles auxquelles nous avons songé, mon mari et moi, parce qu'elle peut s'intéresser à votre soupirant. Grâce à Duc, les voici mis en présence l'un de l'autre de la façon la plus naturelle du monde !

Flaminia quitta la crypte et décida d'aller une nouvelle fois tenter de ranimer en elle la source de l'oraison perdue, en présence de la plus vénérable des reliques chartraines, la chemise portée par la Vierge au jour de l'Annonciation. L'inestimable vêtement avait été envoyé à Charlemagne par un basileus de Constantinople, désireux de faire au grand empereur un présent d'exception. Charles le Chauve, petit-fils de Charlemagne, l'avait plus tard retiré d'Aix-la-Chapelle où il se trouvait jusque-là, pour en faire don à l'église de Chartres. La dévotion à Notre-Dame s'était alors, pour une grande part, épanouie à partir de ce lieu privilégié qui détenait un si précieux témoin de la foi chrétienne.

Pieusement conservée par la suite et entourée de la
vénération de tout le peuple de Dieu, la tunique sacrée
était depuis lors présentée dans une châsse dont l'osten-
sion avait provoqué au début du Xe siècle, à un moment
critique de l'histoire chartraine, la défaite des envahis-
seurs normands. Aussi était-elle considérée comme la
bannière des évêques de Chartres.

De nombreux miracles et guérisons surnaturelles lui
avaient été attribués, qui attiraient des foules de pèlerins
de la Chrétienté entière. Des pays les plus divers et de
toute condition, les fidèles qui se retrouvaient autour de
la sainte tunique avaient en commun une confiance
absolue en Marie, mère du Christ et mère du genre
humain.

Flaminia gagna le chœur de la cathédrale où se pres-
saient pérégrines et pérégrins. Prosternés devant la sainte
châsse qu'illuminaient des buissons de cierges coulés
dans la cire la plus pure et la plus immaculée, des
femmes, des hommes, jeunes, vieux, malades ou bien-
portants, priaient avec ferveur. Certains pleuraient, d'autres parlaient tout haut, en adjurant la Vierge Marie de
les écouter ; d'autres encore étaient allongés face contre
terre, les bras en croix. Des mères tendaient leurs enfants
vers la tunique tissée d'espérance, dont la soie grège
luisait doucement dans la lumière frissonnante et dorée.

Flaminia s'agenouilla à côté d'une civière sur laquelle
était couché un vieillard paralysé, et enfouit son visage
entre ses mains pour essayer de recouvrer la ferveur
d'antan. Mais, en dépit de ses efforts de recueillement, de
la piété ardente qui l'environnait de toutes parts et de
l'exaltation de certains, l'aridité de son âme ne céda pas
d'un pouce. Il lui était toujours impossible de faire jaillir
de son cœur enténébré la moindre étincelle de clarté, la
moindre lueur incandescente.

Elle se redressa et s'apprêtait à quitter le chœur et sa
chaleur vivante, quand elle vit s'approcher d'elle un
adolescent jusque-là perdu dans l'assemblée en prière.

— Flaminia ! dit-il à mi-voix, Flaminia ! Enfin je vous
trouve !

Pétrifiée, la jeune femme dévisageait, comme s'il se fût
agi d'un fantôme, celui qui l'interpellait ainsi en latin.

— Paschal, murmura-t-elle enfin dans un souffle, par le Sang du Christ, que faites-vous à Chartres ?

— J'avais un serment à tenir, un serment solennel, répondit le fils adoptif d'Andronic, dont les yeux se remplirent de larmes. Il me fallait parvenir jusqu'à vous pour m'en libérer. M'y voici. Où pouvons-nous parler sans crainte d'être écoutés ?

— Venez, suivez-moi chez mon oncle... C'est chez lui que je loge depuis mon retour de Terre sainte. Mais, vous-même, d'où arrivez-vous ?

— De Constantinople, comme cette tunique sacrée, par laquelle j'ai fait serment de vous rejoindre, où que vous fussiez, soupira Paschal. Ce fut une longue route que j'ai parcourue en compagnie de pèlerins venus comme moi de la Nouvelle Rome... Nous sommes partis depuis des mois...

Flaminia ferma les yeux. Il lui semblait qu'elle allait se trouver mal au milieu des fidèles qui imploraient Notre-Dame, mais son beau-fils, qui s'était ressaisi, lui prit le bras et, l'un soutenant l'autre, ils sortirent de la cathédrale.

En cette fin de l'été, une nuit encore douce descendait sur la ville.

— Dépêchons-nous, dit la jeune femme, je n'ai ni torche ni lanterne pour nous éclairer. Dieu merci, la maison de mon oncle n'est pas éloignée...

Elle avait le sentiment de se mouvoir dans un songe et qu'à chacun de ses pas la terre allait se dérober.

« Pourquoi est-il venu ici ? Qu'a-t-il à me confier de si important ? A qui a-t-il prêté serment de me délivrer un message ? Quel message et pourquoi ce serment ? »

Silencieux parce qu'ils avaient trop de choses à se dire, ils parcoururent sans échanger un mot la distance qui les séparait de la demeure du père Ascelin.

En y parvenant, ils y furent accueillis par Richilde, discrètement surprise, et par Duc qui se précipita d'abord vers sa maîtresse, puis vers Paschal auquel il fit fête en témoignage de reconnaissance.

— Mon oncle est-il rentré ?

— Pas encore, mais le souper est prêt.

— Qu'importe le souper ! Nous verrons plus tard. Pour

l'heure, j'ai à m'entretenir avec ce jeune homme qui se trouve être mon beau-fils, Richilde, et qui nous arrive tout droit de Constantinople !

En dépit de son sang-froid habituel, l'intendante joignit les mains devant sa poitrine.

— Que Dieu vous garde tous deux ! s'écria-t-elle. Vous êtes sortie tantôt avec un blessé, dame, et vous rentrez au logis avec un pèlerin ! C'est à n'y rien comprendre !

— Je vous expliquerai plus tard. A présent, nous allons dans ma chambre pour parler en paix. Si mon oncle revient avant que nous n'en ayons fini, dites-lui de monter nous rejoindre. Il a bien connu Paschal à Jérusalem...

Suivis par Duc, manifestement satisfait de constater que l'ennemi de sa maîtresse était remplacé par un ami des anciens jours, Flaminia et son beau-fils montèrent jusqu'à la chambre haute. Alertée par Richilde et tenant au-dessus de sa tête un candélabre d'étain muni de trois chandelles, Mahiette les précédait. Parvenue à la porte de la pièce, elle alluma une bougie logée en une petite niche creusée dans le mur, et s'effaça pour les laisser entrer dans la pièce. Elle déposa le candélabre sur un coffre proche du lit, salua et se retira.

Une appréhension qu'elle ne pouvait maîtriser tordait les entrailles de Flaminia et l'oppressait au point de lui donner la sensation que son sang refluait de son cœur. Elle étouffait. Par un violent effort de volonté, elle parvint cependant à contenir son désarroi et parla d'une voix encore un peu tremblante, mais audible.

— Prenez place et causons donc puisque vous êtes venu de Constantinople pour me parler, dit-elle en indiquant du geste un siège en bois tourné à Paschal, tandis qu'elle-même s'asseyait sur le marchepied permettant d'accéder plus commodément à sa couche. Je vous écoute.

D'un mouvement machinal, l'adolescent caressait le pelage soyeux du sloughi allongé à ses côtés.

Pâle, les traits crispés, il semblait, lui aussi, profondément malheureux.

— Si, pour venir jusqu'à vous, j'ai entrepris un tel voyage, semé d'embûches et de dangers, commença-t-il enfin en se décidant à s'exprimer comme on se jette dans un torrent glacé, vous devez bien penser que c'est pour une raison de la plus extrême gravité.

En prenant appui sur ses genoux, Flaminia emprisonna son visage entre ses mains. Penchée vers celui qui avait traversé mers, monts et contrées étrangères, afin de la rejoindre, elle n'était plus qu'écoute. Duc vint poser sa tête fine sur le bliaud violet dont les plis s'évasaient autour des jambes de la jeune femme.

— Il faut que vous sachiez pour commencer que ma mère est morte en mai dernier, le jour de l'Ascension de Notre-Seigneur Jésus-Christ, continua le fils d'Andronic en se signant avec ferveur. Elle toussait et crachait le sang depuis des mois. Aucun médecin n'était parvenu à la guérir de son mal. Mon frère et moi savions qu'elle était perdue. Aussi la voyions-nous dépérir avec désolation, sans pouvoir rien faire pour l'aider.

Des larmes coulaient sans bruit sur les joues de celui qui était presque encore un enfant.

— Avant de s'en aller, reprit-il avec un courage qui émut Flaminia en dépit de l'angoisse qui la poignait, avant de rendre son âme à Dieu, elle s'est longuement confessée, puis elle nous a fait venir auprès de son lit, Marianos et moi.

Un sanglot sec interrompit un instant Paschal. Mais, fermement décidé à aller jusqu'au terme de son récit, il se força à enchaîner très vite.

— Notre mère était à bout de forces. Des quintes de toux, qui nous déchiraient tous deux autant qu'elle, l'ébranlaient sans cesse. Elle était maigre, blafarde, avec des cernes d'ombre autour des yeux et des pommettes saillantes qui tendaient la peau de son visage et changeaient son expression. Elle nous a dit que son confesseur ne lui avait accordé l'absolution que sous la condition expresse qu'elle nous mette au courant d'un péché terrible dont elle ne pourrait être délivrée qu'après avoir reçu le pardon post mortem de la seule victime encore vivante de la tragédie qu'elle avait suscitée. Marianos s'est récusé. Moi, j'ai juré sur l'icône sacrée de la sainte Théotokos d'accomplir à la place de ma mère mourante le voyage qu'il fallait faire pour rejoindre cette personne.

Il prit une longue inspiration.

— C'est de vous qu'il s'agissait.

— Pourquoi moi ? hurla Flaminia en se levant tout d'une pièce, hagarde.

— Parce que la mort de mon père a été provoquée par ma mère ! C'est elle qui a fait de vous une veuve..., acheva l'adolescent qui tremblait de tout son corps.

Foudroyée, Flaminia poussa un gémissement et roula sur le sol, pâmée...

Duc se mit à hurler à la mort... Accourues après que Paschal fut allé les chercher, Mahiette et Richilde eurent beaucoup de peine à ranimer leur maîtresse, étendue sur l'herbe qui jonchait les dalles de sa chambre. Les deux femmes lui frottèrent les tempes avec un tampon de toile trempé dans du vinaigre et le lui appliquèrent ensuite sous les narines, à plusieurs reprises, sans résultat. Flaminia finit cependant par ouvrir les yeux, s'assit lentement, passa plusieurs fois une main hésitante sur son front, tourna la tête, aperçut son beau-fils, voulut se lever, n'y parvint pas et fut obligée de solliciter du regard l'aide de l'intendante et de la servante pour se mettre debout.

Ses traits défaits, ses épaules voûtées, ses genoux flageolants l'avaient soudain métamorphosée en une femme sans âge, qui n'était plus que douleur. Le sloughi la considérait avec inquiétude et tendresse.

Elle demeura un moment immobile avant de se décider à parler de nouveau. L'entourant, Paschal, accablé, Richilde et Mahiette, prêtes à la soutenir au moindre appel, attendaient qu'elle retrouvât ses esprits.

— Je veux tout savoir, dit-elle enfin d'une voix cassée, tout ce qui s'est passé en cette fatale journée de la Saint-Sylvestre...

Elle fit signe aux deux servantes qu'elle se sentait suffisamment remise pour ne plus avoir besoin de leurs soins et alla s'asseoir sur son lit dès qu'elles furent sorties. Le lévrier se coucha à ses pieds.

— Venez près de moi, Paschal, dit-elle. Prenez place sur ce marchepied, et faites-moi enfin connaître la vérité.

Et le fils d'Icasia parla...

En écoutant un récit qui fouissait sa blessure au plus

vif, Flaminia avait fermé les yeux. De ses paupières closes coulaient de lourdes larmes qui tombaient sur ses mains jointes, crispées l'une contre l'autre avec tant de force que l'alliance d'or, unique bijou qu'elle consentait à porter depuis son veuvage, s'incrustait dans sa chair.

Mais elle ne s'en souciait pas. Tendue vers des révélations qui la crucifiaient en démontant l'implacable mécanisme qui avait broyé son amour, elle découvrait les véritables mobiles d'un crime inconcevable. Avait-elle même songé à s'informer du déroulement précis de la tragédie qui l'avait rendue à jamais solitaire ? L'horrible résultat l'avait aveuglée et elle avait accepté la version de l'accident sans ressentir le moindre soupçon.

— Après avoir fait prendre au coursier de mon père la fatale boisson dans laquelle il avait versé le contenu du flacon qui lui avait été remis avec des instructions formelles, Basile s'est sauvé de notre demeure, continuait Paschal fiévreusement. Embarqué à Laodicée, il est rentré à Constantinople pour instruire ma mère du succès de sa mission, mais aussi pour obtenir la récompense promise. Comme il était essentiel qu'il gardât le silence, elle a été contrainte de lui céder. Mais, de ce jour, l'existence lui est devenue insupportable. Déchirée entre les exigences d'un complice qu'elle ne pouvait éloigner et le dégoût qu'il lui inspirait, elle a laissé s'installer en elle un mal insidieux dont chaque assaut la rapprochait de la mort sans qu'elle fît rien pour s'y opposer. Elle nous a même avoué avoir accepté ses souffrances comme un châtiment mérité... Quant à Basile, il a disparu dès le lendemain des funérailles...

Paschal s'interrompit. En dépit de sa détermination, sa gorge nouée l'empêchait de continuer.

Flaminia rouvrit les yeux et fixa le ciel nocturne de septembre, dont une fenêtre entrebâillée laissait voir le brasillement. A la sensation de chute qu'elle ressentait auparavant succédait une impression de meurtrissure comme si tout son corps avait été roué de coups. Son être n'était plus que détresse...

Au bout d'un certain temps passé à lutter contre son bouleversement, Paschal se leva pour venir s'agenouiller devant la seconde épouse de son père.

— Je me suis décidé à entreprendre ce cruel voyage et à le mener à son terme pour une seule raison, murmura-t-il en adressant à Flaminia un regard suppliant. Vous demander, pour ma mère et en son nom, grâce et miséricorde...

— Je ne puis, répondit la jeune veuve en secouant la tête. Non, sur mon salut, je ne puis.

— Je vous en conjure, au nom de la Vierge, dont la tunique sacrée que vous adorez ici vient de chez nous. Je vous en conjure pour que la pauvre âme de ma mère, sa pauvre âme pécheresse, connaisse un jour le repos, et parce qu'elle ne le connaîtra qu'après avoir acquis votre pardon !

— Jamais... Jamais je ne pardonnerai à la meurtrière d'Andronic !

Flaminia se mit debout tout d'une pièce :

— Si j'avais connu plus tôt son crime, je serais allée à Constantinople venger mon époux de mes propres mains !

Paschal se redressa à son tour. Il allait répondre quand le père Ascelin, qui était sans doute entré dans la chambre depuis un moment, sortit de l'ombre et vint se placer devant sa nièce.

— Est-ce là réponse chrétienne ? demanda-t-il d'un air sévère et triste à la fois. Pour que Dieu puisse vous pardonner votre propre faute, qui est aussi celle de votre mari, ne l'oubliez pas, pour qu'Il absolve Andronic, il faut que vous commenciez par vous laisser fléchir vous-même et que vous accordiez merci à celle qui l'a tué.

— Jamais !

Une fois encore, Flaminia s'opposait à son oncle avec sa détermination coutumière, mais, tout aussi obstiné qu'elle, le père Ascelin savait détenir les paroles de vérité.

— Si vous vous refusez, ma nièce, à la clémence qui vous est demandée, l'âme de votre époux errera, elle aussi, pour toujours, dans la peine, en quête d'une rémission qui, en dernier ressort, ne dépend plus que de vous et de vous seule ! La communion des saints n'est pas autre chose que ce mutuel échange de grâces. Si vous voulez que Dieu pardonne, il vous faut pardonner !

Paschal avait reculé d'un pas. Il considérait Flaminia et le notaire épiscopal d'un air éperdu. Vibrante comme une corde sur le point de se rompre, une tension presque palpable frémissait entre eux deux.

La question que le père Ascelin s'était si souvent posée quant au sentiment de culpabilité éprouvé ou non par sa nièce à l'égard du péché d'adultère commis en Terre sainte s'imposait tout d'un coup à lui.

— La mort de votre mari a été si soudaine que nul ne peut savoir s'il a eu le temps de se repentir avant de rendre l'esprit, reprit-il avec force. J'espère pour lui qu'il l'a pu. Sinon c'est à vous, Flaminia, de venir à résipiscence. En votre nom comme au sien. Son sort dans l'éternité repose entre vos mains. Ma chère, si chère enfant, vous voici rendue au plus grave tournant de votre vie : ou vous accédez aux prières de Paschal et vous acceptez de vous montrer miséricordieuse envers sa mère, ou vous vous enfermez dans votre refus et vous condamnez Andronic à la damnation !

Flaminia considérait son oncle avec des yeux élargis par une horreur intime qui l'envahissait comme une eau noire. Elle glissa lentement à genoux et enfouit son visage entre ses mains.

Un silence absolu régnait alentour.

C'est alors que le sloughi quitta la position couchée qu'il avait adoptée depuis un bon moment. Il s'approcha de sa maîtresse, et, délicatement, posa la tête sur l'épaule droite de la jeune femme. Elle tressaillit, écarta les mains, vit, tout proches, les beaux yeux d'ambre qui la dévisageaient avec ce qui lui parut être un étrange mélange d'amour et de reproche.

— Toi aussi ! dit-elle en éclatant en sanglots. Toi aussi !

Les deux hommes n'osaient plus bouger. Ils regardaient le corps souple qui s'était plié vers le sol, incliné en une position d'adoration, et qu'une peine dont ils ignoraient ce qu'elle contenait encore de vindicte secouait de la nuque aux talons. Ils attendaient.

Enfin Flaminia se calma. Ses pleurs s'espacèrent. Elle releva un front dont le voile avait glissé. Ses bandeaux et ses nattes rousses semblaient capter toute la lumière des chandelles.

— Pour l'amour du Seigneur et pour l'amour d'Andronic, je pardonne à Icasia, dit-elle d'une voix atone. Vous ne serez pas venu en vain de si loin, Paschal...

Le père Ascelin l'aida à quitter son attitude de pénitente.

— Je ferai dire demain une messe d'action de grâces en la cathédrale afin de remercier Notre-Dame de vous avoir inspiré cette décision. Je mesure pleinement ce qu'elle vous a coûté et ce qu'elle représente pour vous, ma chère nièce, dit-il avec une expression d'affectueuse gravité sur ses traits marqués de fatigue. Pour l'heure, aidons notre jeune invité à reprendre des forces. Il est grand temps d'aller souper...

Durant le repas, Paschal fit part à Flaminia de ses projets. La mort de son grand-père, puis celle de sa mère, le privant d'un foyer, il ne souhaitait pas retourner à Constantinople.

— Mon frère ne s'intéresse qu'aux courses de chars et nous n'avons jamais été fort proches l'un de l'autre, continua-t-il. Je préférerais regagner Jérusalem où je me plaisais et où je sais qu'on manque de bras. J'y ouvrirais une boutique de parfums comme celle dont s'occupaient chez nous mon grand-père et mon père. Ce serait pour moi une façon de continuer une tradition, tout en aidant les croisés à peupler la Terre sainte.

— Pourquoi pas ? murmura Flaminia, songeuse.

Elle était si remuée par les révélations que lui avait faites Paschal qu'elle continuait à éprouver une impression d'irréalité qui ne la quittait plus. Aussi, une fois le souper achevé et son beau-fils installé sur un matelas au pied du lit du père Ascelin, se retira-t-elle dans sa chambre. Mahiette l'y avait suivie pour l'aider à se déshabiller et lui brosser les cheveux ainsi qu'Andronic lui en avait donné l'habitude. D'ordinaire, les deux femmes s'entretenaient ensemble familièrement. Cette fois, Flaminia écourta ces échanges en se disant très lasse.

Mais, aussitôt sa chambrière partie, elle attira Duc dans ses bras et se mit à lui parler.

— Tu le savais, toi, ce qui s'était passé durant cette funeste journée, chuchota-t-elle à l'oreille du lévrier. Tu le savais, mais tu ne pouvais le dire...

Elle pleura un certain temps, tout en tenant le chien

embrassé, puis, se tournant vers une croix d'argent posée sur un coffre près de son lit, elle alla s'agenouiller devant elle. Il lui semblait qu'une main invisible la guidait.

Elle demeura un long moment immobile, en attente. Rien ne se produisait. Seul, le silence nocturne, chape invisible, pesait sur ses épaules...

Elle finit par s'endormir au pied de la croix dont le métal poli, éclairé par une lampe à huile placée là chaque nuit par Mahiette afin de lutter contre les ténèbres, luisait faiblement.

Abandonnée au sommeil, Flaminia fit un songe. Devenue alouette, elle prenait son essor et volait à tire-d'aile au milieu d'une nuée d'autres oiseaux, puis survolait la mer. Mais elle s'apercevait que la plupart des passereaux qui l'entouraient perdaient leur sang. Des blessures trouaient leur poitrine ou leur ventre. Un à un, elle les voyait choir et s'abîmer dans les flots. Elle-même, préservée et indemne, parvenait à se poser sur la terrasse d'une maison semblable à celles qu'elle avait vues en Terre sainte. Une sensation de bien-être prodigieux et de liberté l'envahissait alors, tandis qu'une voix murmurait auprès d'elle : « Pour me trouver, il te fallait partir ! » et elle découvrait, à ses côtés, une petite hirondelle qui avait une aile brisée et la contemplait de ses yeux d'or...

En lui léchant le visage, Duc la tira de son sommeil.

Elle demeura un moment sur place, étendue sur les herbes jonchant le sol. Leur parfum fané indiquait qu'elles commençaient à se flétrir... Flaminia se releva, caressa le lévrier et alla se coucher en frissonnant, car la fenêtre était restée ouverte sur la nuit.

Le lendemain matin, après la messe d'action de grâces, elle passa voir Énide l'Acorée et l'entretint longuement.

Ce fut durant le dîner, pris en compagnie de son oncle et de Paschal, qu'elle leur annonça la nouvelle.

— Mon cher oncle, commença-t-elle, la nuit, dit-on, porte conseil. Cela doit être vrai. Je crois avoir reçu, tout en dormant, un avis d'importance. Sur mon âme, je m'y conformerai.

— Peut-on savoir ? demanda son beau-fils.

— Vous ne repartirez pas seule, Paschal, dit-elle alors. Je reprendrai la route de Jérusalem avec vous, Mahiette et Duc. Nous nous joindrons aux pèlerins résolus à suivre le comte Étienne en Terre sainte. Si Dieu le veut, nous l'atteindrons sans dommage.

Le père Ascelin soupira.

— Je n'en suis pas surpris, reconnut-il. Vous n'êtes pas parvenue, ma chère nièce, à remettre ici vos pas dans vos pas. Par la tunique de Notre-Dame, vous n'avez cessé, depuis votre retour, de vous sentir étrangère dans ces murs qui, cependant, étaient jadis les vôtres. Ce que vous avez appris hier n'a pu que précipiter votre décision. Mais, de toute manière, vous seriez retournée là-bas.

Flaminia se pencha vers son oncle et posa une main attendrie sur le poignet ridé qui dépassait de la manche de drap noir.

— Énide m'a fait la même remarque, dit-elle d'un ton ému. Elle aussi s'attendait à ce que je lui annonce, un jour ou l'autre, une telle décision. Vous aviez raison tous deux. Je n'ai pas pu me réhabituer à la vie chartraine... Pardonnez-moi, mon oncle, en dépit de votre bonté et de votre inlassable sollicitude, mon cœur était ailleurs. Il était resté auprès d'Andronic qui m'attend là-bas...

4.

— Béni soit notre sire ! Béni soit l'envoyé de Dieu ! Il vient ! Il vient ! Béni soit-il ! Montjoie ! Noël ! Noël !

La veille de la Saint-Martin, patron des hommes d'armes et des cavaliers, toute la population chrétienne de Jérusalem, précédée des prélats arméniens, grecs, syriens, samaritains, et bien entendu latins, s'était portée sur la route de Jaffa au devant de Baudouin de Boulogne, comte d'Édesse, qui approchait enfin des abords de la Ville sainte.

Allègres, les hymnes et les cantiques jaillissaient de toutes les poitrines et un soulagement profond emplissait les cœurs.

C'est que, depuis la mort si imprévue de Godefroi de Bouillon en juillet précédent, chacun vivait dans l'anxiété et la crainte. En étaient d'abord cause les dissensions intestines qui opposaient le patriarche et son allié Tancrède aux compagnons du défunt avoué du Saint-Sépulcre. Ceux-ci occupaient toujours la tour de David, attendant l'arrivée de Baudouin et déclarant haut et fort, au grand dam de Daimbert, ne vouloir reconnaître selon la coutume féodale comme maître et seigneur que le frère de leur chef disparu.

A la parcheminerie, Landry, que le mariage puis le départ de sa jumelle avaient rejeté dans une frénésie laborieuse, s'était également fait beaucoup de souci pour le sort du royaume franc décapité par la disparition de son suzerain ; mais, depuis des semaines, il se tourmentait aussi pour deux autres raisons. On avait appris vers la fin du mois d'août que Bohémond d'Antioche et plusieurs des siens avaient été faits prisonniers à Mélitène par les Turcs. Bien qu'heureuse auprès d'un époux fort aussi épris d'elle et auquel l'attachaient à présent de secrètes délices, Alaïs n'était pas femme à oublier le passé ni à se désintéresser du sort d'un prince qu'elle avait tant aimé.

— Si je ne conserve pas à son égard, Dieu le sait, le moindre sentiment, avait-elle déclaré à Mathieu que la jalousie taraudait bien un peu, il n'en reste pas moins que Bohémond est le père de ma fille. Penser que les Sarrasins l'ont emmené enchaîné et vaincu, dans une de leurs lointaines provinces du Nord, me fait peine...

Mais, par ailleurs, Mathieu et Landry, ainsi que tous les habitants de Jérusalem, avaient un autre motif d'inquiétude : Baudouin de Boulogne devait traverser en Palestine des lieues et des lieues sous domination turque ou arabe avant d'avoir une chance de parvenir jusqu'à la Judée et à sa capitale. Le trajet semblait si périlleux à tous que le prince avait préféré faire embarquer son épouse, la princesse Arda, à Saint-Siméon. Elle gagnerait par mer Jaffa et l'y retrouverait si, toutefois, il y parvenait lui-même sain et sauf.

Par des chevaucheurs, envoyés en éclaireurs pour tenir la population au courant de la marche du futur roi, on avait appris que les infidèles, commandés par le malik turc Duqâq de Damas et par l'émir arabe de Homs, avaient tendu à Baudouin et à sa suite une embuscade sur la route étranglée entre mer et montagne qui conduisait de Tripoli à Beyrouth. Ce guet-apens aurait pu se révéler mortel pour la petite troupe composée seulement de cent soixante cavaliers et de cinq cents hommes à pied. Par bonheur, l'émir arabe de Tripoli éprouvait une hostilité tenace envers les Turcs de Damas, aussi mit-il en garde les Francs contre ce qui les attendait en chemin.

Progressant sur l'étroite corniche qu'ils étaient obligés de suivre pour franchir la gorge sauvage et abrupte au fond de laquelle les eaux d'une rivière bouillonnaient vers son embouchure, alors que des navires égyptiens les guettaient au nord, le long de la côte, qu'au sud les montagnes se dressaient en à-pics vertigineux et qu'en face l'armée sarrasine était prête à les anéantir, les compagnons de Baudouin auraient sans doute été massacrés sans l'habileté de leur chef. Averti des périls encourus, le comte d'Édesse simula une retraite qui incita ses adversaires à le pourchasser. Trompés et assurés dès lors de leur triomphe, les Turcs expédièrent aussitôt sur les traces des apparents fugitifs une avant-garde assez peu nombreuse qui avait pour mission de les rattraper et de les occire sur l'étroite corniche.

Quand Baudouin et les siens jugèrent leurs poursuivants suffisamment détachés du gros des troupes musulmanes, ils firent tout d'un coup volte-face et s'élancèrent sur eux avec la fureur de ceux qui n'ont plus d'autre issue que de tuer ou de se faire tuer. Comme les infidèles arrivaient en ordre dispersé, la brusque offensive de ceux qu'ils croyaient déjà perdus les épouvanta et les submergea. Dans leur déroute subite, ils refluèrent vers l'armée damasquine qui se trouva, sur-le-champ, gagnée par leur effroi. Éperdus, les soldats turcs et arabes s'enfuirent et leurs chefs eux-mêmes furent emportés par le torrent affolé de leurs hommes. Ils couraient parmi les rocs et les éboulis, glissaient, tombaient, puis roulaient jusqu'au bas de la montagne ou bien s'abattaient, frappés par les flèches des Francs.

Bientôt victorieux, Baudouin s'empara d'un butin inespéré en armes et en montures.

Grâce aux chevaucheurs, on apprit sans tarder à Jérusalem l'exploit du frère de Godefroi de Bouillon, comment il avait franchi le défilé montagneux, triomphé de ses ennemis et poursuivi sans encombre sa route, tout en narguant au passage les places fortes sarrasines de Beyrouth, Sidon, Tyr et Acre, jusqu'à Caïffa. Or, Caïffa, premier port chrétien de Palestine, s'était rendu à Tancrède à la fin du mois d'août précédent. Mais, depuis la rivalité qui avait opposé trois ans plus tôt les deux hommes au sujet de la ville de Tarse, située dans la plaine fertile de Cilicie, chacun savait que Tancrède n'avait pas pardonné à Baudouin l'obligation où il s'était alors trouvé de s'incliner devant lui. Par chance, le bouillant

neveu de Bohémond était alors retenu dans la Ville sainte
où il s'employait par la diplomatie ou par d'incessantes
mesures d'intimidation à obtenir, sans résultat d'ailleurs,
la capitulation des occupants de la forteresse. On sut
bientôt que les habitants de Caïffa n'avaient pas osé
fermer leurs portes au futur souverain. Ils l'avaient au
contraire reçu avec déférence, lui avaient fourni ravitaillement et armes, auxquels ils avaient même ajouté de
nombreux présents.

De Caïffa à Jaffa, Baudouin progressa ensuite sans
difficultés. A Jaffa, les arrivants furent avisés que Tancrède avait encore, mais toujours en vain, tenté peu de
temps auparavant d'occuper la cité. Fidèle au lien féodal
qui le rattachait à la maison de Boulogne, le peuple de
Jaffa l'avait vivement bouté hors. L'héritier du trône fut
donc accueilli dans la ville avec de grandes démonstrations de joie populaire et par un clergé qui vint au-devant
de lui en procession. Sa cause était entendue : il avait
triomphé de ses opposants comme des infidèles.

Il ne lui restait plus qu'à entrer dans Jérusalem, et
c'était ce qu'il s'apprêtait à faire en cette veille de la
Saint-Martin.

Parmi la foule qui marchait à sa rencontre se trouvaient Alaïs, Mathieu, Landry et Hugues Bunel dont la
barbe ne cessait de croître. Les accompagnaient Biétrix,
Reinard, Albérade et même l'opulente Odeline qui avait
quitté l'hôpital pour venir reluquer les hommes d'armes
chargés de gloire parmi lesquels elle découvrirait peut-
être un cavalier sensible à ses appas. Perchée sur les
épaules de Mathieu qu'elle avait adopté comme second
père, Berthe la Petite riait d'aise. Seule, Brunissen était
absente. Entre les murs de son moutier, l'âme en paix,
elle devait prier pour le royaume latin et pour le nouveau
roi qui approchait...

Soudain, du nuage de poussière soulevé par tant de
piétinements, surgit le héros attendu. Chevauchant en
tête de son ost, Baudouin apparut au peuple venu
l'accueillir comme le digne sucesseur de Godefroi. Imposant, les traits énergiques, plus grand encore que son
défunt frère, il dépassait tous ses chevaliers de la tête. Les
épaules couvertes d'un vaste manteau de laine blanche,

coiffé d'un heaume conique muni d'un nasal formant croix avec la bordure métallique de son casque, la barbe et les cheveux bruns, il avait un visage hardi et fier, éclairé par un regard empreint de gravité, d'intelligence, de fermeté et de courage. Mais son nez aquilin et sa bouche sensuelle contribuaient à humaniser son apparence dont on savait qu'il la voulait majestueuse et même un peu austère, alors qu'il aimait les femmes, qu'elles avaient des bontés pour lui et qu'il n'avait épousé en secondes noces, après son veuvage, la princesse Arda, fille d'un chef arménien du Taurus, que par nécessité politique et opportunité d'alliance.

On vantait par ailleurs les qualités indéniables de chef militaire dont il avait fait preuve tout au long des opérations menées depuis le regroupement des croisés à Constantinople. Vaillant autant qu'habile, il n'hésitait jamais à payer de sa personne dans les combats, distribuait avec largesse à ses hommes prises de guerre et butins, apportait enfin autant de vigueur dans les grands coups d'épée à donner que dans les témoignages d'une piété respectueuse. D'ailleurs, Foucher de Chartres, chapelain attitré de Baudouin, se tenait auprès de lui, ce qui acheva de conquérir les neveux du père Ascelin qui avaient pu mesurer jadis, tout au long du voyage, l'amitié qui liait les deux prêtres ainsi que les qualités humaines de Foucher dont l'esprit n'avait cessé durant le parcours de se manifester comme curieux des choses et des gens des pays traversés.

— Sur mon âme, ce prince, qui est aussi un preux, me plaît bien, confia Alaïs à Mathieu, au bras duquel elle s'appuyait tendrement. Ou je me trompe fort ou ce sera un bon roi. Dieu nous le garde !

Elle traduisait ainsi l'impression favorable produite par Baudouin sur ses futurs sujets, en dépit de l'opposition hargneuse du patriarche qui, pas plus que Tancrède, n'avait voulu se joindre à la foule unanime et aux prélats des rites orientaux et latins, venus au-devant de celui que tous considéraient déjà comme leur seigneur et leur roi.

Mais, en réalité, chacun comprenait que cette mauvaise querelle était sans importance et que l'absence de Daimbert au moment de l'arrivée de Baudouin à Jérusalem ne comptait guère en regard du sentiment de sécurité et d'apaisement provoqué par la présence en sa bonne ville de l'héritier du royaume, dont l'aspect ainsi que la réputation inspiraient confiance au peuple qui l'accueillait.

Ce fut donc dans la liesse et la ferveur du plus grand nombre que Baudouin de Boulogne fit une entrée triomphale à Jérusalem. La satisfaction des Francs et des chrétiens des différents rites orientaux qui l'acclamaient était si éclatante que le patriarche comprit qu'il était imprudent de continuer à braver ce vainqueur des infidèles. Redoutant la colère de la population, il jugea préférable, en attendant les événements, de quitter sa demeure patriarcale pour aller se mettre à l'abri dans l'église du mont Sion. Quant à Tancrède, qui avait vu échouer ses différentes tentatives d'opposition au nouveau règne, il ne lui avait plus été loisible que de se retirer, avec amertume et rancœur, dans son fief de Galilée.

— Savez-vous, ma douce, ce que je viens d'apprendre en rasant et en coiffant un des seigneurs venus de la Syrie du Nord en compagnie de Baudouin ? demanda quelques jours plus tard Mathieu à sa jeune femme, dès son retour à la maison au portail vert, où le couple s'était installé avec Albérade et quelques serviteurs.

— Ma foi, ami, vous êtes toujours au courant de tant de choses qu'il y a beau temps que j'ai renoncé à deviner ce que vous vous apprêtiez à m'annoncer ! répondit Alaïs en riant.

Elle travaillait dans la journée avec son frère, à la parcheminerie, mais s'arrangeait toujours pour être chez elle à temps, afin d'accueillir son mari quand il rentrait au logis. Le barbier continuait à remplir son office en compagnie de Reinard. Ils apportaient toujours, l'un et l'autre, autant d'intérêt aux nouvelles récoltées autour des bassins à saignées ou des barbes entretenues avec soin, mais ne véhiculaient ensuite qu'à bon escient informations ou rumeurs. La visite que leur avait faite Foucher de Chartres dès qu'il l'avait pu leur avait apporté une riche moisson de précisions du plus grand intérêt sur Baudouin, la princesse Arda et toute leur suite. Si, autour de la tonsure, les cheveux indisciplinés du bénédictin s'étaient argentés par endroits, son caractère précis et fervent n'avait pas changé. Son esprit toujours en éveil demeurait attentif à chacun et la cause de son prince n'avait pas de meilleur soutien que lui.

— Par le cœur Dieu, s'écria Mathieu, il semble que notre nouveau souverain est aussi avisé que bon guerrier ! Il a compris qu'une lutte d'influence engagée à présent entre lui et le patriarche indisposerait nos Francs, plus désireux de voir consolider la paix dans les campagnes d'alentour que d'apprendre la déposition de Daimbert.

— Mais ne dit-on pas qu'Arnoul Malecorne attend sa revanche ? s'enquit Alaïs. Archidiacre de la Ville sainte, administrateur du Temple et du Calvaire, il paraît que les richesses accumulées par lui sont d'importance. N'est-ce pas lui aussi qui a soutenu les chevaliers du parti lotharingien retranchés dans la tour de David et qui a agi de façon à regrouper autour du frère de Godefroi bon nombre des clercs et des prélats de notre cité ?

— Si fait, ma colombe, si fait, mais Baudouin me paraît trop adroit pour relancer dès à présent un différend qui ne servirait pas son prestige auprès de ses futurs sujets. Il sait que nos gens sont las de craindre sans cesse pour leur vie et pour leurs biens. Qu'ils ont besoin de tranquillité et que l'insécurité qui sévit aux abords de Jérusalem ne leur est plus tolérable. C'est donc de ce côté-là qu'il entend porter en premier ses efforts. Après avoir accordé quelques jours de repos aux compagnons qui ont combattu à ses côtés durant les engagements qu'il a eu à livrer le long de sa route, il a décidé de repartir. Avec cette troupe aguerrie, il tient à accomplir au plus tôt une opération militaire visant à affermir son autorité sur les bandes de pillards sarrasins qui volent, tuent ou rançonnent les pèlerins, mais aussi sur les croisés hésitants. Je pense qu'il voit juste et qu'il lui faut tout de suite imposer son règne futur comme un solide rempart contre nos ennemis. Vous aviez raison, amie, et j'avais tort de m'inquiéter quand notre duc est mort. Son frère sera, j'en jurerais, un prince de même mérite que lui.

— Parle-t-on également de la date du couronnement ? J'ai entendu dire que, contrairement à Godefroi, notre sire Baudouin tenait, lui, à ceindre la couronne d'or des rois.

— Certainement. Là aussi je l'approuve. La modestie de son aîné n'est plus de mise. Pour impressionner les Sarrasins et pour s'affirmer comme chef de tous les nôtres, il est indispensable qu'il reçoive en grande pompe les attributs de la souveraineté et proclame hautement ne détenir son trône que de Dieu ! L'unité du royaume est à ce prix ! Mais nul ne sait encore à quelle date cette cérémonie aura lieu...

Mathieu et Alaïs se tenaient dans la belle salle aux sofas où s'exhalaient pour leur plaisir, dans un lourd brûle-parfum, des grains d'encens odorants récoltés en Arabie Heureuse...

Le barbier avait attiré sa femme au creux d'un des larges sièges agrémentés de coussins moelleux où ils aimaient à se tenir enlacés. Leur union était encore trop récente et ils se sentaient trop amoureux pour continuer bien longtemps à s'entretenir des événements extérieurs à leur couple. A travers le tissu du bliaud de riche soie émeraude porté par Alaïs, les mains quêteuses de son époux traquaient à présent les frémissements de plus en plus accentués d'un cœur dont il savait avec science précipiter les battements...

— Vous avez les plus beaux seins du monde, murmura-t-il à l'oreille qu'effleuraient ses lèvres.

— En avez-vous tant vu, que vous puissiez m'adresser pareille louange en toute connaissance de cause ? demanda avec coquetterie la jeune femme.

— J'en ai suffisamment frôlé en tout cas pour avoir le droit d'affirmer mon admiration et ma préférence, répondit Mathieu avant de poser ses lèvres sur la bouche entrouverte comme une grenade mûre.

Après le long baiser qui l'avait contrainte au silence, Alaïs s'écarta doucement pour retrouver le droit de s'exprimer.

— Si vous avez toujours de nombreux événements à me faire connaître, dit-elle non sans malice, sachez cependant, ami, que, de mon côté, j'ai une nouvelle à vous apprendre...

Elle balançait au bout de son pied la babouche de cuir

vert brodé d'or qu'elle portait chez elle quand elle n'avait pas à sortir. Ainsi que beaucoup de Franques, elle adoptait à présent fort souvent les modes et coutumes des Arabes, mieux adaptées que les leurs au climat de la Palestine.

— Vous m'intriguez, ma perle blanche...

— Je l'espère bien !

C'était d'un air amusé et faussement modeste qu'elle considérait maintenant son époux.

— Vous me faites languir !

L'expression du jeune visage rieur se transforma tout d'un coup. Une sorte de gravité joyeuse l'éclaira de l'intérieur. On aurait dit d'une maison où l'on aurait soudain allumé une lampe, songea Mathieu.

— Vous allez être père au mois de juin prochain, mon cher cœur, reprit Alaïs. J'espère que ce sera pour la Saint-Jean d'été...

Alors, et ce fut la première fois de leur vie commune, la jeune femme vit les yeux clairs de son mari s'emplir de larmes. Il se leva, fit quelques pas dans la salle, au hasard, les mains pressées sur sa poitrine, puis il revint vers elle, tomba à genoux devant le sofa où elle se tenait, prit ses mains et les couvrit de baisers.

— Comment vous dire, comment te dire..., balbutiait-il.

L'émotion le submergeait, lui coupait la parole. Lui si disert, à l'éloquence d'habitude si aisée, ne trouvait plus ses mots, bégayait...

Ce fut ainsi que Berthe la Petite les découvrit en entrant dans la pièce pour leur dire bonsoir. En la voyant, Mathieu sauta sur ses pieds, se saisit de l'enfant et l'entraîna dans une ronde échevelée qui l'enchanta sans qu'elle eût la moindre idée des motifs d'une telle allégresse.

Alaïs les regardait avec une indulgence souriante.

— Si c'est un garçon, j'aimerais qu'il vous ressemble..., dit-elle d'un air rêveur...

— Si c'est une fille, je la souhaite semblable à vous ! répondit Mathieu en écho.

Il reposa Berthe à terre, l'embrassa et la regarda s'éloigner avec un attendrissement tout neuf.

— Enfin, je vais avoir un enfant, continua-t-il en revenant s'agenouiller auprès de sa femme. Et un enfant de vous ! Loué en soit le Seigneur !

— Je serai la seule fille de la famille à donner une descendance à notre père, remarqua Alaïs songeuse. Brunissen et Flaminia y ont toutes deux renoncé par force.

— Si Flaminia avait été mère, son deuil s'en serait sans doute trouvé adouci et comme tempéré, suggéra Mathieu. Mais elle est encore si jeune qu'on peut, Dieu me pardonne, imaginer qu'un jour elle se remariera.

Alaïs secoua le front.

— Je ne le pense pas. Elle a fait, de son état de veuve, une célébration du souvenir et de la fidélité qui convient à sa nature sans partage. Nous avons tous connu des femmes qui goûtaient une sorte de noire satisfaction à s'enfermer dans leur douleur comme dans une tour inaccessible. Flaminia est de celles-là. Je serais fort surprise d'apprendre, même beaucoup plus tard, qu'elle a renoncé à une condition dans laquelle son âme intransigeante doit s'isoler avec une sombre délectation. Non, mon doux ami, non, plus j'y songe, plus je suis persuadée que ma sœur est entrée en veuvage comme Brunissen est entrée en couvent. Pour toujours !

Mathieu posa une main précautionneuse sur le ventre encore souple d'Alaïs.

— Soyez donc bénie, ma bien-aimée, vous qui acceptez tout simplement de transmettre la vie, cet admirable don que Dieu nous a fait. Vous participez ainsi, et vous me faites participer, à l'un des plus grands et des plus beaux mystères de nos existences terrestres. Grâce à vous, la chaîne forgée par Adam et Ève ne sera pas interrompue de notre fait...

Il changea de ton.

— A propos, que diriez-vous, ma colombe, d'une chaîne d'or pour parer ce joli cou souple comme le tronc du palmier ?

Il riait de nouveau.

— Je veux vous faire un présent digne de l'offrande sans prix que vous me destinez. C'est dire que j'ai la ferme intention de me ruiner si cela est nécessaire !

— J'accepte le bijou mais non pas la ruine, mon ami. Il faut assurer un solide avenir à ce futur petit poulain qui va se trouver, comme Berthe, faire partie de la nouvelle génération des Francs nés en Terre sainte !

Une complicité nouvelle et ravie les unissait à présent. Le mot « poulain », qu'on commençait à employer un peu partout pour désigner les enfants venus au monde en Palestine de parents croisés, les fit rire longuement.

— Vive notre poulain qui sera sujet du roi Baudouin Ier ! s'écria Mathieu. Longue vie au souverain et à son féal !

Nez au vent, Reinard entra sur ces entrefaites.

— Le souper vous attend, annonça-t-il d'un ton de reproche. Il se fait déjà tard...

Un échange rapide de regards entre les époux les mit d'accord pour ne rien dire à l'apprenti barbier de l'espérance qui les enchantait trop pour qu'ils n'eussent pas envie de la garder encore un peu secrète.

— Sais-tu si la date de l'expédition projetée contre les pillards sarrasins est connue ? demanda Mathieu au garçon dont les taches de son s'affirmaient à la lueur des bougies éclairant la table du repas.

— Par la vertu Dieu, je n'en sais rien ! Mais il semble que notre sire soit pressé d'en découdre !

Le surlendemain, Baudouin et ses troupes quittaient Jérusalem pour aller rétablir l'ordre aux portes d'Ascalon d'où les infidèles ne cessaient de faire des sorties pour attaquer les Francs.

Mais la garnison égyptienne qui stationnait en permanence dans ce port refusa de se battre et demeura à l'abri des remparts sur lesquels flottait l'étendard du Prophète. Quant aux paysans arabes et aux bédouins de l'arrière-pays, ils avaient abandonné leurs villages ou leurs tentes pour chercher abri dans les grottes des monts Philistins, tout proches.

Avec sa décision coutumière, Baudouin abandonna Ascalon et poursuivit ces bandes dont la plupart étaient composées de détrousseurs de pèlerins qui avaient pour habitude de mettre en coupe réglée les voyageurs allant de Jaffa à la Ville sainte. Il découvrit sans peine leur repaire, et, à l'aide de grands feux allumés devant les

ouvertures de leurs tanières, les força à en sortir, suffo-
quants et enfumés. Une centaine des plus dangereux
furent exécutés aussitôt et quelques-uns des chrétiens
palestiniens de rite syriaque ou grec retenus en otage par
eux dans ces cavernes se trouvèrent libérés par la même
occasion.

Foucher de Chartres, qui participait à l'expédition
punitive sur la demande de son seigneur et à titre de
chapelain, s'occupa de ces pauvres captifs entravés
comme des bestiaux. Il les fit convoyer jusqu'à Jérusalem
par un petit détachement d'archers chargés de les protéger et de les conduire à l'hôpital où ils pourraient enfin se
reposer et recevoir les soins nécessaires.

Mais ce début de reprise en main ne satisfaisait pas
encore Baudouin qui décida de se rendre de l'autre côté
de la Ville sainte, dans la région du pays de Juda, en
direction de la rive occidentale de la mer Morte. Il savait
que les tribus qui y résidaient demeuraient insoumises et
fortement attachées à Damas ou à Bagdad.

Parmi les volontaires qui s'étaient engagés dans l'ost
du frère de Godefroi figurait Hugues Bunel, bientôt aussi
célèbre chez ses nouveaux compagnons pour son courage
et sa force que pour la noirceur et la longueur de sa barbe.

Ayant appris sans tarder que l'ancien interprète du duc
de Normandie connaissait et fréquentait les enfants de
Garin le Parcheminier, chartrains comme lui et amis de
longue date, Foucher se l'était attaché en qualité de
drogman. Il ne dédaignait pas de converser avec ce
colosse, capable de dévouement aussi bien que de déchaînement furieux, et le conviait parfois aux repas très
simples qu'il prenait sous sa tente. Entre le chapelain
érudit, curieux de toute nouveauté, avide d'apprendre à
mieux connaître un pays dont tant d'aspects lui restaient
étrangers, et l'arbalétrier un peu fruste, mais accoutumé
par une longue familiarité aux usages, à la flore et à la
faune de Palestine, s'était instaurée une manière
d'entente inattendue. Mais chacun d'eux y trouvait son
compte. Ainsi, ce fut Hugues Bunel qui, le premier,
désigna à Foucher de Chartres les falaises de sel, bril-
lantes comme glace, qui s'élevaient sur le rivage sud-
ouest de la « mer Tressalée », qui lui fit découvrir les

exploitations d'indigotiers entretenues dans le voisinage, si précieuses pour les teinturiers de Jérusalem où cette profession était florissante, et qui l'amena aussi à goûter les fruits du palmier-dattier dont les Francs se régalèrent avec une surprise gourmande.

Les longues journées de marche favorisaient de telles trouvailles et ce fut au cours de ces explorations vers la pointe méridionale de la mer Morte qu'Hugues Bunel eut tout le temps d'apprendre au chapelain, fort intéressé, à reconnaître le baumier dont les feuilles fournissaient une résine aromatique exquise, la myrrhe des Rois mages, ou le bananier aux fruits si doux qu'il devait en mûrir de semblables au Paradis...

Une autre fois, le long d'un oued, les hommes d'armes aperçurent de nombreux moulins destinés à broyer, pour en extraire le jus sirupeux, les fameux roseaux miellés qui avaient tant plu jadis à Foucher de Chartres et aux croisés lors de la traversée des plaines fertiles situées au pied de la chaîne des monts du Liban...

Puis ce furent des vignobles, cultivés avec soin, qui évoquèrent pour beaucoup d'entre eux les vignes de leurs contrées, là-bas, outre-mer, en Picardie, en Aquitaine ou en Bourgogne...

Des guides arabes, convertis depuis peu au christianisme, conduisaient les troupes de Baudouin qui avaient pris pour base de leur campagne militaire la ville nommée par les Francs Saint-Abraham, à cause de la proximité du lieu où aurait été inhumé, d'après ce qu'on rapportait, le patriarche hébreu.

Parvenu en son mitan, le mois de décembre était clair et à peine froid. Un air ensoleillé baignait la terre de moins en moins fertile où la petite armée progressait au fil des jours.

Après avoir expédié en éclaireur un détachement chargé de suivre le cours desséché d'un autre oued jusqu'à la Source-aux-Chèvres, proche de la mer Morte, Baudouin gagna avec ses hommes une bourgade nommée Ségor, située à l'extrême sud de cette mer immobile. Tous les habitants du lieu avaient abandonné leur logis et les Francs n'y trouvèrent ni ennemi ni bétail. Ils mirent le feu aux maisons vides pour signifier aux Arabes que le nouveau maître de la Judée entendait leur imposer sa loi, puis ils repartirent vers des zones semi-désertiques, vastes espaces de sable ou de pierrailles, ponctués ici et là de points d'eau où poussaient quelques arbres poussiéreux, seule verdure visible à l'horizon.

Une sensation de malaise envahissait cavaliers et piétons au fur et à mesure de leur progression dans une contrée pauvre, farouche, où nul n'avait la moindre envie de s'attarder. Chacun éprouvait la certitude d'avoir atteint une terre hostile, plus dangereuse que toutes celles traversées depuis le départ de Jérusalem.

Surgie d'un repli du sol, une ferme isolée apparut un matin à l'avant-garde des troupes. A en juger par les touffes de palmiers qui se balançaient auprès des bâtiments bas, écrasés entre des murs blanchis à la chaux, un puits ou une fontaine devait se trouver à proximité. Une haie d'épineux ceinturait étroitement maison, grange, remises, ne laissant en leur centre que la place d'une cour où quelques poulets hauts sur pattes grattaient poussière et cailloux.

Baudouin donna l'ordre de s'arrêter afin qu'on pût aller puiser de l'eau fraîche qui désaltérerait les soldats assoiffés.

Mais à peine s'étaient-ils immobilisés qu'une volée de flèches sifflantes jaillit des buissons d'épineux en déchirant le silence trompeur de l'oasis, pour venir frapper les premiers rangs des Francs sans méfiance.

Quelques cris, des ordres brefs, et les arbalétriers ripostèrent bientôt. Un échange de traits décochés avec autant de rage d'une part que de l'autre s'ensuivit et quelques hommes furent blessés parmi les compagnons de Baudouin.

Hugues Bunel grondait comme un molosse, tout en actionnant son arbalète avec impétuosité, et la vue de ses compagnons atteints par les dards ennemis décuplait sa fureur.

Il fut le premier à remarquer que la riposte adverse faiblissait. Déposant alors son arme et se saisissant de l'épée d'un de ses voisins abattus, il se rua en hurlant vers l'unique et étroite barrière permettant de franchir la haie d'épineux en direction de la ferme.

Un groupe de plusieurs soldats le suivit aussitôt. Ils arrachèrent la barrière, se précipitèrent dans la cour où gisaient plusieurs Sarrasins morts ou mourants. Une partie des Francs s'élança vers les ennemis qui s'enfuyaient, tandis que Hugues Bunel et quelques hommes s'avançaient vers la porte de la maison d'habitation.

Ils s'apprêtaient à la défoncer, quand elle s'ouvrit soudain. Armés de cimeterres brandis contre leurs assaillants, deux Arabes se tenaient sur le seuil. Derrière eux, on entendait des cris, des voix de femmes et d'enfants.

Hugues Bunel et les siens engagèrent le combat. Aussi acharnés les uns que les autres, les adversaires luttaient avec férocité. Mais le nombre était du côté des croisés. Un des infidèles tomba, une épée dans le ventre. Tout en reculant pied à pied, le survivant continua à se battre un moment encore. Ses blessures semblaient superficielles.

— Hâlid! cria une voix de femme toute proche au moment où, à force de céder du terrain, il était parvenu au milieu de la salle basse servant de dernier refuge aux fermiers.

L'homme tourna la tête. Hugues Bunel en profita pour le frapper d'estoc en pleine poitrine. L'épée pénétra de plusieurs pouces dans les chairs et le sang jaillit à gros bouillons de la blessure profonde où l'arme demeurait enfoncée. Sans une plainte, les dents serrées sur sa souffrance, le blessé s'écroula parmi la paille souillée qui jonchait le sol de terre battue.

— Hâlid! hurla de nouveau la femme qui avait déjà crié une première fois ce nom.

Avant que, stupéfait de reconnaître en elle la belle Grecque rencontrée naguère chez ses amis chartrains, Hugues Bunel n'ait eu le temps de réagir, Anthusa se jeta sur le corps de son mari, arracha l'arme qui le transperçait, s'en empara et s'élança follement contre les Francs qui pénétraient à présent en force dans la pièce. Une mêlée confuse s'ensuivit. La jeune femme maniait l'épée avec une vigueur insoupçonnable chez une créature d'apparence aussi raffinée. Entaillés par la lame virevoltante, plusieurs soldats, découvrant avec stupéfaction cette amazone blanche et boiteuse en un tel endroit, cherchèrent à la désarmer. Mais le désespoir animait Anthusa d'une énergie obstinée, intraitable. On ne pouvait en venir à bout.

Au comble de l'exaspération et en utilisant la garde saillante de son glaive, un des combattants lui assena enfin un rude coup sur la tête. Assommée, le crâne rompu, elle s'affaissa à son tour au milieu de l'effervescence générale. Suivant son exemple, les autres femmes présentes dans la ferme se battaient en effet elles aussi avec tout ce qui leur tombait sous la main.

Quand Baudouin parvint à son tour sur les lieux de la mêlée, ses hommes avaient triomphé de leurs adversaires qui gisaient pêle-mêle dans la pièce dévastée.

Seule, une petite fille éperdue, réfugiée derrière un banc renversé, avait été épargnée.

— Au nom du Christ, faites grâce à cette enfant! s'écria Foucher de Chartres, dès qu'il la vit. Elle est innocente et elle est des nôtres!

Un tremblement irrépressible secouait Irène. Elle pleurait, balbutiait, gémissait sans pouvoir s'arrêter. Le chapelain s'approcha d'elle, redressa le banc derrière lequel elle s'abritait et lui tendit les mains. La simple croix d'argent qui brillait sur le froc noir du bénédictin sembla fasciner le regard enfantin.

— Viens, petite, lui dit-il, viens et n'aie plus peur. On ne te fera aucun mal. De cet instant, tu es sous ma protection.

Il lui avait parlé en latin et vit dans le regard clair qu'il avait été compris. Mais elle ne lui répondit pas et alla s'agenouiller auprès du corps sans vie d'Anthusa.

— C'était ma sœur, murmura-t-elle enfin, tandis que redoublaient ses sanglots.

Hugues Bunel s'approcha, se signa et considéra, avec une curiosité mêlée de gêne, Irène qui appuyait son front contre un des bras de la morte. De la tête ensanglantée une longue traînée pourpre avait coulé jusqu'au gilet de fin lainage blanc, brodé à la mode arabe, que portait la jeune femme sur un jupon très ample, recouvrant des pantalons bouffants. Elle était habillée comme une Sarrasine et non comme une Grecque, ce qui déconcertait l'arbalétrier et lui semblait une trahison incompréhensible.

— Par tous les diables de l'enfer, que faisiez-vous en un tel endroit ? demanda-t-il non sans brusquerie. Je vous croyais toujours à Jérusalem.

— Anthusa avait épousé Hâlid ! gémit la petite fille en guise d'explication.

Elle aussi s'était exprimée en langue franque. En parlant, ses yeux s'étaient détachés du cadavre de sa sœur pour en chercher un autre parmi les corps abattus qui gisaient épars sur la paille. Toujours pleurant, elle se releva. Au même moment, Foucher de Chartres, qui avait été bénir les deux tués de l'expédition et réconforter les quelques blessés, revenait vers Hugues Bunel.

— Cette enfant était une protégée de Brunissen, lui dit alors l'arbalétrier en désignant Irène. Si je me souviens bien, c'est une ancienne petite esclave grecque, trouvée par la jeune nonne et les siens durant la prise de Jérusalem. Vos amis chartrains s'y étaient beaucoup attachés. Je l'avais rencontrée chez eux en compagnie de son aînée, cette femme qui s'est si follement attaquée à nous ce tantôt. Que Dieu me maudisse si j'y comprends quelque chose, mais je peux vous affirmer qu'elle parle notre langue !

— Par le Seigneur tout-puissant, comment donc vous trouviez-vous toutes deux dans cette ferme ? demanda le chapelain, visiblement ému par la détresse de la petite fille.

— Ma sœur s'était mariée à l'automne dernier avec un de ceux qui sont là, par terre, murmura Irène entre deux sanglots. Ils s'aimaient...

Elle se jeta contre la chape noire à capuchon.

— Venez, murmura-t-elle d'une voix hachée, venez avec moi. Il n'est peut-être pas mort, lui...

Le bénédictin prit la main de l'enfant et, sans tenir compte de l'expression réprobatrice d'Hugues Bunel, se laissa conduire par elle vers un de ces ennemis de la Croix qui avaient si souvent failli l'occire ainsi que le baron auquel il était attaché.

Irène s'immobilisa auprès de Hâlid, sur la poitrine duquel une épaisse couche sanglante commençait à sécher. Elle s'agenouilla à ses côtés et l'appela doucement par son nom.

En lui tâtant le pouls, Foucher de Chartres s'assura d'abord que le blessé vivait encore. Percevant sous son pouce une faible pulsation, il sortit de la besace accrochée à son épaule un flacon de grès qu'il déboucha et passa plusieurs fois sous les narines de l'homme sans connaissance. Au bout d'un certain temps, les paupières bistrées frémirent, puis une sorte de crispation contracta la face décolorée. Des paroles confuses s'échappèrent des lèvres d'où suintait une mousse rosâtre.

— Hâlid ! s'écria la petite fille. Hâlid !

Il s'agita faiblement, entrouvrit les yeux, vit Irène penchée sur lui, en même temps que Foucher de Chartres.

Autour d'eux, les Francs s'employaient à transporter hors des bâtiments ceux des leurs dont les blessures nécessitaient des soins.

Constatant que tout était perdu, Hâlid chercha du regard une présence derrière Irène. Celle-ci comprit ce que signifiait cette quête et secoua le front en pleurant de plus belle. Alors, un désespoir infini envahit les prunelles sombres, les voila d'une brume d'agonie...

Hâlid demeura un bref moment immobile, puis sa main droite tâtonna vers les poches volumineuses qui gonflaient, sous la ceinture de fine toile, le vêtement de drap ensanglanté, qu'il portait sur un pantalon droit. Avec peine, il y plongea des doigts déjà gourds et en tira un chapelet aux grains d'ambre blond. Il esquissa un geste pour le tendre à la jeune sœur de sa femme et, faisant un effort infini pour parler, murmura « Brunissen », reprit son souffle, tenta de se redresser, cria enfin « Allah, Allah »... Puis sa tête retomba en arrière pendant qu'une bave sanglante s'écoulait de sa bouche.

Irène se jeta sur lui en hurlant.

Foucher de Chartres s'empara de l'enfant convulsée qui se débattait comme une possédée et l'emporta hors de la ferme.

A l'extérieur. on regroupait les blessés. Les deux arbalétriers tués au combat étaient couchés, côte à côte sur une civière.

— Seigneur, dit le chapelain en s'approchant de Baudouin qui priait, debout, à leur chevet, puis-je solliciter de votre générosité que la jeune femme grecque qui, elle aussi, a été victime de cette embuscade soit mise en terre bénite, à côté de vos hommes d'armes? Elle était chrétienne avant qu'un fol amour ne l'égarât.

Le futur roi de Jérusalem considéra un instant le visage grave de son chapelain qui tenait entre ses bras Irène, à présent évanouie.

— Ne s'était-elle pas convertie à l'islam? demanda-t-il en fronçant les sourcils. Il me semble qu'elle portait le costume arabe et qu'elle s'est battue comme un démon!

— Il est vrai, mais la passion l'aveuglait. Elle ne s'est rendue coupable de félonie que poussée par un entraînement du cœur et des sens dont il me semble, seigneur, que vous pouvez comprendre les raisons...

Baudouin de Boulogne croisa le regard gris du moine, qui était aussi son confesseur, et l'ombre d'un sourire effleura ses lèvres sensuelles.

— Faites à votre guise, mon père, dit-il. Mais ne perdons pas de temps. Cette ferme était un vrai nid de résistance. Je ne tiens pas à m'y attarder.

Sur la demande du chapelain, on alla chercher la dépouille d'Anthusa.

Pendant ce temps, Foucher avait déposé l'enfant au pied d'un palmier et ne faisait rien pour la ranimer, tant il redoutait pour elle la vue d'un ensevelissement qui ne pouvait qu'achever de la bouleverser.

Non loin de lui, des soldats creusaient trois fosses dans la pierraille. Quand elles furent assez profondes, on alla prendre les civières sur lesquelles gisaient les trois corps, enveloppés de couvertures trouvées dans la maison. On les fit glisser avec précaution dans la terre caillouteuse où ils attendraient le jour de la Résurrection. Puis Foucher de Chartres, qui entre-temps était allé quérir dans les fontes de sa selle l'étole qu'il emportait toujours avec lui, donna l'absoute.

Pendant qu'on refermait les tombes improvisées, le

bénédictin et tous les assistants psalmodiaient le Libera me.

Ce fut sans doute ce psaume lent et funèbre qui tira Irène de sa pâmoison.

Soudain, Foucher la vit apparaître derrière les hommes inclinés. Mains jointes et tête penchée sur la poitrine, elle vint d'elle-même se placer à ses côtés.

Quand tout fut fini, elle leva vers lui des yeux gonflés et murmura :

— Ma sœur est là, n'est-ce pas ?

Il répondit par un signe d'assentiment, et elle alla s'agenouiller près des tombes, au-dessus desquelles on fixait des croix improvisées faites avec des branches sèches trouvées dans la ferme où elles étaient destinées à cuire les aliments.

Après en avoir fini avec leurs morts, les soldats se répandirent dans les divers bâtiments entourés d'épineux. Ils en firent sortir une dizaine de chevaux de bédouins qu'ils rassemblèrent pour les emmener à leur suite. Puis ils incendièrent chaque bâtisse, les unes après les autres, à l'aide de torches enflammées...

Quand la troupe franque s'éloigna du lieu où lui avait été tendu un guet-apens qui aurait pu être mortel pour Baudouin et ses Francs, le feu ronflait comme feu d'enfer, tandis que de hautes flammes dévoraient la ferme et les cadavres qu'elle contenait...

Baudouin décida alors de revenir vers la Judée et de rentrer sans plus tarder à Jérusalem. La démonstration de force qu'il avait voulu accomplir pour intimider les tribus de l'extrême Sud était terminée. Son autorité renforcée, la sécurité assurée sur les routes menant à la Ville sainte, le futur roi pouvait se préoccuper du cérémonial de son investiture. Il était temps de songer au couronnement à venir.

Par Saint-Abraham et Bethléem, l'ost du comte d'Édesse prit donc le chemin du retour.

Foucher de Chartres s'était chargé d'Irène. Le chagrin de l'enfant le touchait. Il était résolu à veiller sur elle jusqu'à ce qu'il ait pu la remettre entre les mains d'Alaïs qui lui semblait toute désignée, parce qu'elle était mariée, pour s'occuper de la petite Grecque désormais sans famille. Brunissen, prise par une autre forme d'existence et vouée au Seigneur, n'était plus libre désormais pour une telle charge.

C'était pourtant la moniale que connaissait le mieux Irène, c'était d'elle qu'elle parlait, c'était à elle qu'elle voulait remettre, don sacré d'un mourant, le chapelet d'ambre confié par Hâlid à celle qu'il avait choisie pour messagère. L'enfant attachait une importance primordiale à une mission qui avait pris dans son cœur douloureux le pas sur toute autre préoccupation.

Dans la maison au portail vert, Alaïs et Mathieu reçurent le chapelain ainsi que sa protégée avec bonté. Ils furent consternés par le récit des événements ayant présidé à une rencontre qui n'aurait jamais dû avoir lieu.

— Il faut que je voie Brunissen tout de suite, dit la petite fille après avoir cédé à une émotion poignante en retrouvant le logis où chaque pièce, chaque objet, lui rappelait sa sœur disparue.

— Je puis t'y conduire quand tu le souhaiteras, assura Alaïs.

— Alors, partons !

On était le 21 décembre, en fin de matinée. A l'approche des fêtes de la Nativité, chacun s'affairait à décorer le plus magnifiquement possible demeures et terrasses. Bâtie à la mode turque et arabe, la cité ne comportait que peu d'ouvertures donnant sur la rue. Aussi les Francs étaient-ils obligés de changer leurs habitudes qui consistaient à étaler tapisseries, guirlandes et courtines sur les rebords des fenêtres. En mesure de compensation, ils échafaudaient de nombreux arcs de triomphe, dont certains atteignaient le niveau des toits, et les ornaient de feuillage, de fleurs d'oranger, de nœuds de ruban, de petits miroirs ou de palmes. On y attachait aussi des centaines de lanternes de couleur, qu'on allumerait chaque nuit avant et pendant la Noël. On étalait sur le sol, devant les maisons, des nattes tressées ou les tapis d'Orient qu'on possédait, et tout le monde nettoyait sa portion de rue avec le plus grand soin.

Cette agitation ne suffit pas à distraire Irène de son

anxiété. Serrant la main d'Alaïs, elle marchait vite, sans accorder la moindre attention aux préparatifs d'une fête qui ne semblait pas la concerner.

Elle n'avait pas un regard non plus pour les chameaux des porteurs d'eau véhiculant sur leur dos des outres en cuir de vache, gonflées et suintantes, ni pour les mulets chargés de marchandises dont les sonnailles emplissaient de leur allègre tintement certaines ruelles étroites, ni pour les petits ânes gris, dont le trot sec martelait le sol, ni pour les élégantes, montées sur de belles ânesses blanches, qui doublaient ou croisaient les piétons avec désinvolture.

Le retour de Baudouin de Boulogne et de ses troupes apportait de surcroît à la Ville sainte un regain de mouvement. On y rencontrait force cottes de mailles errant à l'aventure dans les passages ou les artères commerçantes et flânant autour des divers bazars comme celui des Oiseleurs qui retentissait de ramages, de chants, de caquets, de sifflements, et débordait de couleurs. Les cabarets, qualifiés par certains d'éphémères paradis, attiraient eux aussi beaucoup de monde. On y servait du vin du pays dans des cruchons, des amphores de terre ou des bouteilles cachetées ; de l'hydromel ou de l'hypocras parfumé au gingembre ou au miel.

Cramponnée à la main d'Alaïs, la petite Grecque ignorait la foule bigarrée et marchait les yeux baissés.

Le couvent Sainte-Anne de Jérusalem était situé à l'est de la ville, non loin de la porte de Josaphat. On y accédait par une rue portant le même nom. C'était un monastère blanc où vivaient des religieuses vêtues de l'habit noir des bénédictines.

La porterie une fois franchie, on pénétrait dans un univers d'ordre et de paix active.

Au sortir de l'agitation dont elles émergeaient, Alaïs et Irène furent frappées par la sensation de calme, de netteté, de sérénité qui se dégageait des murs blanchis à la chaux entre lesquels les conduisait la portière afin de les introduire dans le parloir. Elles se trouvèrent alors dans une vaste pièce claire, meublée de quelques cathèdres, de bancs et de coffres de cuir clouté. Un grand christ de bois peint occupait le centre d'un panneau.

— Je vais sonner la petite cloche pour convier votre sœur à venir vous rejoindre, expliqua la religieuse avant de disparaître.

Presque aussitôt, un menu tintement les avertit que leur présence était annoncée.

Portant le béguin de toile de lin des novices, Brunissen entra peu après. En la voyant, Irène s'élança vers elle, enfouit son visage dans les plis de la robe blanche imposée par le noviciat et, tout en pleurant, entreprit de raconter à la jeune moniale la façon dont étaient morts Anthusa et Hâlid.

Secouée de sanglots, agrippée aux plis de la tunique sans tache, l'enfant parlait, parlait, parlait... Elle s'exprimait dans une langue franque approximative, mais son chagrin était tel qu'il n'était pas besoin d'autres explications. Au-dessus de la nuque ployée qu'elle caressait doucement, Brunissen échangea avec sa cadette un long regard de commisération.

Quand la voix hoquetante se tut, la moniale glissa à genoux pour se trouver à la hauteur de la petite fille, entoura d'une tendre étreinte les épaules étroites agitées de tressaillements nerveux et, de sa voix chantante, commença à évoquer la seule espérance capable de justifier ici-bas tant de douleurs et tant de déchirements.

— Ils sont entrés ensemble dans l'Amour absolu, disait-elle et ils font à présent partie de cette foule immense décrite par saint Jean qui avait reçu, lui, la grâce de la contempler. Une foule que nul ne peut dénombrer, une foule de toutes nations et races, de tous peuples et langages. Une multitude composée de créatures qui se tenaient debout devant le trône et devant l'Agneau, en vêtement blanc, avec des palmes à la main. Et saint Jean ajoutait : « Ils viennent de la grande épreuve, ils ont lavé leurs vêtements, ils les ont purifiés dans le sang de l'Agneau. C'est pourquoi ils se tiennent devant le trône de Dieu et Le servent jour et nuit dans Son temple. Celui qui est assis sur le trône habitera parmi eux. Ils n'auront plus faim, ils n'auront plus soif, la brûlure du soleil ne les accablera plus, puisque l'Agneau qui se tient au milieu du trône sera leur Pasteur pour les conduire vers les sources d'eaux vives. Et Dieu essuiera toutes les larmes de leurs yeux. »

En s'exprimant ainsi, elle estompait du bout des doigts les traces de chagrin sur les joues d'Irène. Quand elle se tut, elle posa ses lèvres sur le visage encore vernissé de pleurs.

— Nous avons été guidées l'une vers l'autre le jour de la prise de Jérusalem, reprit-elle. C'est sans doute pour que nous ne nous quittions plus. Nous allons vivre à présent et pour toujours en voisines et en amies. Tu habiteras chez Alaïs, ce sera plus commode pour tout le monde, mais tu viendras me voir autant que tu le voudras. Je serai toujours disponible pour toi.

L'enfant ouvrit alors la légère besace qu'elle portait sur l'épaule, à la manière des pèlerins, et en sortit le chapelet que lui avait confié Hâlid avant de mourir.

— C'est pour vous, murmura-t-elle. Il a prononcé votre nom en me le donnant...

Brunissen prit le rang de grains d'ambre qu'elle avait offert à son blessé après la victoire d'Ascalon. Elle le contempla un instant avant de l'enfouir dans une des poches profondes de sa robe de novice. Ses mains ne tremblaient pas.

— Nous allons prier pour Anthusa et pour Hâlid, dit-elle ensuite sur un ton de confidence. Même s'il n'était pas chrétien, il était croyant. C'est ce qui compte au regard de Dieu...

En rentrant à la maison au portail vert, Irène ne pleurait plus et paraissait allégée.

Quatre jours plus tard, jour de Noël, dans la basilique Sainte-Marie de Bethléem, consacrée à la Vierge, le patriarche, dompté, administrait les onctions sacrées à Baudouin Ier, roi de Jérusalem, et déposait avec soumission sur sa tête puissante la couronne d'or que l'avoué du Saint-Sépulcre avait naguère refusée pour lui-même.

Les cloches carillonnaient, les trompettes droites sonnaient haut et clair, l'encens s'élevait en nuages aromatiques, la foule criait de joie, les métaux précieux brillaient de tout leur éclat.

Pour la première fois depuis Hérode le Grand, roi de Judée qui avait provoqué le massacre des Saints-Innocents après la naissance du Christ, Jérusalem avait un souverain. Un règne commençait. Beaucoup s'accordaient à reconnaître que l'héritier naturel de Godefroi de Bouillon était déjà un maître, qu'il avait su s'imposer et que ses sujets pour la plupart éprouvaient à son égard respect, confiance, admiration.

— Notre enfant naîtra sous un roi juste et fort, déclara Mathieu à Alaïs, le soir de cette mémorable cérémonie. Tous mes regrets, toutes mes inquiétudes se sont dissipés comme brumes au soleil. Il y a dans le regard de notre nouveau roi une certitude, une fermeté, une décision qui ne sauraient tromper.

Pour une telle occasion, ils s'étaient rendus à Bethléem, cette petite ville de Judée où il se passait de si grandes choses. Irène avait accepté de les accompagner avec Landry, ses apprentis et Biétrix.

Plus rapidement qu'Alaïs ne l'avait imaginé, l'enfant se laissa distraire de son chagrin et gagner peu à peu par l'enthousiasme général. Il était vrai qu'elle n'avait pas dix ans, et possédait une nature ardente qui ressentait avec intensité chaque événement...

Si la tragédie à laquelle elle avait assisté dans la ferme bédouine assombrissait encore son regard, on la vit cependant sourire et manifester un intérêt certain envers l'imposant monarque sortant de l'église du sacre pour répondre aux acclamations de la foule.

« Elle commence à guérir », avait songé Mathieu, et il en avait été heureux. Décidément, l'avenir s'éclaircissait.

Les habitants de Jérusalem qui étaient venus assister au couronnement de leur souverain retournèrent chez eux après une journée de festivités et de réjouissances présidée par le roi et la reine Arda, entourés des hauts barons, de l'ost et du peuple chrétien des régions avoisinantes.

A la suite d'une si éclatante fête de Noël, la vie reprit son cours dans le royaume dont le chef était bien décidé à repousser au plus loin les frontières, afin d'exercer une maîtrise sans conteste sur cette Terre sainte dont la possession avait tant de prix aux yeux de la Chrétienté tout entière.

Ne tenant pas à laisser Irène esseulée dans une maison

où se glissait partout le fantôme obsédant de sa défunte sœur, Alaïs préférait l'emmener chaque matin avec elle à la parcheminerie.

Landry, qui souffrait d'être célibataire, manifesta tout de suite beaucoup de bienveillance à la nouvelle venue. La peine témoignée par la petite fille après la mort violente d'Anthusa l'émouvait aussi pour bien des raisons. Lui-même avait ressenti cette fin comme le glas d'un rêve précieux, cher et mélancolique, dont les traces demeureraient longtemps ancrées dans sa mémoire... Dès la première matinée, il entraîna donc Irène dans l'atelier principal où les apprentis ponçaient les peaux, puis les frottaient longuement avec une laineuse toison d'agneau.

Il constata, satisfait, que la jeune visiteuse appliquait son esprit d'observation, qui lui parut vif, à détailler les gestes et les instruments inconnus employés devant elle. Elle en tirait des conclusions pertinentes, émaillées de remarques souvent insolites, jamais sottes.

Le garçon amputé et l'orpheline se sentirent bientôt proches, unis par la commune nostalgie d'un temps révolu où ils n'avaient pas encore été dépouillés de leurs biens. Mais Irène possédait moins d'expérience et plus d'illusions que son nouvel ami. L'enfance la préservait de son bouclier blanc et la gardait des amertumes apportées par une connaissance plus intime du malheur. Le penchant primesautier de son âge l'entraînait vers les distractions, et un rien la divertissait. Elle trouvait également auprès de Biétrix, qui faisait office de maîtresse de maison dans un logis qui s'en voyait dépourvu, une autre présence affectueuse, dont l'amitié se doublait d'un soupçon de complicité féminine. Alors qu'elle s'efforçait de manifester à Landry son intelligence, elle se contentait de partager avec Biétrix de menues confidences, des tristesses subites, des récits, des chansons de geste ou de simples histoires.

Mais Irène était une petite créature que la vie avait singulièrement mûrie. Il ne lui fallut que quelques jours de présence à la parcheminerie pour comprendre qu'entre les deux compagnons qu'elle y retrouvait quotidiennement existait un secret.

Le soir de cette découverte, durant leur trajet de retour

vers la maison au portail vert, elle fit à Alaïs une remarque qui laissa la jeune femme pantoise.

— Par la sainte Théotokos, je crois bien que Landry et Biétrix sont amoureux l'un de l'autre, dit-elle d'un air important. Mais je ne sais pas pourquoi ils n'ont pas l'air de vouloir qu'on le sache.

— A quoi as-tu vu qu'ils se plaisaient ? demanda avec curiosité la parcheminière.

— Oh ! Je sais reconnaître des amoureux ! J'ai vécu assez longtemps avec Anthusa et Hâlid pour ne pas me tromper... Maintenant, chez vous, j'en ai un autre exemple sous les yeux !

Alaïs s'immobilisa au beau milieu de la rue pleine de monde pour se pencher vers l'enfant.

— Tu en sais des choses ! s'écria-t-elle. J'ignorais que nous abritions sous notre toit une jeune personne aussi avisée. Mais je pense qu'il est préférable de ne pas nous mêler de l'histoire de Biétrix et de Landry. Vois-tu, s'ils la taisent, c'est qu'ils ne souhaitent ni l'un ni l'autre qu'elle soit ébruitée. Ce sont deux natures réservées, discrètes, malmenées par des épreuves qui les ont marqués dans leur chair comme dans leur âme. S'ils s'aiment, tant mieux pour eux, ne troublons pas une entente dont ils n'ont parlé à quiconque, pas même à moi !

Une telle constatation n'allait pas sans un rien de regret ni de tristesse...

Irène se remit en marche. Alaïs en fit autant. Occupées par leurs pensées qui cheminaient sur des voies proches, elles se retrouvèrent sans y songer, et sans avoir échangé d'autres propos, sur le seuil de leur logis.

— Mon pauvre frère ne s'est jamais remis de la perte de sa jambe, soupira alors la jeune femme. Il évite à présent d'y faire allusion, mais, pour moi qui le connais bien, les signes de cette hantise sont fort clairs. Il rumine sa souffrance et la ressent comme une intolérable humiliation. Dieu ! qu'il a changé ! Lui qui était si gai, si allant, avant cette maudite blessure, il est devenu méfiant et renfermé. Il rejette tout témoignage de pitié et doit croire que le tendre intérêt que lui manifeste Biétrix n'est qu'une forme déguisée de dévouement envers un infirme. Ce qui, bien entendu, lui fait horreur ! Elle le sait sans doute, le comprend et l'admet. Entre eux, il y a bien des choses non formulées... Ils s'en accommodent, semble-t-il. C'est pourquoi il ne nous faut pas intervenir afin de les amener à se marier ou à déclarer ouvertement leurs sentiments. Laissons-les en paix, et attendons...

— Quand il était blessé, Hâlid, lui non plus, n'aimait pas qu'on le plaigne, remarqua l'enfant, tandis qu'elles gagnaient toutes deux la salle aux sofas. Est-ce que tous les hommes sont aussi orgueilleux ?

Alaïs soupira.

— Sur mon âme, ils le sont ! reconnut-elle en songeant à Bohémond qui, dans sa lointaine prison, devait se sentir affreusement mortifié. Le père de ma petite Berthe est aussi de ceux-là...

L'arrivée de l'enfant, suivie d'Albérade, interrompit la conversation. Tout en jouant avec sa fille, à laquelle Irène commençait à manifester une affection de grande sœur tant soit peu protectrice, Alaïs pensait aux revanches éclatantes que son tumultueux et ancien amant rêvait sans doute de prendre sur le destin contraire, dès qu'il aurait échappé à ses geôliers turcs...

De son côté, Irène réfléchissait à ce que venait de lui dire la jeune mère, et son esprit travaillait.

Le lendemain matin, aussitôt qu'elle se retrouva à la parcheminerie, elle laissa sa protectrice se rendre dans l'atelier pour s'y livrer à ses tâches coutumières et se mit en quête de Biétrix qu'elle souhaitait interroger. Elle la chercha d'abord dans la cuisine où elle savait avoir des chances de la découvrir. Son amie, qui avait pris en main la direction d'un intérieur privé d'initiatives ménagères, veillait à tout dans la maison de Landry et spécialement aux repas, par souci de satisfaire les goûts exigeants du parcheminier. Mais elle n'était pas dans la pièce où flottait une appétissante odeur de hachis et d'épices. Une fille de cuisine s'employait à piler des amandes et des noix avec du safran dans un petit mortier de bronze. Non loin d'elle, un grand Noir nubien, converti au christianisme, broyait des pois chiches, des herbes potagères et des morceaux d'agneau finement coupés, dans un autre mortier de granit.

— Ma petite gazelle, répondit le Nubien aux questions

d'Irène, notre maîtresse n'est pas ici. Elle est venue tôt ce matin, puis elle est repartie...

Déçue, l'enfant s'éloigna sans trop savoir où porter ses pas.

Elle alla enquêter dans les ateliers et s'aperçut avec étonnement que Landry, lui non plus, n'était pas présent sur le lieu habituel de son travail. Alaïs ne l'avait pas encore vu et le remplaçait auprès des apprentis auxquels elle enseignait l'art de plier les feuillets de parchemin avant de les assembler en fascicules de quatre à six feuilles doubles qui formeraient des cahiers aux pages parfaitement lisses. Elle n'avait pas le temps de s'occuper d'autre chose.

Irène se mit à errer dans les bâtiments enchevêtrés qui composaient une étrange demeure faite de locaux assemblés au fil des ans par plusieurs propriétaires qui n'avaient pas cessé de l'agrandir et de l'aménager.

Elle joua au bord du bassin au jet d'eau, musarda dans le petit jardin enclos entre les murs de la seconde cour, se promena dans les remises, se rendit aux écuries où Landry n'entretenait que trois mulets de somme puisqu'il ne pouvait plus monter à cheval, ne s'attarda pas dans la sellerie dont elle aimait pourtant bien l'odeur de cuir et de cire, puis l'idée lui vint de quitter les communs pour aller voir si Biétrix n'était pas dans sa chambre. Il lui arrivait parfois de s'y tenir pour raccommoder du linge ou filer sa quenouille et elle y conservait certaine boîte de pâte de fruits fort appétissante...

Irène traversa vivement les deux cours, passa le long des ateliers, ne s'attarda pas dans la salle où un brasero attendait d'être allumé si le « froid de la vieille » se manifestait dans les jours à venir, franchit sans s'y arrêter non plus deux petites pièces vides où Flaminia, aux heures claires de son mariage, avait projeté d'installer des copistes.

L'enfant parvenait enfin non loin de la chambre occupée par Biétrix quand elle entendit des plaintes qui s'en échappaient. Suspendue dans son élan, elle hésita un instant. Mais les gémissements reprenaient, plus dolents, plus appuyés. Décontenancée et inquiète, la petite fille souleva la portière qui obturait l'entrée de la chambre...

Le lit était placé le long du mur, face à cette ouverture. C'était un simple matelas posé à même le carrelage. Landry et Biétrix s'y livraient à une célébration forcenée du plaisir, ponctuée de cris et de râles. Perdus dans la zone violente où le désir et la jouissance se régénèrent mutuellement sans qu'on puisse les différencier, l'infirme et son amie ne voyaient rien d'autre que leurs visages accolés, n'entendaient rien que le bruit déchaîné de leur sang. Dérisoire, ridicule, pitoyable aussi, mais pas aux yeux d'une enfant, le pilon de bois tressautait au rythme des deux corps à demi dévêtus qui avaient dû être saisis d'une faim subite...

Irène laissa retomber sans bruit la portière, et, suffoquant de dégoût, se précipita vers les autres pièces qu'elle traversa comme un météore. Elle voulait se sauver, partir, quitter cette maison où ceux sur lesquels elle avait reporté sa confiance et son besoin désespéré de tendresse se comportaient comme des bêtes déchaînées, perverses...

N'ayant rencontré personne, elle parvint au portail de la parcheminerie, s'assura qu'aucun de ceux qui y logeaient ne pouvait la voir et s'élança dans la rue où circulait la cohue habituelle.

Un soleil anémique brillait dans le ciel que balayait le vent d'est. Sans même se poser de questions, l'enfant se dirigea vers la basilique du Saint-Sépulcre. Là était le salut. Dans le temple de Dieu, loin des souillures et des trahisons...

Il y avait d'autant plus de monde sous les voûtes sacrées que des navires pisans, vénitiens ou provençaux abordaient de plus en plus souvent à Jaffa depuis que Baudouin Ier avait dégagé la route du pèlerinage et assurait la sécurité du parcours. Les nefs venues d'au-delà les mers apportaient avec elles les échos de ce qui se passait au loin et amenaient en Terre sainte des groupes sans cesse renouvelés de pérégrins en provenance de tous les pays chrétiens d'Occident.

Pour se faufiler jusqu'au tombeau du Christ et tant la presse était grande, Irène fut obligée de faire un détour par la chapelle réservée à l'Église d'Orient. Ce qui l'amena à se rapprocher de la dalle sous laquelle reposait Andronic. Elle en était à quelques pas quand elle vit soudain Foucher de Chartres penché vers une grande femme rousse agenouillée. Bien qu'elle ne l'eût que fort peu rencontrée, elle reconnut pourtant aussitôt la sœur de Brunissen, partie un an auparavant pour le lointain pays de France...

Près de la jeune veuve, Paschal, son beau-fils, était également agenouillé, ainsi que Mahiette, et Duc s'était allongé contre la tombe de son maître.

Le passé, d'un coup, resurgit aux yeux d'Irène. Dans une illumination, elle se revit à Jaffa, sur le quai d'embarquement, assistant au départ de Flaminia dévastée par le deuil...

⸰ Entre cette femme sans époux et sa propre solitude d'enfant privée de famille, n'y avait-il pas une ressemblance troublante, une conformité de destin qui s'imposait à l'esprit ébranlé de la petite fille? Comme elle hésitait cependant à se manifester, tant elle pressentait qu'un événement décisif allait se produire, Foucher de Chartres l'aperçut et marcha vers elle.

— Te voici donc, petite! C'est Dieu qui t'envoie! Va prévenir tout de suite Alaïs du retour de sa cadette. Dis-lui que, partie avec l'ost du comte de Blois, elle l'a quitté après avoir été avertie de manière surnaturelle, grâce à un songe, du danger encouru par ces nouveaux pèlerins. Prévenus, mis en garde par elle, ils ne l'ont cependant point écoutée. Elle s'est alors embarquée sans eux sur une nef, à Marseille, et vient de nous arriver. Sa première visite a été pour son défunt époux...

Le chapelain du roi parlait de façon précipitée et non sans une certaine exaltation.

Irène l'entendait, mais ne l'écoutait pas. Mue par une impulsion issue du tréfonds de son âme déchirée, elle s'élança vers Flaminia, vêtue de blanc, qui venait de se relever et attendait. Elle se jeta dans ses bras.

Duc, qui s'était également redressé, s'approcha, renifla le bas de la chape fourrée portée par l'arrivante et parut satisfait.

Flaminia serrait contre elle le mince corps nerveux, secoué d'un tremblement qu'elle ressentait elle-même dans ses entrailles... Une sensation de douceur possessive s'éveillait en elle, montée de son ventre qui n'avait pas porté d'enfant à son cœur qui en avait tant souffert. Elle embrassa le visage offert, puis, s'écartant, l'emprisonna entre ses paumes, le contempla avec une violente intensité, une insistance passionnée.

Foucher de Chartres les observait sans oser intervenir. En les voyant ainsi toutes deux, fascinées l'une par l'autre, il éprouva le sentiment fulgurant d'une reconnaissance mystérieuse et sacrée, de retrouvailles inexplicables, inexpliquées.

Indifférente à la foule qui les environnait, Flaminia prit Irène par la main et revint avec elle vers la dalle sous laquelle dormait Andronic. Captivé lui aussi, Paschal les regardait s'approcher...

Après être restés quelques instants tous trois debout au pied de la pierre tombale, Flaminia posa un bras sur la nuque de l'adolescent, un autre sur celle d'Irène et se pencha vers celui qui reposait là.

— Tu vois, dit-elle, nous avons deux enfants à présent... C'est donc pour cela que tu m'as rappelée... Pour ce don, pour ce choix, pour cet accord mystique que je n'aurais jamais imaginé, même depuis que j'ai retrouvé, avec la grâce et la prière, la vertu d'espérance !

Elle se retourna, distingua vaguement, à travers une brume de larmes heureuses, scintillantes de la lumière mouvante des cierges, le visage troublé du chapelain royal, puis s'éloigna vers la sortie de la basilique. Elle marchait en s'appuyant aux épaules d'Irène et de Paschal. Suivie par Mahiette et par Duc, elle allait, elle fendait le peuple des fidèles avec l'assurance de celle qui connaît enfin la réponse aux questions tant de fois formulées, et y puise la paix.

FIN

REMERCIEMENTS

Je renouvelle ici l'expression de ma gratitude pour les documents fournis par Mme C. Pollin, bibliothécaire en chef de la bibliothèque André-Malraux de Chartres, dont l'aide m'a été des plus précieuses.

BRÈVE BIBLIOGRAPHIE

1. Chroniqueurs du temps

Anonymi gesta Francorum et aliorum Hierosolymitorum. Édition Bréhier.

RAYMOND D'AGUILERS, *Historia Francorum qui ceperunt Jerusalem*, in Guizot.

ALBERT D'AIX, *Liber christianae expeditionis pro ereptione, emundatione et restitutione sanctae Hierosolymitanae ecclesiae*, in Guizot, tomes XX et XXI.

ÉTIENNE DE BLOIS, *Lettres à sa femme Adèle*, in Peyré.

RAOUL DE CAEN, *Gesta Tancredi Siciliae regis in expeditione Hierosolymitana*, in Guizot.

FOUCHER DE CHARTRES, *Gesta Francorum Jerusalem peregrinantium.* A History of the expedition to Jerusalem, 1099-1127. Traduction de F. R. Ryan.

ANNE COMNÈNE, *Alexiade*, 3 vol. (Livres X et XI). Collection byzantine publiée sous le patronage de l'Association Guillaume-Budé. Texte établi et traduit par Bernard Leib.

RAOUL GLABER, *Historiarum sui temporis*, in Guizot.

GUIBERT DE NOGENT, *De vita sua et gesta Dei per Francos.*

GUILLAUME DE TYR, *Historia rerum in partibus transmarinis gestarum.*

2. Historiens modernes

PIERRE AUBÉ, *Les Empires normands d'Orient*, Tallandier.

PIERRE AUBÉ, *Godefroy de Bouillon*, Fayard.

BARRET et GURGAND, *Si je t'oublie, Jérusalem*, Hachette.

MARC BLOCH, *La Société féodale*, Albin Michel.

ANDRÉ CHÉDEVILLE, *Chartres et ses campagnes, xiᵉ-xiiiᵉ siècle*, Klincksieck.

JEAN CHÉLINI et HENRY BRANTHOMME, *Les Chemins de Dieu*, Hachette.

DANIEL-ROPS, *L'Église de la cathédrale et de la croisade*, Fayard.

ROBERT DELFORT, *Le Moyen Âge*, Le Seuil.

PAUL DESCHAMPS, de l'Institut, *Chartres*, M. J. Challamel.

GEORGES DUBY, *Histoire de France*, Hachette.

CHARLES-EMMANUEL DUFOURCQ, *La Vie quotidienne dans les ports méditerranéens au Moyen Âge*, Hachette.

PIERRE DUHAMEL, *Quand les Francs mouraient pour Jérusalem*, Plon.

JEAN FAVIER, *La France médiévale*, Fayard.

GILBERTE GARRIGOU, *Naissance et splendeurs du manuscrit monastique, du viiᵉ au xiiᵉ siècle*, Imprimerie Finet, Noyon.

RENÉ GROUSSET, *Histoire des croisades et du royaume franc de Jérusalem*, 3 vol., Plon.

ROGER GUILLOIS, *Histoire des rues de Chartres*, L'Écho républicain.

ROGER JOLY, *Histoire de Chartres*, Horvath, Roanne-le-Coteau.

RENÉ R. KHAWAM, *L'Univers culturel des chrétiens d'Orient*, Le Cerf.

JACQUES LE GOFF, *La Civilisation de l'Occident médiéval*, Arthaud.

DUC DE LÉVIS-MIREPOIX, de l'Académie française, *Chartres*, Hachette.

AMIN MAALOUF, *Les Croisades vues par les Arabes*, Jean-Claude Lattès.

MARTINE MARI, *Les Écoles de Chartres*, Centre culturel pour l'Europe xᵉ-xiiᵉ siècle, service éducatif des archives départementales d'Eure-et-Loir.

GEORGES MATORÉ, *Le Vocabulaire et la société médiévale*, Presses universitaires de France.

ALY MAZAHERI, *La Vie quotidienne des musulmans au Moyen Âge xᵉ-xiiiᵉ siècle*, Hachette.

ZOÉ OLDENBOURG, *Les Croisades*, Gallimard.

RAYMOND OURCEL, *Les Pèlerins du Moyen Âge*, Fayard.

DOMINIQUE PALADILHE, *La Grande Aventure des croisés*, Librairie académique Perrin.

RÉGINE PERNOUD, *La Femme au temps des croisades*, Stock.

RÉGINE PERNOUD, *Les Hommes de la croisade*, Fayard-Tallandier.

RÉGINE PERNOUD, *Les Croisades*, « Il y a toujours un reporter », Julliard.

JEAN RICHARD (textes recueillis et présentés par), *L'Esprit de la croisade*, Le Cerf.

GÉRARD WALTER, *La Vie quotidienne à Byzance au siècle des Comnènes, 1081-1180*, Hachette.

Table

Cet ouvrage a été tiré sur
Bouffant de Luxe Europa Six
pour le compte des Éditions
Lacombe / Éditions François Bourin
en Février 1992